Dès l'âge de vingt ans, Janine Boissard commence sa carrière d'écrivain sous le nom de Janine Oriano, son nom de femme mariée. Avec *B comme Baptiste*, elle est la première femme à publier dans la collection « Série Noire ». En 1977, la grande saga *L'esprit de famille*, publiée cette fois sous son nom de jeune fille, la fait connaître du grand public. Parallèlement elle écrit pour la télévision.

Les chambardements dans la famille, les problèmes de couple et la place de la femme moderne dans le monde du travail sont les thèmes le plus souvent abordés par Janine Boissard dans ses romans. Parmi ses plus grands succès, on retiendra *Une femme en blanc* (1996), suivi de *Marie-Tempête* (1998) et de *La Maison des enfants* (2000). Mère de quatre enfants, Janine Boissard a publié récemment, après *Histoire d'amour* (Robert Laffont, 2003), le premier tome d'une nouvelle saga, *La chaloupe* (Robert Laffont, 2005).

LES TROIS AMOURS DE NAPOLÉON

DU MÊME AUTEUR
CHEZ POCKET

MARIE TEMPÊTE
UNE FEMME EN BLANC
LA MAISON DES ENFANTS
HISTOIRE D'AMOUR
CHARLOTTE ET MILLIE

JANINE BOISSARD

LES TROIS AMOURS DE NAPOLÉON

FIXOT

ISBN 2-266-14767-6

A celui qui m'a encouragée dans cette difficile et passionnante aventure : écouter le cœur d'un homme qui assurait lui-même ne l'avoir jamais entendu battre.

Pour grands que soient les rois,
ils sont ce que nous sommes.

Corneille

MARIE

C'était un jour de juin à Malmaison, le printemps laissait place à l'été, tout était élan et harmonie: l'un de ces jours où le mot «fin» n'a pas de sens.

Et je regardais ces jardins qui avaient entendu tant de rires, accueilli tant de bonheur; ces allées ombragées où s'étaient échangées de si douces et parfois tristes confidences, et je me disais: «C'est fini!»

Nul ne verrait plus danser entre les massifs de fleurs, comme butinent les papillons, la robe de mousseline blanche de Joséphine. On ne l'entendrait plus, de sa voix de velours sombre qui avait tant séduit, appeler: «Bonaparte, mais Bonaparte, où te caches-tu donc?»

Joséphine n'était plus. Dans un instant, Napoléon nous aurait quittés pour toujours.

Et je le regardais lui, cet homme gravé en moi, ce conquérant et ce poète qui osait déclarer: «Nous naissons, nous vivons, nous mourons au milieu du merveilleux»; je revoyais le matin blanc, aux portes de Varsovie où, sans connaître mon nom, il m'avait tendu un bouquet de fleurs. Six années avaient passé, le corps, le visage avaient changé mais le regard restait le même; que l'on ne pouvait oublier si, ne serait-ce qu'un instant, il s'était abattu sur vous.

C'était onze jours après Waterloo!

Nous étions quelques-uns à être venus partager avec l'Empereur ses dernières heures à Malmaison. Il y avait là Letizia, sa mère; Pauline, sa jeune sœur dont les larmes ne cessaient de couler, Joseph, le frère aîné, Hortense... Napoléon m'avait demandé d'amener avec moi notre fils Alexandre, âgé de cinq ans.

L'acteur Talma venait d'arriver, arborant à la boutonnière ce bouquet de violettes auquel les derniers fidèles de l'Empereur se reconnaissaient: qui exprimait leur espoir de le voir régner à nouveau.

Le général Bertrand a rejoint notre petit groupe.

– Majesté, il faut partir... Les Prussiens sont à Chatou. S'ils venaient à vous prendre...

Napoléon a eu un sursaut de fierté; il a tourné son visage vers les quelques grognards qui accompagnaient son général: «Qu'ils viennent, a-t-il murmuré. Que ne fait-on pas avec des Français...»

– Va, mon fils, a supplié Letizia.

Hortense lui a remis son collier de diamants. Talma, le grand tragédien, ne trouvait plus ses mots pour dire adieu. Nous pleurions tous.

D'un regard, Napoléon a enveloppé le parc: «Que c'est beau, Malmaison! Que ce serait heureux d'y pouvoir rester!»

Il s'est éloigné à grands pas vers la petite porte où l'attendait une calèche fermée à quatre chevaux. Elle le conduirait à Rochefort d'où il espérait s'embarquer pour l'Amérique; deux frégates l'attendaient dans le port.

– Nous te rejoindrons tous là-bas, a crié Pauline en un sanglot.

Sur la route, on a entendu des acclamations: «Vive l'Empereur». Je ne pouvais qu'écouter la voix qui, au fond de moi-même, me disait qu'aucun de nous ne le reverrait.

Magnolias et eucalyptus mêlent leurs parfums; une sorte de folie s'est emparée des plates-bandes laissées à l'abandon, des fleurs de toutes espèces, certaines venues des plus lointains pays, luttent, se mêlent, s'entrelacent en une sorte de guerre ou d'orgie. Tout n'est autour de moi que miel et bourdonnements que perce parfois le cri aigu de l'un de ces oiseaux rares que Joséphine se plaisait à collectionner.

Assise sur un banc de pierre, je me laisse aller à mes souvenirs. Soudain, me saisit l'ardente nécessité de savoir : Joséphine, la douce créole, première femme de Napoléon... Moi, Marie Walewska qu'il appelait sa « petite épouse polonaise »... Marie-Louise, sa princesse autrichienne, laquelle des trois a-t-il aimée ?

Ce cœur, dont tu assurais, mon amour, ne l'avoir jamais senti battre, l'as-tu, ne serait-ce que durant quelques mois, donné à une autre qu'à la postérité : celle que tant courtisent sans savoir s'ils seront payés de retour ?

Joséphine...

L'an passé, j'étais venue ici avec Alexandre qu'elle souhaitait connaître. Elle l'avait pris sur ses genoux et longuement contemplé.

– Il a quelque chose de l'Empereur ? m'avait-elle fait remarquer avec douceur. Regardez... le menton ! La bouche aussi, un peu.

Puis elle me mena dans la serre pour m'y faire admirer ses fleurs. Elle avait une démarche de reine dans sa robe en épais brocart et la grâce imprégnait chacun de ses gestes.

– Voici mes conquêtes à moi, dit-elle en désignant ses roses. « Savez-vous que j'en compte deux cent cinquante espèces ? »

Elle en cueillit une pour me l'offrir : « Celle-ci a nom Souvenir. »

Les teintes en étaient profondes, tirant sur le mauve ainsi que celles du crépuscule : cette fleur lui ressemblait.

Nous reprîmes notre promenade. Entre nous, et bien que son nom n'ait pas été prononcé, une troisième femme marchait; pour l'épouser, Napoléon nous avait toutes deux délaissées.

Elle avait 22 ans et était autrichienne. On la disait gourmande et sensuelle. On disait aussi que l'Empereur s'en montrait épris ainsi qu'un débutant: Marie-Louise!

Joséphine prit mon bras comme pour ne point lui laisser place: «Autrefois on m'appelait Rose,me confia-t-elle. Mais Bonaparte ne voulut jamais de ce nom, prétextant que trop d'hommes l'avaient prononcé... en de trop intimes circonstances.»

Elle eut un rire de gorge, un rire de femme amoureuse et, un instant, son visage refléta le pays de soleil et d'exubérance où elle avait passé sa jeunesse.

En un soupir, elle murmura:

– Il fut le premier à m'appeler Joséphine, mais je me suis parfois demandé si, Rose, je n'aurais pas mieux fait de rester.

JOSÉPHINE

1

Les ouragans

Depuis le matin, aux Trois-Ilets de la Martinique, les moustiques sont enragés, les oiseaux tourbillonnent follement autour des cases des esclaves et des habitations des maîtres comme s'ils voulaient les avertir d'un danger. Chacun a pu remarquer qu'hier soir le soleil s'était couché dans le sang.

Dans les jardins de ses parents, entre jasmins et bougainvillées, la petite Rose Tascher de La Pagerie promène fièrement ses trois ans vêtus de dentelle blanche lorsque le tocsin se met à sonner. Soudain, la nuit est là, la mer entre en furie, des éclairs déchirent le ciel, le vent jette la fillette à terre.

Sa nourrice noire, sa « da », se précipite ; l'enfant serrée contre sa poitrine, elle court jusqu'à la Sucrerie, seul bâtiment en pierre de l'île ; la famille de Rose et la plupart des habitants y ont déjà trouvé refuge. A genoux, tous supplient la Vierge de les épargner.

On n'entend plus dehors qu'un léger ruissellement d'eau et le jour est revenu. Barbouillée de terre et de larmes, Rose sort de sa cachette. Où est sa maison ? Où sont les bananiers, les cocotiers, les ananas aux fruits sucrés ? Que sont devenues les fleurs aux mille couleurs ? Son monde n'est plus, on le lui a volé. Rose hurle, déchire le corsage de sa nourrice, se suspend à son sein.

« C'est l'ouragan, mam'selle, c'est l'ouragan », ne sait que répéter celle-ci.

Rose Tascher de La Pagerie est devenue vicomtesse de Beauharnais. Elle a trente et un ans et elle est mère de deux enfants : Eugène et Hortense. C'est juin 1794, la Terreur ! Enfermée dans la prison des Carmes, rue de Vaugirard à Paris, elle sait qu'à chaque instant le Tribunal révolutionnaire peut réclamer sa tête. Ce sera pourtant entre ces murs gris, dans l'attente de la mort, qu'une autre tempête, plus brève, plus intime, transformera à nouveau son univers : la découverte du plaisir dans les bras du beau général Hoche.

De ce bouleversement-là, Rose pressent qu'elle ne sera jamais rassasiée. Ah, qu'on lui permette de vivre encore un peu !

La tête de Robespierre est tombée, les portes des prisons s'ouvrent. Le vicomte de Beauharnais a eu la malchance d'être décapité quelques jours avant le tyran ; voici donc Rose doublement libre. Et bien décidée à en profiter.

Comment se douterait-elle que fond déjà sur sa vie un nouvel ouragan, qui, celui-ci, ne cessera de souffler qu'avec son dernier soupir et balayera l'Europe tout entière ?

Il s'appelle Napoléon Bonaparte.

D'abondants cheveux châtains mêlés de roux, des yeux vert-bleu sous la corolle serrée des cils, un nez parfait, des lèvres sensuelles, on ne sait qu'admirer le plus chez la vicomtesse de Beauharnais. Sa peau de créole est mate et élastique, ses épaules rondes à souhait, ses seins haut placés. Sa voix est musique.

Bien qu'âgée de 32 ans, plus qu'autrefois elle attire les hommes. Les autres femmes sont fleurs de serre, elle est plante charnue de la Martinique, promesse de plaisirs langoureux et odorants.

Mais comment vivre ?

En cette année 1795, tout manque à Paris, la nourriture comme le vêtement; se faire monter un seau d'eau pour la toilette est hors de prix et lorsqu'on se rend chez des amis on est prié d'apporter son pain.

La citoyenne veuve Beauharnais loge rue de l'Université avec ses enfants, deux domestiques et Fortuné, son ombrageux carlin: petit dogue à poil ras. Avec les rares objets récupérés à sa sortie de prison, elle se livre comme tout un chacun au négoce mais surtout elle emprunte: au général Hoche qui, le malotru, lui a préféré son épouse de 16 ans, à sa mère demeurée en Martinique, à ses domestiques, à un banquier de ses amis.

Les amis, c'est la seule chose dont elle a à profusion: d'abord la ravissante Thérésia, connue aux Carmes et surnommée «Notre Dame de Thermidor» depuis que Tallien, devenu récemment son mari, a fait pour ses beaux yeux tomber Robespierre, et la séduisante madame Récamier, et madame Hamelin, et bien d'autres. Côté masculin, ceux que son charme, son esprit, son humeur égale, sa façon d'animer une conversation, de mettre à l'aise, séduisent. Madame de Beauharnais est délicieuse à recevoir: tous la veulent.

Emprunter sans avoir l'intention de rendre, ou se laisser offrir, quelle différence? Mademoiselle Lenormand, la célèbre cartomancienne que Rose est allée consulter sur son avenir a mis, si l'on peut dire, cartes sur table: l'atout de la créole? Les hommes! Par eux, avec eux, elle réalisera ses désirs. Mais on n'a rien sans rien.

Rose s'en doutait un peu et avait déjà commencé... Le commerce avec les hommes est si facile, en général plutôt agréable et, de toute façon, elle déteste dire non.

Alors c'est oui: à Barras, l'un des plus influents conventionnels, qui lui enseigne comment s'enrichir sur le dos de l'armée en trafiquant du côté des fournitures militaires; au marquis de Caulincourt, plus très jeune mais à son entière dévotion ; et, oui, à tous ceux qui payent ses robes, les délicieux bas de soie grise qu'ils se font ensuite un plaisir de rouler le long de ses jambes, emplissent de vin sa cave et fournissent sa table.

Rose a mis ses enfants en pension pour suivre plus aisément les conseils de mademoiselle Lenormand.

Est-ce mal vivre ? Elle ne se pose même pas la question. C'est tout simplement vivre, encore un peu, avant que la mort, passée si près, ne vienne vous rechercher. Vivre avec défi et irrespectueusement comme elle a été danser l'autre soir dans la maison des Carmes, où, il y a si peu de temps elle était prisonnière, où son mari a vécu ses derniers moments, où elle a rencontré Hoche. Vivre en détournant les yeux des murs éclaboussés du sang des religieux sabrés par les révolutionnaires : se dépêcher de vivre car chacun ne porte-t-il pas en soi un bourreau, un assassin... un client de monsieur Guillotin ?

Vivre sans se douter que l'ouragan approche.

C'est un beau jour d'automne où Paris s'est vêtu de vert et de roux. Coiffée à la pâtre grec, habillée de mousseline transparente sur laquelle elle a jeté un fichu de couleur vive, gantée de blanc jusqu'aux coudes, bas de même couleur dans les fins souliers, Rose se rend chez Thérésia Tallien qui habite presque à la campagne : Allée-des-Veuves *, une maison à toit de chaume, vêtue de vigne vierge qu'on appelle « La Chaumière ».

Dans le salon meublé à l'antique, les invités se pressent, nombreux et élégants. Barras est là, madame de Staël, les habitués, d'autres. On sert du thé et du chocolat. Mais voici qu'apparaît au seuil de la pièce un curieux personnage : petit officier à

* *Avenue Montaigne.*

redingote gris fer, aux bottes mal cirées, aux cheveux trop longs, trop raides, au teint jaunâtre.

Il s'arrête près d'une colonne de marbre et, mâchoires serrées, regarde l'assistance d'un œil sombre. Barras vient l'accueillir et le présente à tous : il s'appelle Napoléon Bonaparte. Il est corse.

– Figure-toi qu'il m'a demandé de divorcer pour l'épouser, chuchote Thérésia à l'oreille de Rose.

Elle en rit encore... Afin d'adoucir son refus, elle lui a obtenu des culottes d'uniforme car il n'a pas le sou.

Rose rit elle aussi en suivant des yeux le petit militaire tandis qu'il s'incline raidement devant les femmes. Quel âge a-t-il ? 26 ans, lui répond-on. Qu'a-t-il fait jusque-là ? Rien de particulier : il a mis son île sens dessus dessous, s'est battu à Toulon, a été un moment en prison comme tout le monde.

– Savez-vous ce qu'il a écrit ? raconte madame Récamier toujours au courant des choses intéressantes : « Les hommes de génie sont des météores destinés à brûler pour éclairer leur siècle. » Cette phrase – qu'il adressait de toute évidence à lui-même – faisait partie d'une dissertation envoyée aux membres de l'académie de Lyon. Il espérait en obtenir un prix : on l'a recalé pour outrecuidance.

Le jeune Corse s'incline devant Rose et, comme son œil se pose sur elle, elle ne peut s'empêcher de frissonner. Le regard est fiévreux, aigu, il transperce.

Bientôt, elle l'oublie : il y a tant de robes et de bijoux à admirer, à envier, d'hommes à séduire... Pour qu'elle se souvienne du petit officier à redingote usée, il faudra que, sur les pavés de Paris, coule à nouveau le sang.

Il pleut, ce soir d'octobre, 12 vendémiaire. Le vent souffle en rafales. Aujourd'hui, un conflit a éclaté entre le gouvernement et les royalistes. Durant la nuit, ceux-ci prennent les armes et se regroupent rue Saint-Honoré ; ils appellent la population à se révolter contre les conventionnels qui ont tant fait couler le sang. Les manifestants sont bientôt trente mille aux abords de l'église Saint-Roch. Le général Menou, chargé de défendre Paris, démissionne. Barras le remplace ; sans expérience militaire, il s'adjoint Napoléon Bonaparte.

Thérésia ne rit plus en racontant à Rose, la gorge palpitante, ce qui s'est passé durant cette nuit tragique. Bonaparte a armé les députés, fait revenir quarante canons de banlieue, s'est dressé seul face à la foule excitée par les royalistes. Devant l'ampleur de l'émeute, certains conventionnels parlaient déjà de capituler plutôt que de donner du canon : « Allez-vous attendre pour tirer que le peuple vous en donne la permission ? a crié le Corse à Barras. Vous m'avez nommé, laissez-moi faire. »

Le feu a craché ; au matin, la révolte était matée et Bonaparte nommé commandant en chef de l'armée de l'Intérieur.

« Ce petit général pourrait devenir un grand homme ! » remarque, songeur, le marquis de Ségur.

Rose se souvient du regard si particulier : aussi fier et dominateur que le corps était chétif. A présent, Bonaparte a de l'argent, des serviteurs, un logement. Et si Ségur voyait juste ? Si le Corse avait aussi de l'avenir ? Au surplus, il est jeune, ce qui n'est point pour déplaire à la gourmande créole. Allons, il ne devrait pas être bien difficile à croquer.

Elle a une idée.

Le fils de Rose, Eugène, a 14 ans. Il n'est pas vraiment beau, ses traits manquent de finesse, mais c'est un garçon joyeux et aimable que tous apprécient.

Apprenti menuisier sous la Terreur, puis, grâce à Rose, apprenti aide de camp du général Hoche, aujourd'hui il étudie au collège irlandais de Saint-Germain.

L'adolescent a vécu d'angoissants moments lorsqu'il a vu les gendarmes emmener ses parents à la prison des Carmes. Il a signé, ainsi que sa sœur Hortense, une pétition suppliant la Convention de les libérer et glissé pour eux des messages dans le collier du carlin Fortuné. Son père, hélas, a été exécuté mais Rose lui est revenue.

Eugène adore cette mère qui est comme une chanson des îles et sait, lorsqu'elle en prend le temps, se montrer si tendre avec lui. Il n'a jamais rien su lui refuser et lorsque, ce matin d'automne 1795, elle lui demande d'aller trouver le nouveau Commandant de Paris pour le prier de lui laisser le sabre d'Alexandre de Beauharnais, il accepte sans hésiter. En effet, Bonaparte, craignant une nouvelle rébellion, a décrété l'interdiction du port d'armes dans certains quartiers de la capitale.

Voici donc Eugène chez Barras où, ce jour-là, dîne le jeune général. Ce dernier interrompt son repas pour le recevoir. Touché par le regard plein de franchise du garçon, ému par l'ardeur avec laquelle il évoque le supplice de son père et demande à conserver son sabre, il accède à sa requête avant d'aller reprendre sa place à table : n'a-t-il pas déjà rencontré la mère de ce jeune homme ?

– Mais oui ; elle s'appelle Rose de Beauharnais et c'est une femme de tout premier plan, répond Barras avec un sourire entendu.

Dès le lendemain, elle est là ! Elle veut remercier Bonaparte de sa générosité. Et déjà elle ne reconnaît plus tout à fait celui qui, chez Thérésia, avait excité son rire : vêtu de neuf, ses bottes impeccablement cirées, il a quelque chose d'impérieux. Quel dommage qu'il soit si maigre et surtout si mal coiffé : ses cheveux bruns tombent lamentablement de chaque côté de son visage : en oreilles de chien.

Tandis qu'il reçoit Rose, des gens ne cessent d'entrer pour lui demander un avis, un ordre, une faveur. Alors le ton devient précis, autoritaire, les visages s'inclinent ou se détournent sous le regard perçant et les paroles du marquis de Ségur reviennent à la mémoire de la veuve: «Ce petit général... un jour, un grand homme...»

Après l'avoir, de sa voix chantante, assuré de sa reconnaissance, Rose l'invite à venir la visiter chez elle, rue Chantereine.

Quelques bonnes affaires, mijotées aux dépens de l'armée, lui ont permis de s'installer près de la Chaussée-d'Antin. Sa nouvelle demeure est vaste, encadrée de beaux arbres; elle a jardin, écuries et peut loger trois domestiques.

Bonaparte répond à son invitation. Il vient une, deux, trois fois... Mais rien ne se passe!

Pourtant, Rose n'a pas ménagé ses efforts. Sous le corsage transparent, elle a souligné ses seins de velours noir afin de mieux faire ressortir l'éclat de leurs boutons. Elle a usé de sa voix, de sa démarche, de ses parfums. Elle a aussi, avec patience, écouté le petit Corse lui parler durant des heures de sa famille qu'il peut enfin aider, de l'espoir qu'il nourrit de bientôt commander l'armée d'Italie. Quel ennui! C'est à sa conquête à elle que la douce créole voudrait le voir s'élancer et c'est la pauvre veuve couverte de dettes qu'il devrait aider...

Aurait-il appris qu'elle était la maîtresse de Barras... ainsi que de quelques autres? Ou tout simplement a-t-il peur des femmes? Il paraît qu'il a été fiancé à une certaine Désirée Clary, mais celle-ci l'a trop fait attendre. Ce que supportait l'officier obscur, le nouveau Commandant de Paris l'a trouvé indigne de lui et il a rompu. La demoiselle pleure à présent: elle a laissé passer sa chance.

– Votre chance est avec Bonaparte, tentez-la, conseille Barras à Rose qu'il commence à trouver une maîtresse bien coûteuse et encombrante.

Il lui explique que le jeune général ne connaît rien du monde, il a besoin d'en apprendre les usages; mieux que toute autre elle saura les lui enseigner, elle lui ouvrira les portes de la bonne société. En échange, Bonaparte la protégera, subviendra à ses dépenses et ne lui pèsera guère puisqu'il ne songe qu'à retourner se battre.

– Tu n'as eu jusqu'ici que des liaisons passagères, il serait temps de te fixer, renchérit Thérésia.

Dans la glace au trumeau de son boudoir, Rose se contemple : son corps est encore parfait mais, sur son visage, commencent à se lire les marques du temps : la chair en est moins ferme et de fines rides se dessinent autour des yeux. Il y a aussi ses dents. Ah, mon Dieu, quel souci, ces dents qui se dégradent de plus en plus ! Il lui faut à présent mettre la main devant la bouche lorsqu'elle sourit. Oui, Thérésia a raison : elle doit songer à devenir sérieuse, se trouver un homme libre et riche, riche surtout ! Barras affirme que Bonaparte le deviendra. Rose décide une ultime tentative. Cette fois, elle l'invitera à la campagne : seul à seule.

Venez-voir une amie qui vous aime et que vous délaissez, lui écrit-elle.

Par la porte-fenêtre de la maisonnette qu'elle loue à Croissy, Rose peut voir frissonner sous l'hiver le gros marronnier du jardin. Il est quatre heures. Elle a servi elle-même à Bonaparte un café de son pays. La lumière des chandelles se reflète dans les glaces ; sur la cheminée, une pendule en bronze doré grignote le temps. Il semble que son jeune commandant se plaise à entretenir le feu.

Fortuné a été enfermé dans les dépendances. Le carlin a ses têtes et celle de Bonaparte lui déplaît souverainement : à chaque fois qu'il le voit, il s'en prend férocement à ses mollets !

Bonaparte est assis sur un dur tabouret à l'étrusque contre le lit de repos orné de griffons où Rose se prélasse. « Ah, soupire-t-elle, comme il est difficile de se retrouver seule et sans appui à 28 ans ! » Elle se rajeunit de quatre ans. Car oui, elle est seule ! Contrairement à ce que prétendent les mauvaises langues, Barras n'est qu'un ami pour elle. Mais depuis que le conventionnel a déclaré : « La démocratie, c'est l'amour », on lui prête toutes celles qui passent à sa portée. « Ceux » aussi puisque l'on a été jusqu'à dire qu'il aimait les jeunes garçons: pouah!

Bonaparte s'émeut. S'il savait... que Barras, dans les bras duquel Joséphine gémissait encore hier, paie le loyer de la maison où il se trouve, qu'il lui a offert les chevaux et la voiture aperçus à l'écurie et même la vache que l'on peut voir dans le pré voisin.

S'il se doutait que l'aérienne robe de mousseline rebrodée d'or que porte Rose n'a pas été réglée, ni son collier, ni les gages de ses domestiques. Que son titre de vicomtesse a été usurpé: Alexandre de Beauharnais n'y avait pas droit! Cette femme qui se rapproche de lui, dont la voix l'envoûte, dont le sein frôle les boutons de sa redingote, est un mensonge vivant: « Ah, dit-elle, les yeux humides, quelqu'un pour m'aimer, pour me protéger... »

Et Bonaparte lui ouvre les bras.

Dans la chambre tendue de damas ponceau, couchée près de son nouvel amant qui palpite encore, Rose s'étonne.

Ce « soldat de fer », comme l'appelait Robespierre le jeune, ce commandant que Barras lui-même semble craindre, ce général vendémiaire que Paris porte aux nues est si peu homme... Certes, sa virilité s'est manifestée, mais de façon tellement chétive... Ce qui n'empêche pas Rose d'être meurtrie partout car ce qui lui manquait en puissance ici, Bonaparte a semblé vouloir le compenser là par une brutalité de gestes, une rapidité dans l'exécution proprement féroces et qui l'ont laissée pantelante. De toute évidence, le petit Corse ignore ce qu'est une femme et, lui qui claironne à propos des combats: « Le temps est tout », ne sait pas le prendre dans celui de l'amour.

Alors elle se penche sur lui: elle va lui montrer, à ce guerrier, comment se livre cette bataille-là qui pour être gagnée ne doit laisser au champ d'honneur ni vainqueur ni vaincu. C'est elle qui, cette fois, mènera l'attaque, en éclaireur d'abord, prudemment, des lèvres et des doigts, avant de s'emparer de la longue main fine pour la guider sur elle. Elle va lui faire découvrir les points faibles, les résistances à vaincre, les barrages à forcer, la rivière enflammée et l'explosion finale : la commune reddition.

Plus tard, il s'est penché sur elle, le visage marqué de fierté par le cri qu'elle lui avait offert et dont il ne pouvait savoir qu'il était, lui aussi, mensonge.

– Je ne t'appellerai plus Rose, a-t-il dit. Je serai le premier à t'appeler Joséphine.

Et elle a frissonné sous le regard semblable à celui de ces oiseaux maigres planant au-dessus de leurs proies fascinées.

Je me réveille plein de toi. Ton portrait et le souvenir de l'enivrante soirée d'hier n'ont point laissé de repos à mes sens, douce et incomparable Joséphine.

Celle qui ne s'appellera plus jamais Rose relit avec un sourire amusé la lettre brûlante qu'on vient de lui porter. Ah oui, il est ferré, le petit Bonaparte ! Comme c'est naïf, un homme : il est certain de lui avoir donné du plaisir alors qu'il ne lui a procuré que celui d'être l'initiatrice. Si bien ferré que, quelques semaines plus tard, après d'autres scènes d'amour où elle n'a pas ménagé sa peine, et quelques cadeaux bien venus, il lui demande de l'épouser.

Joséphine hésite. D'abord, elle ne l'aime pas ! Si, parfois, il l'amuse par sa fougue, ses maladresses, sa façon de prononcer son nom « Buona-Parté », la plupart du temps, il l'inquiète : on dirait qu'il ne cesse de flamber. Comme c'est fatigant ! Mais il y a toutes ces dettes qu'elle a accumulées et la triste évidence : c'est le premier de ses amants à lui parler mariage.

– Ne laisse pas échapper cette occasion, l'encourage Thérésia. Et un mariage raté se résilie sans difficulté.

Il pourrait bien être nommé commandant de l'armée d'Italie promet Barras. Il ne t'encombrera guère et nous pourrons continuer à nous voir comme avant.

– Je t'en supplie, maman, ne l'épouse pas... implore Hortense.

En ce matin frisquet de février, la jeune fille est venue visiter sa mère, rue Chantereine. Bien qu'il soit tard, celle-ci est encore à sa toilette, dans son boudoir où elle n'a pas ménagé les miroirs. Poudre sur les joues, rouge aux pommettes et, sur les cheveux longuement brossés, un madras écarlate qui lui rappelle sa Martinique.

– Il te rendra malheureuse, insiste Hortense.

Avec une affection amusée, Joséphine regarde sa fille. Treize ans, comme la voilà grande! Certains assurent qu'elle lui ressemble mais ses souples cheveux blonds sont ceux d'Alexandre de Beauharnais, quant au regard, il n'appartient qu'à elle: tendresse, droiture, candeur, voilà Hortense! Elle est élevée strictement dans la pension de madame Campan, à Saint-Germain. «A son âge, moi, déjà...», songe Joséphine, se souvenant des jeux amoureux avec son esclave Brigitte, aux Trois-Ilets.

– As-tu pensé à notre situation? interroge-t-elle doucement. Elle n'est guère brillante... Bonaparte m'a promis de s'occuper de ton frère. Il paiera ta pension, tu pourras reprendre tes cours d'équitation, tu auras autant de jolies robes et de bijoux que tu le souhaiteras...

– Je ne l'aime pas, s'entête Hortense.

– Qu'as-tu donc contre lui?

– D'abord, c'est un terroriste, répond la jeune fille avec feu. Il était ami de Robespierre. Il a mitraillé notre camp à Saint-Roch. Pense à mon père...

Joséphine soupire: Hortense n'a jamais accepté ses nouveaux amis: «Leurs mains sont pleines de sang», dit-elle. Elle reproche à Barras d'avoir voté la mort de Louis XVI. Comme si l'on pouvait s'attarder à ces considérations-là! N'est-ce pas grâce à Barras que Joséphine a encore sa tête sur ses épaules?

– Et puis il ne considère pas les femmes...

– Qu'en sais-tu?

– Il me l'a dit: «Elles appartiennent à l'homme»...

Joséphine éclate de rire: «C'est lui qui m'appartient. Il fait tout ce que je veux.»

– Pour l'instant, murmure Hortense.

L'autre soir, lors d'un repas donné par Barras pour fêter l'anniversaire de la mort du roi – et auquel on l'avait forcée d'assister – elle s'est trouvée placée près de ce Bonaparte. Il l'a interrogée rudement, lui posant les questions les plus indiscrètes, et son regard... Lorsqu'il se posait sur elle, elle éprouvait un sentiment de tempête, oui, c'est cela: un souffle trop puissant. Elle vacillait.

A ce souvenir, les sanglots montent: «Il t'enlèvera à nous.»

Émue, Joséphine lui ouvre ses bras: voilà donc le souci d'Hortense! Elle craint de perdre sa mère à nouveau. Elle l'entraîne dans la belle chambre bleue et dorée, sur le lit décoré de rosettes et de myosotis où trône, bien sûr, Fortuné. Toutes deux s'y installent et Hortense se serre contre le corps potelé de cette femme qui sent le fruit et le lait, qui sent l'abri ensoleillé et qu'elle ne veut pas qu'on lui prenne.

Joséphine promène ses lèvres gourmandes sur le visage, le cou de sa fille.

– Ne crains rien, je sais me défendre. Et les hommes ne sont pas si forts. Il en faut si peu pour les avoir à sa merci, je t'apprendrai...

Mais comme les larmes d'Hortense ne tarissent pas, à court d'arguments, elle sonne Louise, sa femme de chambre, et lui demande d'apporter du chocolat chaud, de la brioche, des fruits. Pour sécher les larmes, le sucre est souverain, la créole l'a appris aux Trois-Ilets où la gelée de goyave, les savoureux ananas, la consolaient de tant de petites misères. On les appelait «France», ces ananas, comme tout ce qui était bon et beau. Si elle avait pu se douter!

Une cuillerée de confiture pour Fortuné, un morceau de brioche pour Hortense; sa fille a commencé du bout des lèvres, elle y va maintenant à belles dents. Et la voilà qui rit.

En ce qui concerne son mariage, Joséphine s'est bien gardée de rien promettre: au fond d'elle-même, sa décision est arrêtée.

C'est le 9 mars 1796. Dans le grand salon blanc et or de la mairie du 2e arrondissement, rue d'Antin, six personnes grelottent en attendant le futur époux qui se fait désirer: Joséphine, les quatre témoins dont Barras et Tallien, le commissaire du Directoire: Collin.

Il n'est pas loin de minuit lorsque, avec plus de deux heures de retard, Bonaparte arrive enfin. L'acte de mariage est lu en quelques minutes: «Napoléon Bonaparte, né en Corse, fils de Charles Bonaparte, rentier, et de Letizia Ramolino, accepte-t-il de prendre pour épouse Marie-Josèphe-Rose Tascher de La Pagerie, née dans les Iles-du-Vent?» Joséphine s'est rajeunie de quatre ans. Galant, Bonaparte s'est vieilli de dix-huit mois, ainsi sont-ils presque à égalité. «Oui», disent-ils, lui avec force, elle en un murmure. Ils se passent l'anneau nuptial. A l'intérieur de celui-ci, le fiancé a fait graver «Au destin».

Aucune fête n'ayant été prévue, l'on se sépare aussitôt. Les nouveaux mariés regagnent la rue Chantereine. Dans le lit de Joséphine, Fortuné attend, crocs en avant, décidé à défendre chèrement sa place et lorsque Bonaparte se glisse sous la couverture, il le mord profondément au mollet.

– Jette-le dehors, crie le marié.

Son général n'étant plus à conquérir, Joséphine prend sans hésiter le parti du carlin; la nuit de noces se passera à trois.

« Il faudra aller voir Hortense demain », murmure la créole avant de s'endormir.

Hortense a été avertie du mariage de sa mère par la directrice de sa pension : Joséphine a toujours détesté voir couler les larmes !

Marié le 9 mars, Bonaparte part le 11 pour Nice, prendre le commandement de l'armée d'Italie. D'hommes en haillons, affamés et démobilisés, il va faire une armée. En quelques semaines, il franchira les Alpes, conquerra la Lombardie, puis l'Italie.

Et presque chaque jour il écrit à Joséphine : il ne peut vivre sans elle, il le lui dit, le lui crie : « Je n'ai pas passé un seul jour sans t'aimer. Je n'ai pas passé une nuit sans te serrer dans mes bras »... Elle doit venir le rejoindre : son cœur, son corps brûlent. « Viens, *mio dolce amore*, viens vite. »

Il n'en est pas question ! Joséphine est tombée amoureuse.

Il s'appelle Hippolyte Charles, il a 24 ans et il est lieutenant de hussards. Sous les cheveux noirs, ses yeux sont comme l'azur. Il a les lèvres les plus douces, les plus hardies, les plus gourmandes du monde et une fossette au creux du menton. Il porte favoris et moustache. Mais surtout c'est l'homme le plus gai, le plus drôle que Joséphine ait connu. Et, par-dessus tout, elle aime rire.

Pour la seconde fois, elle éprouve la passion. Impossible de réprimer l'élan qui la jette dans les bras du superbe et vigoureux garçon. Très vite, elle ne peut plus s'en passer, elle ne cherche même pas à se cacher : au vu et au su de tous, elle l'installe rue Chantereine où, miracle, Fortuné lui fait fête.

Pas de nouvelles de toi et je t'aime tous les jours davantage... Dans les pays où il y a des mœurs, on écrit à son mari, l'on pense à lui, l'on vit par lui. Si tu me trompes, crains le poignard d'Othello.

Dans les bras d'Hippolyte, Joséphine parcourt,

entre deux éclats de rire, la dernière lettre de son mari que le colonel Murat – fort beau garçon, ma foi – vient de lui porter.

« Othello ! »

Avec un rugissement de fauve, Hippolyte se dresse sur le lit et, brandissant un coupe-papier, feint de poignarder sa belle. « Othello... hurle-t-il, mais pour qui se prend donc ce petit général... sans Gênes ? »

Le calembour enchante Joséphine : il n'en manque pas un ! Elle reçoit le hussard dans ses bras : « Méfiez-vous, monsieur, Murat m'a dit qu'en Italie mon " Petit général " se montrait impitoyable envers les voleurs : tous passés par les armes ! Alors, celui qui lui prend sa femme... »

Rires, caresses, extase...

Du remords ? Elle n'en éprouve point : elle n'a jamais dit à Bonaparte qu'elle l'aimait. Son mariage était de raison, il doit le savoir. Et elle est bien gentille de répondre de temps en temps à ses lettres, elle pour qui écrire est un supplice. L'autre jour, elle a même tracé pour lui quelques lignes avec son sang, ou plutôt avec celui de son amant qui s'est joyeusement sacrifié : à la guerre comme à la guerre !

Dans ses missives, Bonaparte se plaît à évoquer sa « petite forêt noire » où il aimerait tant promener à nouveau ses lèvres. Elle répond sur le même ton, s'amusant à lui rappeler d'érotiques souvenirs. Le résultat est que, là-bas, nous flambons de plus belle : *Un baiser sur ta bouche, un sur ton cœur, un plus bas, bien plus bas...*

Partager avec un amant les lettres enflammées d'un mari est un savoureux piment !

Viens... mon adorable amie, ma bien-aimée.

Pas question ! A Paris, c'est la fête et, le plus souvent, Joséphine en est la reine. La gloire du général rejaillit sur elle : on l'appelle « Notre Dame des Victoire ». Partout où elle se montre : au théâtre, au bal, dans les salons, des applaudissements l'accueillent. Ce qu'il faut pour son bonheur, c'est cela: un amant très proche qui lui apporte rire et plaisir, ce héros lointain pour la gloire et l'argent.

Ah, l'argent, quel souci! Malgré ses affaires – Joséphine vient de toucher une somme rondelette sur des couvertures fournies à l'armée – les dettes s'accumulent: loyers de la rue Chantereine et de la maison de Croissy, pension d'Hortense et d'Eugène, vin de Champagne et fins repas lorsqu'elle reçoit chez elle; sans compter toutes les robes qu'elle a commandées! Un général qui remplit d'or les caisses du Directoire en aura sûrement de reste pour régler ce que doit la femme qu'il affirme aimer plus que tout...

Viens... sur mon cœur, dans mes bras, sur ma bouche.

Pas maintenant! Elle vient de faire emplette d'une perruque blonde de toute beauté afin de mieux trancher avec les noirs cheveux d'Hippolyte et chaque matin, elle noue pour lui son madras aux quatre coins ce qui, en langage des Trois-Ilets, signifie: «Cœur en folie.»

Viens... prends des ailes, viens, viens...

Cette fois, c'est Joseph, le frère aîné de Bonaparte, qui a apporté la lettre. Il était accompagné de Junot, chargé de remettre au Directoire les drapeaux pris à l'ennemi. Quel somptueux moment pour Joséphine que celui où elle est apparue au bras du militaire face à la foule massée au Luxembourg. Longuement les vivats ont retenti, mêlant le nom de l'épouse à celui du héros. Elle s'est souvenue de la prédiction de Ségur: «Un grand homme».

Viens... monstre que je ne puis expliquer, cruelle qui ne m'écrit point.

«Je suis enceinte.» C'est l'excuse que Joséphine a trouvé pour ne point rejoindre celui dont les lettres se font de plus en plus désespérées. La réponse de Bonaparte – une explosion de joie – la met mal à son aise. *Un enfant, un fils, un autre être qui t'aimera autant que moi...* Souhaitait-il donc si fort un héritier? Mais au lieu de le calmer, la nouvelle la lui fait désirer davantage encore.

Viens... que je caresse ton petit ventre si intéressant.
Alors, elle trouve un dernier argument.
Je suis malade.
... à l'idée de quitter Hippolyte, si beau dans son uniforme bleu ciel à ceinture écarlate, si tendre en amour, si brillant dans les salons.

C'est une chaude journée de juin à Croissy. En jupon de cotonnade colorée et léger corsage, le visage protégé par un large chapeau de paille, Joséphine soigne ses fleurs. Dieu, comme elle les aime, les roses surtout, si délicates et parfumées. Elle connaît tous leurs secrets. A genoux sur un coussin, elle retire les mauvaises herbes, remuant voluptueusement la terre, respirant les bonnes odeurs, lorsque, sur le perron, apparaît un domestique.

– Monsieur le directeur Barras est là. Madame veut-elle le recevoir ?

– Bien sûr, faites-le venir, il mettra la main à la pâte, répond Joséphine enchantée.

Mais Barras n'est pas venu pour jardiner, ni pour prendre dans ses bras – ce qui lui arrive encore parfois – celle qui fut l'une de ses plus ardentes maîtresses. Son visage est soucieux ; sans laisser à Joséphine le loisir de se laver les mains, il l'entraîne dans un coin ombragé, prend place sur un siège en face d'elle et annonce :

– Tu dois rejoindre ton mari à Milan !

– Mais je ne puis, je suis souffrante, proteste Joséphine, toute rose sous son chapeau.

Le politicien, qui connaît tous les tours de cette femme, comme il connaît chaque parcelle de son corps, sourit.

– C'est ton Bonaparte qui l'est : à cause de toi. Il te soupçonne de lui être infidèle. Il ne mange ni ne dort. Même la gloire ne l'intéresse plus.

Joséphine soupire : « N'est-ce pas toi qui me l'as jeté dans les bras ? Qu'y puis-je s'il est devenu fou d'amour ? »

– Il parle de revenir, poursuit Barras. La guerre n'est pas finie, ce serait une catastrophe pour le pays. Tu vas partir là-bas et l'y retenir.

Et comme Joséphine s'entête.

– Ordre du Directoire, décrète-t-il.

– Vous me sacrifiez à la politique...

– Au bien de la patrie, rectifie Barras. Sacrifice qui sera adouci par les fructueuses affaires qui t'attendent en Italie, ajoute-t-il à mi-voix.

Joséphine regarde ses mains où la terre a collé, puis ses yeux volent vers ses fleurs, cette maison où elle commençait à respirer: «J'étais bien», murmure-t-elle. Les larmes coulent. C'est à la fois si simple et si difficile d'être bien: on ne peut même pas le mettre en mots.

– Et l'argent pour le voyage?

– Tu emprunteras.

Alors, elle prononce à voix basse le nom qui lui brûle le cœur.

– Et Hippolyte?

– Emmène-le, soupire Barras.

Le grand départ a lieu fin juin depuis Fontainebleau, après une réception offerte par les cinq directeurs. Dans la berline de Joséphine ont pris place Joseph Bonaparte, le colonel Junot, Hippolyte et, dans les jupes de sa maîtresse, Fortuné. Les domestiques, dont la fidèle Louise, voyagent dans la voiture suivante. Hamelin, avec qui Joséphine est en relation d'amitié et d'affaires, et qui a, pour une bonne part, financé le voyage, suit en chaise de poste. Tout ce petit monde arrivera à Milan mi-juillet.

Voilà quatre mois que Bonaparte n'avait pas tenu sa femme dans ses bras.

2

L'insouciance

Il regardait cette femme inscrite au plus profond de son être, ce visage de fruit mûr, ce corps si généreux dont le cœur refusait de s'ouvrir à lui et il se disait que l'amour était bien une maladie et que l'on pouvait en vouloir mourir.

Après une si longue absence, elle avait trouvé moyen de se plaindre d'une douleur au côté pour retarder le moment de se donner à lui; et à son bonheur de la retrouver, opposé des moues, des airs lassés, des minauderies. Et à présent, étendue à ses côtés dans le grand lit à impériale dont il avait, pour lui plaire, fait renouveler les tentures, elle dormait ou faisait semblant de dormir pour n'avoir point à l'écouter.

A l'époque où sa mère l'appelait encore «Nabulio» et où il n'était qu'un petit Corse pauvre à l'accent rocailleux, les camarades de Bonaparte l'accablaient de leurs moqueries; alors, il serrait les poings, il regardait loin et se promettait d'être un jour reconnu et admiré de tous.

Il avait tenu sa promesse. Des armées avaient plié devant lui, il remplissait d'or les coffres de la France et de chefs-d'œuvre ses musées. Nul ne disait plus le «petit Bonaparte» mais le «Grand général»; seule Joséphine, celle qui était tout pour lui, se refusait à le reconnaître.

Pour elle, pour l'éblouir, lui offrir ses lumières,

ses fêtes, sa musique et l'installer dans son plus beau palais, il avait pris Milan. Elle n'avait su qu'y promener un regard indifférent. Aurait-il fallu, pour qu'elle comprenne qui il était et le regarde enfin, qu'il fît aligner dans le parc de ce château les morts, les blessés, les prisonniers, les canons et les drapeaux pris à l'ennemi ?

Un vertige le traversa. Et si ses efforts étaient vains : si un autre existait qui rendait impossible la conquête de Joséphine, l'un de ces jeunets, ces beaux parleurs sans consistance qu'elle affectionnait ?

Son désir s'exacerba et il se laissa glisser hors du lit, incapable de rester plus longtemps contre cette femme inaccessible. Sans bruit, il commença à arpenter la *camera matrimoniale* – chambre des époux – où il avait, en attendant ce jour, rassemblé les plus beaux meubles, les plus fines porcelaines. Ah, cette réunion de leurs êtres, que de fois, couché à la dure sous sa tente, en avait-il rêvé !

Pour aboutir à cette déception.

Sa marche s'accéléra et, sans le vouloir, il frôla le coussin, près de la cheminée, où était installé Fortuné. Le carlin gronda.

– Bonaparte, que fais-tu ? s'inquiéta Joséphine.

Redressée sur le lit, les cheveux épars, la gorge découverte, elle le regardait avec une pointe de réprobation et il s'aperçut qu'il était nu. Pouvait-elle imaginer, elle qui ne pensait qu'à ses robes, que pour un soldat, déposer l'uniforme, les armes, et s'abandonner dans les bras d'une femme, c'était tout simplement la paix ?

Il regarda la fleur de ses seins qu'elle offrait peut-être à un autre et la question qui lui brûlait le cœur monta.

– M'as-tu trompé ?

Avec un sourire, Joséphine se laissa retomber sur l'oreiller. Longuement, voluptueusement, elle s'étira.

– Et toi ? demanda-t-elle.

Elle avait laissé Hippolyte aux portes de Milan où était venu, en fin d'après-midi, l'accueillir Bonaparte. Voyant son amant s'éloigner dans les rues pleines d'une population en liesse, de jolies Italiennes légèrement vêtues, une bouffée de rancune l'avait envahie contre le responsable de sa venue ici, cet homme pâli par le bonheur qui lui présentait son bras et l'escortait jusqu'à la somptueuse voiture à six chevaux dans laquelle elle ferait dans la ville une entrée de souveraine.

Et il lui fallait sourire, répondre aux acclamations, écouter un discours, puis, arrivée au palais Serbelloni, assister à une réception avant de se retrouver dans cette chambre, ce lit, ces bras...

Bonaparte reprit place à ses côtés. Il s'empara de sa main et la fit remonter le long de la cicatrice inscrite dans sa cuisse.

– Une femme aimante m'aurait demandé d'où cette blessure provenait, fit-il remarquer avec reproche.

– Et d'où provient-elle ? interrogea légèrement Joséphine.

– Un coup de baïonnette à Toulon, il y a trois ans.

Suivant, pour lui plaire, la boursouflure des doigts, elle se souvint de la balafre creusée dans la joue de Hoche et ferma les yeux : elle en avait tiré quelque plaisir, aimant la caresser du bout de la langue pour faire frissonner ce général-là. Elle soupira : ces hommes... leurs guerres... Elle, elle avait envie de se parer, d'aller danser, de faire la fête. Où était Hippolyte ? Auprès de quelle femme prête à se donner ?

La main de Bonaparte releva sa chemise et il se pencha sur son ventre : « Notre fils », murmura-t-il.

Joséphine n'osa lui dire que de fils, ou de fille, il n'y avait jamais eu. Avant de lui infliger cette déception, elle voulait qu'il lui remboursât les frais occasionnés par le voyage ; elle obtiendrait un poste avantageux pour son ami Hamelin et lui présenterait Hippolyte.

A condition que ce balourd de Joseph ne les trahisse pas.

Mais voici que l'oreille de son mari venait se coller sur son ventre. Il se mettait à rire de ce rire d'écolier qu'il avait parfois.

– N'a-t-il pas bougé ? Mais si, j'en suis sûr. Je l'ai senti !

Elle se mit à rire elle aussi. Bonaparte voulait toujours tout, tout de suite : « Pas encore, tu es bien impatient. »

Une musique venant du parc l'interrompit : vive, colorée, musique de soleil et de *dolce vita*, d'amour et de fantaisie. En un bond, elle fut debout. Un sourire aux lèvres, Bonaparte la suivit. Il lui tendit son déshabillé, enfila rapidement pantalon et chemise, et l'entraîna vers la fenêtre dont il écarta les rideaux.

– En l'honneur de ma déesse...

Partout, dans le parc, étaient allumés lampions et lanternes. L'orchestre jouait sur une estrade dressée au centre de la pelouse. Une petite foule l'entourait. Se tournant vers le palais, quelqu'un aperçut le couple et avertit les autres. Tous les visages se levèrent vers leur fenêtre et des applaudissements retentirent. Bonaparte entoura de son bras la taille de sa femme comme s'il voulait prouver à tous qu'elle lui appartenait bien.

– De qui est cette musique ? demanda Joséphine. Je n'en avais jamais encore entendu de pareille.

– Un dénommé Spontini, dit-il. Gaspare Spontini. Si tu le souhaites, nous le ferons venir à Paris.

Elle se détourna : ce qu'elle souhaitait, c'était un peu de la joie inscrite sur les visages de ceux qui participaient à la fête. C'était, durant quelques heures, être l'une de ces femmes libres d'aller dans les bosquets aimer l'homme de leur choix.

Elle laissa retomber le rideau et revint dans la chambre.

– Sortons !

Mais Bonaparte l'enlaçait; il relevait ses cheveux pour respirer sa nuque. Elle sentait son désir contre ses reins.

– Pas à présent.

– Femme!

Plus tard, elle se souviendrait de cette première colère..., cet instant où, criant ce mot, Bonaparte avait saisi son bras pour la tourner vers lui et où elle avait découvert sa face incendiée de rage.

– Ne sais-tu pas que tu m'appartiens?

Et comme, sans ménagement, il la tirait vers le lit et l'y jetait, les paroles d'Hortense lui revinrent en mémoire: «Il te fera souffrir.» Des larmes de douleur et de crainte jaillirent de ses yeux.

Bonaparte eut un recul. Toute irritation disparut de son regard, ne resta que le désarroi: de ce désarroi aussi elle se souviendrait, le jour où ses larmes n'auraient plus de pouvoir sur lui.

– Ne pleure pas... Je veux que tu sois heureuse, tu entends, je te l'ordonne. Qu'ai-je donc dit de si vilain? Ne sais-tu pas que la femme est la propriété de l'homme, comme l'arbre à fruit appartient au jardinier?

L'arbre à fruit... Voici qu'il pensait à nouveau à cet enfant fantôme. Et il embrassait ses yeux et descendait plus bas, «bien plus bas» comme il le disait dans ses lettres. Et il explorait des lèvres sa «petite forêt noire». Allons, elle allait devoir se laisser manger à nouveau, feindre d'en éprouver du plaisir. Au moins que ce fut vite fait!

Ses mains vinrent attiser le désir de son mari. Elle pouvait, par la fente du rideau, distinguer dans le parc les lumières allumées pour elle et dont on ne la laissait pas profiter. Avait-elle été un jour cette femme qui n'avait pas de quoi se payer une chandelle mais pouvait aimer librement qui elle désirait? Et de ces deux femmes, laquelle était la moins malheureuse?

La musique changea de rythme et des acclamations montèrent. Ils allaient danser maintenant.

Sous celui de Bonaparte, son corps esquissa les ondulations de l'amour. Elle avait remarqué, tout à l'heure, de fort jolies robes, des tissus, d'elle inconnus. Certaines coiffures en « queue de cheval » lui avaient paru amusantes. Il faudrait qu'elle essaie. Elle avait l'épaisse chevelure qui convenait.

Il lui semblait déjà entendre le rire d'Hippolyte lorsque à pleines mains il s'en saisirait.

Et c'est une belle soirée d'août ; déjà les feuillages des arbres se mêlent de roux et, certains soirs, le vent porte des odeurs d'automne.

Plus d'un mois a passé depuis que Joséphine a retrouvé Napoléon : un mois durant lequel, à Milan, Parme, Florence, Lucques, elle a fait et bien fait son travail de souveraine d'Italie, écouté patiemment des discours, reçu des délégations, offert des fêtes.

Elle a aussi gagné beaucoup d'argent en trafiquant avec Hamelin, nommé par son mari, sur sa recommandation, percepteur des contributions militaires. Si Bonaparte savait ! Il n'est de jour qu'il pourfende en paroles les honteux profiteurs qui s'engraissent sur le dos de l'armée, donc de la France.

Un long mois d'ennui loin des bras de celui que Joséphine aime toujours passionnément, que son corps réclame chaque jour davantage : Hippolyte, devenu le lieutenant Charles dans l'état-major du général en chef.

Et puis cette fin d'après-midi, comme elle arrive à Brescia où ce dernier lui a donné rendez-vous, ce n'est pas Bonaparte qu'elle trouve sur le seuil de la porte, mais son amant, avec ses lèvres gourmandes et ses yeux rieurs.

– Le Général a dû se rendre à Crémone ; il vous y attend ce soir.

– Je n'irai pas. Je suis trop lasse. Restons ici.

Sourde aux prières de ceux qui l'ont accompagnée dans son voyage, Joséphine ordonne que l'on descende sa malle du carrosse, s'installe dans la chambre de son mari, y fait dresser une table bien garnie, place un grenadier en faction devant la porte avec l'interdiction de laisser entrer quiconque, sinon la fidèle Louise, et convie Hippolyte à souper avec elle.

Pâtés, volaille, fruits et glace, il a dévoré, le diable, avant de songer à satisfaire sa faim à elle! Dans ses bras, elle se déploie, elle respire enfin. Comment a-t-elle pu vivre toutes ces semaines sans lui? Non, ce n'était pas vivre!

– Alors, citoyenne Bonaparte, interroge-t-il d'un ton sévère. Cela fait quoi de jouer à la reine?

– Rien! C'est toi qui me fais... As-tu pensé à moi? Tu ne m'as pas écrit.

... ce que sans cesse lui répète son mari.

– Je faisais la guerre.

– La fête aussi...

– Jalouse?

Elle se serre contre lui, le respire tout, goûte à sa peau: oui, jalouse, très jalouse... Il aime tant s'amuser! D'ailleurs, au lieu de rester près d'elle, qui en a faim à nouveau, le voici qui se livre à son jeu préféré: l'imitation. Une nappe sur l'épaule, il disparaît derrière une tenture pour réapparaître, drapé à la romaine, cheveux sur les oreilles, l'air outragé.

– Quoi, madame? Vous avez osé faire cela dans la *camera matrimoniale*?

Dans sa bouche, l'accent corse prend des intonations savoureuses et Joséphine réprime son rire.

– Faire quoi, monsieur? demande-t-elle, mains chastement croisées sur sa poitrine.

– Ne jouez point les innocentes, vilaine femme. Faudra-t-il que je vous montre?

– Oh oui, supplie-t-elle. Autant de fois que vous voudrez. J'ai du mal à comprendre...

A Hippolyte de rire. Avant de se jeter sur elle: de toute la colère du mari outragé, de toute la douceur de l'amant expert.

Ah, nul n'a su l'aimer ainsi, de cet amour tendre

et joyeux. Beauharnais ne pensait qu'à lui, derrière Hoche se dressait le spectre de la guillotine, Bonaparte... n'est que Bonaparte. Sous les caresses d'Hippolyte, Joséphine devient fleur, s'humecte, s'épanouit.

– Madame... appelle à la porte la voix anxieuse de Louise.

– Entre!

La femme de chambre apparaît, le visage plein d'alarme.

– On dit que, ne vous voyant point venir, le Général a pris la route: il arrive.

– «On»?

– Le colonel Junot: il l'a précédé pour vous avertir.

Louise baisse les yeux: Junot a fait sa conquête durant le voyage. Elle l'aura, la chanceuse, cette nuit dans son lit.

– Débarrasse vite la table, ordonne Joséphine. Et veille à la discrétion de chacun.

Va-t-il donc falloir déjà se séparer? Tandis qu'Hippolyte remet son uniforme, elle s'interroge. Et si Bonaparte les avait surpris? Sans doute aurait-il voulu divorcer... Elle n'y tient pas. Barras avait raison: les honneurs, l'argent facile, l'ont peu à peu prise au piège. Et ces somptueux cadeaux – diamants, perles, œuvres d'art – qui commencent à affluer, venant de personnes croyant payer ainsi l'influence de Joséphine sur son époux. Bonaparte lui interdirait de les accepter, aussi les cache-t-elle dans les combles du palais Serbelloni avant de les envoyer rue Chantereine.

Renoncer à tout cela? Elle ne pourrait plus. Renoncer à son amant? Pas davantage. Il faut donc se résigner à mentir.

Hippolyte est prêt. Avant de la quitter, il promène ses moustaches sur le ventre de sa maîtresse qui rit et soupire à la fois.

– Lui as-tu dit pour l'enfant?

– Oui.
– Comment l'a-t-il pris?
– Pas mal.

La porte refermée, elle se laisse tomber sur les coussins. Oui: pas mal! L'occasion d'apprendre à son mari qu'elle n'était pas – plus – enceinte, s'était présentée d'elle-même après Vérone, à la suite d'une journée et d'une nuit de fuite devant les troupes du général Wurmser. Épuisée par de longues marches dans les fossés boueux, le corps moulu par les cahots de la carriole de paysan qui l'avait ramenée à Desenzano, petite ville où l'attendait son mari, en larmes, elle avait avoué:

– J'ai perdu l'enfant.

Les cris, les reproches qu'elle avait redoutés n'étaient pas venus. Bonaparte était allé à la fenêtre et, mains derrière le dos, d'une immobilité de pierre, il avait longuement fixé la nuit. Enfin, il s'était retourné. Son visage était plus pâle encore que de coutume:

– Wurmser me le paiera, avait-il dit.

Il est tard, dans la maison de Brescia, Joséphine s'est endormie, le corps agréablement meurtri par les assauts de son amant. Dans un instant, essoufflé par le voyage, débordant d'amour, Bonaparte viendra s'étendre à ses côtés.

Le 5 août, le général Wurmser a été balayé à Castiglione.

Le 27, ses armées seront pulvérisées près du Tyrol.

Le 8 septembre ce sera Bassano.

Le 15 novembre, Arcole.

Le commandant en chef des armées autrichiennes est définitivement vaincu.

Il a bien payé pour les larmes de Joséphine et un enfant fantôme.

– Général, ne bougez pas, supplie le peintre. J'en ai bientôt terminé.

Jean-Antoine Gros, 25 ans, élève de David, rêvait d'immortaliser le héros d'Italie, Joséphine l'a invité au château Serbelloni et chaque jour Bonaparte pose. Mais l'immobilité lui est insupportable : un seul moyen de l'obtenir, que sa femme le prenne sur ses genoux !

Le tableau le représentera sur le pont d'Arcole, au moment où, sous un déluge de mitraille, il s'est élancé à la tête de ses hommes, les exhortant à passer. Joséphine a décidé qu'elle ne verrait l'œuvre qu'achevée afin d'avoir la surprise ; c'est pour tout à l'heure, Gros en est aux dernières retouches.

Attendant de pouvoir admirer, elle aussi, le travail de ce peintre inconnu, toute une petite cour bruit et se presse dans le salon : Françaises venues de Paris tenir compagnie à Joséphine, comtesses italiennes, ministres, soldats, mais aussi ces poètes et savants dont Bonaparte aime à s'entourer.

– Que dirais-tu d'une promenade aux Trois-Ilets de Joséphine ? chuchote gaillardement celui-ci à l'oreille de sa femme.

Profitant de la situation, il fourrage sans pudeur dans son corsage. Elle proteste tout bas. Son mari se permet, en public, toutes les privautés avec elle et, plus d'une fois, au cours d'une cérémonie ou dans une loge de théâtre, elle a eu tout le mal du monde à l'empêcher d'aller droit au fait, tandis que les personnes présentes faisaient semblant de ne rien voir.

– Général, vous avez encore bougé, proteste Gros. Je ne vous demande plus que quelques minutes de patience.

Les mains du modèle s'assagissent. Fortunée Hamelin adresse un clin d'œil de connivence à Joséphine. Créole elle aussi, de mœurs légères, passionnée par le profit, elle est, après Thérésia, sa grande amie. Cependant, Joséphine prend garde à ne point trop s'afficher avec elle car Bonaparte ne l'aime pas. Mais si elle écoutait son mari, elle ne fréquenterait que les vieilles barbes de l'aristocratie !

Gros recule pour juger de son œuvre puis il pose ses pinceaux et s'incline devant Bonaparte.

– C'est terminé, Général. Pour poser le vernis, je n'aurai point besoin du modèle.

Un murmure d'excitation court dans le salon : le grand moment est venu où l'on va pouvoir admirer. Bonaparte est déjà sur ses pieds ; il tend la main à Joséphine qui défroisse sa robe.

– Accepterez-vous de me voir, ma mie ?

Joséphine acquiesce et son mari la mène de l'autre côté du chevalet ; le reste de l'assemblée suit. Et soudain, comme tous découvrent le tableau, c'est le silence.

Sous le ciel d'orage, cet homme est seul. Il porte l'éclatant uniforme bleu, rouge et or. D'un poing, il brandit le drapeau, de l'autre il tend son sabre. Son visage, d'une pâleur extrême, attire toute la lumière. Les sourcils légèrement froncés, les lèvres serrées, le menton volontaire, expriment la décision. Il est la jeunesse, sa fougue, sa force et sa fragilité aussi. Il emplit le tableau. Il en déborde.

Peu à peu les conversations ont repris : on commente, on félicite artiste et modèle. Joséphine a porté la main à son cœur qu'elle sent battre plus fort : c'est le regard de Bonaparte, sur la toile, qui la fascine. Que voit-il ? L'armée fatiguée qu'il cherche à entraîner, ou, plus loin, plus profond, ce destin dont il lui parle souvent pour affirmer que sa main invisible a déjà tout écrit ? Confusément, elle comprend que ce regard élève son mari au-dessus de tous les Hippolyte du monde, il montre une direction, vous emporte. « Cet homme est une tempête », lui a dit un jour Hortense. Où s'arrêtent les tempêtes ?

Murat est venu à ses côtés. Silencieux lui aussi, il fixe le visage de son héros et d'un geste brusque essuie une larme au coin de son œil avant de rejoindre ses compagnons.

Les valets servent des rafraîchissements, l'animation est grande, Joséphine s'approche de Gros qui nettoie ses pinceaux.

– Le voyez-vous ainsi ?

Le son de sa propre voix l'étonne : elle est comme la larme au coin de l'œil de Murat.

Le peintre ne semble pas surpris de sa question : son regard vole vers Bonaparte, au centre d'un petit groupe de femmes qui, comme toujours, le flattent et cherchent ses faveurs. Mais Joséphine le sait, jamais il ne les a accordées à aucune : elle seule compte pour lui.

– Bien des musiciens entendent en eux une musique qu'ils ne parviennent pas à concrétiser tout à fait, remarque Gros. La gamme ne compte pas assez de notes. Ma palette n'a pas suffi à donner à ce visage toute la lumière que j'y sentais.

– Je ne comprends pas bien... expliquez-moi encore, insiste Joséphine.

– Certains êtres ont en eux une telle force que nous sommes incapables de la saisir en son entier, reprend le peintre. On dirait... qu'ils sont à la fois eux-même et nous tous. Ils peuvent être aussi... l'histoire.

Il sourit et, sur son visage, Joséphine remarque un peu de cette lumière qui éclaire le tableau.

– Voyez-vous, madame, si le pinceau de l'artiste parvient à saisir ne serait-ce qu'un instant de cette force, qui est celle de l'âme, alors son œuvre mérite bien le nom d'« immortelle ».

Riant et caquetant, Fortunée Hamelin s'est approchée ; elle s'empare du bras de Joséphine : « On nous attend dans le parc, des jeux s'organisent, viendrez-vous ? »

– Plus tard, dit Joséphine.

Elle dégage son bras et rejoint Bonaparte.

– Alors, ma mie, est-ce que je vous plais ? interroge celui-ci avec l'un de ses grands rires brefs.

– Je ne trouve point de mots pour vous dire combien, répond-elle.

Comme elle prend sa main, il lui semble saisir celle de l'homme qui figure sur le tableau et c'est au vainqueur d'Arcole qu'elle murmure :

– Cette promenade aux Trois-Ilets dont tu me parlais tout à l'heure, si nous allions la faire ?

Ils galopaient, se roulaient sur les pelouses, disparaissaient derrière les buissons, grimpaient aux arbres, poussaient des cris perçants, riaient à en perdre le souffle.

Des enfants!

Le plus fou: Junot, front bandé pour une récente blessure. Le plus jeune: Marmont, 23 ans. Et Murat dans un déguisement insensé, et Duroc, Lannes, Leclerc, l'état-major de Bonaparte, ses vaillants compagnons dont pas un n'avait 30 ans.

Oui, des enfants!

De sa fenêtre, Joséphine les regardait, tout en savourant les couleurs et les odeurs de cette journée de juin, vive et exubérante comme eux. Elle se trouvait, pour quelques semaines, au château de Mombello, à quatre lieues de Milan.

Cela faisait maintenant presque un an qu'elle avait quitté la France sur ordre du Directoire pour faire son métier de reine en Italie et elle l'avait bien fait. Par les courriers de Thérésia, elle savait qu'à Paris on se félicitait d'elle. On y disait que son art de recevoir, son charme, son élégance et son esprit, parachevaient les conquêtes de son mari. Elle était toujours bien «Notre Dame des Victoires».

Ses sourcils se froncèrent: Pauline, la petite sœur de Bonaparte, venait d'apparaître au détour d'une allée, poursuivie par Hippolyte. Lorsqu'elle fut face au château, la jeune fille s'arrêta et se laissa rejoindre; le hussard l'entoura de ses bras. Alors, Pauline leva les yeux vers la fenêtre où se trouvait sa belle-sœur et lui tira la langue. La peste!

Joséphine laissa retomber le rideau. Jusqu'où était capable d'aller celle qui l'avait surnommée «la vieille»? Voici plus de six mois que Pauline Bonaparte lui était tombée sur les bras et, en dépit de ses efforts, les choses se dégradaient chaque jour davantage entre elles.

17 ans, de longs cheveux bruns, un adorable

visage éclairé par des yeux noisette, une bouche à croquer, un corps sans défaut, un entrain, une gaieté inaltérables, au premier abord Pauline charmait tous ceux qui la croisaient. Mais sa coquetterie effrénée, ses caprices, son impertinence lassaient bien vite ceux qui la connaissaient mieux.

« Sa méchanceté aussi... » pensa Joséphine et l'envie de revoir sa douce Hortense, toujours en pension à Saint-Germain, fit monter les larmes à ses yeux. C'était elle qui aurait dû se trouver à ses côtés et non ce démon.

Elle s'installa dans une bergère, prit Fortuné sur ses genoux et plongea son visage dans les poils soyeux : « Dis-moi, *amore*, me trompe-t-il ? » murmura-t-elle. Elle avait averti Hippolyte que Pauline traînait une galanterie *, comme son frère aîné, Joseph, comme Junot... et qu'il avait intérêt à en rester éloigné s'il ne voulait point souffrir dans sa chair, mais l'avait-il entendue ? Et la fidélité pouvait-elle exister dans ce lieu fait pour le plaisir où, du matin au soir, en compagnie de femmes à demi nues, d'intrépides et beaux soldats jouaient à des jeux guerriers pour se remettre de la guerre avant d'y retourner et, peut-être, n'en point revenir ?

Elle se releva pour sonner Louise qui fut là aussitôt ; sa femme de chambre était un peu triste depuis que Junot lui préférait les jolies comtesses italiennes mais Joséphine, hostile à cette liaison, se félicitait de la rupture.

– Que fait le Général ? s'enquit-elle

– Mais vous le savez bien, madame. Il est allé chercher sa mère.

Ah oui ! Arrivée aujourd'hui à Milan, Letizia Bonaparte serait ce soir à Monbello. Elles ne s'étaient encore jamais rencontrées : comment s'entendraient-elles ? Joséphine savait que sa belle-mère n'avait guère apprécié son mariage. Elle soupira.

– Quelle robe mettrai-je pour l'accueillir ?

* *Maladie vénérienne.*

– Point trop décolletée, madame. On dit que la mode d'aujourd'hui ne plaît pas à madame Bonaparte.

Avec l'aide de Louise, elle retira sa robe du matin puis envoya d'un coup de pied son jupon au loin. Chemise et corset tombèrent à leur tour sur le parquet et elle se retrouva nue.

– Sais-tu qu'elle me fait peur ? On dit qu'elle ne m'aime pas.

– Mais tous vous aiment ! protesta Louise.

La femme de chambre ramassait les vêtements éparpillés partout : ceux de la matinée mêlés à ceux de la nuit, des bonnets et des châles, tandis que sa maîtresse se contemplait dans la psyché. Petits seins haut perchés, ventre lisse légèrement arrondi, hanches et cuisses fermes, le corps de Joséphine était resté parfait. On avait envie de passer la main sur cette peau élastique qui dégageait une odeur poivrée que Louise eût reconnue entre toutes.

– Et ce soir, pour le souper ?

– Une robe blanche et votre couronne de laurier, madame. C'est ce que préfère le Général.

– Fais-moi choisir !

Louise disparut dans le salon voisin, affecté exclusivement aux robes de Joséphine qui, presque chaque jour, s'en commandait une nouvelle. Des cris dans le jardin attirèrent à nouveau cette dernière à la fenêtre ; elle se dissimula derrière le rideau. Une partie de saute-mouton avait été organisée et les jupes volaient sur le dos courbé des hommes. Ce soir, on dresserait devant le château la grande tente pour le souper que partageraient une cinquantaine de personnes : aristocrates des environs, ministres, artistes. Le dîner se déroulerait en musique et, un peu plus loin, les gens du pays pourraient, comme à Versailles, admirer les convives. Il lui faudrait rire et montrer de l'esprit, le vin lui donnerait la migraine, elle éviterait de trop regarder du côté d'Hippolyte...

Des yeux, elle chercha son amant : il avait disparu

ainsi que Pauline. Étaient-ils ensemble ? Dans quelques jours, par bonheur, la jeune fille serait mariée au général Leclerc, chef d'état-major de Bonaparte. Le pauvre homme! Mais bon débarras.

Louise réapparut, suivie de la seconde femme de chambre, portant une brassée de robes et de châles. Celle-ci disposa le tout sur le lit puis se retira après un regard admiratif vers la nudité de la créole. Joséphine passa un corset qui maintiendrait haut ses seins, une chemise fraîche, un jupon. De pantalon, elle ne portait que lorsqu'elle montait à cheval, c'est-à-dire presque jamais. Elle aimait sentir son corps libre.

Elle enfila ses bas blancs et porta son choix sur une robe jaune poussin qui faisait bien ressortir son teint et pas plus qu'il ne fallait le galbe de sa poitrine.

Dans le parc, un bruit de cavalcade monta.

– Madame, le voilà! s'écria Louise.

Les deux femmes se précipitèrent à la fenêtre. Une vingtaine de cavaliers en uniformes multicolores remontaient la grande allée qui menait au château, entourant une berline poussiéreuse. Leurs chevaux, retenus, semblaient danser. Bonaparte était parmi eux. Dans le délire des couleurs, sa simple redingote grise que seule égayait la large cravate de soie blanche, le faisait reconnaître entre tous. La voix perçante de Pauline retentit : « Maman, maman. » De tous côtés accouraient les gens.

La berline s'arrêta au bas du perron ; Bonaparte sauta de sa monture et chacun s'écarta pour le laisser ouvrir lui-même la portière. Joséphine retint son souffle : cette femme vêtue de sombre, une mantille sur ses cheveux bruns, qui s'extirpait avec peine de la voiture et s'emparait du bras de son fils, c'était donc la *madre* dont Napoléon parlait avec tant de respect, disant qu'il lui devait tout ?

Letizia écarta Pauline qui se pendait à son cou et promena sur le château, le parc, cette jeunesse joyeuse et échevelée, un regard sévère. De la berline sortaient à présent trois de ses enfants qui l'avaient accompagnée dans son voyage: Élisa, récemment mariée, Caroline – l'âge d'Hortense – et le dernier, Jérôme, 13 ans.

– Madame, il faut y aller, la pria Louise.

– Je le sais bien, soupira-t-elle.

Elle revint dans sa chambre, jeta un châle clair sur sa robe puis s'arrêta un instant devant le miroir pour arranger autour de son chignon la couronne de fleurs fraîches qu'elle avait elle-même confectionnée ce matin.

– Cela ira-t-il?

– Vous verrez, elle vous aimera! affirma Louise.

Et Joséphine descend l'escalier de pierre qui mène au grand hall dallé où elle peut entendre, sans la voir encore, pénétrer à flot la foule des courtisans. De sa démarche souple, dont certains disent qu'elle est «royale», le front haut, un sourire aux lèvres, elle s'apprête à accueillir sa belle-mère, désirant de tout son cœur faire bonne impression sur elle. La voici au tournant de l'escalier. Et soudain un frisson la traverse et elle s'immobilise.

Ils sont tous là, les Bonaparte: Joseph et Napoléon, Lucien, Élisa, Louis, Pauline la peste, Caroline et Jérôme, les huit enfants entourant la *madre*, le clan! Leurs visages rapprochés, levés vers elle et vers Fortuné qui manifeste sa peur par de furieux aboiements, forment comme un mur contre lequel elle se cogne. Il lui semble les entendre crier: «Pas plus loin.» Et elle a cette étrange pensée: «Ils m'auront.» Désespérément, elle voudrait que lui poussent des ailes ainsi qu'on le rêve parfois, pour passer au-dessus de leurs têtes et s'enfuir loin, le plus loin possible de cet endroit: ils sont si nombreux et si forts. Elle est si seule!

Son regard cherche celui de Bonaparte: «Ne me laisse pas, ne suis-je pas ta femme?» Il lui sourit. Elle s'accroche à ce sourire et reprend sa descente vers la foule qui se meut et bruit comme une marée pleine.

La voici en bas des marches, allant vers Letizia dont le regard sombre, sous les épais sourcils, l'enveloppe avant de s'arrêter quelques secondes sur le ventre dont la mousseline légère de la robe révèle le discret arrondi.

– Mère... dit Joséphine.

– Ma fille...

Et comme Letizia se penche pour effleurer sa joue des lèvres, Joséphine peut l'entendre murmurer avec un horrible accent qui, en toute autre occasion, la ferait éclater de rire.

– Allez-vous mieux ? Il paraît que vous ne savez point conserver les enfants...

Souvent, Joséphine l'avait remarqué, la dernière bouchée d'un fruit, tout comme le fond d'une coupe de glace, avait un goût particulier, plus concentré peut-être, un peu écœurant parfois : celui de ce qui s'achève.

Le goût de cette fin de séjour en Italie lui parut plus fort : dans la joie comme dans la peine.

Il y eut d'abord Côme où Bonaparte et elle, ainsi qu'une trentaine d'invités, avaient accompagné Pauline en voyage de noces. Le lac, miroir tendu à la majesté des montagnes couronnées de neige, la voix chaude de la Grassini, étoile de la Scala, le plaisir douloureux des secrètes et brèves étreintes avec Hippolyte, le regard impitoyable de Letizia.

Joséphine avait toujours été physiquement sensible tant à l'amour qu'on lui portait qu'à l'hostilité qu'elle pouvait inspirer. L'un et l'autre donnaient à sa peau une sorte de fièvre. Elle était, affirmait autrefois sa nourrice, comme certaines fleurs de son île, ouverte ou refermée au moindre caprice du temps.

Et elle ne pouvait nourrir aucune illusion : Letizia la détestait.

... parce qu'elle avait été mariée, qu'elle était plus âgée que Bonaparte et mère de deux enfants, parce qu'elle avait pris la place de cette Désirée Clary à laquelle, avant elle, Bonaparte avait été fiancé, parce qu'elle était belle, coquette et, suprême défaut, aimait à dépenser.

« Ma fille, il faut coumouler »... Cumuler, économiser, le leitmotiv de Letizia, ce qu'elle avait fait toute sa vie ! Elle ne se montrait prodigue que des sentiments qu'elle portait à ses enfants et à eux seuls. Sans doute était-elle une mère admirable mais elle ne savait être que cela.

Et Joséphine se souvenait de Rose-Claire, sa mère à elle, si charmante et douce et qui, délaissée par un mari volage, serrait contre elle sa fille comme on suce un bonbon, respire une fleur, regarde un coin de ciel bleu pour oublier que le monde est mauvais.

Était-ce à cause de Rose-Claire, femme sans défense, que Rose-Joséphine n'avait jamais su dire non à personne ? Qu'il lui semblait parfois être emportée par la vie sans avoir rien réellement choisi ? Était-ce parce que le regard de son père lui avait fait défaut qu'à 34 ans elle n'aurait su dire quelle femme elle était ?

Celle qui aimait l'amour et peut-être davantage encore les diamants et les perles qu'à l'insu de son mari elle entassait dans les combles du château Serbelloni ? Ou celle qui, se souvenant des perles de rosée sur les fleurs de Croissy, de la douceur de vivre aux Trois-Ilets, pleurait parfois comme une petite fille qui a perdu son chemin.

Puis il y avait – joie – dans le parc de Mombello, ce jeune homme aux cheveux fous qui courait vers elle en criant de bonheur : Eugène, son fils. Ils ne s'étaient pas revus depuis deux ans.

– Raconte, disait-il, raconte... toi. Et raconte aussi « lui ». Si tu savais comme on en parle à Paris.

– Et comment en parle-t-on ? demandait-elle.

– On dit qu'il est la bravoure et tous se sentent plus braves. On dit qu'il est la jeunesse et la France rajeunit, qu'il est fier et les têtes se redressent.

Il prenait les mains de sa mère dans ses mains

d'enfant-soldat car Bonaparte l'avait nommé sous-lieutenant dans son armée.

– On dit aussi qu'il t'aime et que tu es la femme qu'il lui faut.

Et Joséphine ne savait si elle pleurait de bonheur, de remords ou d'incertitude.

Enfin, il y eut le fond de la coupe, les dernières bouchées du fruit. En ce matin d'automne, Fortuné avait, selon son habitude, quitté le lit de ses maîtres pour descendre aux cuisines. Cris et aboiements réveillèrent Joséphine. Lorsqu'elle arriva dans la cour, il ne restait de son chien qu'un petit tas d'os et de poils ensanglantés sur lequel s'acharnait le molosse du cuisinier.

Pour la consoler, tous promirent de lui offrir un autre carlin; mais c'était celui-là que Joséphine aimait, son compagnon des jours de la Terreur, le messager dans le collier duquel ses enfants, alors qu'elle était en prison, glissaient des billets d'amour. Il était celui à qui l'on donne sans rien demander en échange, une partie d'elle-même intacte, un morceau d'enfance, les incomparables premières bouchées d'un fruit.

Elle ramassa Fortuné et alla l'enterrer elle-même au fond du parc que recouvraient les feuilles d'automne.

Ce fut sur ce goût-là, de «plus jamais», que s'acheva pour Joséphine le séjour en Italie.

3

L'inconscience

Autour de l'hôtel de Galliffet, rue du Bac, se presse la foule des badauds: monsieur de Talleyrand, ministre des Relations extérieures, reçoit ce soir, 3 janvier 1798, le Tout-Paris en l'honneur de Joséphine qui a regagné hier la capitale.

Cinq cents personnes triées sur le volet ont été invitées: membres du Directoire, personnages importants de l'État, corps diplomatique et même, discrètement, quelques grands noms ayant repassé la frontière.

Et il bat fort, le cœur de Joséphine, dans la voiture qui peine à frayer son chemin jusqu'à l'hôtel somptueusement éclairé. A ses côtés, Hortense tremble d'émotion: c'est sa première grande sortie.

– Maman, dites-moi que celà ira?

– Mais bien sûr, ma douce, à merveille!

Elle sourit à sa fille vêtue de gaze et de tulle et qui porte sur ses cheveux blonds une couronne de boutons de roses. A 15 ans, Hortense n'est pas vraiment jolie mais sa fraîcheur, la clarté de son regard, une certaine grâce créole héritée de sa mère lui valent un succès mérité.

– Croyez-vous qu'il me fera danser?

Cet « il », prononcé à mi-voix, c'est Duroc, l'aide de camp préféré de son beau-père pour qui, dès le premier regard, le cœur d'Hortense s'est enflammé. De bonne naissance, celui-ci est aussi discret et sérieux que les autres compagnons de Bonaparte se montrent exubérants et, il faut le reconnaître, parfois fort mal élevés. Outre le courage, la jeune fille a su discerner la qualité.

– Ils voudront tous te faire danser... la rassure Joséphine.

La voiture s'arrête devant l'hôtel, suivie par celle de Bonaparte qui vient lui-même ouvrir la portière aux deux femmes ; et comme Joséphine apparaît dans sa tunique jaune brodée de noir, un diadème de camées antiques posé sur ses cheveux, un murmureadmiratif parcourt la foule : « Notre Dame des Victoires »... Ils passent le porche sous les vivats.

– Citoyenne... Citoyen...

Talleyrand s'incline cérémonieusement devant ses hôtes. Vêtu d'un habit de soie gris réséda, avec son teint laiteux, sa façon d'onduler plutôt que de marcher, transformant ainsi son infirmité – un pied bot – en élégance, il mérite plus que jamais son surnom d'« angora ».

– Pour vous, Général... annonce-t-il en faisant vers la cour un geste théâtral.

Bonaparte s'arrête, saisi. Cette cour a été transformée en camp militaire. Des feux de bivouac brûlent devant les tentes d'apparat. Ce ne sont partout qu'uniformes multicolores, scintillements d'armes, drapeaux. Et tandis que Bonaparte, qui a repris sa marche, passe entre les soldats au garde-à-vous, on peut lire sur les visages rudes de ceux-ci une vénération qui remue le cœur de Joséphine : comme ils l'admirent !

Sous les lustres imposants du hall, les invités forment une double haie : les femmes sont au premier rang, enrobées de transparences qui ne laissent rien ignorer de leurs charmes. Mais alors que l'on attendait des applaudissements, au moment où pénètre dans l'hôtel cet homme vêtu du simple habit vert de l'Institut, sans galons ni ors, au visage maigre, tendu, au regard fiévreux, c'est le silence qui tombe.

Il s'étend comme une vague, ce silence, tandis que,

sans sourire, le Général gravit les marches ornées de myrtes de l'escalier ; il emplit les salons où se pressent les invités et l'odeur d'ambre partout répandue lui donne quelque chose de religieux.

Bonaparte poursuit son chemin, saluant brièvement ceux dont Talleyrand lui souffle le nom à l'oreille. Tous les regards le suivent, les gorges se serrent : voici donc le général vainqueur. Lodi, Millsimo, Arcole, Bassano, c'est lui ! Et comme en témoignent, sur les murs, les reproductions d'œuvres d'art rapportées d'Italie, en plus de territoires il s'est emparé de l'esprit du pays pour l'offrir à la France.

– Madame... monsieur...

Ce rond petit monument de soie, de broderies et d'or, c'est Barras en grande tenue de citoyen directeur. Non loin de lui, Joséphine peut voir Thérésia Tallien s'incliner respectueusement. Il lui semble vivre un rêve : est-ce bien elle, Rose Tascher de La Pagerie qui se trouve là, reine de cette fête ? La même que celle qui mendiait son pain sous la Terreur et croyait vivre ses dernières heures aux Carmes ? Rose qui, il n'y a pas si longtemps, aidait Barras à prendre de très voluptueux bains...

– Général !

La vibrante voix féminine a brisé le charme. Vêtue d'une robe à la Diane, un turban mêlé de pierres précieuses maîtrisant mal le flot désordonné de ses cheveux, une imposante personne fend la foule pour atteindre Bonaparte. Joséphine l'a tout de suite reconnue : Germaine de Staël, fille du banquier Necker.

Femme de lettres, celle-ci se voudrait l'égérie de Bonaparte et le harcèle de lettres enflammées. Arrivée près de son héros, en un geste emphatique, elle lui tend une branche de laurier.

– Vous êtes le plus grand...

Mains croisées derrière le dos, Bonaparte regarde avec un sourire ironique cette femme aux larges épaules, au débordant décolleté, qui le dépasse d'une tête.

– Laissez le laurier aux muses, répond-il calmement.

Talleyrand tente vainement d'écarter la fâcheuse qui le repousse avec vigueur. La foule des invités s'est rassemblée autour du couple: deux fièvres qui s'affrontent.

– Général, quelle femme aimeriez-vous le plus? demande-t-elle d'une voix frémissante et, comme elle prononce ces mots, on la sent prête à s'offrir.

– La mienne!

La voix de Bonaparte a claqué, cinglante, et Germaine de Staël a un léger sursaut: elle s'attendait à plus de courtoisie. Elle ne se décourage pas pour autant.

– Pour vous, quelle serait la première des femmes?

– Celle qui fait le plus d'enfants, répond Bonaparte sur le même ton.

Un rire court dans l'assistance. Sans un regard de plus pour l'importune, le Général tourne les talons et reprend sa promenade dans l'enfilade des salons qu'emplit à présent la musique de Cherubini.

« Le plus d'enfants »... Ces mots battent comme une blessure en Joséphine tandis qu'elle répond aux compliments, distribue amabilités et sourires. Son mari a-t-il prononcé ces mots pour elle qui, jusqu'à présent, n'est pas parvenue à lui en donner? La phrase de Letizia la hante: « Il paraît que vous ne savez pas les garder... » Un frisson la traverse. Et si cela était vrai?

– Mère...

La main d'Hortense est venue se glisser dans la sienne: « Vous sentez-vous bien? » demande la jeune fille d'un ton anxieux.

– Très bien... un simple étourdissement!

« Mère »... le mot qu'il lui fallait. Non, elle n'est pas stérile. Eugène et Hortense sont là pour en témoigner. Cela ne peut venir que de Bonaparte. Il faudra bien qu'il le comprenne!

Dans la grande salle où est servi le dîner, seules les femmes ont des sièges: debout derrière elles, les hommes les servent tout en se restaurant eux-mêmes. C'est Talleyrand, le maître de maison, qui s'occupe de Joséphine, assise à la place d'honneur.

Sur la nappe finement brodée, entre les fleurs, le cristal chatoyant, la porcelaine rare, le vermeil, on peut admirer un chef-d'œuvre en sucre filé représentant de hautes parois blanches dentelées: les Alpes, vaincues par Bonaparte. Les plats défilent, savoureux: pâtés de Mayence, terrines de Térac, dindes aux truffes, gigots et poulardes. Duroc s'occupe d'Hortense qui rit comme une enfant et dédaigne le salé pour se gorger de sucreries dont elle a la passion.

– Ce soir, citoyenne Bonaparte, vous êtes la reine de Paris, chuchote Talleyrand à l'oreille de Joséphine tout en remplissant sa coupe de vin de Champagne.

Et le roi? Elle cherche Bonaparte des yeux. Il a quitté la table; celle-ci ne l'a jamais intéressé et, au grand désespoir de ses proches, plus gourmands que lui, ses repas ne durent que quelques minutes. Assis à l'écart, il discute avec un petit homme enturbanné, l'ambassadeur de Turquie.

Mais il reviendra se placer aux côtés de sa femme pour entendre la célèbre Lays chanter le poème composé en son honneur.

Du guerrier, du héros vainqueur
O compagne chérie!
Vous qui possédez tout son cœur,
Seule avec la patrie,
D'un grand peuple à son défenseur
Payez la dette immense;
En prenant soin de son bonheur
Vous acquittez la France.

– Accepterez-vous d'ouvrir le bal?

Bonaparte ignorant l'art de la danse et l'infirmité de Talleyrand lui interdisant de s'y livrer, c'est avec Barras que Joséphine s'élance. On étrenne aujourd'hui à Paris une nouvelle danse venue d'Allemagne : la valse. Ce matin, rue Chantereine – rebaptisée rue de la Victoire – Joséphine s'y est exercée avec Hortense : une deux trois, une deux trois...

Et elle tourne, elle tourne dans les bras de son ancien amant. Et tournent autour d'eux, emportés par la musique, ministres et ambassadeurs, nobles et révolutionnaires, royalistes et républicains que Talleyrand a rassemblés en cette fête. Et tournent, sous les larmes scintillantes des lustres, la soie, l'or, la gaze, la dentelle. Dans le souffle de la danse et du plaisir, il semble à Joséphine que se forme une sorte de tresse où passé et présent se mêlent : citoyenne... reine... Et tournent les destins, Paris, la France, la vie. Et tournent la femme, la maîtresse, l'enfant...

Un frisson la parcourt.

– Arrêtons-nous, je vous prie !

Barras la conduit à un siège : « Désirez-vous vous désaltérer ? »

– S'il vous plaît.

Il s'échappe et Joséphine ferme un instant les yeux. Du tourbillon de sa vie, un très vieux souvenir est monté, si vif qu'un instant elle en a été terrassée. Comment avait-elle pu oublier ?

C'était aux Trois-Ilets et elle avait 15 ans. Avec sa cousine Aimée du Buc, elles avaient été ce jour-là consulter en cachette une devineresse caraïbe.

A Aimée, la sorcière avait dit : « Tu seras reine un jour. » Elle l'est paraît-il devenue, à Constantinople. A Rose, après l'avoir longuement contemplée, elle avait annoncé d'une voix altérée : « Et toi, tu seras plus que reine ! »

Plus que reine ?

Elle était en chemise, se préparant à étrenner une nouvelle robe – une merveille de velours vert amande et dentelle – pour aller souper rue Saint-Honoré avec Hippolyte, lorsqu'elle reconnut le pas dans l'escalier et, avant qu'elle ait pu décider d'une attitude à prendre, Bonaparte poussait brutalement la porte de sa botte et surgissait dans son boudoir.

Elle ne l'attendait pas avant plusieurs jours, le croyant encore en tournée d'inspection dans le Nord. Depuis qu'il était rentré d'Italie, il ne tenait pas en place et ne parlait-il pas de retourner se battre ? En Égypte cette fois !

Devant le visage courroucé du Général, Agathe, sa nouvelle femme de chambre, s'était sauvée. Il vint se placer en face de Joséphine et son regard fit le tour des poudres, fards et onguents, toutes les « farines » de sa femme comme il les appelait, mais, cette fois, le déploiement sur la table de toilette ne lui tira pas un sourire.

– Pour qui te fais-tu belle ? Où t'apprêtais-tu à aller ?

– Je ne comptais point sortir, répondit Joséphine d'une voix tremblante.

Que se passait-il ? Lorsqu'il rentrait de voyage, il n'avait d'ordinaire qu'une hâte, la prendre dans ses bras. Il saisit son poignet et le serra de toutes ses forces.

– Qu'est pour toi le lieutenant Hippolyte Charles ?

Le cœur de Joséphine se mit à battre. Ainsi, elle avait été trahie ! Joseph certainement, cette horreur de Joseph chargé par le clan de l'espionner.

– Un ami, rien de plus...

– ... un ami avec qui on t'a vue faire route en Italie, que tu retrouves chaque après-midi rue Saint-Honoré, que tu t'apprêtais à rencontrer ce soir...

La souffrance et la rage brouillaient la voix de son mari. Sans lâcher son poignet, il la traîna dans sa chambre. Elle jeta un regard navré à la belle robe exposée sur le lit.

– Est-ce parce que l'on voyage ensemble que l'on partage sa couche ? Hippolyte n'est qu'un ami, pas davantage, je te promets. Un ami de cœur peut-être...

Avec un rire, Bonaparte la lâcha.

– Le cœur... Qu'en peux-tu savoir toi qui en es dépourvue ? Même tes enfants passent après tes bijoux et tes robes.

Joséphine se mit à pleurer. Il n'avait pas le droit de lui parler ainsi : elle aimait ses enfants. Ne l'avait-elle pas épousé en partie à cause d'eux ? Pour assurer leur avenir ?

« Frivole, malhonnête, menteuse... » Il continuait à l'accabler et, avec effroi, Joséphine constatait que, pour la première fois, ses larmes n'apaisaient pas la colère de Bonaparte. Aurait-elle perdu son pouvoir ? Et s'il décidait de se venger d'Hippolyte, s'il l'envoyait se battre...

– Ce pantin, ce polichinelle... avec qui, en plus, tu trafiques, paraît-il...

Il désigna le secrétaire où elle rangeait ses papiers personnels : « Ouvre ! »

N'osant refuser, tremblant d'appréhension, Joséphine ouvrit l'abattant du meuble. Bonaparte l'écarta brusquement et fit jouer le ressort qui donnait accès aux tiroirs secrets : les diamants et les perles rapportées d'Italie apparurent. Elle tomba dans une bergère : alors, Louise avait parlé ! Son ancienne femme de chambre, congédiée pour impertinence, était la seule à connaître la cachette et ce qu'elle contenait.

Bonaparte prit les joyaux et les lança sur le lit.

– D'où viennent-ils ?

– Ce sont des présents... Ils m'ont été offerts en Italie.

– En échange de quelles promesses, quelles faveurs ?

D'un autre tiroir, il sortait à présent ses lettres de change. Elle frémit. Avait-il aussi appris qu'elle venait de gagner plus d'un million aux dépens de l'armée avec la complicité de Barras et d'Hippolyte ? Savait-il que demain elle avait rendez-vous avec le ministre de la Guerre pour lui remettre une enveloppe bien garnie, prix de son silence ?

Sans lâcher les lettres, le regard dur, Bonaparte désigna la robe.

– Mets-la, ordonna-t-il.

Elle joignit les mains, ne comprenant pas où il voulait en venir : « Je ne veux pas, laisse-moi, je t'en prie... »

Mais, toujours insensible à ses larmes, il la prenait par les épaules, l'obligeait à revêtir la tenue dont elle s'était promis tant de plaisir, la menait devant la psyché.

– Que voici une belle robe! remarqua-t-il. Elle a dû te coûter gros, ou plutôt, coûter gros à l'armée...

– Tu te trompes, se défendit-elle. Il s'agit seulement de quelques petites affaires...

– Des « petites affaires »... gronda-t-il. Regarde-toi. Regarde-toi bien: cette petite affaire-là, c'est cent manteaux que tu as retirés du dos de mes soldats, cent pauvres bougres qui grelottent pour que Madame soit admirée.

Elle se dégagea et lui fit face.

– C'est vrai, cria-t-elle. Je suis coquette, j'aime la toilette et les bijoux; quelle femme ne les aime pas? Il fut un temps où cela ne te déplaisait point. Mais ta famille te monte contre moi. Ils me détestent. Ils ne seront contents que tu ne m'aies quittée. Si c'est eux que tu crois, eh bien satisfais-les: divorçons!

Joséphine avait lancé le mot pour que Bonaparte se récrie, qu'il la supplie de lui rester. Que de fois avait-il assuré qu'il ne pourrait vivre loin d'elle? « Malgré les destins et l'honneur, je t'aimerai toute ma vie... »

Voyant qu'il ne protestait pas sa peur se transforma en épouvante: et s'il avait cessé de l'aimer et, la prenant au mot, demandait le divorce? Tout ce qu'elle était, ce qu'elle possédait, lui venait de lui. Même cette maison lui appartenait: ne venait-il pas de l'acheter? N'être plus sa femme serait n'être plus rien.

Il arpentait la pièce sans la regarder. Elle se mit en travers de son chemin.

– Faut-il que je te jure de ne plus jamais revoir Hippolyte?

Il s'arrêta et, dans son regard, elle vit qu'il faiblissait. Elle l'entoura de ses bras.

– Et si tu le souhaites, je t'accompagnerai en Égypte.

– Est-ce bien vrai ? Le feras-tu ?

La voix de Bonaparte tremblait ; il se rendait enfin et, en Joséphine, la chaleur revenait, la vie. Comme elle avait eu peur ! Non, plus jamais elle ne voulait vivre cela : elle mettrait un frein à ses affaires, montrerait plus de prudence avec Hippolyte.

Cette fois doucement, amoureusement, Bonaparte lui retira la robe qu'il l'avait si brutalement obligée à revêtir. Il la défit de sa chemise, fit glisser son jupon puis la ramena, vêtue de ses seuls bas de soie blanche devant le miroir. Sans la toucher, il regarda chaque partie de son corps.

– Le courage de deux heures du matin... murmura-t-il.

– Que veux-tu dire ? demanda Joséphine troublée de se sentir si nue devant cet homme en bottes et uniforme.

– Dans la guerre, expliqua-t-il d'une voix sourde, il y a toujours un moment où la vaillance abandonne le plus brave des soldats. Celui qui trouve la force de résister, et parfois celle d'attaquer ne peut être vaincu. Voilà ce que nous appelons avoir « le courage de deux heures du matin ».

Alors que le corps n'en pouvait plus, ni l'esprit, il s'agissait de montrer vigueur et lucidité. De ce courage-là, il avait fait preuve sur les champs de bataille, il avait su l'insuffler à ses hommes.

Et voici que devant cette femme qui peut-être l'avait trahi, face aux douces collines, aux plaines soyeuses, à la petite forêt noire de Joséphine, il le perdait.

Et mourir pour mourir, acceptait de mourir d'amour.

C'est Toulon au printemps, la mer fleurie des quatre cents voiliers qui vont escorter *L'Orient* sous les ordres du général Bonaparte. But de l'expédition : l'Égypte !

La foule a applaudi lorsque l'Institut – astronomes,

peintres, poètes, archéologues, savants – a rejoint les militaires sur le bateau. Le canon tonne indiquant que l'heure de l'appareillage est venue.

Sur le pont, Bonaparte et Eugène.

A terre, avec les officiels, Joséphine.

Son mari lui-même a insisté pour qu'elle retarde son départ : le voyage l'épuiserait, l'amiral Nelson rôde dans les parages. Bonaparte l'enverra chercher lorsqu'il sera installé au Caire. En attendant, il a été décidé qu'elle prendrait les eaux à Plombières, en Lorraine : eaux réputées pour rendre fertiles les femmes.

Mais voici qu'explose une musique guerrière. L'escadre prend la mer. On dirait qu'une immense vague blanche se retire. Un cri vibrant monte de la foule. Le cœur serré, Joséphine agite son foulard : quand reverra-t-elle son mari et son fils ? Bonaparte a promis de veiller sur Eugène.

– Le sabre s'éloigne... murmure Barras à ses côtés.

Sur le visage de son ancien amant, elle peut lire le soulagement ; tous, directeurs, ministres et Talleyrand lui-même, se réjouissent du départ de ce général trop aimé des Français, dont la force, l'ambition, le magnétisme, commencent à faire peur. Plus d'un, elle le sait, espère secrètement qu'il ne reviendra pas.

Elle, elle veut qu'il revienne !

– Savez-vous ce que Bonaparte me disait ce matin des membres très respectables du Directoire ? demande-t-elle à Barras d'une voix suave.

– J'attends que vous me l'appreniez, ma belle.

– Que ce sont des gens... à « pisser dessus », lâche élégamment Joséphine.

Barras tressaille. Ce ne sont pas les mots mais le ton de défi qui l'inquiète. En mariant sa maîtresse avec le bouillant général Vendémiaire, il espérait introduire une alliée dans la place. Serait-elle passée dans le camp de l'époux ?

Le visage souriant, elle a recommencé à agiter son foulard. *L'Orient* s'éloigne. On distingue encore, tournée vers le quai, la fine silhouette d'Eugène qui, des deux bras, répond à ses adieux. Bonaparte n'est plus là.

Il regarde vers le large.

Dans un nuage de poussière, la berline brûlait la route. On entendait parfois les cris des paysans qui, pour l'éviter, sautaient dans les fossés. « S'il vous plaît, plus vite, plus vite », suppliait Hortense.

Le cocher maugréait : ces dames seraient bien avancées lorsqu'ils auraient versé ! Les routes de Lorraine n'étaient pas meilleures que les autres – les nombreux véhicules abandonnés sur le côté en étaient la preuve – et ses chevaux avaient besoin urgent d'être changés. Par bonheur, il ne restait que quelques lieues avant d'arriver à Plombières, la célèbre ville de cure.

Assise près d'Hortense, Euphémie, la mulâtresse, sœur de lait de Joséphine, tentait de calmer la jeune fille. Elle était venue la chercher à Saint-Germain après que sa mère fut tombée d'un balcon. Certes, celle-ci souffrait beaucoup, mais ses jours n'étaient pas en danger ; le bon « médecin aux eaux » avait fait le nécessaire : il avait saigné l'accidentée avant de l'envelopper dans la peau tiède d'un mouton sacrifié pour elle. On appliquait régulièrement sur les parties meurtries des cataplasmes de pommes de terre cuites à l'eau. Bref, tout était mis en œuvre pour que Joséphine se rétablît promptement.

– Mais comment cela a-t-il pu arriver ?

Et pour la dixième fois, Euphémie racontait : les aboiements d'un petit chien dans la rue, Joséphine se précipitant avec quelques amies sur le balcon pour l'admirer, l'effondrement...

Enfin apparaissait Plombières, nichée au creux du vert paysage. Sitôt la voiture arrêtée devant la pension Martinet, Hortense en sautait, grimpait quatre à quatre l'escalier qui menait à la chambre de la malade, mais, arrivée à la porte, elle s'arrêtait net, le visage rosi d'indignation : « Ah non ! »

De l'autre côté de cette porte, elle venait de reconnaître le rire d'Hippolyte Charles!

– Est-ce possible, elle l'a donc repris ? chuchota-t-elle à Euphémie qui l'avait rejointe.

La mulâtresse baissa la tête. Hortense eut un gros soupir : de tout son être, elle condamnait la passion de sa mère pour le hussard. L'aversion que la jeune fille avait, il y a deux ans, éprouvée pour Bonaparte, s'était transformée en un véritable amour filial. Duroc n'était pas étranger à ce changement, lui qui se disait prêt, s'il le fallait, à donner sa vie pour son général.

Elle se décida à entrer.

– Enfin, ma tendresse, te voilà! s'exclama Joséphine.

Sans mot dire, Hortense fixa Hippolyte et attendit qu'il eût disparu pour s'approcher de sa mère, étendue sur le ventre.

– Vous avez donc recommencé!

Le sourire de Joséphine s'effaça: «Recommencé quoi ? gémit-elle. Tu vois bien que je ne peux ni marcher ni m'asseoir ? Si l'on n'a plus le droit de recevoir ses amis ? »

– Pas celui-là, dit Hortense. Vous aviez promis...

Elle saisit la main de sa mère: «Irez-vous là-bas ? Rejoindrez-vous Bonaparte en Égypte ? »

– Sitôt que je serai guérie.

Joséphine montra, sur sa table de nuit, un paquet de lettres entourées d'une faveur.

– Il m'a écrit, confia-t-elle à Hortense avec satisfaction. Tout comme avant...

... des lettres enflammées où Bonaparte lui disait qu'il ne pensait qu'à elle et attendait de pouvoir la serrer dans ses bras, où il évoquait à nouveau avec ferveur ses *trois îlets* et sa *petite forêt noire*. L'incident de la rue de la Victoire était loin : son mari l'aimait toujours autant!

Alors à quoi bon se presser ? On se battait en Égypte et le climat y était pénible. Ici, se baignant chaque jour dans la source des Capucins qui rendait fécondes les femmes, Joséphine ne travaillait-elle pas à être agréable à son mari ?

Juillet a filé comme le vent. Août a vu Joséphine tout à fait rétablie. La saison d'automne s'annonce brillante à Paris où la femme de Bonaparte est réclamée partout. Le brillant général a pris Alexandrie et les Pyramides. Il fait le sultan au Caire. Elle s'est juré de l'y rejoindre sitôt qu'il l'appellerait mais depuis quelque temps le courrier ne passe plus!

Une aubaine...

Elle ne se doute pas, Joséphine, qu'elle vit ses dernières semaines de légèreté, d'insouciance. Que, par Junot, Bonaparte a appris toutes ses trahisons. Il sait qu'elle a été la maîtresse de Barras ainsi que de bien d'autres, qu'elle a renoué avec Hippolyte, qu'au vu et au su de tous, ils filent le parfait amour.

La décision de son mari: divorcer, Joséphine la découvrira dans les journaux. En même temps que l'Europe tout entière.

Mon cher Joseph, j'ai beaucoup de chagrin, le voile s'est atrocement déchiré, la gloire est fade, à 29 ans, j'ai tout épuisé...

Ma chère maman, j'ai tant de choses à te dire: Bonaparte paraît bien triste. Cela est venu à la suite d'un entretien qu'il a eu avec Junot: il a appris pour Charles...

Ces lettres, de Bonaparte à son frère, d'Eugène à sa mère, ainsi que de nombreuses autres, ont été interceptées par Nelson et publiées dans la presse anglaise. Paris en a la traduction en cette fin d'année 1798. Dans les journaux français s'étale aussi le serment que le Général a fait de ne jamais revoir sa femme.

Barras accourt rue de la Victoire.

– J'y vais, décide Joséphine. Je pars en Égypte.

– Cela n'est plus possible: toutes les communications sont coupées.

La flotte de Bonaparte a été détruite, son armée décimée par la peste.

– Quand il reviendra, je lui expliquerai. Il m'écoutera, vous verrez, il me reprendra!

Le visage de Barras exprime le doute. Pour lui, elle n'est déjà plus « Notre Dame des Victoires » ; et à ce dîner où Joséphine se trouve aux côtés de Talleyrand, le ministre ne lui adresse pas la parole. Joseph lui a supprimé la pension que Bonaparte l'avait chargé de lui verser. Elle a un million de dettes, pas loin de 40 ans. Il lui semble être au bord de l'abîme.

Alors, pour se consoler, elle achète un château.

Il s'appelle Malmaison. Ses hautes fenêtres ouvrent sur un parc planté à l'anglaise, deux pavillons le flanquent, une vigne en trace la limite. Joséphine signe mais ne paie pas, bien entendu. Comment le pourrait-elle ? Elle emplit les salons de meubles précieux, y fait venir les trésors rapportés d'Italie, acquiert cygnes et canards pour son étang, sème la graine de jasmin de la Martinique, plante bulbes et oignons rares.

La nature a toujours été son meilleur médecin : elle oublie tous ses soucis lorsqu'elle respire une fleur, observe un animal en liberté, se promène à l'ombre d'un petit bois.

Il arrive qu'Hippolyte vienne la visiter dans sa nouvelle demeure mais, entre eux, la passion s'est éteinte. « M'épouserais-tu si Bonaparte ne me revenait pas ? » lui a-t-elle demandé un soir. Pour toute réponse, il a éclaté de rire. Elle lui sait des maîtresses. Il n'est, son mari avait raison, qu'un charmant pantin, un polichinelle sur lequel on ne peut s'appuyer.

Barras se fait rare, Thérésia la boude, Joséphine n'a plus qu'un seul véritable ami : Gohier, le président du Directoire.

Ce vieux monsieur qui aime encore plaire fait scrupuleusement le compte de ses conquêtes, tout comme, durant la Terreur, ministre de la Justice, il notait sur ses registres le nombre de têtes coupées, dont celle d'un certain Alexandre de Beauharnais... Mais le passé est le passé. Joséphine apprécie cette amitié. Gohier est un peu le père qu'elle eût souhaité avoir. A lui seul elle peut se confier. Il vient presque chaque jour la visiter.

– Je regagnerai Bonaparte, vous verrez. On l'a monté contre moi. Il m'écoutera, il m'aime. Mais qu'il revienne; qu'il revienne vite...

« Qu'il revienne... » De tout le pays monte ce même cri. Oui, qu'il revienne, le vainqueur des Pyramides, car la patrie est en danger! L'Autriche et la Russie menacent, l'Italie est sur le point d'être perdue, à l'intérieur du pays, la corruption, le brigandage règnent. On s'appelle toujours « citoyen » mais d'égalité, de justice, il n'y a plus. Ni de pain dans les huches, ni de routes dignes de ce nom, ni de chandelles en suffisance. Qu'il revienne, le grand général pour sauver la Révolution et la France.

On dit qu'il a pris la mer.

En ce jour d'automne, n'y tenant plus, Joséphine se rend au château de Mortefontaine que Joseph vient d'acquérir. Elle a emmené Hortense avec elle. Lorsqu'elles arrivent par la grande allée ombragée, elles peuvent voir, sur les pelouses, s'ébattre une joyeuse bande autour des jeunes Bonaparte. Letizia brode sur la terrasse. Son accueil est glacial. Seule Caroline se montre aimable avec Hortense. N'ont-elles pas fréquenté toutes deux la pension de la célèbre madame Campan ?

– Il faut que je vous parle, dit Joséphine à son beau-frère.

Celui-ci l'entraîne dans les allées de son royaume. Car il s'agit bien d'un royaume! Outre le superbe château, deux cent soixante hectares de parcs, prés, bois, étangs et potagers. Le tout acheté avec les profits faits en Italie et les sommes laissées par Bonaparte.

Espérant attendrir Joseph, en connaisseuse, Joséphine admire la pépinière. Mais elle ne peut résister longtemps à poser la question qui lui brûle les lèvres.

– Avez-vous des nouvelles ? Savez-vous quand il sera là ?

– Qu'est-ce que cela changera ? Vous connaissez ses intentions, répond brutalement Joseph.

– Il faudra bien que nous parlions, se rebiffe Joséphine. Ne suis-je pas toujours sa femme ?

Le frère aîné de Bonaparte la considère avec une insupportable ironie.

– On assure qu'il en a trouvé une autre !

Sous le choc, Joséphine se fige. Une autre ? C'est impossible. Jamais Bonaparte ne l'a trompée. Pour lui, elle est la seule.

– Elle s'appelle Pauline Bellisle, continue Joseph, impitoyable. Il paraît qu'elle est jeune, fraîche et surtout... fidèle.

Comme il est heureux de retourner le fer dans la plaie. « Bonaparte en est fou, assure-t-il. Il lui a promis de l'épouser si elle lui donnait un enfant. Au Caire, on l'a baptisée " Souveraine d'Orient ".

... « Et moi j'étais souveraine d'Italie... Il m'appelait " l'Incomparable ". De toutes ses forces, Joséphine lutte contre les larmes ; elle ne veut pas donner ce plaisir à Joseph. Mais, pour la première fois de sa vie, la jalousie la mord, mêlée d'une peur affreuse : et s'il ramenait cette Pauline en France ? Si elle l'avait vraiment perdu ?

Elle tourne vers son beau-frère ses yeux noyés.

– Pourquoi me détestez-vous tant ? Qu'avez-vous contre moi ?

– Aux yeux du monde entier, vous avez fait du vainqueur d'Arcole un mari de Molière ! répond Joseph.

Dans la voiture qui les ramène à Malmaison, Hortense, fatiguée par les jeux, s'est endormie, la tête sur l'épaule de sa mère. Il fait nuit lorsqu'elles arrivent. Le cabriolet de Gohier est dans la cour. Le cœur de Joséphine éclate : son ami est venu et il l'a attendue. Elle écarte les domestiques, court dans le salon où le vieux Directeur se réchauffe près d'un feu. En pleurs, elle tombe à ses pieds.

– Il en aime une autre, moi qui ne lui voulais que du bien, qui ai tant fait pour lui... la vie est trop injuste, aidez-moi !

Il était dix heures du soir au palais du Luxembourg. Au menu du dîner offert par le président du Directoire à quelques amis, il y avait eu ces fameux perdreaux, rôtis d'un côté, grillés de l'autre, qui faisaient fureur dans la capitale. Gohier les avait découpés lui-même, offrant à chaque invité le morceau de son choix. Une sauce à la grecque, servie à part, accompagnait le mets que relevait un vieux vin de Chypre.

On en arrivait aux fromages lorsqu'un courrier apporta la nouvelle : Bonaparte avait débarqué à Fréjus ! A cette heure, il roulait vers Lyon ; il serait bientôt à Paris.

Tous les visages se tournèrent vers Joséphine. Celle-ci s'était levée ; d'une voix tremblante, elle demanda au maître de maison l'autorisation de quitter la table. Il lui fallait d'urgence se porter à la rencontre de son mari, lui parler avant Joseph, qui le monterait contre elle et l'empêcherait de venir la retrouver rue de la Victoire.

Quelques instants plus tard, dans la voiture que le bon Gohier avait mis à sa disposition, Joséphine, accompagnée d'Hortense, s'élançait sur la route de Bourgogne.

La nouvelle du retour de Bonaparte s'était répandue comme une traînée de poudre ; dans chaque ville, chaque village, des arcs de triomphe s'édifiaient et une foule impatiente piétinait sous les lampions, acclamant déjà « l'Égyptien ».

Penchée à la fenêtre de la berline, Joséphine regardait ces gens : bourgeois et artisans, colporteurs, paysans, familles entières, ces visages éclairés par l'espoir. Comme ils l'attendaient ! Et elle, pour une passade, avait pris le risque de la séparation...

Une femme habillée d'un drapeau passa près de la voiture, criant le nom de Bonaparte comme on crie le nom d'un amant. Joséphine se laissa retomber sur les coussins et baissa le rideau.

– Imagine qu'il ait ramené cette Pauline...

– Jamais il ne ferait une chose pareille, protesta Hortense. Et rappelez-vous qu'il a gardé Eugène avec lui. Il est toujours votre mari et il a le sens de la famille.

– ... de la sienne ! murmura Joséphine. Pourvu que nous le joignions avant elle...

Mais à Auxerre on n'avait pas vu passer le héros, ni à Châlons, ni à Mâcon. Et, arrivées à Lyon, les voyageuses apprenaient que Bonaparte avait quitté la ville quarante-huit heures plus tôt, choisissant de regagner Paris en passant par le Bourbonnais. La rencontre était manquée, le clan aurait tout le temps de le détourner de sa femme.

– Je suis perdue... dit Joséphine.

Il est plus de minuit lorsque, trois jours plus tard, la voiture dépose, rue de la Victoire, les deux femmes épuisées par le trajet et par l'angoisse. La porte est close. Tandis que le cocher va frapper le bois massif des deux poings, Joséphine fait à la hâte un peu de toilette, frotte ses mains à l'eau de Cologne, poudre ses joues.

Enfin, le portier passe la tête : « Qui est là ? » Reconnaissant les passagères de la berline, son visage se décompose.

– Le citoyen Général a interdit qu'on laisse entrer Madame... Ses effets sont dans la loge, annonce-t-il d'une voix tremblante.

Joséphine a entendu : « Je t'ordonne d'ouvrir, hurle-t-elle, sinon tu seras chassé sur-le-champ. »

L'homme ne résiste pas longtemps et la voiture s'engage sous le porche, traverse la cour pour venir s'arrêter devant le perron. Alertés par le bruit, les domestiques apparaissent. Agathe pleure.

– Ah, madame...

Joséphine court vers elle, lui saisit les mains.

– Où est-il ?

– Dans votre chambre.

– Seul ?

L'air surpris de la caméristе lui tire presque un cri de bonheur : oui, Bonaparte est seul. Il n'a pas emmené sa maîtresse avec lui et rien n'est perdu puisqu'il est rentré ici, chez eux !

Elle traverse le vestibule, va droit au petit escalier qui mène à ses appartements, soulève ses jupes pour s'y élancer lorsqu'un homme, sortant de l'ombre, arrête son élan. Elle pousse un cri d'effroi.

C'est un grand et beau gaillard aux yeux bleus, coiffé d'un turban. Un sabre étincelle sur son vêtement pourpre. Il ne doit guère avoir plus de 20 ans.

– Il s'appelle Roustam, lui apprend Agathe. Le maître l'a ramené d'Égypte pour son service.

De toute sa petite taille, Joséphine se dresse alors devant le mameluk qui lui barre le passage.

– Si tu sers le maître, sache que je suis ta maîtresse.

Et sans prendre garde à la main qui saisit la poignée ciselée du sabre, elle l'écarte, grimpe deux à deux les marches, traverse le boudoir.

Pour trouver la porte de sa chambre fermée à clé...

– Bonaparte, ouvre, c'est moi...

Elle supplie, implore : « c'est moi, Joséphine, que tu jurais aimer plus que tout et même que la gloire. Moi qui ai peur et ne veux pas te perdre, moi qui regrette tant... »

Les sanglots l'étouffent, elle est tombée à genoux, mais de l'autre côté de la porte, seul le silence lui répond. Alors, elle se relève et son œil égaré fait le tour de cette rotonde où, si voluptueusement, pour l'un ou l'autre, pour Barras, Hippolyte ou Bonaparte, sans compter les aventures d'un soir, elle a œuvré à se rendre désirable. On a retiré des tablettes ses bibelots et ses fards. Ne reste plus, répétée à l'infini par les miroirs, qu'une femme au visage défait, presque une vieille femme.

– Maman !

Eugène vient d'apparaître. Elle se jette dans ses bras. Il est en vêtements de nuit, cette maison est encore sa maison, Bonaparte l'a gardé, lui !

– Il a été si malheureux en ne te trouvant pas ici.

– Mais j'étais allée à sa rencontre.
– Il a cru que tu étais avec le lieutenant Charles.
– Non!

Elle l'a crié. C'est fini, le lieutenant Charles! Et à présent qu'elle dit la vérité, on ne veut pas la croire.

Hortense et Agathe apparaissent à leur tour. Hortense pleure en regardant cette femme-enfant dont il lui arrive de se sentir la mère et qu'elle a si souvent eu envie de raisonner et de gronder pour ses écarts.

– Il faut que je lui parle, ne serait-ce que quelques minutes... aidez-moi, répète Joséphine.

Agathe s'avance vers Eugène: « Vous, intercédez pour elle. Il vous aime tant! »

– Il s'est juré de ne pas céder, soupire Eugène.

Joséphine regarde son fils avec reproche: « M'abandonneras-tu toi aussi? »

Lorsque Bonaparte a ouvert la porte, tout d'abord elle ne l'a pas reconnu. Il avait coupé ses cheveux et son visage, plus mince encore qu'au départ pour l'Égypte, était brûlé par le soleil. Entièrement vêtu de blanc, il lui a semblé beau et dur comme une statue de marbre.

Son regard surtout avait changé!

Avant – en un temps qui ne reviendrait plus, elle le pressentit – lorsqu'il posait ses yeux gris sur elle, s'y mêlaient la joie, la ferveur et bientôt, comme le désir s'emparait de lui, une prière. Cette prière, elle en avait ri! Ce soir, c'était le regard d'un homme qu'elle n'avait plus pouvoir de faire souffrir, et quand bien même dans un instant il gémirait dans ses bras, elle le tiendrait en son pouvoir par ses caresses, ce serait lui le vainqueur!

Elle comprit tout cela et se demanda si le soudain élan qui la tendait vers lui pouvait s'appeler l'amour. L'amour avait été si léger et joyeux avec Hippolyte! Était-il possible qu'il fût aussi ce douloureux appel?

– Viens, dit Bonaparte.

Il prit sa main, l'entraîna dans la chambre et referma la porte. L'odeur de cire se mêlait à celle de l'encre. Toutes les chandelles étaient allumées et des papiers traînaient partout, sur le bureau, le sol, le lit.

– Je vais t'expliquer... murmura-t-elle en un dernier sanglot.

Il posa un doigt sur ses lèvres.

– Non. Tais-toi.

En ouvrant sa porte à Joséphine, il avait décidé de la reprendre sans illusion, telle qu'elle était : coquette, infidèle et malhonnête aussi, mais en tout cela si femme, comme si elle avait poussé au paroxysme les petits défauts qui font, dit-on, le charme de certaines. Il ne voulait pas entendre ses mensonges. A cet instant, dans ses effets froissés, le visage ravagé par l'angoisse, elle était enfin vraie !

La pitié l'emplit, une sorte de tendresse aussi. Elle n'avait pas été que mauvaise. Sous la femme faible se cachait une grande dame : elle avait bien secondé le « Petit Caporal » dans son ascension, lui avait ouvert les portes de la haute société, s'était montrée une parfaite souveraine d'Italie. S'il la reprenait, c'était également pour l'en remercier et parce que, quoi qu'en dise Joseph, elle était toujours sa femme.

Mais d'amour il n'éprouvait plus.

Sa découverte de l'Orient avait changé son regard et son cœur. Les hommes et leurs passions lui apparaissaient désormais sous une lumière différente, plus jamais il ne laisserait une femme le détourner de ses buts.

– Buona-Parté... murmura Joséphine à son oreille.

Elle avait prononcé son nom à la corse, recherchant pour l'attendrir l'enfant en lui, ignorant que l'enfant n'était plus. Il l'avait laissé dans les sables de l'Égypte, près du sphinx qu'Alexandre et César, deux mille ans avant son passage, avaient, eux aussi, contemplé et qui disait à la fois la fragilité des hommes et la force des empires.

– Aimons-nous, dit Joséphine.

Sa voix chaude, sa voix « des îles », l'émut et il se laissa entraîner vers le lit : son champ de conquêtes à elle. Des papiers crissèrent comme leurs corps s'y abattaient : le discours de colère qu'il préparait lorsqu'elle avait frappé à sa porte et dont les mots lui revenaient tandis qu'elle le dévêtait.

« J'avais laissé la France paisible et triomphante et je la retrouve humiliée et divisée. J'avais laissé de nombreuses et redoutables armées, elles sont détruites ou vaincues. Que sont devenus les compagnons de mes travaux ? »

Il revit ces hommes et ces femmes qui, tout au long de sa route vers la capitale, avaient tendu leurs mains vers lui : « Sauve-nous. Aide-nous. » La rage, à nouveau, le souleva. *Liberté, Égalité, Imposture...* Telle semblait être la devise de ceux qui gouvernaient la France. Il les ferait tomber. Non aux incapables, à l'intrigue, aux profiteurs !

Joséphine regarda son mari, ce visage crispé, ce regard lointain. Où était-il ? Avec elle ou avec l'autre, cette Pauline Bellisle, sa « souveraine d'Orient » ? De sa bouche-fruit, elle le caressa comme il aimait, se demandant désespérément si c'était bien vers elle que son corps se dressait. Et soudain il fallut qu'il la prît : maintenant ! Elle se glissa sous lui, s'ouvrit à son désir.

Ses plaintes, pour la première fois, ne furent pas feintes. Il lui semblait, dans les cercles embrasés du plaisir, être cette femme enveloppée d'un drapeau qu'elle avait croisée quelque part sur les routes de France et qui, du fond de ses entrailles, criait le nom de Bonaparte.

4

La peur

En tête des cavaliers, pour la plupart généraux, et qui se nommaient Murat, Junot, Lannes, Desaix, avançait Eugène de Beauharnais. Tous portaient l'uniforme vert à passepoil rouge et le bicorne à plumet tricolore; ils précédaient le carrosse où se trouvait Napoléon Bonaparte. Ce 19 février 1800, sous un soleil de glace, le Premier Consul prenait possession du château des rois de France.

Dans les rues, sur les quais, aux fenêtres, la foule criait son enthousiasme, les hommes levaient haut leurs enfants afin qu'ils conservent souvenir de ce jour, des femmes pleuraient.

Le cortège franchit les guichets du Louvre et s'engagea place du Carrousel. Devant le carrosse, attelé de six chevaux blancs – cadeau de l'empereur d'Allemagne au vainqueur d'Italie – Roustam, vêtu de son costume oriental, caracolait sur un cheval arabe. Ministres et conseillers d'État suivaient en fiacre. Trois mille hommes de toutes armes et tous uniformes étaient du défilé.

Aux fenêtres du pavillon de Flore, Joséphine, Hortense, les sœurs de Bonaparte, entourées de quelques amies, assistaient au spectacle. Hortense admirait son frère, Pauline se pâmait devant les grenadiers coiffés de leurs hauts bonnets à poil, Caroline n'avait d'yeux que pour Joachim Murat, depuis quelques jours son mari.

Joséphine, elle, regardait en bordure de la place, les souches fraîches des « arbres de la Liberté » * abattus la veille sur ordre de Bonaparte.

« Ils font trop d'ombre », avait décrété celui-ci.

Pour Joséphine, abattre un jeune arbre était un crime ; le faire le jour où l'on s'installait en un lieu, un défi aux dieux. Il lui semblait que montait vers elle l'odeur encore vivante du bois, comme un reproche.

« Ceci nous portera malheur », pensait-elle.

Le carrosse s'arrêta près du palais des Tuileries et Bonaparte, vêtu de rouge, blanc et or, sauta à terre et s'élança sur le cheval que lui présentait Roustam afin de passer la troupe en revue. La musique se déploya.

– Alors, madame la consulesse, est-il vrai que nous dormirons ici ce soir ? demanda tendrement Hortense à sa mère.

– Je ne puis y croire... murmura Joséphine. Cela a été si vite...

... comme le passage d'un ouragan !

Il n'avait fallu à Bonaparte que quelques semaines, avec l'aide de ses frères, pour s'emparer du pouvoir. Balayés, Barras, Gohier et les autres, éliminés les incapables, soumis sénateurs et députés. « Madame la consulesse »... Le mari de Joséphine se trouvait aujourd'hui le maître incontesté du pays.

La main gantée de madame de Montesson, veuve du duc d'Orléans, vint se poser sur la sienne et la vieille aristocrate lui sourit :

– Il ne faudra jamais oublier que vous êtes l'épouse d'un grand homme, lui souffla-t-elle comme si elle avait deviné ses pensées.

– M'aiderez-vous à m'en souvenir, madame ?

– Aussi longtemps que vous le souhaiterez.

– Alors ma vie entière ! dit Joséphine avec élan.

« Du moins, le faut-il espérer », ajouta-t-elle plus bas.

La musique s'est tue et le vent d'hiver balance au

* *Arbres plantés par les révolutionnaires.*

bout de leurs cordes les lanternes qui éclairent misérablement les rues de Paris, à présent désertes.

Ce vent, qui fait fumer la cheminée, Joséphine l'écoute mugir de la chambre où elle attend que la rejoigne son mari. Il est plus de minuit et Agathe a du mal à garder les yeux ouverts. Pour elle aussi, la journée a été fatigante. N'a-t-elle pas aidé sa maîtresse à changer cinq fois de tenue ? La dernière étant ce peignoir en dentelle largement décolleté que Joséphine porte sur une jupe de percale rosé.

– Va donc te coucher, lui ordonne sa maîtresse.

– Ne voulez-vous pas que je vous tienne encore un peu compagnie, Madame ?

– Qu'espères-tu ? Que Bonaparte te prendra dans son lit ? plaisante Joséphine pour faire rougir sa femme de chambre. Il ne va pas tarder, allez...

Après une légère révérence, Agathe se sauve ; dans quelques minutes, elle dormira, la bienheureuse ! Joséphine va à la fenêtre, écarte le lourd rideau de moire. Si elle a choisi de s'installer dans les appartements du rez-de-chaussée, c'est afin de donner sur le jardin des Tuileries ; mais les fenêtres du palais sont si hautes que pour distinguer un peu de verdure, il faut monter sur un tabouret. De toute façon, la nuit est là...

Avec un soupir, elle laisse retomber le rideau : « Ses appartements... » Sera-t-elle jamais chez elle ici ?

Dix-sept pièces rien que pour son usage ! Petits et grands salons, couloirs, galeries, imprégnés d'une atmosphère lugubre : trop d'histoire ! « Un univers triste comme la grandeur », a reconnu lui-même Bonaparte.

Son regard fait le tour de la chambre : celle de Marie-Antoinette. La reine de France a pris place dans cette bergère, elle a écrit à ce bureau, s'est étendue sur ce lit d'acajou orné de bronze. Est-ce dans ce miroir que s'éveillant, un matin de juin 1791, elle a vu ses cheveux blanchis en une seule nuit par la souffrance et l'humiliation ?

– Oh mon Dieu, je ne pourrai jamais... gémit Joséphine.

... dormir dans la couche de la reine décapitée. Sans nul doute, cela lui portera malheur, comme faire tomber des arbres le jour où l'on prend possession d'un lieu.

Glacée, elle se rapproche du feu. Il faisait si bon à Croissy! Elle se sentait si bien dans son parc de Malmaison! Ici, c'est le froid de l'âme qui la transit: celui des hauteurs où l'entraîne Bonaparte. Jusqu'où voudra-t-il monter?

« Je n'ai jamais vu un siège surélevé qu'il ne m'ait pris l'envie de m'y asseoir », lui a-t-il dit un jour.

Et elle avait ri...

Soudain, elle se décide, jette un châle sur son peignoir, glisse ses pieds dans de fins souliers de satin et quitte la chambre. Sur les cheminées, des chandelles achèvent de se consumer, les planchers luisent comme le bois des cercueils, seule l'odeur des fleurs dont on a empli ce matin le palais donne vie à ce lieu: elle rappelle à Joséphine qu'au-delà de ces murs la nature campe, plus forte que les trônes. Là-bas, au bout d'une galerie ourlée de chaises dorées, une lumière plus vive l'attire; alors elle court, comme on court vers l'orée d'une forêt trop sombre et, au seuil de la pièce, s'arrête, stupéfaite et ravie.

C'est la salle de billard. Penché sur le tapis vert, un tout jeune homme s'exerce, Constant, le nouveau valet d'Eugène.

– M'accorderez-vous une partie? demande-t-elle malicieusement. Nous verrons qui est le meilleur.

Le jeune homme a sursauté. Il rougit jusqu'aux oreilles: « Certainement vous, Madame », bredouille-t-il.

Joséphine s'avance vers lui, souriant pour le rassurer. Son visage est avenant et il a de bonnes manières: elle le prendrait volontiers à son service.

– Je m'ennuyais de mes enfants, avoue-t-elle, et me demandais où ils se trouvaient.

– Ils sont allés au spectacle avec leurs amis, Madame. Monsieur Eugène et le général Murat parlaient d'aller ensuite se baigner.

– Oh non !

Eugène, qui ne songe qu'à s'amuser, a lancé la mode des bains de rivière : la Seine est glacée, et ce fou de Murat... un jour, ils n'en remonteront point.

– J'espère en avoir dissuadé mon maître, reprend Constant bien vite, je lui ai parlé de votre inquiétude.

– Tu es un bon garçon, dit Joséphine avec chaleur. Et je t'en saurai gré.

Elle reprend le chemin de sa chambre : parler de son fils l'a apaisée mais comme il lui paraît lointain ce jour où elle l'envoyait réclamer à un petit général le droit de conserver l'épée du vicomte de Beauharnais... Cette épée, sous les ordres de ce général, il s'en est servi, il a offert à Bonaparte, sans rien en attendre en retour, toute l'ardeur de sa jeunesse. Est-ce pour ce désintéressement si peu courant que son beau-père a pour lui une affection particulière ?

Voici Joséphine arrivée dans sa salle de bains, autrefois oratoire de Marie de Médicis. Elle regarde, tentée, l'escalier secret qui monte aux appartements royaux où se trouve son mari. Et si elle allait le chercher ? Mais ne lui reprochera-t-il pas de le déranger ? La pensée du grand lit froid de Marie-Antoinette, dans la pièce voisine, la décide.

Le cabinet de travail qui fut celui de Louis XVI, est entièrement tapissé de livres. Bonaparte marche de long en large, mains derrière le dos, dictant à Bourrienne, son secrétaire. Il porte toujours son habit de fête et Joséphine ne peut s'empêcher de sourire en remarquant les taches d'encre qui maculent le pantalon de casimir blanc. Bonaparte prend souvent lui-même la plume et a la fâcheuse habitude d'en essuyer les barbes sur son vêtement.

Comme il se tourne vers elle, instinctivement, elle referme son châle sur ses seins : il ne tolère plus les trop larges décolletés.

– Bourrienne, quelle heure est-il à votre avis ? demande-t-il sans lâcher sa femme du regard.

– Bientôt une heure, Général, répond le secrétaire qui paraît harassé.

– Il semble que l'on soit venu nous rappeler à l'ordre ! C'est qu'à travailler pour la France on ne voit pas le temps passer. Nous poursuivrons demain !

Soulagé, Bourrienne adresse un sourire à Joséphine. C'est un allié : il a mis beaucoup d'adresse à révéler à son mari le montant de ses dettes et en obtenir le remboursement. Elle l'en a largement remercié.

– Madame, je suis votre serviteur, déclare Bonaparte qui semble d'excellente humeur.

Il précède sa femme dans l'escalier, mais au lieu de la mener dans leur chambre, il s'empare de sa main et l'entraîne au pas de course jusqu'à la galerie de Diane.

Plafonds peints, boiseries, dorures et tapisseries confèrent à cet endroit un aspect fantomatique. Dans ce long et large couloir de plus de cinquante mètres, rois et reines ont donné leurs grandes réceptions. Ces murs sont gorgés de musique, mais aussi de cris, bruits de complots, tintements d'armes. N'est-ce pas tout près d'ici que Robespierre a tenté de se donner la mort ? Et les voici entrés, Bonaparte et elle, dans la ronde de ceux qui, avec leurs larmes et leur sang, écrivent l'Histoire avec une majuscule.

Un cri instinctif jaillit du cœur de Joséphine.

– Puisque tu as tous les pouvoirs, remets un roi sur le trône, rétablis les Bourbons... Ils m'ont fait savoir qu'ils t'en seraient reconnaissants, ajoute-t-elle plus bas.

Le rire de Bonaparte éclate, roule et se perd dans les murs.

– Et pour quoi faire, un roi ? N'est-ce pas moi que la France a choisi ?

Il se penche sur le visage inquiet de sa femme : « Est-il donc si effrayant d'être la première dame de France ? »

– Première à Malmaison me suffisait bien, murmure Joséphine.

– Allons !

Son ton est irrité. Il a lâché sa main : « Ne me

disais-tu pas tantôt que tu aimais à être belle ? Aucune ne se pourra comparer à toi. »

Bras ouverts, visage haut levé, il va jusqu'au centre de la galerie et là s'arrête, tourne sur lui-même comme pour prendre la mesure de son territoire.

– En ce lieu, madame, vous donnerez des fêtes où se presseront les plus grands. L'Europe entière parlera des rois et des empereurs que vous daignerez recevoir. J'y ferai entrer la lumière et le faste...

Sa voix enfle ; on dirait qu'il y prend la France.

– Je veux voir ici la statue de César, les splendeurs de l'Orient et, sur ces murs, nos victoires, le portrait de mes valeureux compagnons.

Aux portes de la galerie, des valets sont apparus qui découvrent en se frottant les yeux le spectacle de cet homme vêtu de blanc dont le visage rayonne.

– Qu'ont fait les Bourbons pour la gloire du pays ? L'aristocratie doit être de mérite et non de naissance. C'est au seul talent que je confierai le pouvoir ; mon gouvernement sera celui de la jeunesse et de l'intelligence.

Il a le regard du vainqueur d'Arcole sur le tableau de Gros. Un enfant que les quolibets de ses camarades ont blessé à jamais, un homme solitaire, un poète nourri des souffrances du jeune Werther, un grand soldat, contemple ses futures conquêtes. Se doute-t-il que c'est lui-même qu'il cherche à conquérir ?

De plus en plus nombreux, les gens se pressent aux portes, retenant leur souffle pour ne point éveiller celui qui marche au sommet de son rêve comme, en leur sommeil, certains avancent périlleusement en bordure des toits, attirés par le ciel et oubliant qu'ils n'ont point d'ailes.

Quelqu'un n'a pu réprimer une toux et Bonaparte s'interrompt. Il baisse les bras qu'il tenait déployés et regarde autour de lui.

– Plus de cochons à l'engrais ! lâche-t-il.

Un rire court. Déjà, il est revenu près de Joséphine dont il prend la main qu'il serre à lui briser les doigts.

– Vous me parliez de roi ? Eh bien venez, petite créole, prendre place dans le lit de vos maîtres.

On l'avait appelée « Notre Dame des Victoires », elle aurait à présent mérité le nom de « Notre Dame des Ci-Devant * ».

Encouragée par Hortense qui, fidèle au souvenir de son père, n'avait jamais cessé d'être royaliste, Joséphine rouvrait aux émigrés les portes de la France. Il n'était de jour qu'elle fasse signer au Premier Consul les grâces que lui demandaient les plus grands noms de l'ancienne Cour ; celui-ci les accordait volontiers.

Après avoir vaincu les Autrichiens à Marengo, ramené la paix hors des frontières, fait reconnaître la République par l'Europe monarchique, Bonaparte voulait la réconciliation chez lui : celle des hommes d'hier et de ceux d'aujourd'hui. Celle des âmes aussi.

Progressivement, les églises se rouvraient aux prêtres insoumis, le dimanche revenait à l'honneur ainsi que le calendrier grégorien, bientôt serait signé le Concordat. Et Joséphine, se souvenant des cris de haine, des têtes fichées au bout des piques et du sang des religieux sur les murs des Carmes, sentait sa tête tourner comme au bal de Talleyrand : la vie était bien une valse folle !

Aux Tuileries, peu à peu, ce qu'on n'osait encore appeler une cour se formait autour d'elle. Elle avait à présent des « dames pour l'accompagner », elle tenait salon, accordait audience, organisait des réceptions. Fidèle à sa promesse, madame de Montesson la guidait dans l'art de recevoir chacun selon son rang, de se vêtir, de se tenir.

Il y avait les dîners intimes qui se déroulaient dans les appartements de Joséphine et les « grandes cohues » organisées galerie de Diane. Il y avait les habitués, les favoris et ceux qui n'étaient conviés qu'en « cure-dents » après les repas ; tous ces gens sans cesse autour d'elle : n'être plus jamais seule et découvrir la solitude.

* *Ainsi étaient nommés les aristocrates sous la Révolution.*

Il y avait aussi cette nouvelle compagne qui ne la quittait plus: la peur!

... peur qu'un jour Bonaparte ne disparaisse dans une bataille comme cela venait d'arriver à Desaix, son grand ami, tombé à Marengo. Peur qu'une autre lui donne un enfant et qu'alors il la répudie. Peur de perdre ce qu'elle appelait «sa position», de femme riche et honorée; si grand peur parfois que, de cette position, elle ne parvenait plus à profiter.

Bien souvent, elle avait entendu Letizia murmurer avec son accent corse: «Pourvu que cela doure...» «Pourvu que cela dure», Joséphine ne cessait de se le répéter.

... en caressant les perles de toute beauté, autrefois propriété de Marie-Antoinette, dont elle s'était fait faire un collier.

Et cette veille de Noël, ses pires craintes sont près de se réaliser!

On donne à l'Opéra *La Création du monde*, de Haydn. Hortense, très mélomane, meurt d'envie d'y assister, Joséphine l'y accompagnerait volontiers: les journées d'hiver sont longues aux Tuileries et ce serait l'occasion de montrer sa nouvelle robe: tunique antique copiée sur une statue du Louvre et exécutée par le célèbre couturier Leroy.

Mais Bonaparte est fatigué: dix-huit heures d'affilée, il a travaillé au nouveau Code destiné à ramener l'ordre dans le pays, exigeant d'en voir lui-même chaque article. Et ce soir, sa jeunesse reprend le dessus: il aimerait faire une partie de reversi – le jeu familial – où il triche effrontément car les jeux ne lui plaisent que s'il en transgresse les règles. Cependant, comme Hortense insiste, il finit par céder: en avant pour l'Opéra!

Dans la cour que noie une brume glacée, s'organise le défilé des voitures qui conduiront au concert le Premier Consul et sa suite. Alors que Joséphine s'apprête à prendre place dans la sienne, son mari l'arrête.

– La teinte de ton châle jure avec celle de ta robe, va vite techanger.

Mortifiée, mais soumise à un époux qui se préoccupe du moindre détail de sa toilette, Joséphine remonte les marches du pavillon de Flore pour aller modifier sa tenue. Sans l'attendre, Bonaparte donne le signal du départ. Elle le rejoindra avec Hortense et Caroline Murat, enceinte de huit mois.

L'explosion a lieu au moment où la calèche dans laquelle se trouvent les trois femmes débouche rue de la Loi, tout près de l'Opéra. En même temps que le bruit infernal, un souffle violent brise les glaces du véhicule. « On a tué Bonaparte », hurle Joséphine.

Bien que blessée par les éclats de verre, Hortense saute à terre et court aux nouvelles. Une fumée épaisse emplit la rue Saint-Nicaise où la pagaille est indescriptible. Entre les voitures pulvérisées, les gravats des maisons éventrées, des gens pleurent, tournent en rond. Gants, chapeaux hauts de forme, foulards, éventails, ponctuent les corps des victimes.

Avisant un soldat de la garde penché sur un mourant, Hortense s'agrippe à son bras : « Le Premier Consul... dites... je vous en prie... »

L'homme relève son visage blême.

– Il est sauf, mademoiselle. Sa voiture venait de passer lorsque l'explosion s'est produite.

Ce sont donc celles de l'escorte qui ont été touchées. Si Joséphine n'était montée changer de châle... Le militaire n'a que le temps d'ouvrir ses bras pour y recevoir la jeune fille évanouie.

Tout le quartier a été secoué par l'explosion et, à l'Opéra où la nouvelle s'est répandue, règne une émotion intense. Lorsque Bonaparte, très calme, fait son entrée aux côtés de sa femme livide, d'un même mouvement, la salle se lève et une immense acclamation monte. Dans les loges, à l'orchestre, au balcon, les élégantes agitent frénétiquement leurs mouchoirs tandis que leurs compagnons applaudissent. Au parterre, au paradis, c'est le petit peuple qui hurle son indignation et son soulagement.

Le visage grave, sans un geste, Napoléon attend la fin de l'ovation puis il incline brièvement la tête et prend place dans son fauteuil. « Faire périr tant de monde pour se défaire d'un seul homme... » murmure-t-il en direction de Fouché, son ministre de l'Intérieur, qui a tenu à rester avec lui. L'oratorio commence.

Jamais les chœurs et les deux cent cinquante musiciens de l'orchestre qui les accompagnent n'ont mis autant de ferveur dans leur interprétation de cette adaptation du *Paradis perdu*. On est pris dans la tempête, le vent courbe les échines, toute la tristesse, la violence d'un monde sans lumière est là.

Sans qu'elle puisse les retenir, les larmes coulent sur les joues de Joséphine : *La Création du monde...* ce monde où la haine et l'amour sont en lutte constante, où l'horreur semble être le revers même de la beauté. En sera-t-il toujours ainsi ?

Tout bas, elle prie. Ce sont ses prières de petite fille qui lui montent aux lèvres, les mots naïfs de la Martinique où l'on parle à Dieu comme l'enfant au père.

Elle lui demande, à ce Dieu auquel elle a toujours cru quand bien même elle enfreignait ses règles, de lui conserver l'homme qui se trouve à ses côtés. Elle le met sous sa protection : « Si tu pouvais, Seigneur, le retenir un peu, modérer son ambition et faire qu'il m'aime à nouveau comme avant. »

Sur scène, la tempête s'est tue, laissant place, tandis que se lève le soleil, au concert d'une nature apaisée dont le chant multiple monte vers son créateur.

Dans la salle où règne un silence religieux, même au parterre où d'ordinaire le public se montre volontiers bruyant, sans cesse des visages se tournent vers la loge royale pour s'assurer que s'y trouve bien, intact, un petit homme, un grand homme, en uniforme gris. Et, comme apparaissent Adam et Ève, il semble que les chants de louange et d'action de grâces qui explosent du chœur remercient aussi Dieu pour lui.

Joséphine se tourne vers son mari : l'avertissement qu'il vient de recevoir le fera-t-il réfléchir ? Va-t-il enfin s'arrêter dans sa course et rappeler les Bourbons ? Ce matin même il a reçu un émissaire du comte de Provence, frère du roi décapité : on lui propose la place enviée de connétable.

Son regard est attiré par la main de Bonaparte et elle frémit. Cette main caresse le célèbre diamant de la Couronne de France qu'il vient de racheter à prix d'or pour le faire sertir au pommeau de son épée.

Ce diamant s'appelle « le Régent », du nom de celui qui gouverne un pays en l'incapacité du roi.

Jamais, non, jamais, de sa vie entière, Joséphine n'oublierait la promenade au Butard !

Le Butard était cet ancien pavillon de chasse ayant appartenu à Louis XVI, que son mari venait d'ajouter au domaine de Malmaison. En ce bel après-midi de printemps, ils avaient décidé d'aller le visiter.

Avec la femme de Junot, la douce Laure, enceinte de plusieurs mois, Joséphine avait pris place dans une calèche. Bonaparte et Bourrienne, son secrétaire, suivaient à cheval.

Et voici que le cocher arrête son équipage sur une berge élevée au bas de laquelle coule un ruisseau : « Il serait dangereux de passer, nous devons trouver un autre chemin », déclare-t-il.

– Alors rentrons ! décide Joséphine à laquelle les cahots de la route ont donné une forte migraine.

– Rentrer ? Qu'est-ce que ce nouveau caprice ? demande Bonaparte qui vient de rejoindre les femmes. Vous franchirez l'obstacle aisément.

Sensible à l'affolement de Joséphine, Laure Junot intervient : « Ne nous y obligez point : j'y perdrais l'enfant que je porte. »

Avec empressement, le Premier Consul lui tend la main : « Vous faire du mal, petite Laurette ? Je ne me le pardonnerais jamais. »

Mais à peine a-t-elle mis pied à terre que, sans laisser à Joséphine le temps de l'imiter, il ordonne au cocher d'aller de l'avant, agrémentant son ordre d'un coup de cravache qui emballe les chevaux. Dans un vacarme de bois brisé, la voiture dévale le promontoire et franchit la rivière, subissant tant de dommages qu'elle ne pourra plus resservir.

– Tu es laide quand tu pleures, déclare Bonaparte à sa femme brisée par l'émotion lorsqu'il la retrouve de l'autre côté.

Et, malgré tout un peu honteux, il ajoute: « Embrasse-moi, grosse bête... »

Oui, comment pourrait-elle jamais oublier ce moment ? Celui où elle avait compris que son mari ne l'aimait plus.

Des rires et des cris arrêtèrent sa promenade. Une partie de barres avait été organisée sur la pelouse, avant le repas. On jouait beaucoup, à Malmaison, comme autrefois à Mombello: barres, saute-mouton, quatre-coins et, le soir, billard, jeux de cartes ou d'échecs. On se donnait aussi la comédie ou se récitait des vers dans le petit théâtre du château. Les jolies femmes foisonnaient, les intrigues également.

Joséphine reprit sa marche, se penchant vers ses fleurs, caressant de l'œil les fines collerettes, les délicates aigrettes, les calices et les éperons. Ces fleurs lui racontaient sa vie.

Elle avait été ce frais jasmin de la Martinique, ce mimosa évaporé. Plus tard, elle était devenue cette orchidée à lèvre parfumée qui enivrait les mâles. Elle aurait pu s'appeler « belle d'un jour »; à celle-ci, ronde et à l'aspect naïf, elle avait donné le nom de sa fille: hortensia.

Dans ses jardins de soie, de moire, de satin, on l'avait froissée, respirée, effeuillée. Mais aujourd'hui, c'était vers d'autres que les visages se penchaient, pour d'autres que s'allumaient dans les regards la flamme du désir qu'elle avait tant aimé provoquer. Joséphine sentait sa beauté se détacher d'elle comme les pétales d'une rose.

Une biche sortit du petit bois et s'arrêta près d'elle, la fixant de ses yeux d'automne. Des brins de tabac pendaient autour de sa mâchoire: un autre jeu de

Bonaparte ! Il assurait que les biches aimaient priser et leur offrait le contenu de sa tabatière.

Avec douceur, Joséphine nettoya le museau : « Cette nuit encore, il n'est pas venu me rejoindre, confia-t-elle à l'animal. Avec qui était-il ? Laquelle ? »

La mère de Joséphine affirmait que la première infidélité était la seule qui comptât car elle ouvrait la porte de la trahison qui, plus jamais ensuite, ne se refermait. « On appartenait, disait-elle, à un seul ou à tous, à une seule ou à toutes. » Cette Pauline Bellisle que Bonaparte avait connue en Égypte avait entraîné les autres. Il y avait eu la Grassini – célèbre chanteuse italienne qu'il avait ramenée à Paris, puis l'actrice, mademoiselle Georges, sans compter les amours de passage. Joséphine était, au su de tous, une femme trompée...

« Mais toujours " sa " femme, protesta-t-elle à haute voix. La femme du Premier Consul, la châtelaine de Malmaison. »

Des coups de feu claquèrent et, en un bond, la biche disparut. Le cœur battant, Joséphine se hâta vers le château. Elle s'arrêta près du bassin où un canard de Chine, l'un de ses plus beaux, était tombé. Les larmes lui montèrent aux yeux.

Devant la maison, sa carabine à la main, Bonaparte entouré de ses amis riait à gorge déployée.

L'oiseau dans ses mains tendues, Joséphine le rejoignit. Attirées par les détonations, Hortense, Caroline Murat et Laure Junot, suivies par leurs dames de compagnie, accouraient aux nouvelles.

– Nous songions à organiser une chasse après déjeuner, qu'en penses-tu ? demanda Bonaparte à Joséphine.

– Tu sais que je n'aime pas la chasse, protesta faiblement celle-ci. Et ce n'est pas la saison : toutes nos bêtes sont pleines.

Le regard de Bonaparte passa sur le ventre gonflé de Laure, s'arrêta à Caroline, mère d'un tout jeune Achille, fit le tour du parc où s'ébattaient toutes sortes d'animaux, puis, prenant l'entourage à témoin :

– Ne dirait-on pas qu'ici tout est prolifique excepté ma femme ? lâcha-t-il.

Quelques rires serviles fusèrent, parmi lesquels on put reconnaître celui de Pauline. Hortense s'était figée. Joséphine jeta la dépouille aux pieds de son mari, monta en courant les marches du perron et disparut dans la maison.

Non seulement il ne l'aimait plus mais il devenait méchant !

Agathe a tiré sur ses fenêtres les rideaux de mousseline brodée. Elle l'a aidée à retirer le corset avec lequel Joséphine tente de dissimuler l'embonpoint qui, peu à peu, l'envahit et la brassière qui soutient ses seins moins fermes.

En simple robe du matin, étendue sur le lit – nacelle soulevée par deux cygnes – elle laisse couler ses larmes. Le docteur Corvisart se tient à son chevet.

Bonaparte l'appelle le « grand charlatan » et prétend qu'il tue ses malades en gros et en détail mais ne se fie qu'à lui. C'est un médecin bon et capable. Ses cheveux blancs, ses longs favoris de même couleur, rappellent à Joséphine l'ancien président du Directoire, Gohier, dont elle a trahi l'amitié en aidant son mari à l'évincer.

– Vous voyez bien qu'il n'y croit pas... constate-t-elle en unsanglot.

– Quel homme accepterait de se croire stérile ? répond Corvisart. Il conserve toujours un espoir.

– Pourtant, il a bien vu que j'avais à nouveau mes époques...

A l'aide de potions et de tisanes, le médecin a réussi à faire revenir, pendant quelques semaines, les règles de Joséphine. Mais elle n'ignore pas que son retour d'âge est là : les femmes de la Martinique l'ont plus tôt que les autres.

– Il sera bientôt Consul à vie et voudra se donner un héritier. L'hérédité... ils ne songent plus qu'à cela, lui, ses frères, monsieur de Talleyrand lui-même. Ils n'ont que ce mot à la bouche. Il me répudiera...

Du jardin, monte le bruit du repas servi sur la pelouse et auquel elle a refusé de participer.

– Quel conquérant n'a le désir de transmettre ses conquêtes ? remarque Corvisart.

Il ne cherche pas à la rassurer comme le font, à chaque soupir qu'elle pousse, les dames de compagnie de Joséphine. Il n'est pas de ceux qui abusent ou flattent et c'est pourquoi elle l'apprécie. Mais ce qu'elle apprécie le plus c'est que, même avec Bonaparte devant qui tous tremblent, il garde son franc-parler.

– Qu'allons-nous faire ? demande-t-elle.

– Ne pouvez-vous envisager l'adoption ? Un enfant de la famille ?

– J'y ai songé.

Un enfant auquel Bonaparte donnerait son nom et qui lui succéderait... Mais si c'est celui de la famille, il fera partie du clan et ne sera pour Joséphine qu'un adversaire de plus.

Découragée, elle retombe sur ses oreillers. Il faudrait un enfant qui rattache à elle son mari ! Un enfant de qui ?

Un rire frais de jeune fille éclate dans le jardin : le rire d'Hortense ? Et soudain l'idée lui vient, elle s'impose, éclaire tout : l'enfant d'Hortense et d'un Bonaparte... Celui de Joséphine, son sang un peu, pourquoi pas ?

Hortense et Joseph ? Jamais celui-ci n'acceptera d'épouser une Beauharnais, il les a en horreur. Hortense et Lucien ? Bonaparte vient de se brouiller avec ce dernier. Hortense et Jérôme alors ? Mais celui-ci est trop jeune, 17 ans, trop léger aussi ; au dire de tous, un sale garnement ! Hortense et Louis ?

Elle se redresse : Louis a 23 ans, il est libre, Bonaparte a pour lui un attachement particulier...

Tremblant d'excitation et d'espoir, elle saisit la main du médecin :

– Hortense-Louis-Bonaparte, dit-elle.

Les mains pressées sur ses joues brûlantes, le cœur battant, n'osant tout à fait croire à son bonheur, Hortense s'est laissée tomber aux pieds de Caroline.

– Alors, il m'aime ? En es-tu sûre ? Ne parles-tu pas pour me faire plaisir ?

– Il l'a confié à Joachim ! Et voilà qui t'apprendra à ne point lire le courrier qu'on t'adresse, ajoute Caroline en riant.

La lettre de Duroc, trouvée dans un livre qu'elle avait oublié au salon, Hortense s'est interdit de l'ouvrir et, en bonne élève de madame Campan, l'a remise à sa mère. Certes, elle se doutait bien un peu de ce qui s'y trouvait inscrit mais comme il est doux de se l'entendre confirmer par Caroline, femme de Murat, le meilleur ami de Duroc.

– Il m'aime... oui, il m'aime...

D'un bond, elle se relève, fait en dansant le tour de l'atelier où, tout en maniant le crayon ou le pinceau, si souvent elle a rêvé de son avenir avec lui : ah, s'appeler Hortense du Roc !

Oui, « du Roc » en deux mots, car Géraud-Christophe est de famille noble contrairement à la plupart des compagnons de Bonaparte, recrutés, eux, dans le peuple : ancien garçon d'écurie comme Lannes, fils de tonneliers ou, comme Murat, d'aubergiste.

Les manières de son prétendant sont parfaites ; il ne porte pas de linge douteux, ses bottes sont toujours bien cirées. Si le vicomte de Beauharnais, père d'Hortense, était encore de ce monde, il approuverait leur union. C'est important pour elle qui veut rester fidèle à la mémoire du décapité.

– Mais s'il m'aime, pourquoi ne m'a-t-il pas demandée plus tôt ?

– Il savait n'être pas le seul sur les rangs... Tu connais son orgueil : il ne voulait pas s'exposer à un refus, explique Caroline.

Le nombre de prétendants à épouser la belle-fille du Premier Consul est, en effet, impressionnant : parmi eux, quantité de nobles voyant ainsi le moyen de rentrer en grâce. Hortense soupire : est-ce trop demander que de vouloir être aimée pour soi-même ? Sa mère assure qu'amour et mariage ne vont pas forcément de pair mais elle ne peut s'empêcher de penser que cela ne va pas si mal ensemble lorsqu'elle voit le bonheur de Caroline avec son géant aux yeux bleus et aux boucles brunes, téméraire au combat, enfant tendre à la maison.

Ah, cette lettre, qu'elle a hâte d'en connaître le contenu, vite que Joséphine la lui montre!

Hortense prend la main de sa belle-sœur et l'entraîne dans le jardin sur lequel ouvre son petit appartement. Il lui déplaît fort d'habiter les Tuileries, l'atmosphère du palais l'oppresse et elle aurait préféré loger rue de la Victoire ou à Malmaison. Le parc est sa consolation.

Sur le sol, les feuilles rousses écrivent la fin des beaux jours et les cris des oiseaux, dans les arbres nus, résonnent comme en une maison vide. Nombreux sont les promeneurs depuis que Bonaparte a autorisé l'entrée du parc à tous les citoyens, y compris ceux en tenue de travail.

On se retourne beaucoup sur Caroline, vêtue d'une fraîche robe de percale brodée. Depuis la naissance de son fils, Achille, elle est encore plus jolie.

– Je sais que je ne suis pas vraiment belle! déclare soudain Hortense.

– Quelle idée! proteste Caroline. On assure que tu as les plus beaux cheveux du monde.

– C'est ce que l'on dit de celles qui n'ont pas de véritable beauté, constate Hortense. On leur attribue aussi du charme, un entrain...

Sans jalousie, elle regarde sa belle-sœur: « Mais qu'importe puisque l'on m'aime ainsi... »

Quand dans la plaine,
L'amour ramène le printemps... fredonne malicieusement Caroline.

C'est la chanson de Rosine dans *Le Barbier de Séville*, pièce de monsieur de Beaumarchais. Les jeunes filles l'ont souvent interprétée sur la scène du petit théâtre de Malmaison. Eugène fait un excellent

Figaro ; la laideur de Bourrienne le conduit à jouer le rôle de Bartholo. La fille de Joséphine est, de l'avis de tous, une délicieuse Rosine.

Sans prendre garde aux promeneurs qui se sont arrêtés pour les regarder, Hortense se juche sur une chaise et reprend le couplet :

Loin de sa mère,
Cette bergère va chantant,
Où son amant l'attend...

Quelques applaudissements retentissent. Elle saute au bas du siège et s'incline avec grâce.

Oh, vite qu'elle soit sa femme ! Vite que Rosine épouse le comte Almaviva !

– Il faut lui parler, tout de suite ! décida Joséphine en reprenant la lettre de Duroc qu'elle avait montrée à Bourrienne. « Nous n'avons que trop tardé. »

Bourrienne approuva : « Ne serait-il pas souhaitable que vous vous en chargiez vous-même ? »

– Je risquerais de me laisser fléchir... Tu lui démontreras que Louis est doux, bon et artiste ; artiste, oui, voilà qui devrait plaire à une fille qui n'aime qu'à jouer la comédie, peindre et chanter.

Le regard de Bourrienne revint sur la lettre.

– Mais si son cœur...

– ... bat pour Duroc ? Le cœur n'a rien à faire dans le mariage.

« Et elle aura tout le temps de s'en occuper plus tard », ajouta-t-elle à mi-voix.

Elle regarda le visage ingrat du secrétaire de son mari. La jalousie semblait accroître sa laideur. Bien qu'il fût marié, il était épris d'Hortense, ce qui le rendait fort envieux de celui qui avait su la gagner.

– Et le Premier Consul ?

– Il n'a encore rien décidé mais j'en fais mon affaire.

Sans relâche, depuis six mois, Joséphine harcelait

Bonaparte avec son projet: marier Hortense et Louis afin qu'un jour il pût adopter leur fils et le nommer son successeur. Elle souhaitait avoir son accord avant d'en avertir sa fille.

Mais Bonaparte renâclait! Les deux jeunes gens se connaissaient à peine, disait-il, la santé de Louis était fragile, celui-ci aimait encore Émilie de Beauharnais, cousine d'Hortense, qui l'avait repoussé. Enfin, Bonaparte n'avait rien contre Duroc.

– Ma fille ne s'appellera pas Duroc, dit Joséphine avec un mouvement d'humeur. Je ne la vois point portant ce nom.

Elle alla à la fenêtre et monta sur un tabouret pour regarder dans le jardin. Hortense et Caroline ne s'y trouvaient plus. Elle revint vers Bourrienne.

– Dis-lui aussi qu'elle est le seul espoir qui me reste de consolider mon mariage et, qu'en épousant Louis elle fera mon bonheur.

– Je m'y emploierai de mon mieux, madame.

Cela, elle n'en doutait pas! Car n'était-ce pas grâce à elle que Bourrienne se trouvait encore au service du Premier Consul? Comme beaucoup, il filoutait l'armée et, l'apprenant, Napoléon avait voulu s'en défaire. Joséphine avait plaidé sa cause avec succès.

De sa cassette, elle alla tirer une paire de boucles d'oreilles ornées de diamants qu'elle tendit à son allié.

– Cela devrait plaire à ta femme. Va... et fais vite.

Se confondant en remerciements, Bourrienne prit les bijoux et quitta la pièce. Elle reprit la lettre pour la lire une fois de plus: « Hortense, dès le premier regard que j'ai porté sur vous, mon cœur... »

Il datait, ce premier regard dont parlait le jeune général, de plus de deux ans et l'attirance avait été réciproque. Il sembla à Joséphine entendre la voix anxieuse de sa fille: « Maman, lui plairai-je ? » Elle les revit, valsant, au bal de Talleyrand. Son cœur se serra à l'idée de la confiance qu'Hortense lui avait manifestée en lui remettant sans le lire le message de celui qu'elle aimait.

Si seulement Louis avait été bien portant!

Mais, en Italie, puis en Allemagne, il avait contracté des maladies galantes qui avaient considérablement affecté sa santé et les multiples cures suivies par lui à Barèges où ailleurs n'avaient en rien amélioré son état. On disait même que son cerveau...

Elle se secoua: «Allons, suffit avec les idées noires.» Qui n'était atteint de ces maux? Rien que dans la famille: Joseph, Pauline... Cela n'empêchait pas d'avoir des enfants.

Dans le salon voisin, des voix féminines s'élevèrent; c'était l'heure des marchandes de mode qui, chaque matin, venaient au grand plaisir de toutes présenter leurs nouveautés. Le couturier Leroy les suivrait, puis Duplan, son nouveau Figaro qui savait si bien la coiffer à la Phèdre ou à l'Agrippine.

Agathe, dont Joséphine avait oublié la présence, sortit de l'ombre; elle avait les yeux rouges.

– Désirez-vous que je fasse entrer ces dames?

– Dis-leur que je viens, répondit-elle d'une voix rude.

Elle n'avait pas songé à renvoyer sa femme de chambre lorsqu'elle avait reçu Bourrienne, oubliant que celle-ci aimait fort Hortense. Mais qui n'aimait Hortense?

Elle froissa la lettre de Duroc et la jeta dans la cheminée puis passa dans le salon. Un murmure flatteur l'accueillit; elles étaient toutes là, madame de Rémusat, madame Lannes, madame de Montesquiou, d'autres de la plus haute noblesse. Aurait-elle jamais pensé recevoir de la part de si grandes dames tant de sourires gracieux et de révérences?

Et défilaient devant ses yeux les ravissants bonnets de dentelle, les exquises chemises brodées, toutes sortes d'étoffes délicates: «Ceci, cela...» Elle n'avait qu'à tendre le doigt.

Il lui faudrait penser à se commander une robe assortie au jaune tendre de son salon. Un bleu mourant conviendrait bien!

Hortense court. Bousculant sans les voir ceux qui se trouvent sur son passage, le cœur affolé, les sanglots nouant sa gorge, elle traverse galeries, salles et salons et il lui semble qu'elle fuit son destin.

Dans sa tête, sans relâche, tournent les paroles de madame Campan, la directrice de sa pension, autrefois femme de chambre de Marie-Antoinette: « Le palais où vous allez habiter retrace des grandeurs évanouies et des malheurs éclatants. »

Ah, quel malheur est le sien!

La voici enfin arrivée aux appartements privés de Bonaparte. Différents personnages font antichambre à la porte du cabinet où celui-ci tient réunion. Ignorant Roustam qui cherche à lui barrer le passage, elle y fait irruption.

– Père!

Le cri, ce mot qu'elle n'avait encore jamais prononcé jusque-là en s'adressant à lui, immobilise le Premier Consul. Parmi les ministres qui l'entourent, Talleyrand au visage lisse, au teint laiteux, à l'indéfinissable sourire, Fouché, grand boucher de la Révolution dont Hortense n'a jamais pu regarder les mains sans frémir.

Une carte de France est étalée sur le sol, des papiers sont répandus partout. La jeune fille demeure paralysée au seuil de la pièce, réalisant son audace et sa faute: nul n'a le droit de s'introduire ici sans y avoir été autorisé, sa mère elle-même ne s'y aventurerait point. Le silence est de plomb.

Soudain, les traits de Bonaparte se détendent.

– Mais c'est ma petite Vendéenne! Et ne dirait-on pas qu'elle a du chagrin?

– Sauvez-moi, murmure-t-elle. Je vous en prie.

D'un geste, son beau-père congédie ses collaborateurs et, comme les sanglots, qui enfin explosent, empêchent Hortense de parler, il vient la chercher, l'amène à son fauteuil, l'assoit sur ses genoux.

– Pour quelle raison ces beaux yeux-là pleurent-ils?

– On veut me marier à votre frère... Il paraît que vous en êtes d'accord.

Le poing de Bonaparte s'abat sur le bureau.

– Il est vrai que ta mère ne cesse de me rebattre les oreilles avec cette affaire mais je n'y suis point encore résolu.

– Je vous en supplie, empêchez cela, dit Hortense. J'aime Louis mais pas comme un mari.

Elle pourrait ajouter qu'elle éprouve à son égard une peur qui ressemble à un avertissement. On sait à Louis de nombreuses aventures. Il paraît qu'il n'est pas bien portant. Et est-ce pour se donner à un homme qui ne lui plaît pas qu'elle s'est gardée pure jusqu'ici ?

– Et qui aimerais-tu... comme un mari ? interroge malicieusement Bonaparte.

– Vous ne l'ignorez point.

– En effet... Et tu n'as pas si mal choisi : le meilleur de mes compagnons, le plus fidèle...

Soudain, son visage se rembrunit : « Desaix l'était aussi », ajoute-t-il d'une voix sourde.

Il désigne à Hortense un bouquet de lauriers d'or arraché d'un drapeau autrichien.

– Marengo ! Sais-tu que j'ai pleuré lorsqu'il y est tombé ? Un brave entre les braves. Je ne pouvais y croire : je l'aimais.

D'un geste spontané, Hortense pose ses lèvres sur le front de cet homme redouté de tous, dont elle devine la solitude. Cette solitude, elle aussi l'éprouve parfois ; sa peinture lui permet de l'exprimer. C'est dans ses conquêtes, que Bonaparte l'inscrit.

Il prend sa taille et la soulève pour la remettre sur ses pieds. Le visage sombre, il arpente à présent son bureau. Va-t-il l'aider ? Il lui a toujours montré de l'affection et il est même arrivé à Hortense de se demander, lorsqu'il la regardait d'une certaine façon, s'il ne l'aimait pas aussi autrement qu'un père.

Et le ton rude qu'il prend pour déclarer : « Tu épouseras Duroc, mais je ne veux pas de gendre chez moi : vous vous installerez à Toulon », est bien celui de la jalousie.

Avant qu'elle soit revenue de sa surprise et ne lui

manifeste sa reconnaissance, il va ouvrir une porte: « Bourrienne! » appelle-t-il.

Le cœur d'Hortense se serre à nouveau en entendant le nom du messager de sa mère. Déjà, le secrétaire est là, souriant à la jeune fille comme s'il ne s'était pas, il y a un instant, opposé à elle en plaidant la cause de Louis.

– Sais-tu où l'on peut trouver le général Duroc? interroge Bonaparte qui, à son bureau, écrit à longs traits fiévreux.

– On m'a dit qu'il se rendait à l'Opéra ce soir, répond Hortense d'une voix tremblante.

Bonaparte cachette la lettre et la remet à son secrétaire.

– Tu lui porteras ceci. Je veux sa réponse avant le matin. Et pas un mot à ma femme s'il te plaît.

– Ce sera fait!

La porte refermée, le beau-père d'Hortense revient à elle et en un geste coutumier, glisse la main sous ses cheveux pour tirer son oreille.

– Es-tu satisfaite?

– Je crains que votre secrétaire ne se trouve du côté de ma mère, murmure la jeune fille.

Bonaparte réprime un geste d'irritation: « Entre ta mère et moi, qui crois-tu que Bourrienne écoutera? »

Il l'attire contre lui: « Ne pleurez plus, petite chouanne, dans deux jours vous serez mariée. »

Madame de Montesson avait convié huit cents personnes en son hôtel de Provence pour fêter le mariage d'Hortense de Beauharnais.

La profusion de fleurs, l'éclairage somptueux, les valets de pied poudrés, l'orchestre installé dans une galerie surplombant le salon, mais surtout la qualité des invités, donnaient à cette réception un côté princier. On se serait cru revenu au temps de l'ancienne Cour.

Hortense portait une simple robe de crêpe blanc et, sur la tête, une couronne de fleurs d'oranger.

Le mariage civil avait été célébré la veille, à 21 heures, aux Tuileries. Puis, peu avant minuit, rue de la Victoire, en présence de toute la famille, le cardinal Caprara avait uni religieusement les époux. Murat et Caroline – qui n'étaient passés que pardevant l'officier de l'état civil – en avaient profité pour demander à recevoir, eux aussi, la bénédiction.

Les quelques invités présents à cette cérémonie avaient pu remarquer l'air souffrant de Louis Bonaparte et combien il avait été difficile de glisser l'alliance à son doigt, l'une de ses mains étant paralysée.

Duroc s'était excusé.

Et ce soir, dans le grand salon de la veuve du duc d'Orléans, Joséphine recevait les félicitations tandis que les valets servaient vins fins et friandises.

– Quel beau mariage!

– Comme vous devez être heureuse...

Oui, Bourrienne s'était bien acquitté de sa tâche! Présenté par lui comme un ultimatum, la lettre de Bonaparte avait froissé le fier général Duroc. Ainsi, on lui intimait l'ordre de se marier demain ? On voulait qu'après-demain il fût installé à Toulon ? Et, pour cela, on lui faisait aumône de cinq cent mille francs... «Il peut garder sa fille, je vais voir les putains», avait-il répondu.

Furieux de voir son offre repoussée, Bonaparte, harcelé par Joséphine, avait accordé la main d'Hortense à Louis.

«Comme votre fille est jolie...»

«On dit que Louis est bon et artiste...»

Ils dansent. De la journée, Hortense n'a souri et le visage de son mari reste sévère. Aucun des deux n'a souhaité cette union. Jamais, sans Joséphine, elle ne se serait faite. Une phrase de Bonaparte la hante: «Même tes enfants passent après tes bijoux et tes robes.»

Elle détourne ses yeux du couple. Non! C'est aussi pour le bien d'Hortense qu'elle a voulu ce mariage.

En unissant sa fille au frère préféré du Premier Consul, elle assure l'avenir de celle-ci. Elle aura droit à toutes les faveurs. N'a-t-elle pas déjà reçu de son beau-père une superbe dotation ?

« Si fraîche... si jolie... »

Machinalement, Joséphine répond aux compliments, distribue amabilités et sourires. Mais en elle le malaise grandit ; elle voudrait être à cent lieues de là, à cent heures plus avant aussi. C'est qu'elle revoit le corps de sa fille au sortir du bain, hier, lisse et pur, ignorant des choses de l'amour. Dans un instant, à Malmaison où il a été décidé qu'habiterait le jeune couple, ce corps sera la proie d'un homme malade et perverti qui aura sur lui tous les droits.

– Désirez-vous un rafraîchissement ?

Sur le plateau de vermeil, elle choisit une coupe de vin de Champagne.

« Quel joli couple ils forment... »

« Un plaisir que de les voir... »

Soudain, elle se tourne vers Eugène : « Fais-moi danser... »

Joséphine, si tu savais...

Que tu as donné ta fille à un homme que son cerveau malade, son corps souffrant, entraînent à de dégoûtantes fantaisies sexuelles. Qu'elle le verra chaque soir, pour dormir, revêtir sur les conseils du médecin, les haillons d'un galeux en vertu du principe que le mal se combat par le mal, et chaque matin prendre sous ses yeux un bain de tripes à l'odeur effroyable destiné à soulager ses douleurs.

Si tu savais que, pour garder ta « position » grâce au fils que tu espères de cette union, c'est l'enfer dont tu as ouvert les portes à Hortense.

5

La tristesse

La France avait eu soif de gloire : elle était la première en Europe. La France aspirait à la paix : pour celle des âmes, le Concordat avait été signé et le traité d'Amiens offrait la trêve avec l'Angleterre. La France souhaitait des récompenses : l'ordre de la Légion d'honneur venait d'être créé.

Les ateliers des soyeux fonctionnaient à nouveau à Lyon, la coutellerie à Thiers, la dentelle à Valenciennes. Il y avait du pain dans les huches et de l'huile dans les lanternes ; on pouvait à nouveau, sans crainte d'être détroussé, circuler sur les routes du pays. Le peuple retrouvait la première des libertés : celle de vivre en paix.

Celle d'exprimer son opinion s'amenuisait.

L'homme civilisé, comme le sauvage, a besoin d'un maître qui l'empêche de mordre mal à propos.

La phrase était de Bonaparte.

Et Paris dansait à la Bastille, festoyait sur les Champs-Élysées, sursautait à la Concorde au crépitement des salves et des pétards. Dans les salons, le grand jeu à la mode s'appelait la « mystification ». Les marchands de farces et attrapes faisaient fortune.

Mais comme on s'ennuyait à Saint-Cloud !

Nommé Consul à vie, Bonaparte s'y était installé avec Joséphine. Six millions or avaient été dépensés pour remettre à neuf le château ruiné par la Révolution et dont le toit laissait par endroits apparaître le ciel. Les salons aux boiseries dorées regorgeaient de meubles et objets d'art de l'ancienne Couronne; tapisseries des Gobelins et tableaux de maîtres récupérés au Louvre ou chez les ci-devant émigrés recouvraient les murs. Mais dans la dorure, le bronze, le marbre, le porphyre, on aurait dit qu'évoluaient des personnages sans vie.

Il semblait que Scipion et Hannibal, dont les bustes ornaient le bureau du nouveau monarque, donnaient le ton avec leur mine sévère et leur pose glacée.

A l'instigation de Bonaparte, le plus strict des protocoles régnait, l'étiquette était de nouveau en vigueur et toute fantaisie désormais bannie. Au théâtre du château, les spectateurs n'avaient droit ni de siffler ni d'applaudir, seulement celui de s'assoupir.

Joséphine, que le fantôme de la reine décapitée avait cessé de hanter, s'était installée dans les appartements de Marie-Antoinette.

Ce matin d'octobre 1802, alors que le soleil rosissait les toits de Paris ouatés par la brume d'automne, Constant, devenu premier valet de chambre de Bònaparte, se préparait à aller éveiller son maître.

Il s'était d'abord assuré que celui-ci n'avait pas passé la nuit dans la petite chambre du rez-de-chaussée avec la jeune et ravissante madame Duchatel, dernière de ses conquêtes. Si tel était le cas, il trouverait Roustam étendu en travers de la porte. Ayant constaté qu'il n'en était rien et plutôt content car il aimait Joséphine, il était alors monté au Grand appartement suivi d'un domestique du service de la bouche portant l'infusion de fleurs d'oranger et le chocolat chaud.

Dans les salons, un certain nombre de personnes attendaient déjà d'être reçues, dont le docteur Corvisart qui, chaque matin, visitait le Consul et sa femme, et Méneval, nouveau secrétaire de Bonaparte, qui avait remplacé Bourrienne congédié pour indélicatesse.

Entouré des chiens de Joséphine, Roustam attendait dans le cabinet qui précédait la chambre. Seul le carlin – successeur du malheureux Fortuné – avait le droit de partager l'intimité de sa maîtresse ; les autres, jeunes chiens-loups, braques, régnaient dans les salons où des coussins leur étaient réservés et annonçaient bruyamment l'arrivée des visiteurs.

Constant prit le plateau des mains du valet et pénétra seul dans la pièce obscure. Une odeur de bougie froide, combattue par celle de l'eau de Cologne dont le Premier Consul usait abondamment, l'accueillit. Ayant posé son fardeau sur la table, il se dirigea vers les fenêtres, s'appliquant à éviter les divers vêtements qui, comme de coutume, jonchaient le sol. Il tira les rideaux.

– Quel temps fait-il, monsieur le Drôle ? interrogea la voix de Bonaparte de derrière les voilages du lit.

En fils de la terre et d'un pays de soleil, l'état du ciel importait à celui-ci et c'était toujours là ses premières paroles.

Constant scruta les nuages qui apparaissaient à l'horizon.

– Pour l'instant, il ne pleut point, répondit-il prudemment car, pour s'être trompé, il s'était fait plus d'une fois tirer si fortement les oreilles qu'elles lui en cuisaient encore.

Son madras noué autour de sa tête, Bonaparte apparut. Le jeune homme l'aida à enfiler sa chaude robe de chambre avant de servir l'infusion.

– Vas-tu déjà me quitter ? soupira Joséphine en s'étirant paresseusement.

Constant remarqua qu'elle était d'excellente humeur comme à chaque fois que son mari passait la nuit avec elle ; elle s'arrangerait pour qu'avant midi toute la Cour en fût avisée.

– Il faut bien travailler, répondit Bonaparte.

– Tu ne t'es couché qu'à trois heures ce matin, insista sa femme.

– Eh bien, cela fait quatre heures de sommeil.

N'est-ce pas suffisant? Qu'en pense monsieur Constant?

Celui-ci était occupé à remettre de l'ordre dans la chambre tout en prenant soin de ne pas passer à portée de pinçons ou soufflets trop vigoureusement amicaux.

– Constant pense comme moi que ce n'est pas assez, déclara Joséphine occupée à se poudrer et rougir ses joues.

Elle veillait à avoir toujours près de son lit, fards et eaux de toilette pour, dès le réveil, raccommoder les dégâts de la nuit. On aurait dit que la vieillesse profitait de l'obscurité pour s'emparer de vous. Tant que son mari serait présent, elle demeurerait dans l'ombre, et sitôt qu'il irait prendre son bain, travaillerait une heure ou deux dans son cabinet de toilette à se refaire une beauté avant de recevoir ses dames.

Roustam pénétra dans la chambre, précédé du carlin qui sauta dans le lit et goûta aussitôt au chocolat de sa maîtresse.

– Le colonel Eugène de Beauharnais est là, annonça-t-il. Il vient de Malmaison et demande à être reçu.

– Fais-le vite entrer, s'exclama Joséphine. Qui sait s'il n'y a pas du nouveau là-bas.

On attendait d'un jour à l'autre la naissance de l'enfant d'Hortense.

Quelques secondes plus tard, rose d'excitation, Eugène s'inclinait devant son beau-père avant de se précipiter vers Joséphine.

– Mère... Les premières douleurs ont commencé.

Elle étouffa un cri.

– Oh mon Dieu! Souffre-t-elle beaucoup?

– Elle réclame le docteur Corvisart.

– Qu'il parte sur le champ! Que n'y est-il déjà, ordonna Bonaparte en faisant signe à Constant.

Lui non plus ne pouvait cacher son émotion: cet enfant d'Hortense, peut-être un jour le sien par adoption, il en avait été si souvent question que Joséphine lui avait communiqué sa fièvre.

Celle-ci s'empara des mains de son fils.
– N'a-t-elle parlé que de Corvisart ? interrogea-t-elle d'une petite voix. N'a-t-elle réclamé personne d'autre auprès d'elle ?
Eugène lui sourit.
– Si, vous, sa mère !

Elle regardait cet être minuscule, lové au creux du drap blanc et dont Euphémie, avec vigueur, frictionnait la poitrine tout en fredonnant un ancien air de la Martinique.

Elle regardait le sexe de cet enfant, démesuré par rapport au reste du corps, comme si la nature avait voulu signifier qu'il était venu au monde essentiellement pour continuer à transmettre la vie.

Napoléon-Charles ! Charles comme le père de Bonaparte, Napoléon comme celui auquel, espérait Joséphine, il succéderait un jour. Le cœur battant, la gorge nouée, elle regardait son rêve devenu réalité et n'osait le toucher sans qu'Hortense l'y ait autorisée.

Depuis le mariage de sa fille, elles s'étaient si peu parlé !

Finis les moments d'abandon, de tendresse, les rieuses confidences échangées au creux d'un même oreiller. Mais, par ses dames, et surtout madame de Rémusat, à peine plus âgée qu'Hortense, Joséphine avait tout appris : les manies morbides de Louis et la répulsion que sa fille éprouvait pour lui, la terrible jalousie de cet homme malade qui avait été jusqu'à affirmer que l'enfant à naître ne pouvait être de lui et à en nommer le père, son propre frère : Napoléon.

Et, regardant cet enfant, fruit d'un malheur dont elle avait été l'artisan, elle ne sentait plus en elle qu'un grand vide.
– Maman !
Joséphine se tourna vers sa fille. On avait fini de la laver et, de la large collerette de sa chemise, son visage émergeait comme une fleur froissée par l'orage.

– Venez là, s'il vous plaît.

Elle s'approcha du lit dont Corvisart s'était écarté pour lui laisser la place; ses dames se tenaient discrètement le long des murs.

Collés au front d'Hortense par l'eau et la sueur, ses cheveux paraissaient plus foncés et de larges cernes soulignaient ses yeux.

– Mon fils... le trouvez-vous à votre goût?

Joséphine inclina la tête. Elle aurait dû le crier afin de montrer à sa fille que son sacrifice n'avait pas été fait en vain, mais, à cet instant, l'amour mêlé de remords l'étouffait. Même si l'on aimait mal, c'était quand même aimer, être empli de cette vague chaude et douloureuse qui, lorsqu'elle se retirait, vous laissait comme une plage déserte et assoiffée.

– Vous êtes heureuse alors?

– Je le suis, murmura-t-elle en sentant couler les larmes sur ses joues.

Hortense se tourna vers les autres.

– Peut-on me le porter?

Avec une exclamation de tendresse, Euphémie roula l'enfant dans une couverture et vint le poser dans les bras de la jeune mère. Celle-ci le serra un instant contre elle puis le tendit à Joséphine.

– Prends-le, toi!

Depuis combien d'années, Hortense ne l'avait-elle pas tutoyée? Joséphine s'appelait encore Rose alors; il leur arrivait d'avoir faim et, pour se vêtir, elles ne disposaient que de hardes. Pourtant, lui montaient de ce temps-là des souvenirs pleins de douceur et il lui semblait que depuis elle avait vécu pour rien.

Elle prit le poids de chair, de souffrance et d'amour et le pressa sur sa poitrine. L'enfant se mit à crier.

– Notre dauphin a de la voix, remarqua Corvisart.

De partout, des rires féminins fusèrent. Le regard d'Hortense rencontra celui de sa mère.

– Il faudra bien l'aimer, murmura-t-elle. Il faudra l'aimer pour lui.

A Rouen, Joséphine avait reçu des confitures, à Dieppe, du vin, à Gournay des fromages et du beurre.

A Beauvais, on lui avait offert un mouton de quatre-vingt-dix kilos, d'Amiens elle avait rapporté des cygnes et d'Anvers des chevaux bais.

C'était à Anvers que, pour la première fois, Bonaparte avait été publiquement nommé « Napoléon le Grand »; par son prénom ainsi que l'on faisait pour les rois. Elle avait pu sentir son frémissement et, le soir, en manière de plaisanterie, elle l'avait appelé « Sire ».

– Son Altesse l'impératrice, avait-il répondu en lui administrant une forte claque sur le séant, geste dont il était coutumier, même en public, ce qui ne laissait pas de vexer Joséphine.

Durant tous les voyages qu'elle avait faits avec lui, ces deux années-là, recevant les acclamations, passant sous les arcs de triomphe, écoutant les compliments, elle ne cessait, en pensée, de joindre les mains comme la petite fille de la Martinique aux fêtes de jadis pour implorer : « Puis-je demeurer encore un peu ? » Elle aurait parfois voulu dire aussi, comme la Du Barry montant à l'échafaud : « S'il vous plaît, monsieur le bourreau, encore une minute. »

Le bourreau de Joséphine, c'était le temps qui froissait son visage, alourdissait son corps, jetait dans les bras de son mari d'autres femmes plus fraîches et ne cessait de lui murmurer que la fête touchait à sa fin.

Puis, de retour à Paris, cette phrase de Fouché : « L'air est plein de poignards », devenant réalité !

Une conspiration des royalistes contre le Premier Consul vient d'être mise à jour. Plusieurs généraux dont Moreau – compagnon de Bonaparte – Pichegru, ami des Bourbons et Cadoudal, chef chouan, sont sous les verroux. Treize conspirateurs ont déjà été passés par les armes. On dit qu'un prince est à la tête du complot : le duc d'Enghien.

32 ans, dernier de la lignée du Grand Condé, cousin de Louis XVI, Enghien, dont le nom est honoré de toute l'Europe monarchique, vit en territoire de Bade, près de la frontière. Il est pensionné par les Anglais avec qui la guerre a repris.

« Je terroriserai le terrorisme royaliste », a hurlé Bonaparte en apprenant la machination qui devait l'abattre sur le chemin de Malmaison.

On chuchote à Paris qu'il a donné l'ordre d'enlever Enghien.

– Ce n'est pas possible, gémit Joséphine. Il ne peut s'en prendre à un membre de la famille royale ! Ce serait annuler tous nos efforts pour réconcilier la France. Et, s'il le fait exécuter, l'Europe entière se dressera contre nous.

C'est le premier jour du printemps à Malmaison. Avec Eugène, Hortense et Caroline, Joséphine est venue admirer le tout jeune Napoléon-Charles qui chevauche l'un de ses poneys sous la garde vigilante d'un écuyer.

Droit comme un I dans son uniforme miniature, ses boucles blondes sautant sur ses épaules, l'enfant crie de bonheur. Il n'a peur de rien, Bonaparte l'adore, il comble les vœux de Joséphine et, tout autre jour, ce spectacle la ravirait. Mais l'angoisse serre son cœur : voici plus de deux heures que son mari s'est enfermé dans son cabinet de travail avec Fouché, Talleyrand, Murat et Cambacérès. C'est d'Enghien qu'il s'agit.

– Il ne peut le faire arrêter, répète-t-elle.

– Rassurez-vous, ma mère, dit Eugène. On n'a trouvé aucune preuve qu'Enghien ait prit part au complot. Et vous savez bien que Bonaparte a toujours cherché à convaincre plutôt qu'à frapper. N'a-t-il pas déjà gracié certains des conjurés ?

Joséphine acquiesce. Depuis que l'affaire a éclaté, il n'est de jour où, avec Caroline et Hortense, elles ne s'emploient à obtenir la grâce d'un condamné ; elles ont eu plusieurs fois gain de cause.

Le petit groupe a repris sa marche dans les allées

du parc. Au centre d'une pelouse, des jardiniers plantent un cyprès et Joséphine frissonne: tout lui semble présage... A la Martinique, ne sentait-elle pas venir les orages avant même les oiseaux?

– C'est Talleyrand qui est là-dessous, déplore-t-elle. Je ne sais pourquoi mais ce boiteux veut la perte d'Enghien.

– Comment la voudrait-il, ne sont-ils pas du même monde? proteste Hortense.

– Monsieur de Talleyrand n'est que d'un seul monde: celui de la cupidité, constate Eugène.

Lui non plus n'aime pas cet évêque défroqué, trop écouté de Bonaparte et dont le sourire mord sous la caresse.

Hortense se tourne vers Caroline: «Ton mari défendra Enghien, n'est-ce pas?»

Son amie détourne la tête: «Murat fera ce que lui commandera mon frère.»

Le cœur de Joséphine se serre. Et tous sont comme Murat! Qui ne tremble, aujourd'hui, devant Bonaparte? Qui ose encore exprimer un avis contraire au sien? Son frère Lucien, avec qui il s'est brouillé, Duroc parfois, Corvisart...

Dans une haute volière, faisans dorés et argentés battent des ailes en voyant passer le petit groupe. Elle s'arrête. Soudain, elle voudrait ouvrir cette cage, libérer ces seigneurs des bois. Mais ils mourraient assurément; leurs barreaux les protègent. «Les hommes sont comme ces enfants sur les balançoires, ils crient " plus haut, plus haut ", mais on les a attachés pour les empêcher de tomber», dit Napoléon avec mépris.

– Il a beaucoup changé, n'est-ce pas? demande Joséphine à Caroline. Moi-même, parfois, je ne le reconnais pas.

– Déjà, enfant, il fallait que tous lui obéissent, remarque la jeune femme.

– C'est qu'il était au-dessus de tous! réplique Eugène avec feu.

Il prend toujours la défense de celui qui, pour lui, a remplacé le père.

– Un jour, raconte Caroline, un surveillant de sa pension avait voulu le faire mettre à genoux car il avait blessé l'un de ses camarades: un jeune aristocrate qui se moquait de son nom, «Napoléoné»... Savez-vous comment on le surnommait? «La paille au nez».

– «La paille au nez!» répète Hortense consternée. Et alors?

– Il a refusé de plier: «Dans ma famille, on ne s'agenouille que devant Dieu.» Ce fut le cachot!

Le regard de Joséphine vole vers le château. Derrière cette fenêtre aux rideaux fermés, se joue peut-être la vie d'un autre jeune aristocrate qui, lui non plus, n'accepte pas «Napoléoné.» Lorsque ce matin, insensible à ses supplications, Bonaparte criait: «Je ne suis pas un chien que les Bourbons abattront à leur guise», était-ce le souvenir des brimades de ses camarades qui lui revenait?

– Voyez qui nous arrive! s'exclame Caroline.

D'une calèche, arrêtée devant le perron, jaillit une femme: madame de Rémusat. Elle court vers eux, elle crie et pleure.

– Ils ont pris Enghien, annonce-t-elle. Ils sont allés le chercher de l'autre côté de la frontière et l'ont ramené à Vincennes. Le jugement est pour cette nuit. On le dit perdu.

– Vive Nonon!

Bonaparte a assis Napoléon-Charles, coiffé de son bicorne, au milieu des plats, sur la table du dîner auquel participe un nombre réduit de convives; «Nonon», c'est ainsi que son neveu l'a baptisé.

L'enfant plonge les mains dans la nourriture et se badigeonne de sauce. Riant à gorge déployée, le Premier Consul puise des haricots rouges dans le plat qui accompagne la poitrine de mouton grillée, et les introduit un à un dans la bouche du bambin qui les recrache en direction des personnes présentes. Eugène est le seul à trouver cela drôle. Impassibles, les valets changent les plats et remplissent les verres.

Joséphine échange un regard d'espoir avec madame de Rémusat : cette gaieté de son mari n'est-elle pas bon signe ? C'est d'avoir su se montrer clément envers le duc d'Enghien qui le met, sans nul doute, de si belle humeur !

Caroline est sombre et, sous les yeux inquiets d'Hortense, elle abuse du chambertin – seul vin servi à la table de Bonaparte. C'est qu'elle voudrait tant oublier ce que lui a dit Murat avant de partir pour Vincennes, muni d'un ordre du Premier Consul : « Talleyrand a gagné. »

– Je vous trouve bien graves, ce soir, mesdames, déclare soudain Bonaparte. Que se passe-t-il ?

– Nous avons appris que quelqu'un d'important était arrivé à Vincennes, risque Joséphine d'une voix tremblante.

– Je l'ai entendu dire moi aussi, répond Bonaparte.

Il observe le visage sans couleur de madame de Rémusat.

– N'auriez-vous point oublié de mettre du rouge sur vos joues ?

La jeune femme soutient hardiment son regard : « J'avais d'autres pensées en tête. »

– Il est pourtant deux choses qui vont fort bien aux femmes, fait remarquer Bonaparte en prenant l'assistance à témoin : le rouge et les larmes.

– Toi ! crie soudain Caroline.

Elle se lève et quitte la pièce en courant. Sans cesser de sourire, Bonaparte ouvre sa tabatière et la promène sous son nez.

– Vive le roi Nonon ! bredouille Napoléon-Charles en la lui arrachant des mains et répandant son contenu sur la nappe.

Chacun s'est figé.

– Le « roi Nonon » ? répète Bonaparte en riant.

– L'un de vos grenadiers lui a mis ça en tête, explique Eugène. Lorsque Napoléon-Charles porte votre chapeau et traîne votre sabre, ce brave s'amuse à lui présenter armes.

– Il faudra me donner son nom.

L'oncle se penche vers le neveu : « Sais-tu ce qu'est un trône ? »

– Un crône... un crône... répète l'enfant sans comprendre.

Bonaparte le soulève dans ses bras et l'emmène vers un guéridon d'acajou. D'un revers de main, il balaye les assiettes qui sont posées sur celui-ci avant de l'y jucher.

– C'est cela, un trône. Il n'y manque que le velours ! Un morceau de bois, au pied duquel les gens se prosternent. Pour avoir le droit de s'y asseoir, ou pour y revenir si l'on en a été chassé, certains sont prêts à tout...

Il se tourne vers les convives qui retiennent leur souffle, avant de s'adresser à nouveau à l'enfant.

– ... même à assassiner le roi Nonon.

Il était deux heures et demie du matin, ce second jour de printemps qui semait de paquerettes et de boutons d'or les fossés de Vincennes.

Sitôt après avoir reçu le message signé Bonaparte, le commandant du fort – un ancien jacobin – avait fait creuser un trou près de la tour de la reine : « Pour y enfouir des immondices », avait-il expliqué.

On avait accroché un falot à l'épaule gauche du condamné afin que sa lueur indiquât aux fusils des soldats la direction du cœur. C'était en vain que celui-ci avait demandé à parler à Bonaparte ; dans son message, le Premier Consul avait ordonné de « faire vite. »

Sans avocat pour le défendre, sans prêtre pour le bénir et sans autre charge contre lui que d'avoir déclaré : « Pour sauver sa patrie, un Condé n'y peut revenir que les armes à la main », Enghien s'apprêtait à tomber en brave sous les balles.

Avant de le faire jeter dans le trou « aux immondices », le commandant autorisa les gardes à se partager les effets du supplicié : ses bottes, sa montre et le peu d'argent qu'il portait sur lui. Tous refusèrent.

Au milieu de cette nuit-là, Talleyrand, qui jouait au whist chez la duchesse de Luynes, s'arrêta un instant et annonça: «Le dernier des Condés a cessé d'exister.» Se lavant les mains de cette affaire à laquelle il avait pourtant puissamment contribué, il déclarerait quelques jours plus tard: «La mort d'Enghien fut davantage qu'un crime: elle fut une faute.»

Pour des millions d'Européens qui croyaient à la royauté de droit divin, l'exécution sans jugement d'un Bourbon fut reçue comme une provocation. Ils ne pardonnèrent jamais cette «faute» à Bonaparte.

«Le jugement changea ma vie, de même qu'il changea celle de Napoléon» écrivit Chateaubriand.

Et à Paris?

Dans les rues et les salons, du plus petit au plus grand, tous ne parlaient que de l'exécution.

«Vouloir me frapper moi, je l'aurais pardonné, déclara Napoléon, mais c'était la Révolution que l'on voulait tuer dans ma personne et je ne pouvais l'accepter. J'ai versé le sang, je le devais.»

Joséphine se terrait. Ce sang n'allait-il pas retomber sur leur tête comme le sang des Bourbons sur celle de Robespierre?

– Ce soir, nous allons à l'Opéra, décida Bonaparte au surlendemain du jour fatidique.

Elle refusait de l'y suivre, redoutant l'accueil du public. Il l'y obligea.

Lorsqu'ils apparurent dans leur loge, lui, «de l'air de quelqu'un qui marche au feu d'une batterie», remarqua Fouché qui les accompagnait; elle, livide et les lèvres tremblantes, ce fut d'abord le silence. Puis les applaudissements crépitèrent.

Enghien était exécuté pour la seconde fois.

Deux mois plus tard, place de Grève, le chouan Cadoudal montant à l'échafaud déclarait avant de mourir: «Nous voulions ramener un roi à Paris, c'est un empereur que nous lui avons offert.»

Rassurés par le cadavre d'un Bourbon, constitutionnels aux mains rouges et citoyens-sénateurs: ceux-là mêmes qui, douze années auparavant, avaient voté la mort de Louis XVI, venaient de proclamer l'Empire.

Napoléon Ier, Sire... Sa Majesté...

Altesses impériales, Joseph et Louis Bonaparte. Princesses, leurs femmes.

Princesses aussi, après quelques larmes et crises de jalousie, Élisa et Caroline.

Letizia: madame mère! «Ah, Naboulio, pourvu que ça doure!»

Eugène, grand officier de l'Empire, Talleyrand, grand chambellan, Duroc, gouverneur du palais.

La cour.

Dames d'honneur, d'annonce, d'atours. Écuyers et chambellans, maîtres de la garde-robe, pages et officiers.

Désormais, interdiction à tous de tutoyer l'Empereur. Obligation de prénommer tous les enfants de la famille «Napoléon.»

«Et toi, tu seras plus que reine», avait dit la devineresse caraïbe à Joséphine.

Demain, 2 décembre 1804, Sa Sainteté Pie VII, venu exprès de Rome, posera sur sa tête la couronne d'impératrice.

J'ai fait toutes sortes de réflexions sur ce désir qui pousse l'homme à s'étendre, faire de nouvelles découvertes, courir le monde *.

Minuit a sonné depuis longtemps au palais des Tuileries. Assise au chevet de l'Empereur, Joséphine lui fait la lecture. Sa voix chantante a le don de l'apaiser; il aime particulièrement l'entendre lire et relire des passages de *Werther*, œuvre de Goethe, poète allemand. Il assure se retrouver dans les émois du jeune héros, sa dualité: aspiration à monter, monter jusqu'à l'infini et besoin de racines; lutte incessante entre l'homme de tête et l'homme de cœur.

L'homme de cœur... Du coin de l'œil, tout en poursuivant sa lecture à la lueur dansante des bou-

* Werther

gies, Joséphine regarde son mari. Est-ce l'homme de cœur qui a offert ce matin au pape le spectacle de canonniers tirant à boulets de cuir sur des cibles humaines ? Pie VII s'est détourné. Bonaparte riait en voyant les hommes tomber : « Ils n'en mourront pas. »

Pas plus qu'elle ne mourra de la douleur que lui infligent les nombreuses infidélités de son mari.

L'odeur des cassolettes disposées par Constant autour du lit : aloès, ambre, imprègne l'air.

Il en est hélas des lointains comme de l'avenir, lit-elle. *Nous y courons et, lorsque là-bas est devenu ici, tout est comme avant et notre âme assoiffée tend vers le breuvage rafraîchissant qui lui a échappé.*

Il dort. Joséphine pose le livre. Sa Majesté dort... Son visage est tourmenté ; on dirait qu'il travaille jusque dans son sommeil. Peut-être, dans deux ou trois heures, fera-t-il réveiller le pauvre Ménéval, son secrétaire, pour lui dicter sa dernière idée ou inspiration, concernant Paris, une affaire de finances, de guerre, de commerce ou de mode : rien n'échappe à sa vigilance et sa mémoire stupéfie ses collaborateurs. « J'ai dans la tête, assure-t-il, des tiroirs où tout est rangé et que j'ouvre ou referme à mon gré. »

A-t-il refermé pour toujours le tiroir de l'amour avec elle ?

Elle prend le chandelier et le lève au-dessus de l'oreiller pour regarder cet homme dont tant de vies dépendent, tant de souffrance et de bonheur, et que le sommeil lui livre.

Il a grossi. On a dû renouveler tous ses pantalons de casimir et ses gilets de piqué devenus trop étroits. Mais le visage surtout a changé : les pommettes ne saillent plus et les yeux semblent moins enfoncés. Où est le maigre général qui lui manifestait tant de passion et qu'elle ne songeait pas à aimer ? Est-il vrai qu'elle ait tenu cent fois cette tête-là contre son ventre, au bord de sa source ? S'est-elle amusée à exaspérer son désir ?

Joséphine sent monter les larmes. De plus en plus souvent la tristesse l'étreint. *Notre âme assoiffée,* dit

Werther. C'est bien la soif qu'elle éprouve en son âme et son corps. Aujourd'hui où elle serait prête à répondre à l'amour de Bonaparte, il lui échappe. Ils se seront croisés.

Elle souffle les chandelles, ne laisse que la veilleuse de vermeil et quitte sans bruit la chambre. Il lui faut prendre du repos : dans quelques heures, une entrevue importante l'attend.

Et c'est elle qui, en cachette de son mari, et très humblement, a demandé audience.

A genoux sur le sol, les mains jointes, les yeux clos, il priait.

« Voilà un vrai prêtre », avait remarqué le peintre David, chargé de la grande fresque du couronnement. « Les dorures de ses habits sont fausses. »

En simple soutane blanche, sans faste ni courtisans, il s'adressait à Dieu et si Joséphine n'avait dû, pour l'atteindre, traverser tant de barrages de prélats, princes et cardinaux, elle aurait pu penser avoir affaire à un simple religieux.

C'était avec beaucoup de réticence, elle ne l'ignorait point, que Pie VII était venu à Paris pour la cérémonie du sacre. Monsieur de Talleyrand avait dû déployer toute sa diplomatie afin de l'en convaincre et, sans doute, le Saint-Père n'avait-il obéi qu'à ce qu'il jugeait être un devoir de paix.

Elle entendit la porte se refermer derrière elle. Bien qu'elle se fût longuement préparée à cette entrevue, son cœur battait à rompre. Elle souleva la mantille dont elle avait couvert ses cheveux.

– Votre Sainteté, murmura-t-elle. Et, plus bas : « Père. »..

Le pape se releva et lui tendit sa main afin qu'elle pût baiser l'anneau. Ses cheveux étaient encore bruns, son visage celui d'un ascète. Il prit place dans un fauteuil et lui fit signe de s'installer en face de lui.

– Faites-moi part de ce qui vous amène une veille de si grand fête ? demanda-t-il de sa voix claire.

Elle rassembla ses forces: si elle ne parlait pas tout de suite, elle n'en trouverait plus le courage.

– C'est que demain, murmura-t-elle, vous allez sacrer une femme qui n'a pas été mariée à l'église.

Pie VII tressaillit.

– On me l'avait caché, remarqua-t-il avec tristesse. Si tel est votre cas, madame, je ne puis couronner que l'Empereur.

Elle se laissa glisser à ses pieds.

– C'est pourquoi je suis venue vous supplier de nous unir religieusement.

L'angoisse l'emplissait. Il fallait qu'il acceptât! Et alors elle trouverait la force de braver la colère de son mari.

Le Saint-Père se recueillit, puis il ouvrit les yeux et lui sourit.

– J'ai vu votre fille hier, madame. Je lui ai promis de baptiser son enfant. Elle m'a demandé de prier afin que Dieu lui donne du courage.

Le regard du pape l'interrogeait. Il attendait qu'elle se confie: n'était-il pas, avant tout, le prêtre ayant mission d'entendre et de pardonner? Et alors, comme un torrent, des lèvres de Joséphine montait la confession: Hortense, le malheur dont elle avait été l'artisan et que ne soulageait en rien le second fils que sa fille venait de mettre au monde, la cruauté de Louis. Elle l'entendait dire sa faute et son remords. Elle disait aussi la haine que lui manifestait la famille Bonaparte, leur désir à tous de la voir répudiée, sa si grand peur.

Bien sûr, elle n'avait pas toujours été une épouse parfaite, avouait-elle. Elle s'était montrée inconstante et follement dépensière. A présent, elle irritait son mari avec sa jalousie exagérée et les mensonges qu'elle lui faisait, mais pour se protéger d'un homme sans pitié, n'est-on pas parfois amenée à voiler la vérité? «Et tous, mon Père, pourraient témoigner que je suis sensible à la misère et soulage chaque jour bien des infortunes. J'ai, par centaines, permis aux émigrés de retrouver leur patrie; à d'autres, j'ai évité la mort et, de mon mieux, je seconde mon mari dans son rôle de souverain, quand bien même j'ai les os rompus par les voyages. »

Alors qu'elle n'était venue que dans l'intention d'obtenir une bénédiction qui rendrait à Bonaparte la rupture plus difficile, voilà qu'elle vidait son cœur. Et peu à peu l'emplissait un sentiment de délivrance : elle était la brebis égarée retrouvant le pasteur. Le temps n'était plus bourreau, il la rendait à Rose, à l'innocence, il remettait la main de la femme dans celle d'une petite fille qui s'imaginait le monde aux couleurs du paradis et croyait qu'elle n'aurait qu'à tendre la main pour y cueillir les fruits du bonheur ainsi qu'aux Trois-Ilets, elle cueillait les ananas appelés « France. »

– Relevez-vous, madame, dit le Saint-Père.

Et comme il la bénissait, il sembla à Joséphine que, par ses yeux, un autre la voyait telle qu'elle était et la trouvait digne d'être aimée.

– Allez en paix, ma fille. Vous serez mariée devant Dieu cet après-midi même.

Sur le parquet ciré de la galerie de Diane, on a dessiné le plan de Notre-Dame et placé les poupées de papier peint représentant chaque membre de la famille Bonaparte à l'endroit qu'ils occuperont demain.

Ils sont tous là pour la dernière répétition du couronnement : Joseph, Louis et leurs épouses, Pauline – veuve de Leclerc, qui vient d'épouser Camille Borghèse, prince romain – Caroline et Joachim Murat, Élisa, Jérôme.

Ne manquent que Lucien, brouillé avec l'Empereur et Letizia restée auprès de lui à Rome.

« Celui de mes enfants que j'aime le plus est celui qui souffre le plus », a toujours répété la *Madre*.

Sait-elle que ces enfants se liguent aujourd'hui contre celui qui leur semble le plus heureux... lui reprochant d'être le plus favorisé ?

David a, malgré tout, représenté Letizia à la place d'honneur sur les nombreuses esquisses qui serviront au tableau du sacre.

Le marquis de Ségur, nommé Grand maître des cérémonies, Isabey, peintre de la cour et l'acteur Talma précisent à chacun les gestes qu'il devra faire lors de la cérémonie. En ce grand jour, l'Europe entière aura les yeux fixés sur Notre-Dame où de nombreux souverains ont réservé leur place. Tout doit être parfait.

Bonaparte a dû se mettre en colère pour que ses sœurs et belles-sœurs acceptent de porter la lourde traîne de Joséphine. Ses frères soutiendront son manteau à lui.

– Voyons encore une fois l'entrée dans la cathédrale, propose le marquis de Ségur.

Le cortège se forme, Napoléon à sa tête. Talma se place aux côtés de celui-ci.

– Sire, faites ainsi que je fais!

Tandis que l'orchestre interprète *La Marche du sacre*, le défilé commence. Napoléon regarde la pose avantageuse, les gestes empruntés du tragédien et soudain il s'arrête.

– Cela suffit, Talma!

Les musiciens s'interrompent et le cortège s'immobilise. Avec un sourire, monsieur de Ségur observe le petit homme dont il a, dès ses débuts, soupçonné la valeur et qui, en simple habit d'artilleur, se dresse face à l'acteur renommé, l'œil étincelant, la bouche pincée de colère.

– Confondriez-vous César et monsieur Jourdain ? demande-t-il. Pensez-vous qu'il me soit nécessaire de tant fatiguer mes bras et ma tête ? Un geste, un regard suffisent à l'Empereur puisque ce geste est un ordre et que ce regard peut signifier la mort.

Parce qu'un rayon de soleil, fusant d'un vitrail, semblait rendre sa sève au bois sculpté et, moirant une dalle, la transformait en pierre de rivière... parce qu'à l'entrée de l'église le sourire de Camilla, la nourrice de Napoléon, l'avait accueilli, ce n'était pas l'odeur d'encens mais celle de la garrigue, des pins quand la mer n'est pas loin, l'odeur piquante d'une île de soleil et d'orage, que respirait soudain celui qui allait être sacré dans la cathédrale transformée pour lui en demeure de César.

Et sous le manteau parsemé d'abeilles, dans l'habit de velours cramoisi, les bas de soie et les souliers de velours blanc, c'était l'enfant aux pieds nus qui s'apprêtait à être couronné.

Dans le vacarme des salves d'artillerie et des cloches, sous les acclamations d'une foule immense, le carrosse impérial, monument d'or, de glaces, d'aigles, de lauriers et de palmes, tiré par huit chevaux isabelle, était arrivé au pied de Notre-Dame. Au son des marches du sacre interprétées par trois cents musiciens, un long cortège de soie, satin et dentelle, une rivière de perles, diamants et pierres précieuses, s'étaient répandus dans la cathédrale où se trouvaient déjà les forces du ciel: cardinaux, archevêques et évêques, autour du vicaire du Christ.

Agenouillé au centre du chœur auprès de Joséphine vêtue d'une robe de satin blanc à haute collerette, Bonaparte venait de recevoir la triple onction des mains du Saint-Père. Le grand moment approchait.

Mais l'enfant, fixant un siège resté vide, s'attristait de n'y point voir sa mère.

Autour de lui, ces princesses, c'était ses sœurs qui, hier encore, lavaient le linge à la rivière; ces hommes de soie vêtus, c'était ses frères, hissés par lui aux plus hauts rangs et, à côté, les compagnons de ses victoires. Derrière, se pressaient ministres, princes et présidents: la foule des puissants. Il sentait le regard de cette foule sur lui, il la sentait l'aimer, le craindre ou le haïr et, intense comme la vague des orgues déferlant de colonne en colonne, montait en lui le désir de se retourner pour crier: «Vous voyez!»

... de quoi j'ai été capable. Ce que je suis devenu. « Prions, mes frères. »

Le pape avait béni chaque ornement impérial; l'instant approchait où il déposerait la couronne sur la tête de Bonaparte en prononçant les paroles qui le feraient empereur devant Dieu et pour l'éternité. L'assistance suspendait son souffle.

Le poing de Napoléon enveloppa le Régent *. Ce n'était pas à sa naissance, ni à sa fortune, qu'il devait cette couronne. Il ne croyait pas non plus la devoir à un dieu qui, jusqu'ici, avait été chercher les rois dans les lits de dynasties déjà établies. C'était son épée, sa ténacité, ses larmes parfois, le courage de deux heures du matin qui la lui avaient value.

Alors, le moment venu, ce fut lui qui prit la tresse de feuilles de chêne et de lauriers et, se tournant vers l'assistance, ignorant ceux des premiers rangs, visant, là-bas, de son regard, la foule qui, des fenêtres fleuries de Paris, des toits et des trottoirs, avait crié son nom plus fort que la voix des canons, et, plus loin encore, ceux qui s'étaient battus à ses côtés, les soldats de la faim, de la boue et du sang, il se couronna lui-même avant de couronner Joséphine, agenouillée devant lui, mains jointes et visage ruisselant de larmes.

Et, un instant plus tard, gravissant les marches menant au trône drapé de velours rouge, l'enfant vêtu de pourpre et d'or se tourna vers l'aîné de la famille et murmura :

– Joseph, si notre père nous voyait !

– Aujourd'hui, madame, vous étiez la plus belle ! déclare l'Empereur.

Il a revêtu pour dîner le simple uniforme de grenadier mais a tenu à ce que Joséphine conserve son diadème.

Laissant à Duroc le soin de recevoir la Cour, ils

* *Le Régent: diamant de la Couronne.*

prennent leur repas en tête à tête dans l'un des salons des Tuileries. Devant eux, poulardes, gigots et divers gibiers chauds ou en gelée, mets savoureux auxquels ils touchent à peine, pas plus qu'au vin que verse dans leurs coupes le préfet du Palais.

Joséphine contemple, à leurs doigts, les anneaux bénits par le pape. Dans le langage des pierres précieuses, les émeraudes qui ornent celui de Bonaparte, signifient « révélation divine »; les rubis qui ornent le sien veulent dire « la joie. »

Et la joie est là ! L'impératrice respire. Qui osera défaire les liens qu'un mariage religieux, un couronnement célébrés par le plus haut représentant de l'Église a noués entre Bonaparte et elle ?

Leur repas terminé, ils admirent le feu d'artifice tiré de la Concorde. D'innombrables bouquets fleurissent la nuit et, lorsqu'en finale se dessine dans le ciel un vaisseau représentant Paris, l'unanime cri d'émerveillement semble jaillir de la poitrine même de la ville.

Le visage tendu, Napoléon a regardé s'effacer le vaisseau, puis, d'un mouvement brusque, il se tourne vers un page.

– Qu'on m'apporte l'esquisse du sceau impérial !

C'est lui-même qui en a choisi le dessin : un lion étendu sur la carte de France, patte dressée ; il songe, comme devise, à *Malheur à qui me cherche*.

Le croquis est exposé sur la table, le grand maréchal Duroc ainsi qu'Isabey sont présents.

– Plaît-il à Sa Majesté ? s'enquiert respectueusement le peintre.

De deux larges traits de plume, soudain, Napoléon le barre.

– Ce n'est plus cela que je veux.

Suivi par le regard de Joséphine, il va aux fenêtres et, indifférent au froid de l'hiver, les ouvre toutes. Il regarde la lumière des étoiles immenses dressées dans les allées du parc : haie d'honneur vers son destin ? Il revoit, dans le ciel, le vaisseau lumineux brièvement inscrit par le feu d'artifice et, ainsi que tout à l'heure, à Notre-Dame, une houle le soulève, qui ressemble au désir tendant l'amant vers la bien-aimée et bande toutes les forces vives de son esprit jusqu'à la douleur : Paris...

De cette ville, il fera un royaume avec des temples et des palais où résideront les souverains du monde entier. Il y dressera des arcs de triomphe, il donnera à ses avenues le nom de ses victoires et celui des généraux qui l'auront bien servi.

De cette ville, il fera un port : il y creusera des canaux et développera ses quais. Il en fera une promenade avec jardins et fontaines ; et la cité des arts en y exposant les trésors des pays conquis.

« Tu seras capitale de l'Europe et la plus belle du monde », promet-il comme l'amant voudrait promettre l'éternité à la femme aimée.

Un vent glacé balaye le salon, fait plier les flammes dans la cheminée. Dans sa robe du sacre, Joséphine frissonne : elle se souvient des paroles de mademoiselle Lenormand, la célèbre cartomancienne qu'elle consulte parfois : « S'il parvient à saisir le sceptre du monde, cet ambitieux vous délaissera. »

Napoléon est revenu près de la table où est posée l'esquisse.

– C'est un aigle que je veux, déclare-t-il. Un aigle aux ailes déployées.

Duroc regarde courir la plume du peintre. L'aigle, emblème d'un autre empereur, François II du Saint Empire romain germanique, que, depuis bientôt dix ans, Napoléon combat. A-t-il pensé à lui en choisissant ce nouveau sceau ?

Mais comme celui-ci contemple l'oiseau royal qui se forme sous les doigts du peintre, toute joie semble le déserter. Il se tourne vers Joséphine.

– S'il n'y a pas d'aiglon, à qui laisserai-je tout cela ?

6

Le désespoir

Joséphine s'éveilla, le cœur battant: cet affreux rêve, encore une fois! Elle se trouvait en Pologne et grelottait. Partout, la neige! Une femme en manteau de fourrure et qui ne semblait éprouver, elle, aucun froid, une femme jeune et désirable venait à sa rencontre: «Il m'aime, constatait-elle. Que voulez-vous, il m'aime...»

Elle agita sa sonnette. Déjà ses femmes de chambre tourbillonnaient dans la pièce, ouvraient ses rideaux, faisaient de la lumière. Le feutier s'activait près de la cheminée, Agathe lui présentait un miroir, son chien se nichait contre sa hanche: le doux carlin que lui avait offert autrefois, pour la consoler de la perte d'Honoré, un homme jeune et aimant, un homme tendre et gai appelé Hippolyte Charles.

«Il m'aime...» Joséphine retomba sur ses oreillers, tremblant non de froid mais d'angoisse. La première fois qu'elle avait rêvé de la femme polonaise, c'était en décembre: rêve prémonitoire car, aujourd'hui, celle-ci existait bien. Elle s'appelait Marie Walewska et ce n'était pas, comme à l'accoutumée, les sœurs de Bonaparte ou les bons soins de Constant qui l'avaient mise dans le lit de l'Empereur, mais la guerre.

«La guerre, murmura-t-elle. La guerre à nouveau...»

Finirait-elle jamais ?

« Je planterai un drapeau sur la tour de Londres ou je périrai », avait décrété Napoléon.

Guerre avec l'Angleterre, mais aussi avec l'Autriche, la Prusse, ponctuée de victoires : Ulm, Austerlitz, Iéna, assombrie par Trafalgar.

Quand Joséphine avait-elle compris que c'était sur l'Europe entière que son mari, devenu Empereur, voulait planter ses drapeaux ? Que la couronne, au lieu de le combler, avait décuplé son appétit : pour lui et pour les siens.

Joseph, roi de Naples, Jérôme, roi de Westphalie, Louis, roi de Hollande... Princesses, Élisa, Pauline et Caroline. Sur la carte d'Europe, il plaçait ses pions : Empereur d'Occident, voici ce qu'il voulait être. Aux dernières nouvelles, il avait menacé le pape.

Elle se souvint du saint homme agenouillé sur le sol de sa chambre et frissonna : Bonaparte allait trop loin. Tout cela finirait mal.

– Je veux voir le grand maréchal, ordonna-t-elle.

Après avoir achevé sa tisane, elle descendit du lit, utilisant le tabouret à trois marches et passa dans la salle de bains où Agathe avait préparé l'eau de la toilette.

Indifférente, elle se laissa dévêtir. Lorsqu'elle habitait rue Chantereine, elle pouvait passer des heures à s'admirer dans les glaces ; en ce palais, aujourd'hui, elle évitait le spectacle d'un corps alourdi.

– Agathe, dis-moi, ai-je tant changé ?

– Oh, Votre Altesse est toujours belle ! s'exclama la jeune femme avec ferveur.

Joséphine enfila sa chemise, son corsage brodé d'abeilles d'or. Bonaparte avait aimé à la dévêtir ; lui, d'ordinaire si brusque, savait retirer avec délicatesse une fine baptiste, une soie délicate, comme s'il eût respecté davantage l'étoffe que ce qu'elle contenait. De quelle façon agissait-il avec la Polonaise ? Celle-ci savait-elle répondre à son désir ?

– Oh, Dieu, avoir seulement cinq ans de moins...

Alors, sans peine, elle eût regagné son mari, elle savait bien comment! Mais, lorsqu'elle avait cinq ans de moins, ne déplorait-elle pas déjà de n'être pas plus jeune? Et qui disait qu'un jour elle ne regretterait pas son visage d'aujourd'hui?

44 ans! Soudain, déchirante, la certitude la traversa que dans cinq ans elle n'habiterait plus ce palais: une autre l'y aurait remplacée, cette Marie Waleswka? Ou, comme certains le chuchotaient, Catherine, sœur d'Alexandre, tsar de Russie.

Car, à nouveau, on parlait divorce!

Tous ceux à qui l'Empereur avait si généreusement distribué titres de noblesse, domaines ou charges, tremblaient à l'idée d'en être dépossédés si celui-ci venait à disparaître. La couronne ouvrait à Napoléon la couche de n'importe quelle épouse de sang royal. Il fallait un enfant au plus vite pour assurer la dynastie. Fouché et Talleyrand, le clan lui-même, jaloux de la décision de l'Empereur de favoriser Louis en adoptant son fils, intriguaient de plus belle pour que Joséphine fût répudiée.

La «vieille» devait céder la place.

«Comment renvoyer cette bonne femme à cause que je deviens plus grand?» avait répondu Napoléon à ceux qui le harcelaient.

Ces mots restaient le seul espoir de Joséphine.

Sur le jupon de percale, elle passa un déshabillé de dentelle, puis elle coiffa son bonnet, glissa ses pieds dans les souliers de satin et revint dans sa chambre.

– Majesté...

Le grand maréchal Duroc, chargé de l'intendance, de la sécurité du palais et d'offrir à boire à l'Empereur durant les repas, s'inclina devant elle. Il portait à merveille l'habit de velours amarante brodé de feuilles d'argent. Joséphine congédia ses dames et prit place sur son lit de repos tendu de soie aux vives couleurs. Duroc fit signe qu'il préférait rester debout.

– Cette nuit, j'ai fait un rêve... murmura-t-elle. J'étais en Pologne. Parlez-moi de cette femme.

Le maréchal eut un geste comme pour en dénier l'importance; Joséphine lui sourit tristement.

– Allez... je suis au courant. Croyez-vous que l'on cherche à m'épargner ici? L'or de ses cheveux, l'azur de ses yeux, la qualité de son teint, tout cela m'est servi chaque jour en détail. Ce serait même vous, m'a-t-on rapporté, qui l'auriez présentée à mon époux.

Duroc se rebiffa.

– Sur ordre de Sa Majesté! La comtesse Walewska ne souhaitait pas rencontrer l'Empereur.

– La jolie fable que voilà! s'exclama Joséphine. Elle ne connaissait point de femme qui eût osé refuser les faveurs de l'Empereur.

– Sans doute voulait-elle, se faisant désirer, en obtenir davantage!

– La comtesse ne demandait rien, hormis le salut de son pays.

Le cœur de Joséphine se serra: c'était bien du respect qu'elle venait de voir passer dans le regard du grand maréchal. Avaient-ils donc raison ceux qui affirmaient que cette Walewska était différente des autres, des Grassini, des Duchatel, ou de cette Denuelle dont certains prétendaient que Napoléon avait eu un enfant?

Il lui sembla entendre la voix de la femme du rêve: «Que voulez-vous, il m'aime.»

– L'aime-t-il? interrogea-t-elle à voix basse.

Duroc hésita: «L'Empereur se trouve bien en sa compagnie.»

– Mais n'a-t-elle pas mari et enfant, cette femme si... respectable? se rebiffa Joséphine.

– On l'a mariée jeune et contre sa volonté, répondit vivement le grand maréchal.

Dans ses yeux, elle lut qu'il pensait à Hortense: «Jeune et contre sa volonté»... En refusant sa fille à Duroc, elle s'était fait, du meilleur ami de son mari, sinon un ennemi, du moins un homme indifférent à son bonheur.

– Suis-je autorisé à me retirer, Altesse?
– Allez!
Il quitta la pièce. Joséphine se leva pour jeter un coup d'œil par la fenêtre. Le parc était aux couleurs de son âme, gris et orphelin, balayé de bise glacée. Alors que sa journée commençait à peine, elle se sentait lasse déjà! Elle eût tant souhaité avoir ses enfants auprès d'elle, un peu de chaleur, de tendresse vraie. Mais Hortense régnait en Hollande et Eugène, vice-roi d'Italie, demeurait auprès de sa jeune femme, la princesse de Bavière.

«Deux enfants souverains... pensa-t-elle. Ne suis-je pas comblée au-delà de mes espérances?»

Alors pourquoi, de plus en plus, éprouvait-elle cette lassitude, l'envie de courir se cacher dans les grandes serres tièdes de Malmaison où se préparaient les futures floraisons?

– Votre Majesté...

Timide, Agathe se tenait auprès d'elle. Joséphine lui saisit les mains.

– Écoute... appelle-moi par mon prénom, veux-tu? Cela fait si longtemps... Depuis le départ de l'Empereur. Altesse... Majesté... parfois, il me semble ne plus savoir qui je suis.

La femme de chambre était devenue toute rose.

– Je t'en prie...

– Joséphine, c'est l'heure, dit Agathe d'une voix imperceptible, affolée par sa propre audace. On vous attend.

– Dans ce cas, il nous faut y aller, répondit l'impératrice, la remerciant d'un sourire.

... L'heure de donner audience, compatir aux malheurs, promettre un poste, une dotation. Ensuite, ce serait celle des fournisseurs et «Sa Majesté» commanderait quelques robes et bijoux de plus qu'elle ne porterait probablement pas et qui ne feraient qu'alourdir ses dettes, lui attirant les foudres de son mari.

Après avoir revêtu sa robe du matin, «Son Altesse

impériale» déjeunerait avec ses dames; ce serait un moment agréable, comme la promenade, si le temps s'y prêtait. Plus tard, elle ferait une partie de billard avant de se livrer à des travaux d'aiguille. C'était à cette heure-là, entre chien et loup, que couraient dans les salons les confidences empoisonnées, sur le danger des Polonaises, la cruauté de Louis envers Hortense, les risques de ne point voir revenir un époux de la guerre.

Il serait six heures, et venu le moment de la grande toilette, puis du dîner suivi d'un concert ou d'un spectacle. Enfin, parce que de plus en plus Joséphine avait du mal à s'endormir et que des rêves noirs comme ailes de corbeau sur la neige, la poursuivaient, elle participerait jusqu'à deux ou trois heures du matin à la partie de whist, organisée par monsieur de Talleyrand qui ne songeait qu'à la voir disparaître.

Et tandis que s'écoulerait sa longue journée d'impératrice, elle ressentirait ce que ressent toute femme à qui un homme a promis de l'aimer toujours et qui n'a point tenu parole; ce qu'éprouve celle qui ne sait plus provoquer le désir alors qu'elle brûle encore; ce que ressent une mère lorsque ses bras sont vides.

Souriant malgré tout, distribuant compliments et bonnes paroles, elle se souviendrait des couronnes de pâquerettes qu'elle se tressait, enfant, pour jouer à la reine dans le chant doré des abeilles.

Elle est heureuse, ce jour-là, à Saint-Cloud. Elle vient de recevoir un portrait de Napoléon-Charles envoyé de Hollande par Hortense.

Le petit garçon – presque 6 ans déjà – porte le bicorne de l'Empereur ainsi que son épée dont il a passé le ceinturon autour de son cou. Se déguiser en «bibiche», c'est ainsi que Napoléon-Charles a surnommé son oncle qui aime à le jucher sur les biches du parc, est son jeu favori et bien que Bonaparte le fasse parfois pleurer avec ses taquineries – lorsqu'il l'oblige par exemple à manger une à une ses lentilles – il a pour lui une admiration sans bornes.

Toute la cour a défilé devant le tableau, s'émerveillant de l'air crâne du «dauphin» et, pour faire partager sa joie, Joséphine a décidé de procéder à une distribution d'atours. Une ou deux fois l'an, elle ouvre sa garde-robe à ses dames, les autorisant à choisir parmi les milliers de vêtements exécutés à prix d'or par le célèbre Leroy et dont beaucoup n'ont jamais été portés. Pour que ce soit plus amusant, on les tirera au sort; elle y ajoutera quelques bijoux.

Mais voici qu'à la porte du salon apparaît Duroc et son visage d'ordinaire impassible est décomposé.

– Majesté, prononce-t-il avec difficulté, il va vous falloir montrer beaucoup de courage.

– Bonaparte? crie-t-elle.

Le grand maréchal secoue négativement la tête.

– Napoléon-Charles.

Le petit garçon vient de mourir du croup.

«Ce n'est pas possible...» Dans la voiture qui roule vers Laeken, près du pays des tulipes dont sa fille est la reine, Joséphine ne sait que répéter les mots banals arrachés par la douleur à tous ceux que la mort surprend. Corvisart serre sa main et lui fait absorber des potions calmantes. Les quelques dames qui accompagnent l'impératrice versent presque autant de larmes qu'elle.

«Pas lui, se répète-t-elle. Pas cet enfant-là, fruit de tant de douleur et d'espoir et pour lequel j'ai sacrifié Hortense.»

Et si c'était une punition du ciel?

Les paysages défilent. Faut-il que ce soit le printemps et que partout explose la vie? Devant les yeux de Joséphine, c'est le petit garçon du portrait qui s'inscrit, si blond dans la chemise de dentelle, traînant l'épée trop grande pour lui. Le croup... la maladie qui étouffe et convulse.

A Forbourg, près de la frontière, le roi de Hollande les attend. Lui aussi semble très éprouvé, quoiqu'il se soit toujours montré jaloux de l'enfant appelé à succéder à Napoléon.

– Comment est-elle ? interroge Joséphine.

– On la dirait paralysée; à peine si elle se meut. Et depuis la mort de notre fils, elle n'a pas versé une seule larme.

Le visage de Corvisart s'assombrit en entendant ces mots.

– Il est temps que vous la voyiez, glisse-t-il à l'oreille de Joséphine.

Hortense est assise dans sa chambre, le corps raide, le visage sans expression, les lèvres blanches, fixant un cadre où, sur fond de velours noir, est exposée la chevelure de son fils. Lorsque entre Joséphine, ses yeux se portent un bref instant sur elle avant de revenir sur les boucles dorées.

« Mourir », pense-t-elle dans le brouillard qui obscurcit son esprit, sous le poids énorme qui comprime sa poitrine et coupe son souffle comme il a coupé celui de son petit garçon. « Partir vite pour ne plus éprouver cette souffrance... » Chaque seconde, il étouffe dans ses bras, à chaque instant, c'est son dernier soupir qu'elle recueille sur ses lèvres.

« Te souviens-tu de ce portrait que tu copiais en l'attendant ? » s'interroge-t-elle.

C'était la tête d'un jeune enfant, d'après Greuze, et elle espérait naïvement que celui qu'elle portait, vivant et remuant dans son sein, ressemblerait au modèle, serait garçon, doux et blond.

– Ma fille, sanglote Joséphine, ma tendresse, ma douceur... Parle-moi.

Hortense sent les lèvres de sa mère sur sa joue et entend sa voix, mais comme de loin, venant des berges de la vie alors qu'elle, elle se noie.

Dire qu'elle se croyait malheureuse ! Oh non, elle ne l'était pas, même si Louis se montrait tyrannique et qu'elle ne pouvait se donner à lui sans défaillir de dégoût. Elle était la plus heureuse des femmes : son enfant vivait !

« Je ne veux plus aimer, se dit-elle. C'est trop de douleur pour après. Si Dieu existe, si l'on ne m'a pas menti, je lui demande de me rappeler à lui et de me réunir avec mon fils. »

– Il faudrait qu'elle pleure, dit Corvisart.

Deux jours ont passé et Hortense n'a pas pleuré. Avec indifférence, elle obéit à ce qu'on lui demande, se laisse promener, nourrir un peu, coucher le soir. On ne sait si elle est absente d'elle-même ou, au contraire, cloisonnée en elle-même. La laissant aux bons soins de sa mère, Louis a regagné son palais.

Par Adèle de Broc, fidèle amie de sa fille, Joséphine a tout appris du calvaire de celle-ci. Le mari d'Hortense en a fait sa prisonnière et son esclave. Les châteaux où elle séjourne sont, sur ses ordres, transformés en cachots, il place des gardes sous ses fenêtres, des verroux à ses portes qu'il vient lui-même tirer chaque soir aux ricanements de la cour. Les issues du parc sont gardées par des sentinelles, son courrier est surveillé.

Lorsque Hortense écrivait à sa mère qu'elle se portait bien et se trouvait heureuse, c'était sous la dictée du tyran qu'une folle jalousie tenaille. Il suffit qu'un homme se présente pour qu'il accuse sa femme de le convoiter. Il la soumet à la question, l'humilie en public ; s'il le pouvait, il lui ferait porter une ceinture de chasteté.

C'est un après-midi de feuilles nouvelles, de premières fleurs. Adèle, Hortense et Joséphine, discrètement suivies par quelques officiers et chambellans de la cour, ont fait une longue promenade dans le parc. On vient d'étendre un drap sur l'herbe au bord de la rivière pour qu'elles puissent se reposer. Adèle évoque des souvenirs. Corvisart n'a-t-il pas recommandé que l'on parle à la malade, qu'elle réponde ou non ?

– Te souviens-tu de nos parties de pêche ? Et le jour du hameçon... Comme tu t'étais montrée brave ! Nous avions toutes si mal pour toi...

C'était à Malmaison. Un geste maladroit d'Hortense et son hameçon s'était profondément incrusté dans sa chair. On avait envoyé quérir le chirurgien. Les compagnes de la jeune fille l'entouraient et se désolaient.

« Tu te souviens, le jour du hameçon ? »... Ainsi que coule, chante et se froisse l'eau de la rivière, le souvenir se fraie un chemin dans l'esprit d'Hortense. L'air était de velours parfumé, elle eût souhaité le peindre. Elle n'avait encore rien pêché mais cela lui indifférait car elle n'aimait pas à donner la mort, fût-ce à un poisson. Dominant sa peur, elle avait, d'un coup sec, arraché le morceau de fer. Quelques gouttes de sang coulaient sur l'herbe verte.

« Tu te souviens ? »

C'était le temps de l'insouciance et de la légèreté. Elle venait de rencontrer un jeune général appelé Duroc et le préférait aux autres car il lui semblait plus sérieux et mieux élevé. On l'avait ramenée dans sa chambre et, malgré ses protestations, traitée ainsi qu'une malade alors qu'elle sentait se répandre en elle toute la sève de la vie.

Comme un tremblement la parcourt. « Tu te souviens du bonheur ? Du temps qui ne reviendra plus ? » Jamais la souffrance n'a été telle : c'est un orage à sec, le fer et le feu. Et soudain, comme en une explosion, se lézardent les digues, déferlent les larmes.

A quelques pas de là, un jeune officier a détourné la tête pour cacher les siennes.

– Elle est sauvée, dit Corvisart.

La reine Hortense s'est abattue contre sa mère ; elle ne sait plus que répéter, petite fille à l'hameçon, femme au cœur déchiré :

– Emmène-moi maman, emmène-moi. Je veux rentrer à Malmaison.

L'Empereur déjeunait avec Talleyrand à Erfurt, en Allemagne, lorsque dans l'encadrement d'une porte il vit apparaître un homme d'une soixantaine d'années, aux cheveux blancs, dont le visage noble était éclairé d'une telle lumière qu'il en resta saisi.

– Voilà un homme... murmura-t-il.

C'était aussi un poète et il s'appelait Goethe.

Le général et le poète eurent un long entretien à propos de Werther en qui, bien souvent, Bonaparte avait pensé se reconnaître. Exigeant et passionné, proie d'un amour impossible, le héros de Goethe choisissait de se donner la mort.

– Je n'aime pas la fin de votre roman, remarqua Napoléon au cours de l'entretien.

Goethe eut un sourire. Il regarda jusqu'au fond de l'âme celui dont, depuis dix ans, il suivait avec intérêt et étonnement le trajet et le génie.

– C'est que Votre Majesté n'aime point que les romans finissent! observa-t-il.

Le roman d'amour finissait entre la France et le Petit Caporal. Du vainqueur d'Arcole, de l'Égyptien, le peuple avait attendu, en plus de la fierté: le bonheur et la paix; il n'en recevait désormais que guerres et désolation. L'odeur des lendemains de victoire, celle des membres arrachés, des plaies ouvertes et de la putréfaction, flottait dans chaque foyer qui avait, sur les champs de bataille, perdu un enfant, un frère ou un mari. Les désertions se faisaient de plus en plus nombreuses, les lampions de la fête et de l'espoir s'éteignaient derrière le mur de police et de silence qui ceinturait une France saignée à blanc par celui-là qu'elle avait appelé son sauveur.

«*Lorsque là-bas est devenu ici, tout redevient comme avant...*» remarquait amèrement Werther.

«*Là-bas*» ne serait jamais assez loin pour l'Empereur. Il lui semblait avoir franchi les barrières de l'impossible; rien ne pouvait plus l'arrêter.

« Qu'y puis-je si mon excès de puissance m'entraîne à la dictature du monde? » avait-il déclaré à Talleyrand.

L'« angora » avait répondu par son sourire indéfinissable; il avait léché la main de son maître mais, dès cet instant, sa décision avait été prise: il travaillerait avec l'Europe à la perte de celui qu'en privé il appelait « le tyran ». Car, si le ministre aimait l'argent avec passion, il fallait à l'homme, pour le dépenser agréablement, une France en paix.

Mains sur les oreilles, gorge sèche, Joséphine recule, se réfugie dans le coin le plus sombre de sa chambre, le plus éloigné possible des fenêtres sous lesquelles s'est massée la foule.

C'est bien son nom que l'on hurle dans les jardins des Tuileries, mais il ne s'agit plus de célébrer « Notre Dame des Victoires », les voix réclament son départ, une nouvelle femme pour l'Empereur, un aiglon dans un berceau d'or.

Ses dames l'entourent, cherchant à la rassurer tout en se rassurant elles-mêmes. « On a payé ces gens: ils n'en veulent pas à votre personne. »

Elle le sait! L'attroupement a été provoqué par le ministre de la Police et il ne s'agit pas du premier. Fouché espère que l'écho de ces cris reviendra aux oreilles de Napoléon qui tarde trop à divorcer. La mort du petit Napoléon-Charles l'y a décidé mais il ne se résout pas à fixer la date de l'exécution.

Si Joséphine frissonne, si son cœur bat comme il battait à la prison des Carmes durant la Terreur, c'est qu'elle ne peut s'empêcher de penser que ce sont peut-être ces mêmes bouches qui, devant ces fenêtres-là, réclamaient la tête de Marie-Antoinette.

On ne tranchera pas sa tête: on se contente de lui ferrailler le cœur.

« Maman... » Le mot est monté à ses lèvres sans

qu'elle puisse le retenir, pourtant, Joséphine ne peut plus se dire, même sans y croire vraiment, que deux bras l'attendent à la Martinique. Sa mère est morte! Ne souhaitant pas que les fêtes de la cour soient troublées par la nouvelle, Napoléon lui a interdit d'en porter le deuil; elle a dû cacher sa peine.

– Cet homme-là n'a point de cœur! s'écrie-t-elle soudain.

N'a-t-il pas aussi reproché à Hortense de trop pleurer son fils? «Soyez gaie, livrez-vous aux plaisirs de votre âge et que je ne vous voie plus de pleurs», lui a-t-il ordonné du ton le plus sévère.

L'indignation efface la peur de l'impératrice qui se redresse et, écartant ses dames, court à la fenêtre derrière laquelle les imprécations ont repris de plus belle.

– Qu'on les ouvre! ordonne-t-elle.

Les pages obéissent à regret. Joséphine monte sur le tabouret et, tête haute, offre son visage à la foule puisque ce sont ses larmes qu'elle réclame.

Inattendues et bienfaisantes, des senteurs de feuillage sont venues caresser son visage brûlant et soudain elle se souvient d'autres frondaisons, d'autres larmes...

C'était lors d'une chasse à Fontainebleau. Autour de la biche traquée se dressaient les chasseurs dans leur habit vert dragon, leur culotte immaculée et leurs bottes à l'écuyère. Plus loin, se tenaient les femmes sous leurs chapeaux à plumes. La meute se préparait à la curée, des yeux de l'animal coulaient deux fins ruisseaux. Joséphine s'était jetée aux pieds de l'Empereur: elle en avait obtenu la grâce.

Nul ne demandera la sienne...

– Majesté, ils s'en vont...

Les clameurs ont cessé, elle rouvre ses yeux: ce ne sont pas des chasseurs en brillants uniformes mais de pauvres hères en guenilles, de ceux qui, au grand déplaisir de l'Empereur, bivouaquent au Louvre, y trouvant abri contre le froid. Fouché a payé leurs cris. Paris l'aime, elle le sait. Sous son règne, le négoce prospère, le travail ne manque à aucun, tous les bras sont occupés. Et voici que des mains se tendent vers elle, des acclamations fusent.

La police disperse le rassemblement.

C'est dans son château de Fontainebleau, un peu plus tard, lorsque l'automne aura brûlé les feuilles, que l'impératrice recevra le coup de grâce.

Dès son arrivée, elle a senti qu'on lui dissimulait quelque chose. Ah, elle les connaît ces mines faussement contrites, ces regards qui se détournent, ces sourires hypocrites! Tout en nourrissant les carpes de l'étang ou respirant ces roses dont chacune a son parfum, elle s'est enquise de ce qui se passait auprès de l'un ou de l'autre sans parvenir à rien apprendre.

A présent, assise sur le lit en bois doré de sa chambre, elle interroge anxieusement Laure Junot qu'elle a voulu garder près d'elle ainsi que sa filleule, la petite Joséphine. Des Joséphine, des Napoléon et des Napoléone, il en éclot sans cesse autour d'elle comme autant de regrets.

– Si tu sais quelque chose, il faut m'en avertir... Vois-tu, lorsque tout à l'heure nous serons avec la cour, si je viens à découvrir ce que l'on me cache, sans doute ne pourrai-je retenir mes larmes. Ils en auront trop de satisfaction.

Silencieusement, Laure désigne la porte secrète. Dissimulée derrière une tapisserie, cette porte conduit aux appartements privés de l'Empereur. Que de nuits, Joséphine y a fixé les yeux, espérant la voir s'ouvrir sur son mari, quand bien même celui-ci ne viendrait pas en amoureux mais pour trouver un peu de chaleur auprès d'elle.

Elle se lève. Les idées les plus folles lui traversent l'esprit: Bonaparte serait-il là-haut, rentré à l'improviste ainsi que cela lui arrive parfois? Là-haut avec une autre: l'Autre?

Elle court à cette porte et écarte la tapisserie. Il lui semblait être préparée au pire, pourtant, elle ne peut réprimer un cri.

De porte il n'y a plus: celle-ci a été murée.
– Sur ordre de l'Empereur, murmure Laure.

Il regardait cette femme ployée par la douleur sous les ailes du grand chapeau blanc, à l'ombre duquel elle avait espéré cacher les ravages du temps sur ses traits: voici qu'après l'avoir menée jusqu'au trône il la balayait de sa vie.

Et lui qui, les yeux secs, prenait à l'Europe son blé vert pour le donner à faucher à la mort, sentait monter les larmes devant l'épi fané.

Le peuple espagnol pouvait bien se dresser contre lui, l'Angleterre s'allier pour l'abattre à l'Autriche ou à la Prusse; Pie VII pouvait l'avoir excommunié et ses frères être prêts à trahir, seule comptait pour l'Empereur, à cet instant-là, cette part de chair vive que la raison d'État l'obligeait à arracher de lui, cette femme qu'il avait tant désirée.

Sans vergogne, elle l'avait trompé, bafoué et volé. Il n'avait jamais pu ajouter foi à aucune de ses paroles, mais Dieu comme ses lèvres lui avaient été bonnes, comme l'avaient envoûté la rondeur de ses seins et la bouche odorante de son ventre. A la seule voix de Joséphine qui semblait venir du cœur même de la volupté, le soldat était devenu tout entier dague, flèche, épée, tendues incandescentes jusqu'à la douleur vers la «petite forêt noire» où les incursions menaient si loin dans le plaisir que, séparé d'elle, il avait songé à mourir.

Elle n'était plus jeune, elle avait perdu ses attraits, la maîtresse était devenue la sœur, la mère, il ne s'en sentait pas moins déchiré.

Une part de lui-même s'en irait avec elle: il aurait un peu plus froid la nuit, il serait un peu plus brûlé à l'estomac par cette maladie dont il redoutait qu'elle fût la même que celle qui avait emporté son père. Il retournerait à sa solitude.

Joséphine avait été celle qui le devinait sans qu'il ait besoin de parler, à qui il pouvait se montrer faible sans qu'elle lui retirât pour autant son admiration : la femme qui avait vu s'épanouir sa gloire et lui disait parfois avec un regard d'enfant émerveillé : « J'ai conquis le conquérant du monde. »

Elle se mit à menacer.

– Si tu me quittes, Bonaparte, cela te portera malheur. Je suis ta bonne étoile, sans moi, tu retomberas. La Duchatel l'a affirmé.

La colère effaça toute pitié en Napoléon. Il les connaissait, les prédictions de la cartomancienne, tout Paris se les répétait : « L'aigle prendra si haut son vol qu'un coup de vent venant du Nord l'abattra infailliblement. »

– Je la ferai jeter en prison, ta sorcière, explosa-t-il. Et le divorce sera prononcé avec ou sans ton assentiment.

– Tu me tueras, cria-t-elle.

Lorsque le chambellan Bausset entra avec Constant dans le petit salon, il vit l'impératrice évanouie sur le sol. Agenouillé à ses côtés, le visage défait, se tenait celui qui se voulait le maître du monde.

Pour la ramener à ses appartements, ils empruntèrent l'escalier dérobé ; Napoléon et son valet tenaient les jambes de Joséphine. Bausset la soutenait par les épaules et son cœur battait de pitié en voyant, sur la pauvre femme, les yeux égarés du mari.

– C'est affreux, répétait celui-ci, affreux ! Sans doute a-t-elle dit vrai : risque-t-elle d'en mourir.

Ce fut à cet instant que le chambellan, penché sur l'impératrice qu'il pressait contre lui, de peur de la laisser tomber, l'entendit murmurer :

– Monsieur, pas si fort s'il vous plaît : vous me serrez de trop !

La pluie tombe à verse sur Paris ce soir de

décembre 1809. Elle disperse les ordures accumulées devant les portes, transforme la chaussée en bourbier. Dans cette ville dépourvue de trottoirs, les piétons, déjà inondés par l'eau qui déferle des toits, n'ont d'autre solution pour pénétrer dans leur maison que d'utiliser les planches que des gamins jettent sur les ruisseaux. « Passez... payez... », leur cri retentit à tous les carrefours.

Ce sont ces mêmes gamins que l'on soupçonne d'avoir placardé sur les murs du palais des Tuileries des affichettes portant ces mots: « Dépôt de la grande fabrique de sires ». La jeunesse ne respecte rien!

Dans le cabinet de l'Empereur, la famille impériale et les officiers de la couronne sont réunis.

Debout autour de Madame Mère, rois en grandes tenues, reines en manteaux de cour, cachent mal leur triomphe tandis que Napoléon – auprès de qui se tient Eugène, si tremblant que l'on craint à chaque instant de le voir défaillir – lit le texte qu'il a préparé lui-même.

Vous avez été réunis ici pour entendre la décision que l'impératrice et moi avons été dans l'obligation de prendre: nous divorçons. Dieu sait combien pareille résolution a coûté à mon cœur.

Vêtue d'une simple robe blanche, sans aucun bijou, Joséphine est assise devant la table recouverte de velours rouge; elle songe aux rubans de même couleur – celle du sang – que se mettaient les belles au cou pour aller danser, la Terreur passée, en souvenir de monsieur Guillotin et ne quitte pas des yeux celui qui prononce la sentence.

Nous divorçons...

Il y a le jour où le divorce est déclaré solennellement, devant tous, comme aujourd'hui, et celui où, à voix basse, on le prononce en soi. Le jour où son époux l'a effacée de son cœur, Joséphine s'en souviendra toujours: elle l'appelle le « jour du café ».

Depuis leur première rencontre, Bonaparte ne laissait à nul autre le soin de le lui servir. C'était toujours elle qui versait le breuvage dans la tasse, y faisait fondre le sucre, le goûtait avant de le lui tendre. Ces gestes-là expriment mieux l'attachement que tous les serments. Et lorsque, quelques semaines auparavant, Napoléon lui avait retiré la tasse des mains pour se servir lui-même, Joséphine avait compris qu'il murait son cœur comme il avait muré la porte de sa chambre. Pour elle, leur séparation datait de ce moment-là.

– Mère, c'est à vous, chuchote Hortense.

Les Bonaparte sont tournés vers elle, attendant qu'elle annonce elle-même sa défaite : Letizia dont les cheveux grisonnent, Pauline plus éclatante que jamais, Caroline qui a volé son mari à Laure Junot, Élisa dont on ne compte plus les favoris. Et Louis, Jérôme, souverains comblés, arrogants, secrètement rongés par la peur de perdre pouvoir et richesses si miraculeusement tombés sur leur tête.

Joséphine prend le papier qui lui est tendu.

Je dois déclarer que ne conservant aucun espoir d'avoir des enfants, je consens à la dissolution d'un mariage qui est désormais un obstacle au bien de la France.

Sa voix se brise : c'est trop cruel ! Elle cherche le regard de Napoléon mais celui-ci s'est détourné.

– Votre Majesté, il faut poursuivre... lui souffle Regnault, le secrétaire d'État.

– C'est que je ne puis plus, monsieur, avoue-t-elle en un sanglot.

Ce sera lui qui achèvera la lecture.

Je tiens tout des bontés de l'Empereur. C'est sa main qui m'a couronnée. La dissolution du mariage ne changera rien aux sentiments de mon cœur.

Puis c'est la signature. Sous le large trait de plume dont Napoléon a souligné son nom, Joséphine loge son simple prénom ; la famille défile ensuite.

Le couperet est tombé.

« Si Sa Majesté désire quoi que ce soit... » murmure le fidèle Ménéval comme Joséphine en pleurs s'appuie à son bras pour regagner ses appartements.

« Sa Majesté »... Bonaparte l'a autorisée à conserver son titre. Il a réglé ses dettes et lui a promis une rente de cinq millions par an. Elle gardera Malmaison, le palais de l'Élysée et, si elle le désire, elle régnera à Rome.

Dans sa chambre, Joséphine sèche ses larmes. Demain, il va lui falloir réapprendre à vivre. Hortense assure qu'elle sera plus heureuse à présent. Tandis qu'Agathe brosse ses cheveux, encore beaux et épais, une sorte de sourire s'ouvre dans sa douleur : quels curieux animaux font les hommes ! Il y a quelques jours, avant même que le divorce ait été prononcé, le duc Frédéric-Louis de Mecklembourg, 32 ans, plutôt bien fait de sa personne, ma foi, l'a demandée en mariage : il assure l'aimer depuis toujours.

Les « toujours », Joséphine a appris à en mesurer la durée, mais il n'est pas sans douceur de se voir à nouveau désirée. Et il n'est pas le seul ! Le comte Lancelot de Turpin Crissé, 27 ans – un enfant – lui a déclaré sa flamme... Son ardeur, sa gaieté, ne sont pas sans lui rappeler un certain Hippolyte.

Napoléon ne pourra refuser d'en faire son chambellan.

– Mère, c'est mieux ainsi, dit Eugène. Vous ne pouviez continuer à vivre dans cette angoisse.

– Et nous ne vous abandonnerons point, renchérit Hortense.

Joséphine sourit à ses enfants, venus lui souhaiter la bonne nuit, sa dernière aux Tuileries; demain elle part pour Malmaison. Hortense, séparée de Louis, l'accompagnera.

– Te souviens-tu, lui demande-t-elle, lorsque Bonaparte n'était encore que ce petit général qui me faisait tant rire, tu m'avais mise en garde : « Mère, il vous fera souffrir. » J'avais refusé de te croire...

– C'est que vous vouliez être impératrice, plaisante Hortense. A présent, il vous faudra simplement être heureuse.

– Aux Trois-Ilets, lorsque j'étais enfant, reprend Joséphine, j'avais subi un ouragan. Cela ressemble un peu à l'amour... ce grand vent qui emporte tout. Et après, on se demande...

L'a-t-elle aimé ce petit, ce grand homme au regard d'aigle, ce soldat aux bottes tachées de boue et de sang, ce souverain aux fragiles souliers de satin blanc ? C'est aux jours d'accalmie que l'on devrait se poser la question, pas à ceux où la tempête vous fait prendre pour de l'amour ce qui n'est que la peur de se retrouver seule.

– Nous resterons à vos côtés, promet Eugène.

Il paraît qu'il s'est évanoui après avoir signé l'acte de divorce. Quel garçon sensible ! Parfois, Joséphine s'étonne d'avoir mis au monde des enfants si fidèles et désintéressés, comme ces fleurs croissant modestement à l'ombre des plus belles, et dont l'odeur étonne par sa fraîcheur.

Elle saisit la main de son fils.

– Cette Marie Walewska... est-il vrai qu'elle attend un enfant de l'Empereur ?

– Il devrait naître en mai prochain.

– S'il arrivait que ce fût un garçon, murmure-t-elle, penses-tu qu'il l'épouserait ?

Sur le visage d'Eugène, comme sur celui d'Hortense, elle voit passer le doute.

– La pauvre femme, soupire alors Joséphine. Comme elle va souffrir. Un jour, il faudra me la présenter.

MARIE

1

Le rêve

« Tiens-toi ! »... Ce sont les premiers mots dont je me souvienne. Ma mère me les disait souvent. Ils signifiaient : « Ne pleure pas, ne montre pas ta peur, sois digne. »

La Mozavie où je suis née, non loin de Varsovie en Pologne, est le pays des fleurs ; on peut les y respirer toutes. A celles jugées les plus belles par les connaisseurs, j'ai toujours préféré les simples fleurs des champs ou de bords de chemins : bleuets et coquelicots, églantines, marguerites et boutons d'or. Et il est bon d'être assurée de les voir revenir chaque année.

La nature a comblé mon pays : de nombreuses rivières le baignent, le sol en est fertile, s'y lèvent des moissons de toutes sortes et de nombreuses forêts. Le bois, l'eau et le pain, la viande et le lait, nous ne manquons de rien ; quoi d'étonnant à ce que nous ayons, de tout temps, excité la convoitise de nos voisins ?

Toute petite, j'ai appris à distinguer le cri du loup de celui du vampire et je ne sais lequel me glaçait le plus. Je les écoutais, dans les contes de ma nourrice, hurler le long des steppes où erraient les fantômes de soldats morts en état de péché. Ils s'appelaient Prussiens, Autrichiens ou Cosaques et avaient saigné la Pologne ; ils l'avaient dévorée morceau par morceau, ne nous laissant que Varsovie pour avoir encore droit à nous appeler Polonais.

J'ai bu avec le lait le mot « liberté ». Il est inscrit en moi comme il l'est dans la chair de mon peuple.

Ma mère s'appelait Éva. Elle était grande, blonde ainsi que la plupart ici, et très belle. Elle avait épousé par amour Mathieu Lecznaski, mon père et lui avait donné cinq enfants ; j'étais la quatrième. Nous habitions Kiernozia, un élégant manoir entouré de terres cultivables dont nous vivions.

Plus que la compagnie d'Honneur, ma sœur au caractère ombrageux, je goûtais celle de Théodore, d'un an seulement plus âgé que moi. Nous formions de joyeuses bandes avec les petits paysans des environs et la vie coulait sans heurts dans ce paysage dont la seule hauteur était le clocher de l'église voisine. Ma saison préférée était celle des fraises : les cigognes nous l'annonçaient en venant se percher sur les toits.

Et soudain la couleur de mon univers changea.

J'ai huit ans et nous jouons à la guerre. Tous veulent être les patriotes aussi avons-nous dû, comme à chaque partie, tirer l'ennemi au sort. Ligotée au grand tilleul du jardin, je suis la prisonnière à délivrer, je suis la Pologne et m'appelle « liberté ». A mes pieds, déjà, s'étale un tapis de morts.

Aujourd'hui, les garçons luttent avec d'autant plus d'ardeur que dans chacune de leur famille, un ou plusieurs hommes sont partis défendre Varsovie menacée par les Russes. Mon père est à leur tête. On peut entendre, de la cour, mon frère aîné, Bénédict, crier de rage et frapper des poings les murs de sa chambre ; c'est qu'il voulait aller lui aussi se battre. Maman l'en a empêché.

C'est l'automne et une pluie fine brouille le paysage. Voici qu'au bout du chemin qui mène à la maison, apparaît un groupe d'hommes. Ils tirent une carriole ; alors qu'ils approchent nous reconnaissons nos voisins ou parents partis jouer comme nous aux soldats, armés de faux, de piques et de bâtons ferrés.

Ils pénètrent dans la cour et, alors qu'hier ils chantaient, c'est un grand silence qui les accompagne. Je remarque leurs visages salis de barbe. Du sang tache certains vêtements. De la carriole ils tirent un mort : un vrai celui-là.

« Oh Marie, Marie », crie Théodore en se jetant contre moi, toujours ligotée à mon arbre.

Ce mort, c'est notre père !

Les Russes l'ont tué ; ils ont pris Varsovie. Les vampires et les loups ont gagné. Sur mon visage, la pluie se mêle aux larmes, les cris de maman s'inscrivent pour toujours dans ma gorge. Je me jure de ne jamais oublier.

– Nicolas, parle-nous de la France...

Nicolas Chopin *, notre précepteur, avait 23 ans et venait du pays de la Révolution. Il nous enseignait le français, l'histoire, la géographie et les chiffres. La musique aussi, qu'il aimait avec passion.

– La France est en liesse. On dresse partout des arcs de triomphe. Avant de partir se battre en Italie, Bonaparte a exigé que l'on distribue aux Parisiens du bois et du pain. La rue où il habite a été rebaptisée « rue de la Victoire ».

– Oh oui, parle-nous encore de « Lui »...

Lui, le « libérateur », ainsi que l'avait baptisé la Pologne : celui qui viendrait un jour nous rendre notre pays et notre fierté...

Chaque soir, sous les grands saules du parc s'il faisait bon, au coin du feu, l'hiver, Nicolas nous parlait des victoires que le tout jeune général remportait sur les Autrichiens, nos ennemis. Ainsi que plusieurs de mes cousins, mon frère aîné était parti rejoindre l'armée française.

Cette fois, maman ne l'en avait pas empêché.

– Bonaparte s'est juré d'apporter à l'Europe la liberté, l'égalité et la fraternité, disait Nicolas.

Je ne retenais que le premier mot.

* *Son fils sera le grand musicien Frédéric Chopin.*

– A nous aussi, la liberté ?

– A toi aussi, répondait notre précepteur, riant de ma ferveur.

Qu'est-ce que la liberté pour une fillette de 12 ans ? Depuis la mort de mon père, je voyais Kiernozia tomber à l'abandon : l'herbe poussait entre les dalles de la cour, le toit crevé laissait passer la pluie et des armées de chauves-souris, installées chez nous comme en une maison abandonnée, me terrifiaient le soir.

Je me revoyais liée au tilleul, le jour où, pour nous tous, la vie s'était assombrie. La liberté, pour moi, c'était la lumière, Bonaparte la ramènerait en chassant du pays les loups et les vampires.

... et les chauves-souris de Kiernozia.

En attendant ce jour béni, je collais aux murs de ma chambre le nom de ses victoires et lui dédiais des poèmes.

J'ai 14 ans. Maman vient me voir dans ma chambre. Elle m'intimide un peu avec sa façon de passer du rire aux larmes, de la résignation à la colère, comme se lève le vent sur la steppe aride. Nous, les aînées, n'avons guère eu droit à sa tendresse ; seule Antonia, ma petite sœur, née trois mois après la disparition de mon père, sait recueillir quelques caresses.

– Marie, tu vas aller en pension à Varsovie ! m'annonce-t-elle.

Je reste le souffle coupé : « En pension ? »

– A Notre-Dame-de-l'Assomption.

De bonheur, j'esquisse un pas de danse. Toutes les jeunes filles de bonne famille vont compléter dans ce couvent leur éducation mais je craignais que maman ne fût incapable d'en assumer la dépense.

– J'ai emprunté.

Elle a vendu, par avance à un marchand, la récolte prochaine. Ainsi a-t-elle déjà procédé pour envoyer Théodore et Bénédict au collège. Que me vaut cette faveur qui n'a pas été accordée à Honneur, ma sœur aînée ?

Quelque chose dans le regard de ma mère me gêne : un trop grand espoir. Par jeu, comme autrefois, elle souffle sur mon visage pour voir palpiter mes cils que j'ai sombres et fournis. « Comme des corolles », disait ma nourrice.

– Tu deviens très jolie, sais-tu ?

J'ai soudain envie de griffer mes joues et taillader mes cheveux : c'est que je me souviens de ce qu'elle confiait l'autre soir à ma tante : « Marie sera une beauté. Elle doit faire un riche mariage ; ainsi serons-nous tous à l'abri. »

Voici pourquoi on me favorise par rapport à Honneur qui se désole de n'avoir point d'attraits. On compte sur ma beauté pour rembourser les dettes et remettre Kiernozia en état.

Maman a quitté ma chambre ; je l'entends chanter dans le salon, si joyeuse soudain ! Je m'approche du miroir : jolie ? Mon teint est clair, presque transparent, mes yeux sont bleus et mes cheveux épais et dorés, « comme du gâteau d'abeille », plaisante drôlement Bénédict.

Je souffle sur le miroir pour ternir l'image. Je voudrais redevenir enfant et que ma mère natte serré ces cheveux, débarbouille rudement ce visage sans penser à les trouver jolis. « Un riche mariage... » Y parviendrai-je ? Ne la décevrai-je point ?

Puis je ne songe plus qu'à la joie d'aller à Varsovie, ville des palais, des églises et des fêtes que fend de part en part, l'épée scintillante de la Vistule.

Au-dessus de ma table, j'ai mis à l'honneur un portrait de mon héros que m'a récemment envoyé Bénédict. C'est la reproduction d'un tableau de Gros : *Bonaparte au pont d'Arcole*. Il y est représenté seul, brandissant un drapeau, le visage tourné vers les hommes qu'il essaie d'entraîner à sa suite. Comme il est beau !

Je le fixe sans cligner des paupières jusqu'à ce qu'il me rende mon regard.

– Écoute cela, Marie! « Assomption : enlèvement miraculeux de la Sainte Vierge au ciel », récite Élisabeth d'une voix grandiloquente.

En riant, elle pointe son doigt sur moi : « Ce couvent était fait pour vous recevoir, mademoiselle. Nos vénérées chanoinesses devraient vous élever une statue : " Notre Dame des Nuages "... »

Il paraît que j'y vis beaucoup... lorsque ce n'est pas dans la lune.

De deux ans plus âgée que moi – elle a 17 ans – Élisabeth Grabowska est devenue mon amie. Nos chambres sont voisines et malgré l'interdiction, nous nous y rejoignons souvent après l'extinction des feux. Elle s'amuse de mon caractère rêveur mais c'est pour lui qu'elle m'a choisie : les contraires s'attirent, dit-elle, et elle aurait plutôt tendance à se montrer trop terre à terre.

J'admire sa silhouette, longue et élancée. Je suis, moi, plutôt petite. Elle dit m'envier la couleur de mes yeux : bleuet.

– Comment as-tu fait ? demande-t-elle.

– J'ai trop regardé les fleurs.

– Alors félicite-toi de n'avoir pas des yeux coquelicot, remarque-t-elle en riant.

Au bleuet et au coquelicot, ajoutez la blanche marguerite et vous aurez le drapeau français.

A Notre-Dame-de-l'Assomption, on nous enseigne le chant, la littérature, un peu d'histoire et de géographie, le français. Grâce aux leçons de Nicolas Chopin, je suis la meilleure en cette matière.

Dieu est avec Napoléon et Napoléon est avec la Pologne.

Telle est à présent la devise de notre peuple. Tous suivent avec passion l'ascension du « libérateur ». A son retour d'Égypte, il est devenu Premier Consul, puis Consul à vie. « A vie », voilà qui me rassure : ainsi aura-t-il le temps de venir chasser Russes et Prussiens de notre pays. Je suis fière de Bénédict, nommé lieutenant dans son armée.

Chaque soir, penchée à ma fenêtre qui donne sur la Vistule, j'essaie d'y lire mon avenir. J'aime à me laisser emporter par ce flot, être cette course, cette brise, ce chant. Vers où me mènent-ils ? Quel sera mon destin ?

– Pourquoi pas « épouse du beau Pépi », plaisante Élisabeth en pointant un doigt irrespectueux sur la tour du château qui émerge d'un bouquet d'arbres.

Pépi, Joseph Poniatowski, beau, galant et célibataire, est le prince charmant dont rêvent toutes les jeunes filles de Varsovie. N'a-t-on pas surnommé sa cour : « La cour d'amour » ?

Son oncle est notre dernier roi : Stanislas Auguste. Il a été, horreur, amant de Catherine de Russie qui a participé au démembrement de notre pays.

– Pauvre Stanislas, elle en a fait sa chose, me confie mon amie d'un air entendu.

« Sa chose » ? Le mot me trouble, fait passer en moi à la fois l'horreur et le plaisir. Comment une femme peut-elle faire d'un roi, un objet qu'elle manipule à son gré ?

– Par ses charmes, ma toute belle !

Elle bombe son corsage, mieux garni que le mien et, dans un pas de danse, me fait admirer sa cheville. Une chaleur envahit mes joues, me parcourt. Et moi ? N'est-ce pas grâce à mes « charmes » que maman espère remonter les finances de la famille ? Cela signifie-t-il qu'un jour je ferai d'un homme « ma chose » ?

Je n'ignore pas qu'une partie de notre mystérieux pouvoir loge en cette région du corps dont on ne parle pas, qui chaque mois nous rappelle que nous sommes devenues femmes, qui parfois, alors que je me balance aux arbres du parc, fait rayonner en moi les ondes d'un délicieux plaisir.

J'ai parlé à Élisabeth des projets de ma mère et lui ai fait part de mon inquiétude. Elle a ri.

– Pourquoi un riche mari n'aurait-il pas également quelques charmes ?

Je me prends à espérer.

Et en attendant l'élu, chaque dimanche après-midi, lors d'un thé dansant, nous nous initions à la séduction sous l'œil vigilant de nos chanoinesses. Séduire fait partie de notre éducation. Nos armes en cette matière doivent, selon nos éducatrices, s'appeler modestie, retenue et pudeur. Et il faut se garder de montrer autant de peau que l'on en montre en France où l'on voit, paraît-il, « galoper les attraits » des femmes sous les légers corsages de gaze.

Un après-midi, alors que nous nous promenons dans les bois qui bordent Varsovie, Élisabeth tire d'entre les pages d'un livre le portrait d'une belle femme brune au regard langoureux, à la pose alanguie.

– C'est Joséphine, la femme de ton héros! m'apprend-elle.

Et elle ajoute en français ces mots que je ne comprends pas: « On dit qu'elle a beaucoup fait rôtir le balai. »

– Fait rôtir le balai ?

– Elle a eu de nombreux amants, traduit mon amie. Bonaparte en a beaucoup souffert, paraît-il.

Je m'indigne: « Faire souffrir un homme pareil, cela est-il possible ? »

– Ma chère, il est certains domaines où tout nous est possible, affirme Élisabeth avec une grande jubilation.

Elle en rit. J'en pleurerais.

Avec ses colonnes et ses portiques, le château de Walewice me faisait penser à un temple. Lorsqu'on y pénétrait, on avait l'impression que les murs vous suivaient des yeux. C'était les centaines de trophées: cerfs, biches, chevreuils, sangliers, qui vous fixaient de leur regard de porcelaine, animé par la flamme des bougies comme par une prière.

Je passais vite.

Ce château, ainsi que de nombreuses terres alentour, appartenait au comte Anastase Walewski, chambellan du roi Stanislas Auguste et ami de ma mère.

Bien souvent depuis qu'elle était veuve, il l'avait aidée de ses conseils pour la gestion de notre domaine. Il lui avait également prêté de l'argent. Il n'en était jamais à court; c'était l'un des plus importants propriétaires de la région.

Je l'aimais bien, le trouvais très vieux et plutôt comique avec son visage ridé, de la couleur des coings.

Et voici qu'en ce jour d'automne 1803 il donnait un grand bal à Walewice, en l'honneur de mes 16 ans et pour fêter ma sortie de couvent.

Sur ma robe de mousseline, maman a brodé ces bleuets que l'on évoque souvent en parlant de mes yeux. Elle a tenu à assister en personne à ma toilette et m'a prêté l'un des rares colliers qu'elle n'a pas mis en gage ou vendu.

Lorsque je pénètre dans le salon illuminé où se trouvent déjà une bonne centaine de personnes, je ne puis croire que je suis l'héroïne de la fête. Ce faste, l'orchestre tzigane, les sourires qui m'accueillent, je ne vois point en quoi je les ai mérités, pas plus que l'impressionnant bouquet de roses dont Anastase Walewski a empli mes bras à mon arrivée: « Bonne fête, petite Marie! »

Maman en a aussitôt piqué quelques boutons dans mes cheveux.

Les musiciens attaquent une mazurka et de nombreux jeunes hommes se pressent pour m'inviter à danser. « Va t'amuser », dit Anastase. Je me sens à la fois grisée et intimidée. Qu'il est bon d'être jeune, jolie et courtisée! Il me semble voir s'ouvrir la vie devant moi, aux couleurs de la saison qui couronne de doré les arbres du parc.

Parmi mes cavaliers, j'ai remarqué un jeune militaire aux meilleures manières, à l'allure aristocratique et qui porte sur la poitrine de nombreuses décorations ; c'est un étranger, lorsqu'on nous a présentés, je n'ai pas bien compris son nom, qu'importe ? Il me plaît. Nous ne nous quittons plus.

A la fin d'une *kuyaviak*, danse de mon pays, il est d'usage que le cavalier ploie le genou pour baiser la main de sa partenaire ; mon militaire ne se contente pas de l'effleurer des lèvres, il les y appuie fortement, me chatouillant de sa moustache. Je ris.

– Vous êtes délicieuse... murmure-t-il.

Il l'a dit comme d'un fruit et je me sens soudain parfum, velouté ; je commence à comprendre, lisant dans son regard, cette faim que provoquent les femmes et dont, avec Élisabeth, nous nous sommes tant émues.

Mon amie est là, elle aussi. Entre deux danses, je la rejoins pour lui parler de ma conquête ; mais c'est à peine si elle m'en laisse le loisir. La mine soucieuse, voici qu'elle me harcèle de questions sans intérêt sur notre hôte : vient-il souvent à Kiernozia ? Maman l'apprécie-t-elle, et moi ?

Comment ne l'apprécierais-je pas ? N'est-ce pas Anastase Walewski qui m'offre cette fabuleuse soirée ? Qu'a donc Élisabeth en tête ?

Je crois le deviner en voyant celui-ci danser une mazurka avec ma mère. Il songe à l'épouser, devenir mon beau-père... Et pourquoi pas ?

Je retourne danser avec mon mystérieux étranger.

Il s'appelle comte Souvarov et allie richesse et séduction ; c'est l'un des plus beaux partis d'Europe et pourtant, lorsqu'il se présentera à Kiernozia pour me faire sa cour, je ne le recevrai pas.

C'est un Russe, de la famille du maréchal haï dont les hommes, neuf ans auparavant, lors du massacre de la Praga, ont égorgé mon père... ainsi que neuf mille autres citoyens sans défense ! De toute la ville, paraît-il, on entendait les cris des victimes et les hourras des bourreaux.

A l'abri de ma chambre, je lutte contre la tristesse. Le comte Souvarov était à l'époque trop jeune pour se battre et il m'a fait porter un pli assurant qu'il aimait mon pays et le voulait libre. Je n'ignore pas qu'il arrive fréquemment à des jeunes filles de l'aristocratie polonaise d'épouser Russes, Prussiens ou Autrichiens pourvu qu'ils soient de bonne naissance. « Vous êtes délicieuse... » Comme il disait cela !

Je froisse la lettre et la jette dans la cheminée. Les flammes dévoraient Praga lors du massacre ; on entendait aussi le fracas des poutres s'écroulant sur les corps martyrisés de familles entières. Je regarde brûler ces mots que je n'ai pas le droit d'entendre. Quand bien même l'envie m'en viendrait, Bénédict serait là pour me retenir.

Rentré en permission à Kiernozia, c'est lui qui, à ma demande, a reçu et éconduit mon prétendant. Je me souviens du trouble d'Élisabeth alors que nous parlions. Connaissait-elle le nom de mon cavalier ? Pourquoi ne m'a-t-elle pas avertie ?

La véritable raison de son trouble, je ne la comprendrai que quelques jours plus tard, lorsque Anastase Walewski viendra faire sa demande en mariage. Ce n'est pas ma mère qu'il désire épouser, c'est moi.

Et il a 68 ans. Et j'en ai 16.

– Je ne veux pas me marier avec lui : il est vieux et laid !

– Il est bon et généreux.

– Il a déjà été marié deux fois : quel besoin a-t-il de prendre à nouveau femme ?

– Tu l'as conquis : dès le premier regard ! Il est fou amoureux. Il fera de toi une grande dame. Tu auras autant de robes que...

– Les robes ne m'intéressent pas si elles me sont offertes par un homme que je n'aime pas.

– Il faudra bien pourtant que tu te soumettes !

Bénédict a claqué ma porte et en a tourné la clé. Prisonnière ! Est-ce là mon frère ? Celui qu'hier encore j'admirais tant, engagé aux côtés de Napoléon pour venir rendre la liberté à mon peuple ?

Voici qu'allié à ma mère il a décidé de me sacrifier aux intérêts de Kiernozia.

Si seulement Théodore était là, il prendrait ma défense. Mais il est en pension et l'on s'est bien gardé de l'avertir...

Que l'on ne me lie plus à un tilleul pour jouer à la guerre, mais à un vieillard pour singer l'amour.

A son tour, maman est venue me voir. Lorsque, épouvantée par la ronde des chauves-souris autour de ma chevelure, je m'accroupissais dans un coin en hurlant, elle avait cette expression-là tandis qu'elle me saisissait rudement le bras pour me relever: « Tiens-toi », disait-elle.

Je supplie: « Maman, il a fini sa vie et moi je ne l'ai pas commencée. Ne m'obligez pas à ce mariage; il est bien trop vieux. »

– Ainsi n'aura-t-il pas trop d'exigences, tranche-t-elle.

Des exigences... Je revois le visage poudré sous la perruque, le corps tordu par l'âge. Je sanglote.

– Tiens-toi! ordonne maman.

Longuement, elle me parle « devoir » et je comprends que je ne la ferai pas fléchir. Je serai le toit refait de la maison, la dot d'Honneur, les études d'Antonia, les dettes remboursées.

– Et à sa disparition..., conclut-elle d'un air entendu.

Elle n'a pas osé dire « à sa mort ». A la mort d'Anastase Walewski, je serai riche et libre.

J'ai été malade. Je ne me souviens plus que de cette main qui serrait la mienne tandis que je me perdais dans les grands brouillards de la fièvre, et à laquelle je m'accrochais: celle de maman? Celle d'un beau cavalier qui me trouvait « délicieuse »? Tout se mêlait. J'ai failli mourir, paraît-il.

Lorsque j'ai rouvert les yeux, j'ai vu que cette main était celle d'Anastase Walewski. Il ne m'avait pas quittée, m'a-t-on dit, si inquiet, si épris! Le bouton de rose allait-il se faner avant qu'il l'ait cueilli?

J'étais trop lasse pour lutter à nouveau. Je me suis inclinée.

La petite église de notre village était pleine de fleurs blanches et de lumières. Ces jeunes gens guindés dans leurs trop beaux habits, c'était mes compagnons de jeu d'autrefois. Mes frères n'étaient plus là pour jouer à me libérer mais pour signer sur le registre où il était inscrit que je m'appelais désormais comtesse Marie Walewska.

« Réfléchis encore, je t'en supplie », m'avait écrit Élisabeth, comme si la possibilité m'en avait été donnée.

Elle venait d'épouser un homme à la fois riche et séduisant: Frank Sobolewsky. Se trouvant à Paris avec lui, elle n'avait pu assister à mes noces. Dans sa lettre, elle me parlait des plaisirs de l'amour physique qu'elle venait de découvrir avec son mari et disait craindre pour moi si je n'étais pas attirée par le mien.

Il entre dans la chambre dont il a fait, en mon honneur, renouveler les tentures. Le grand lit d'acajou, orné sur la traverse d'un glaive et d'un épieu, ressemble à un tombeau; il en porte d'ailleurs le nom. Il vient de France comme les tables de nuit, ornées de chimères à queue de dragon, la commode et le secrétaire, comme la soie qui recouvre les murs.

Les femmes de chambre m'ont aidée à passer, sur mon jupon de percale, un somptueux déshabillé de dentelle largement échancré sur le devant. On ne m'a laissé ni chemise ni pantalon. Dans mes cheveux longuement brossés, est noué un ruban de satin blanc.

« Il n'aura pas trop d'exigences », a promis maman.

Sa main dans la mienne pour me rassurer comme lorsque j'ai failli mourir? Le « trop » emplit mon cœur d'appréhension.

Il s'approche de moi, assise devant la coiffeuse. Il porte une robe de chambre en velours grenat. Sans sa perruque, son crâne chauve, couleur ivoire, luit à la lueur tremblante des chandelles. Il sent la poudre et le parfum. Longuement, il me contemple et me déclare que je suis la plus belle.

Les invités sont partis, maman a regagné Kiernozia, on a éteint les lumières du parc, les serviteurs sont couchés ; nous sommes seuls dans cette aile du grand château, Anastase et moi. Si je crie, nul ne m'entendra.

Il prend ma main et m'entraîne vers le lit. Je trouve assez de force pour le prier de souffler les lumières. Il retire sa robe de chambre et apparaît en chemise.

« *Les plaisirs de l'amour physique* », m'a écrit Élisabeth et, dans les trois points qui ouvraient la fin de sa phrase, tout était exprimé de nos rêves, nos craintes, de ce qui frémissait en moi alors que je dansais avec le comte Souvarov, de ce qui se referme tandis que mon mari me rejoint dans le lit.

Ses lèvres cherchent avidement les miennes, ses mains écartent mon peignoir, il soulève sa chemise et je sens sur mes seins la peau de sa poitrine comme un tissu fripé. Lorsqu'il m'explore avec ses doigts, je me retiens de crier d'horreur. « Tiens-toi », répète maman à mon oreille.

Théodore va venir me délivrer. Les Français vont chasser l'ennemi. Tout mon corps se barricade tandis qu'il tente de l'ouvrir pour y glisser sa dague. Il me fait mal. « Ma belle, halète-t-il, ma rose, mon enfant. »

Ma mère m'a menti. Anastase Walewski a des exigences. Il en aura à nouveau au matin et la nuit revenue. Des mois durant, je serai sa proie.

Et dès ce premier soir, tandis qu'il repose à mes côtés, je m'en vais, je m'envole. Je traverse les plaines enneigées, me perds dans les forêts, coule avec la Vistule. Je suis le son des cloches dans les villages, la plainte du vent, les larmes des femmes violées, les appels des enfants perdus.

Mais je veux être aussi les moissons à venir.

Je me jure de n'avoir désormais qu'un seul amour : la Pologne !

2

L'éveil

Un matin, alors qu'il pleuvait d'abondance et que je me demandais comment traverser la route transformée en bourbier pour regagner Walewice, je vis surgir à mes côtés une sorte de soleil : un jeune officier de cavalerie vêtu de cuivre rouge, de tissus d'or et d'argent, coiffé d'un bicorne à plumet qu'il souleva haut pour me saluer.

Constatant ma fâcheuse position, il sauta de sa monture et me prit dans ses bras pour me porter jusqu'à la cour dallée du château où il me déposa avec une grande douceur.

C'était un Français de l'état-major du prince Joachim Murat. Il s'appelait Charles de Flahaut et son père n'était autre que monsieur de Talleyrand, prince de Bénévent, dont mon mari m'avait souvent entretenue avec admiration.

L'officier m'annonça l'arrivée imminente de l'armée du « libérateur ». Après avoir battu Russes et Autrichiens à Austerlitz et écrasé les Prussiens à Iéna, l'Empereur s'était installé à Berlin.

– Quand sera-t-il à Varsovie ? demandai-je, haletante.

– En décembre sans doute, promit mon interlocuteur, amusé de mon émotion.

Me désignant notre château, il m'informa qu'on l'avait choisi pour y loger les officiers ; en connaissais-je le propriétaire, Anastase Walewski ?

Avec un sourire, car il m'appelait mademoiselle, je lui appris que celui-ci était mon mari : nous avions un fils d'un peu plus de 1 an.

– On m'avait parlé d'un vieillard, remarqua-t-il, étonné. Quel âge avez-vous donc ?

– J'aurai 20 ans pour recevoir l'Empereur, répondis-je.

Dans Varsovie en liesse, d'où Russes et Prussiens avaient fui, deux princes allaient à la rencontre l'un de l'autre : le Polonais s'apprêtant à remettre au Français les clés de notre cité.

Il n'était de fenêtre sans drapeaux, toutes les cloches des églises sonnaient, une foule fiévreuse emplissait les rues fleuries de bannières multicolores.

Vêtu de satin et dentelles, le prince Joseph Poniatowski avançait au pas calme de son alezan. Jambes en avant – à la française – le prince Murat retenait son étalon blanc. Voyant apparaître notre Pépi, Murat lança son cheval sous les applaudissements et nul ne devait oublier la vision de l'intrépide général, transformé en acteur d'opérette par la longue redingote de velours vert ouverte sur les culottes de peau immaculées, les bottes écarlates ornées d'éperons d'or plein, le chapeau garni de plumes d'autruche posé sur les longues boucles brunes.

« Salut, roi de Pologne ! » lui cria à pleins poumons l'un des nôtres. Et comme Murat sautait de son cheval pour l'embrasser, certains eurent l'impression d'avoir affaire à un géant.

A la fenêtre d'Élisabeth, je regardais de tous mes yeux. Ce n'était pas le prince, ni le général que je voyais, mais le mari de Caroline Bonaparte, sœur de l'Empereur, et je cherchais naïvement sur lui le reflet de mon héros.

Élisabeth eut un frisson dont je me demandai s'il était de plaisir ou de froid : bien qu'il fasse 20 degrés en dessous de zéro, elle avait, ainsi que toutes les femmes de la ville, revêtu ses plus beaux atours pour recevoir le prince Murat et la glace bleuissait ses épaules largement décolletées.

– Si tous les Français sont à l'image de celui-ci, plaisanta-t-elle, nous serons chaque jour au spectacle.

A son étonnement, j'éclatai de rire: c'est que, depuis l'apparition de Charles de Flahaut sur le chemin boueux, il me semblait sentir se ranimer en moi la flamme de la jeunesse...

Qu'elles avaient été tristes ces deux années auprès de mon vieux mari jaloux et aigri. Combien m'était douloureux de me voir séparée d'Antoine, notre fils. Sous prétexte que l'enfant était de santé fragile, les sœurs d'Anastase s'en étaient emparées et le gardaient loin de moi, à la campagne. A peine m'autorisait-on à venir l'embrasser.

L'ardeur qui m'emplissait, l'amour inemployé, je les avais offerts à mon pays: je le voulais aussi libre et heureux qu'il m'était interdit de l'être.

Et voici que je pouvais enfin le servir!

De l'autre côté de la Vistule, l'armée française lutte contre celle du tsar Alexandre, renforcée des débris de l'armée prussienne. L'hiver est là avec ses pluies glacées et sa boue dans laquelle s'enlisent les canons et ceux que nous appelons nos «frères».

Blessés, affamés, en haillons, ils affluent chaque jour dans la ville où, pour les recevoir, on a transformé en hôpitaux les bâtiments publics. Chacun se mobilise pour offrir médicaments, nourriture et vêtements. Élisabeth et moi nous dépensons sans compter à soigner et réconforter.

Il est deux mots polonais que la plupart de ces malheureux connaissent: «Vora», l'eau. «Kléba», le pain! Comprenant leur langue, j'entends moi, bien d'autres appels: «Madame, vais-je mourir? Reverrai-je mon pays, mon champ, ma fiancée, mon enfant?» Mon cœur saigne. J'essaie de ne point voir les collines de jambes et de bras coupés, près des tables des chirurgiens, de ne point trop entendre les gémissements. C'est cela aussi, cette libération que depuis des années j'appelais de mes vœux!

« Lorsque l'Empereur raconte à Joséphine ses batailles, elle lui répond en parlant de ses robes », m'a raconté Charles de Flahaut.

Je découvre la guerre: c'est ce grand gaillard roux qui répète « maman » et dont je serre dans la mienne la main sans doigts avant de lui fermer les yeux.

Depuis deux jours, la rumeur court, elle enfle, emplit la ville d'un bourdonnement joyeux: l'Empereur est sur la route de Varsovie.

Ce premier janvier, on le dit tout près de la ville et je ne puis résister à partir à sa rencontre. Anastase est sur ses terres, il ne saura rien de mon équipée; pour n'être pas reconnue, je me vêts en paysanne et cache mes cheveux sous un bonnet de fourrure. Une cousine accepte de m'accompagner.

Alors que nous parvenons au relais de Blonie, situé aux abords de Varsovie, un rassemblement autour d'une voiture dont on change les chevaux nous arrête. Serait-ce lui? Partout des gens courent, on entend des cris de femme.

Sourde aux avis de ma cousine, je saute de notre calèche et me jette dans la foule: il me faut le voir, lui parler, je l'attends depuis si longtemps!

Je parviens à me glisser non loin de la voiture mais là une barrière de personnes m'arrête; bien que hissée sur la pointe des pieds, je ne puis distinguer grand-chose.

De cette voiture, sort un homme de haute taille, aux cheveux bruns ondulés. Il a des broderies d'or au collet et aux poches, des étoiles d'argent sur les épaulettes et, en guise de ceinture, la large écharpe blanche. C'est l'uniforme de général. Pour se réchauffer, il frappe des bottes sur le sol tout en regardant autour de lui d'un œil amusé.

– Monsieur, par pitié, laissez-moi le voir!

Je n'ai pu retenir mon cri. Le Général cherche du

regard celle qui a parlé en français et, me découvrant, il vient me chercher. Les gens s'écartent pour le laisser passer. Après s'être galamment incliné devant moi, il me présente son bras et m'emmène au pied de la voiture.

– Sire, dit-il en se penchant à la portière, accepterez-vous de voir celle qui a, pour vous rencontrer, bravé les dangers de la foule ?

Son regard était comme l'éclair : il transperçait. J'ai dit : « Soyez le bienvenu sur cette terre de héros qui vous attend pour se relever. » Je n'avais pas préparé ces paroles, elles sont venues directement de mon cœur, soufflées par tous les braves qui, sans avoir jamais rencontré le regard de cet homme, lui avaient offert leur vie, comme on offre une flamme vive, afin qu'il s'en servît pour ressouder leur pays démembré.

Parmi les bouquets que lui jetait la foule, l'Empereur en a choisi un et me l'a tendu.

– J'espère que je vous reverrai. Alors, je réclamerai un merci de votre jolie bouche.

La voiture a disparu.

Qu'était-il pour moi ? Un visage éclairé sur le portrait que m'avait envoyé Bénédict : *Bonaparte au pont d'Arcole*, le mot « liberté » comme une braise dans ma poitrine, que ravivait chacune de ses victoires, un souffle, un élan : une lumière plutôt que de la chair et des os.

Durant des années, je m'étais endormie chaque nuit, son image sous mes paupières. Pour moi, comme pour tant de Polonais, il était le messie : celui qui nous délivrerait du mal.

Et voici qu'en réponse à cette longue prière il me tendait un bouquet de violettes en prononçant les paroles banales de n'importe quel homme à n'importe quelle femme plaisante.

« Je réclamerai un merci de votre jolie bouche... »

Je voulais oublier ces mots, ne me souvenir que d'un regard qui me brûlait encore, retrouver mon rêve d'enfant. « Notre Dame des Nuages »... Élisabeth avait bien choisi mon nom : je refusais de descendre sur terre.

J'ai décidé de ne plus le revoir.

Je suis allée trouver Anastase et lui ai fait part de mon intention de ne point me rendre au bal donné par monsieur de Talleyrand en l'honneur de l'Empereur. Il n'a pu cacher son étonnement : alors que depuis des années je ne parlais que de Napoléon, ne voulais-je point le rencontrer ?

– Il me suffit de le savoir là, dis-je. Et je souhaiterais passer quelques jours à Walewice auprès de notre fils.

– Vous permettrez que je ne vous y accompagne point, m'a répondu mon mari.

Lui, pour rien au monde, n'eût voulu manquer cette soirée où se trouveraient tous les puissants de Varsovie.

A 71 ans, affligé de goutte car il aimait trop la table, sujet à des insomnies, il s'irritait de se voir écarté des affaires du pays par ceux qu'il appelait avec dédain : « la jeunesse ». Un nouveau gouvernement était en train de se former ; en tant qu'ancien chambellan du roi il espérait y avoir sa place.

– Ne vous privez surtout pas de ce plaisir, dis-je, et allez-y tranquille : dans la foule, nul ne remarquera mon absence.

– Je porterai mon grand uniforme, décida-t-il.

Cet uniforme de chambellan, barré du ruban bleu de l'aigle blanc, je puis le voir en face de moi, sur le mannequin de son, tandis qu'après le déjeuner je fais la lecture à Anastase pour l'aider à s'assoupir. Le bal a lieu demain ; mon départ pour la campagne est prévu ce soir.

A la dérobée, je regarde le visage poudré posé sur l'oreiller, la bouche ouverte comme une caverne vide. N'est-ce pas mon père que j'aurais dû connaître et aimer ainsi, plutôt que mon époux? Cependant, depuis qu'il ne me visite plus la nuit, j'éprouve pour Anastase une réelle affection et m'emploie autant que je peux à le rassurer sur lui-même et sur sa santé.

Sa respiration indique qu'il s'est enfin endormi lorsqu'on vient nous annoncer un visiteur.

– Quel est le fâcheux? s'irrite-t-il. Qu'il patiente!

– Il s'agit de monsieur de Talleyrand, prince de Bénévent, nous apprend son secrétaire. Monsieur de Flahaut l'accompagne.

Oubliant ses rhumatismes, en un bond Anastase est debout. Vite, sa perruque, ses fards... Monsieur de Talleyrand, le ministre des Relations extérieures, l'homme le plus écouté de l'Empereur! Quel honneur il lui fait en venant lui rendre visite.

Je demande à regagner ma chambre, il exige que je l'accompagne. Il aime à me montrer: à condition que ses hôtes ne soient ni jeunes ni séduisants.

Nous passons au salon.

On me dit habile à lire sur un visage. La bonté, la fourberie ou le calcul, la sincérité, il est vrai que je les flaire aussitôt, davantage avec mon cœur qu'avec la réflexion.

Voyant pour la première fois le visage de monsieur de Talleyrand, je ne puis réprimer un frisson: le teint est blafard, le regard terne, la bouche hautaine. C'est pour moi un visage de mort. Les parfums, qu'il sent à l'excès, renforcent mon malaise.

Tandis qu'il s'incline devant moi, je me souviens qu'on l'a dit responsable de l'assassinat d'un innocent: le duc d'Enghien, et me vient l'idée qu'il en porte la marque.

Charles de Flahaut me sourit comme s'il voulait me rassurer. Il est devenu un habitué de la maison et mon ami. Se peut-il qu'il soit le fils de cet homme? Son être m'apparaît aussi limpide et joyeux que celui de son père semble obscur et brouillé.

Anastase explose de fierté!

– Je me souviens vous avoir rencontré autrefois à Versailles, vient de lui rappeler le prince de Bénévent.

On nous sert des rafraîchissements. Une sourde inquiétude me tenaille dont je ne saurais dire la cause. Comme je propose quelques friandises à notre hôte, tout en puisant dans l'assiette de ses longs doigts blancs, il pose sur moi son regard éteint.

– Vous serez certainement présente, madame, au bal que j'offre en l'honneur de l'Empereur?

– Je crains de ne pouvoir m'y rendre, dis-je avec calme. J'ai formé le projet d'aller visiter mon fils.

Le regard du ministre se fait soudain plus vif; j'y lis l'irritation mais le sourire se veut charmeur pour infléchir ma décision.

– N'aimez-vous point danser, madame?

– J'en ai perdu l'envie depuis que mon époux ne peut plus goûter ce plaisir.

– Et ne désirez-vous point honorer l'Empereur?

– Il ne m'est point besoin pour cela de le rencontrer.

Une lueur est passée dans les yeux de monsieur de Talleyrand et il m'a semblé qu'il lisait dans mon cœur. Je me détourne. Charles connaît mon admiration pour Napoléon, sans doute lui en a-t-il fait part. Mais en ce qui concerne notre rencontre au relais de Blonie, nul n'est au courant et ma cousine m'a promis de garder le secret.

Anastase me libère en entraînant le ministre à l'écart pour l'entretenir de sujets importants: l'étiquette dont il est un expert, le gouvernement provisoire auquel il souhaite appartenir. Je profite de l'occasion pour m'approcher d'une fenêtre.

Qui n'a souhaité devenir oiseau? S'élever sans bruit, abandonner au sol le poids des gestes imposés, le carcan des devoirs et des faux-semblants, et planer, léger, vivre comme on respire, sans y songer. Un oiseau... une âme un peu. Jusqu'à la douleur emplit la mienne le désir de voler vers Kiernozia, de retourner à ces moments où, auprès du feu, nous écoutions Nicolas Chopin nous raconter la France.

La France ne peut être cet homme sinueux dont la claudication semble trahir une infirmité de l'âme. Elle ne sera pas non plus, pour moi, présente à ce bal, dût-on y danser le quadrille plutôt que la mazurka. C'est dans le regard des soldats auxquels j'ai accordé mes soins que je l'ai lue le mieux; c'est dans la voix de ceux qui, avant de mourir, criaient: « Vive le Petit Caporal », comme on crie « Vive ma terre et mon sang » que je l'ai entendue frémir.

– On m'a fait part, madame, du vif désir de vous revoir...

J'ai sursauté. A nouveau, flotte autour de moi l'odeur de parfums. Monsieur de Talleyrand m'a rejoint près de la fenêtre sans que je l'aie entendu et il a prononcé ces mots à voix basse, juste à mon intention.

Le cœur battant, je me tourne vers lui.

– Prince, quel est ce « on » ?

– Sa Majesté l'Empereur.

Le vertige me saisit. Dois-je le croire ? Comment le lien a-t-il pu se faire entre celle de Blonie et la comtesse Walewska ? Quelqu'un m'aurait-il reconnue ? A moins que ma cousine ait trahi ! « Je réclamerai un merci de votre jolie bouche... »

Le regard du ministre m'enveloppe comme celui d'un félin. A l'autre bout du salon, Charles de Flahaut fait rire mon mari et me vient soudain la certitude qu'il « l'occupe » afin de laisser à son père tout loisir de me parler. C'est un complot ! Le prince de Bénévent n'est pas venu ici pour mon mari mais pour moi.

– Quelle réponse donnerai-je à Sa Majesté ?

Plutôt qu'une question, il s'agit d'un ordre. Anastase revient vers nous; monsieur de Talleyrand lui adresse un sourire onctueux.

– Je tentais de convaincre madame de venir demain à mon bal. Son absence y porterait une ombre.

Le regard de mon mari m'ordonne de céder. Charles me sourit. Je ne puis dire à la vérité ce qui l'emporte en moi, de l'inquiétude ou du soulagement lorsque je donne ma réponse:

– Puisque vous insistez, je m'y rendrai, monsieur.

Le goudron qui flambait dans les tonneaux éclairait les rues où la neige tombait en abondance; celle-ci ne décourageait pas les curieux, massés autour du palais Radziwill où le ministre des Affaires extérieures avait convié, autour de l'Empereur des Français, la fine fleur de la société polonaise ainsi que de nombreux étrangers.

Notre carrosse peinait à se frayer un chemin et Anastase manifestait sa mauvaise humeur: «Vos lubies, ma chère, nous auront fait prendre tant de retard qu'il n'est même pas certain que nous voyions l'Empereur.»

Je me taisais.

Au dernier moment, travaillée par une sourde angoisse, j'avais en effet tenté de me soustraire à nouveau à l'invitation de monsieur de Talleyrand. Cette fois, mon mari s'était mis en colère: n'avais-je point compris que l'on nous voulait tous deux à ce bal?

– Il vous faut tenir votre rôle, Marie!

«Tenir mon rôle... me tenir»... les mots de ma mère.

En grand uniforme de chambellan, Anastase aurait souhaité me voir porter l'une des robes à taille haute, largement décolletées, qu'il avait commandées à Paris pour moi; j'avais préféré un fourreau de satin blanc et, plutôt qu'un diadème, posé sur mes cheveux une légère couronne de myrte.

Mais ne voulant point l'offenser, j'arborais à mon cou le précieux collier des Walewski: diamants et saphirs, qu'il avait envoyé chercher à Walewice tout exprès pour cette soirée.

Les salons regorgent de monde lorsque nous y faisons notre entrée et l'on danse, signe que l'Empereur est arrivé. La nervosité d'Anastase redouble: il ne sera pas présenté à Sa Majesté, peut-être est-elle déjà repartie. L'Empereur ne prise guère, dit-on, les réceptions et se contente d'y faire une courte apparition.

– Vous aurez pris plaisir à me gâcher cette soirée, glisse-t-il à mon oreille en regardant d'un œil jaloux les officiers qui se pressent bientôt autour de moi pour m'inviter à danser.

Je refuse afin de ne point augmenter son courroux.

Nous sommes rapidement entourés de connaissances et d'amis et mon inquiétude s'apaise. J'accepte un verre de limonade et me plaît à admirer le décor: éclairage *a giorno*, fleurs et plantes en abondance malgré les rigueurs de la saison, valets en livrée, monsieur de Talleyrand n'a pas usurpé sa réputation d'homme raffiné. Une odeur d'ambre imprègne le tout. Où est la guerre?

Un groupe de généraux me la rappelle. Bénédict, qui nous a rejoints, me les nomme: Murat, dans l'une de ses extravagantes tenues, et Oudinot qui mâchonne du tabac et n'aime rien tant, paraît-il, que d'éteindre au pistolet les flammes des bougies. Et voilà Ney à la chevelure flamboyante, et Berthier, Exelmans, Lefebvre. Ils plaisantent et rient bruyamment en frappant leurs cuisses du poing. La bonne société de Varsovie leur reproche leurs façons frustes et leur langage grossier. Je ne veux voir, moi, que le cordon de moire écarlate qui barre leurs poitrines – le grand aigle de la Légion d'honneur – témoignage de leur bravoure sur les champs de bataille.

– Et voici le maréchal Duroc, m'apprend Bénédict en me désignant l'homme grand et distingué, aux boucles brunes, qui se dirige vers nous.

Mon cœur bondit: c'est le militaire qui, au relais de Blonie, le 1er janvier, m'a permis d'approcher l'Empereur. M'aurait-il reconnue ? Va-t-il faire allusion à cette rencontre dont je n'ai point averti mon mari ?

Je tente d'entraîner celui-ci plus loin mais c'est trop tard : le maréchal s'incline devant nous.

– Sa Majesté désire danser le prochain quadrille avec la comtesse Walewska, annonce-t-il.

Alors que son regard croise brièvement le mien, il me semble y lire une complicité. Je demeure figée. Autour de moi, c'est la stupéfaction. Bénédict a pâli : voici dix ans qu'il suit l'Empereur et lui voue une admiration folle. Le visage d'Anastase s'emplit de fierté. D'un geste autoritaire, il me retire mon verre : « Allez. »

Ainsi qu'en ce matin de premier janvier le maréchal Duroc me présente son bras et je me confie à lui pour traverser la foule, composée, cette fois, non du peuple polonais mais de tous ceux qui comptent à Varsovie. On s'écarte pour nous laisser passer, un murmure flatteur nous escorte, je marche comme en un rêve.

Comme en un rêve, je reconnais, dans l'une des pièces que nous traversons, Charles de Flahaut aux côtés de la jolie comtesse Potoka, et voici les visages fripés des sœurs d'Anastase, voilà madame de Vauban et toutes ces autres femmes étincelantes de diamants, vêtues à la dernière mode de Paris, qui hier me regardaient avec condescendance et m'adressent aujourd'hui des sourires de connivence.

Nous passons dans le grand salon. Je m'arrête. L'Empereur est près de la cheminée, entre le prince Joseph Poniatowski et monsieur de Talleyrand. Mains croisées derrière le dos, il parle avec animation. Il est loin d'être le plus grand et, de tous, ici, c'est sûrement le plus modestement vêtu, ni ors ni broderies, une simple redingote sur un pantalon blanc, pourtant, on ne voit que lui !

Est-ce dû à toutes ces victoires qu'il a remportées, à sa réputation d'être invincible, ou mon imagination m'abuse-t-elle ? Il me semble qu'une sorte de rayonnement l'entoure, comme une part d'immortalité et l'idée me vient que l'on parlera de lui, des siècles peut-être.

Il ne m'a pas vue encore.

– Madame, y allons-nous?

Le regard étonné du maréchal Duroc m'interroge. Je bredouille: «Monsieur, êtes-vous certain que c'est bien moi que l'Empereur veut voir?»

– Croyez-vous que lorsqu'on vous a aperçue, madame, on puisse vous oublier? demande-t-il d'une voix douce.

Nous reprenons notre chemin.

Reconnaissant Élisabeth parmi les dames qui entourent Sa Majesté, je me sens un peu réconfortée mais le regard de mon amie, lorsqu'il se pose sur moi, me glace: grave, presque intimidé.

Ah, il n'est plus question de se moquer des rêves de «Notre Dame des Nuages»! Le plus fou n'est-il pas en train de se réaliser? Je tends la main vers son poignet. Je voudrais lui crier que c'est moi, là, et que j'ai besoin d'elle. C'est alors que d'un mouvement brusque l'Empereur me fait face.

– Vous voici donc enfin, madame!

La voix est rude. Les yeux gris acier passent sur ma robe, remontent sur mon visage que je sens pâlir.

– Blanc sur blanc, cela ne va pas...

Et je m'entends répondre, tout en faisant ma révérence: «Sire, le blanc, ainsi que le noir et le gris, sont les couleurs du deuil: permettez-moi de porter celui de mon pays.»

Du quadrille que nous avons dansé sous le regard de tous et auquel prenaient part deux beaux-frères de l'Empereur, tous deux princes: Murat, époux de Caroline et Camille Borghèse, époux de Pauline, je me souviens comme d'un moment étrange où il me semblait être l'une de ces poupées dont on tire les fils pour les mouvoir. Mais si mon corps esquissait machinalement les gestes, rien n'échappait à mon esprit.

Le héros de mon enfance avait pris du poids. Le teint blême de *Bonaparte au pont d'Arcole* était rose aujourd'hui et il portait les cheveux courts. Plus de dix ans avaient passé depuis la campagne d'Italie, Napoléon approchait de la quarantaine. Le regard était resté le même.

J'y lus la solitude! Cet homme dont dépendait le sort de millions d'autres hommes, fixait le lointain d'un air qui ne pouvait tromper: l'air d'attendre, d'attendre désespérément ce qui ne peut venir ou qui ne viendra plus. L'unique façon d'échapper à cette faim de l'âme, jamais rassasiée, c'est de l'ouvrir aux autres: aimer. Cela ne lui était-il point donné?

Il me sembla comprendre du même coup la raison de la brutalité dont il venait de faire preuve à mon égard et qui, m'avait-on raconté, lui était coutumière: lorsque vous êtes perdu dans les terres arides de la solitude, soit vous perdez la raison, soit vous criez pour être entendu. Ainsi était devenu Bénédict, mon frère, depuis la mort de notre père: il ne cessait de frapper sur les murs que le regret de ne l'avoir point défendu avait dressé entre lui et les autres.

Mais pour l'heure nous dansions! Guidés par la musique, nous esquissions les pas et les gestes imposés, nous nous inclinions et tournions sur nous-mêmes et le plus mauvais danseur était le mien! Il ne suivait pas la musique et mélangeait les pas. Peut-être était-ce que ses yeux ne me quittaient pas.

Il me sembla soudain ne voir que des aigles autour de moi: l'aigle blanc sur l'uniforme d'Anastase qui s'était approché pour me voir, les aigles flamboyants des généraux français et, face à ma personne, celui qui, l'incarnant, n'avait pas besoin d'en porter l'insigne: l'aigle impérial.

La danse achevée, il garda ma main dans la sienne, la pressa à me faire mal et murmura: «Demain?»

Je n'ai vu que vous, je n'ai admiré que vous, je ne désire que vous. Une réponse bien prompte pour calmer l'impatiente ardeur de,

N.

C'était une lettre officielle, fermée du sceau impérial; elle était accompagnée des fleurs les plus rares. A la description que l'on me fit de celui qui les avait apportées et attendait ma réponse, je reconnus le maréchal Duroc; je lui fis répondre qu'il n'y en avait point.

Bien que la matinée commençât à peine, les visiteurs se pressaient dans les salons de notre hôtel particulier. Tout à son bonheur de se voir à nouveau courtisé, aveuglé par la vanité, mon mari refusait de chercher la cause de ce soudain empressement. J'hésitai à lui montrer le billet écrit de la main de l'Empereur. La pitié me retint.

Dehors, la neige avait cessé de tomber. Le bleu lumineux du ciel était une réplique aux brumes qui obscurcissaient mon esprit; il me semblait être emportée par un grand vent intérieur. Je devais à tout prix me reprendre.

Je commandai une voiture, y fis mettre les fleurs que je venais de recevoir et pris le chemin de Walewice.

«*Je ne désire que vous*»...

Ces mots me bouleversaient!

Que représentait pour moi le désir d'un homme? De répugnantes caresses, un souffle pressé, un corps de vieillard tentant de s'emparer du mien. L'horreur avait fermé en moi la porte de ces plaisirs qu'Élisabeth m'avait confié avoir découverts avec son mari. Je n'en éprouvais ni l'envie, ni même le regret; il ne me coûtait pas de repousser ceux qui me faisaient la cour.

Le désir masculin évoquait pour moi la souffrance et le dégoût.

«*L'impatiente ardeur*»...

Et voici que celui qui, depuis tant d'années,

occupait mes pensées et dont j'attendais le salut de mon pays, éprouvait pour ma personne une attirance à laquelle je ne pourrais, ni ne voudrais jamais répondre.

Le pas des chevaux fit envoler les corbeaux posés sur la portée blanche d'une barrière comme les notes d'une sonate à l'hiver. Je portai à mon visage le bouquet fané des violettes de Blonie. Tout avait commencé ce matin-là.

Et tout s'était terminé dans l'éclatement d'un rêve.

– Madame, nous voici arrivés.

– Déjà ?

Dans la cour de Walewice, des hommes armés de pelles repoussaient la neige sur les côtés. Le soleil de midi égayait les murs froids du château. Le cocher m'aida à descendre.

– Où devrai-je porter les fleurs ?

– Chez mon fils.

Enveloppées de fourrures, les sœurs d'Anastase apparurent sur le perron. Elles me considéraient avec méfiance, craignant que je ne fusse venue leur enlever Antoine. Pour elles, il était le fils d'Anastase, l'héritier ; à peine m'appartenait-il.

D'une voix pincée, elles me félicitèrent de mon succès au bal et je me sentis inexplicablement coupable.

– Je suis venue visiter mon fils...

Elles souhaitaient le faire descendre au salon avec sa nourrice, j'insistai pour monter dans sa chambre et y demeurer avec lui, hors de leur présence.

C'était un petit garçon doux et docile de presque dix-huit mois dont certains assuraient qu'il me ressemblait. Lorsque j'entrai dans sa chambre de jeu, il regardait, sans oser y toucher, la corbeille de fleurs qu'on venait d'y porter.

– Elles sont pour toi. Je te les donne.

Il en approcha son visage et les caressa délicatement du bout de ses doigts. En offrant ce bouquet à son innocence, il me semblait lui confier mon avenir.

La nourrice, une paysanne de la région, se tenait discrètement à l'écart. Lui contait-elle, le soir, ainsi que le faisait la mienne, les vampires et les loups ? C'est ainsi qu'on apprend à rêver, que l'image d'un sauveur peu à peu s'impose, jusqu'à faire, dangereusement, partie de vous-même.

Je pris mon enfant contre moi : il sentait la douceur et le regret aussi. Nous nous connaissions si peu ! Aurais-je dû insister davantage pour le garder à Varsovie ? Mais Anastase tenait à ce que sa famille l'élevât et jamais il n'aurait accepté.

– Ma tendresse... Répète : « Maman... maman »...

– Maman.

J'eus soudain envie de le dire moi aussi.

Notre maison de Kiernozia me sembla plus petite, la cour plus étroite, les arbres moins hauts et je compris que j'avais grandi. Ma mère y vivait désormais seule avec les domestiques.

Tandis qu'on allait l'avertir de mon arrivée, je montai quatre à quatre l'escalier menant à ma chambre ; on l'avait, à ma prière, conservée telle que je l'avais laissée.

Ils étaient là, mes jouets et mes livres, la petite table sur laquelle je dessinais et écrivais des poèmes, au-dessus de mon lit, une reproduction de cette Vierge Noire, appelée aussi « Reine de Pologne » qui, pour mon pays, représentait l'espoir. A côté de l'icône, les portraits de mon héros, légèrement jaunis.

Je posai le bouquet de violettes près de *Bonaparte au pont d'Arcole.*

– Tu n'as pas changé, remarqua ma mère.

Elle se tenait sur le seuil de la pièce, massive, sa chevelure abondante réunie en un chignon d'où s'échappaient des boucles or et argent. Je l'embrassai.

– Comment étais-je, dis-moi ?

Elle fit un pas dans la chambre: «Une petite fille exaltée... parfois, tu m'inquiétais.»

Je montrai les portraits. Mon cœur battait.

– A cause de lui?

– Tu n'avais que son nom à la bouche: le «libérateur». Il faut dire qu'avec ce qui était arrivé à ton père...

– Le «libérateur» m'a fait danser hier.

Elle me regarda, à peine étonnée, elle était ainsi, ma mère: prête à accueillir sans surprise les nouvelles les plus inattendues depuis qu'un jour on lui avait, sur une charrette, rapporté le corps de son mari. Peut-être avais-je pris d'elle ma propension à rêver?

– Va-t-il faire quelque chose pour nous? demanda-t-elle d'une voix brusque.

– Il l'a promis.

– Alors qu'attend-il? Ne lui avons-nous pas donné assez? Nos hommes et nos chevaux, le gîte, la nourriture... Mes amies envoient leur argenterie à fondre.

Je revis les soldats, les «frères», blocs de boue et de sang dont on sciait les membres fracassés par les boulets comme on scie les branches mortes des arbres.

– Il doit d'abord chasser les Russes. Nos boues les ont sauvés; il a dit qu'il faudrait attendre les gelées.

– N'a-t-il pas dit aussi que notre peuple était léger et velléitaire?

Ma mère n'avait jamais partagé mon enthousiasme pour l'Empereur; sans aller jusqu'à l'appeler l'usurpateur ou le tyran comme certaines de ses amies – celles qui avaient porté le deuil du duc d'Enghien.

Devant son doute, je retrouvai, intacte, l'ancienne ferveur.

– Il rétablira le trône de Pologne, affirmai-je.

Elle se signa.

– La Vierge Noire t'entende.

Nous avons pris le thé au salon. Assise sur mon tabouret de feu, aux pieds de maman qui brodait, je regardais autour de moi et je faisais mes comptes : le tapis à rosaces fleuries, le vase ébréché, le meuble à ouvrage, le candélabre que j'avais laissé tomber un jour et qui en gardait la marque, rien ne manquait ! Sans doute avait-on changé les tentures mais l'odeur familière demeurait, dont faisait partie celle des jupes de ma mère qui, comme autrefois, en même temps m'attirait et me dégoûtait un peu : odeur d'une femme, odeur de la maison aussi.

J'aurais voulu pouvoir lui demander : « Et pour toi, avec papa, comment cela s'est-il passé ? » Mais la vieille timidité se réveillait ; je n'avais jamais su ouvrir mon cœur à ma mère.

Qu'importait ? Il était bon, ce silence entre nous. Il signifiait que je n'étais plus la visiteuse mais la fille rentrée au bercail.

Il m'a semblé que le vent tombait.

– Madame, il nous faut rentrer...

Le cocher s'impatientait : la neige emplissait à nouveau le ciel et la nuit était proche. Maman a tenu à me raccompagner jusqu'à la voiture. Elle ne l'aurait point fait si j'avais encore vécu là ; finalement, j'étais bien l'invitée : non plus Marie mais la comtesse Walewska.

Posant mes lèvres sur sa joue pour lui dire adieu, je remarquai pour la première fois que sa peau avait, comme celle d'Anastase, la consistance d'une soie fripée.

Il était près de huit heures lorsque je poussai la porte de notre hôtel particulier. Un bourdonnement dans le salon m'indiqua que mon époux avait gardé du monde à souper.

Un nouveau bouquet m'attendait dans ma chambre, une autre lettre, celle-ci cachée parmi les fleurs.

Vous ai-je déplu, madame ? J'avais cependant le

droit d'espérer le contraire. Me suis-je trompé? Votre empressement s'est ralenti tandis que le mien augmente. Vous m'ôtez le repos! Ah, donnez un peu de joie, de bonheur, à un pauvre cœur tout prêt à vous adorer. Une réponse est-elle si difficile à obtenir? Vous m'en devez deux. N.

Le vent soufflait à nouveau sur ma vie et je savais à présent Kiernozia trop petit pour m'y réfugier. On m'a appris que le maréchal Duroc attendait, depuis plusieurs heures, ma réponse au salon. En lui faisant répondre à nouveau qu'il n'y en avait point, je pensais à la main innocente de mon fils sur les fleurs.

Le soir venu, Anastase m'apprit que la comtesse Potoka nous avait invités à dîner demain au château. Le repas serait suivi d'un concert donné en l'honneur de l'Empereur.

Le vermeil, le cristal, la faïence et la porcelaine, ce que la main de l'homme, inspirée par son esprit, peut produire de plus parfait, accordé dirait-on à ses plus hautes aspirations, recouvre la table où, depuis bientôt une heure, se déroule le dîner offert par la petite fille du roi Stanislas Auguste.

Dans le salon voisin, des musiciens interprètent en sourdine de la musique italienne. Après le repas, une célèbre cantatrice venue de Berlin chantera pour l'Empereur.

On m'a placée face à Sa Majesté.

La distance qui nous sépare est trop grande pour qu'elle puisse s'adresser à moi mais son regard ne me quitte pas. Une serviette sur le bras, monsieur de Talleyrand veille à ce que son maître ne manque de rien; c'est lui qui emplit son verre de vin et il me semble, à voir ce visage comme masqué par la mort, qu'il lui verse plutôt du poison. Je fais semblant de goûter aux plats: un succulent poisson, du gibier de notre région, mais ma gorge est tellement serrée que chaque bouchée a peine à passer.

C'est que les regards qui, sans cesse, vont de ma

personne à mon impérial vis-à-vis, m'indiquent que nul n'ignore à Varsovie l'attention qu'il me porte. Il ne cherche d'ailleurs pas à s'en cacher. Je réponds machinalement aux questions du maréchal Duroc, placé à mes côtés et qui ne semble pas me tenir rigueur d'avoir, par deux fois, refusé de le recevoir hier.

Nous en sommes au dessert lorsque l'Empereur fait dans la direction de mon voisin un signe autoritaire; aussitôt celui-ci se tourne vers moi.

– Qu'avez-vous fait, madame, des fleurs que l'on vous a offertes? Je vois que vous n'en portez point.

– Je les ai données à mon fils, monsieur.

J'ai répondu de façon à ce que tous m'entendent et, sous la nappe, je sens trembler mes genoux. Le visage de Napoléon se ferme. Une unanime désapprobation s'inscrit sur la physionomie des invités. La fin du repas me semble durer une éternité.

Alors qu'en toute hâte je me dirige vers la salle de concerts où j'espère retrouver mon mari, monsieur de Talleyrand me barre le chemin et les gens s'écartent pour laisser l'Empereur me rejoindre.

Il s'arrête en face de moi et me considère d'abord en silence de son regard perçant, comme s'il cherchait à sonder mon cœur. J'ai baissé les yeux.

– Pourquoi vous plaisez-vous à me torturer, madame? Ne voulez-vous point que votre patrie me soit chère?

Ces mots, mais je l'ignore encore, décideront de mon destin.

Elles sont arrivées tôt le matin et directement dans ma chambre. On venait seulement d'ouvrir les rideaux et me porter mon chocolat. J'étais encore en chemise. Je leur ai demandé de me laisser le temps de me vêtir; elles ne me l'ont point accordé.

Henriette de Vauban, la maîtresse en titre de Joseph Poniatowski, a pris place sur une bergère à côté de mon lit; la belle Émilie Chichoka, l'une des favorites de la «cour d'amour», s'est assise sans façon sur mon édredon.

Elles venaient me parler de la Pologne. « Son sort, affirmaient-elles, reposait entre mes mains. »

– Depuis deux jours, l'Empereur ne reçoit plus personne, m'apprit madame de Vauban. C'est en vain que se sont présentées plusieurs députations.

– Il a renvoyé son secrétaire et fait dételer son cheval, reprit, le visage sombre, Émilie Chichoka. Ses généraux eux-mêmes n'osent plus l'approcher.

– Nous craignons qu'il ne se désintéresse des affaires du pays!

Tout cela, selon elles, parce que je me montrais cruelle!

Henriette de Vauban me parcourut du regard et je me sentis nue.

– Il vous faut aller le trouver et lui parler de notre pays, déclara-t-elle d'une voix autoritaire. Dans l'état amoureux où il se trouve, vous pourrez tout en obtenir.

– Il est temps de prouver votre attachement à la patrie, renchérit Émilie avec feu.

Leur plan était clair, à peine prenaient-elles le soin de le déguiser: il me fallait devenir la maîtresse de Napoléon.

J'avais fait apporter pour elles des tasses et du chocolat; tout en le dégustant, elles m'exposèrent l'immense profit qu'il y aurait pour la Pologne à ce que des liens s'établissent entre Napoléon et moi; et les funestes conséquences si je persistais dans mon refus de le voir.

Je n'en pouvais croire mes oreilles.

– Tout ceci n'est-il pas exagéré? protestai-je. Quelques fleurs, quelques regards, ne décident pas de l'avenir d'un pays!

– N'ignorez pas votre pouvoir, rétorqua Émilie. Tous ont pu entendre les paroles que Sa Majesté vous a adressées hier soir.

D'un air entendu, elle déploya voluptueusement son corps sur le lit et un rire nerveux me saisit. Je me souvenais des confidences d'Élisabeth à propos de Catherine de Russie et de notre faible Stanislas

Auguste: « Elle en a fait sa chose... » Attendait-on de moi que je fisse « ma chose » de l'Empereur des Français ?

Mon hilarité leur tira des cris indignés.

– Vous agissez comme une enfant !

– Comme une chrétienne qui entend rester fidèle à son mari, rectifiai-je. Les liens du mariage sont pour moi sacrés. Et vous êtes-vous demandé ce qu'Anastase penserait de votre projet ?

– Si vous le lui demandiez ? proposèrent-elles.

Anastase pérorait au salon. On venait de partout quémander ses avis. Il accepta avec mauvaise humeur de me consacrer un instant : ne devait-il pas s'occuper des affaires du pays ?

Je me contentai de lui tendre les lettres signées de la main de Napoléon. Il les écarta sans vouloir les lire.

– Savez-vous ce que l'on réclame de moi ? insistai-je.

Détournant les yeux, cet homme qui depuis deux ans me poursuivait de sa jalousie, murmura *placet*. Ce qui, en latin, signifiait : « Allez. »

– Le veux-tu ? demande Élisabeth.

Elle m'a fait asseoir auprès d'elle et serre mes mains dans les siennes. J'ai couru la voir. « Je t'attendais, a-t-elle dit, tu en as mis du temps. » Les larmes m'étouffent.

– Je veux m'en aller...

Fuir cette ville qui tout entière me regarde, ces gens qui me

voudraient flattée alors que je me sens déçue et humiliée.

– Si tu le souhaites, je t'accompagnerai, décide mon amie.

D'un pas coléreux, elle arpente la chambre tendue de damas ciel à galons d'or. Je regarde le grand lit à baldaquin, décoré de sphinges ailées et de guirlandes de fleurs : comme je l'envie de le partager avec un époux qu'elle aime.

– Il lui faut donc tout? s'indigne-t-elle. Lui avons-nous compté ce qu'il réclamait de nous? «Du dévouement, des sacrifices et du sang»... Et il voudrait à présent la seule qui lui ait jamais résisté.

– Mais si madame de Vauban disait vrai: si je pouvais l'influencer?

– Petite fille... murmure Élisabeth.

Je cache mon visage dans mes mains: j'ai eu vingt ans hier et parfois, c'est vrai, je me sens une enfant. Mais, d'autres fois, il me semble être si vieille! Comme s'il m'était interdit de goûter à mon âge. Mon amie vient me chercher, m'entraîne sur le lit, m'attire contre sa poitrine. Je m'abandonne à cette chaleur, cette douceur: c'est une femme, elle! Que de fois Anastase m'a-t-il reproché de ne pas savoir l'être assez pour ranimer sa virilité défaillante. Une femme... Mais le dégoût retenait ma main de le caresser et, sous les assauts de son corps, je ne savais que me soumettre en fermant les yeux et je les fermais si fort que les larmes retenues me brûlaient les paupières.

Dans mon désir de fuir, Élisabeth se doute-t-elle qu'il y a aussi la peur que l'amour physique me procure désormais?

On dirait qu'elle lit dans ma pensée.

– Pour influencer un homme, il faut savoir être coquette, jouer avec son désir, dire «non» un jour, «peut-être» le lendemain, se donner pour mieux se reprendre. Es-tu capable de cela?

– Tu sais bien que non.

Mais me hantent les paroles d'Émilie Chichoka qui, comme moi, a la passion de notre pays et savait si généreusement poser ses lèvres sur celles des soldats mourants pour leur dire adieu: « Vous pouvez sauver la Pologne. N'ignorez point votre pouvoir. »

– Et si, à cause de moi, il nous abandonnait?

Je l'ai chuchoté, honteuse de me juger si importante. Elle va sûrement me railler, me remettre à ma place. Son visage reste grave.

– Si, parce qu'une femme le repousse, ton Napoléon sacrifie la Pologne, c'est que, de toute façon, il n'en fait pas grand cas!

Nous avons convenu qu'elle viendrait me chercher demain. Je laisserais un mot à mon mari. Alors qu'elle me raccompagnait à la porte, elle a déclamé avec emphase ces vers du poète Jean Racine dont nous aimions tant, autrefois, interpréter les pièces sur le théâtre de notre couvent. Ils étaient tirés d'*Esther.*

Contente de périr, s'il faut que je périsse,
J'irai pour mon pays, m'offrir en sacrifice...

Et elle a terminé la tirade par un éclat de rire. Afin que je ne remarque point les larmes qui emplissaient ses yeux.

Il y a des moments où trop d'élévation pèse, et c'est ce que j'éprouve. Comment satisfaire le besoin d'un cœur épris qui voudrait s'élancer à vos pieds et se trouve arrêté par le poids de hautes considérations paralysant le plus vif des désirs. Oh, si vous vouliez. Il n'y a que vous seule qui puissiez lever les obstacles qui nous séparent. Mon ami Duroc vous en facilitera les moyens. Oh! Venez, venez. Tous vos désirs seront remplis. Votre patrie me sera plus chère quand vous aurez pitié de mon pauvre cœur.

N.

Aucune fleur, cette fois, n'accompagnait cette lettre qu'Émilie me remit à mon retour à la maison.

– Allez, conseilla-t-elle. Vous n'y resterez qu'une heure et ne lui parlerez que de notre pays. Rien ne dit qu'il se passera quelque chose.

Je m'inclinai.

– Monsieur, demeurerez-vous près de moi ?

– Je doute que Sa Majesté le souhaite, répond Duroc.

La voiture roule bon train sur les pavés. On a baissé les stores et laissé les lanternes éteintes. Sur les conseils d'Émilie, j'ai dissimulé mon visage sous une voilette. Tout est nuit!

– Que veut-il de moi?

– Ce qu'un homme veut d'une femme à laquelle, depuis qu'il l'a vue, toutes ses pensées le ramènent.

La voix est douce. Sur ma main gantée, le maréchal pose une seconde la sienne.

– Sa gloire est environnée de tristesse, dit-il avec ferveur. Il ne dépend que de vous de la transformer en bonheur.

Je murmure: «Vous l'aimez, n'est-ce pas?»

– C'est un grand homme, acquiesce-t-il. Et aussi un homme comme les autres.

Nous roulons à présent le long de la Vistule; je voudrais écouter son flot mais les glaces relevées ne me le permettent point. C'est un bruit qui vous emporte au-delà de vous-même; il me rappelle le passage du vent à la cime des arbres et l'on m'a assuré que la mer avait, elle aussi, cette voix d'éternité.

Lorsque, penchée à ma fenêtre de Notre-Dame-de-l'Assomption, j'essayais d'y lire mon avenir, je ne me doutais pas que cette soirée s'y inscrivait.

– J'ai connu une femme qui vous ressemblait, chuchote Duroc d'une voix émue.

– Et en quoi me ressemblait-elle, monsieur?

– En sa candeur.

Ses yeux se font lointains: il la regarde. «Et aussi en ce qu'elle imaginait les hommes meilleurs qu'ils ne sont.»

Est-ce un avertissement qu'il me donne? Mais monsieur, contre les hommes, que pouvons-nous faire, pauvres femmes? Quel choix m'a-t-il jamais été offert?

– Pourrais-je savoir son nom?

– Hortense, répond-il. Hortense-Marie.

La voiture s'est arrêtée. Ces hauts murs sont ceux du palais. J'ignorais qu'il y eût là une entrée. Je resserre autour de moi ma pelisse fourrée. Duroc a sauté sur le sol; cette main, combien de fois me l'a-t-il déjà tendue pour me mener à l'Empereur? Et c'est moi qui, la première fois, le lui ai demandé!

Mes jambes se dérobent. S'il a aimé cette Hortense, que n'a-t-il pitié de celle dont il prétend qu'elle lui ressemble.

A la suite d'un petit homme noir qui porte une lanterne sourde, nous grimpons les marches d'un étroit escalier. Nous voici dans un vestibule où attend un valet; en nous voyant, son visage s'éclaire.

– Nous avions grand hâte de vous voir arriver!

– C'est Constant, m'apprend mon compagnon. Je vais vous laisser à ses soins.

– Oh, restez, monsieur, je vous en supplie!

Les sanglots m'étouffent. Jamais, je n'aurais dû venir! « Tiens-toi », ordonne ma mère à mon oreille et je lâche la redingote sur laquelle s'étaient crispés mes doigts. Mais la révolte m'emplit: que veulent-ils dire, ces mots que depuis l'enfance on m'a serinés? « Ne montre pas ta peine, ton émotion, ta peur. Accepte, subis. Ne te bats que pour donner de toi l'image d'une personne digne de son rang. »

Que m'importe mon rang, ce soir?

– S'il vous plaît, madame...

Duroc a disparu et le dénommé Constant m'aide à retirer ma pelisse et mon voile. Il a des façons agréables, une expression avenante. Découvrant mon visage, il semble étonné des larmes qu'il y voit.

– L'Empereur vous attend avec impatience, madame. Il m'a demandé l'heure plus de dix fois.

Pense-t-il me rassurer?

Nous passons à présent dans une sorte de boudoir où, assis contre une porte, un homme vêtu d'un pantalon bouffant et d'une courte veste brodée, monte la garde.

– Voici Roustam, dit Constant.

Il n'avait pas besoin de me le nommer, je l'ai

reconnu! Ce mameluk ramené d'Égypte par Bonaparte, cent fois, à ma demande, Nicolas Chopin nous l'avait décrit. J'aimais savoir qu'il couchait devant la porte de son maître, prêt à pourfendre de son sabre quiconque voudrait attenter à sa vie.

Ce sabre, orné de pierreries, pend à son côté.

Sans un mot, il détache de sa ceinture un flacon d'argent, en emplit un gobelet qu'il me tend. C'est de l'eau-de-vie. J'y trempe les lèvres pour ne pas le blesser. Il me faut conserver toute ma lucidité: je viens ici parler de la Pologne, je ne resterai qu'une heure, il ne peut rien arriver, a promis Émilie.

Il ouvre la porte. Je pénètre dans la chambre de l'Empereur.

Elle n'était éclairée que par deux chandeliers, l'un posé sur le bureau où il était occupé à écrire, l'autre sur la cheminée. Livres et papiers envahissaient la pièce; il y en avait partout, sur les meubles, le lit, le sol.

Napoléon était tout vêtu de blanc: chemise, culotte, bas et même les souliers de satin à boucles dorées. Comme je demeurais au seuil de la pièce, il vint me chercher et me mena à un fauteuil.

Assis à mes pieds, sur un tabouret, serrant mes mains, il m'assurait qu'il ne pouvait supporter de voir pleurer la femme qu'il aimait. Me faisait-il donc si peur? Il ne me voulait point de mal, au contraire, tous mes vœux seraient comblés.

Sitôt que j'eus retrouvé l'usage de la parole, je lui dis que j'étais venue pour le supplier de nous redonner un pays: les territoires annexés devaient nous être restitués et le trône rétabli. Il représentait notre seul espoir.

Il m'écouta sans m'interrompre et ne me dit pas non.

Après m'avoir offert à boire un peu de chambertin, du vin de son pays qui ne me parut pas trop fort et me réchauffa, il m'interrogea sur ma famille et surtout mon mari: comment se faisait-il que j'aie épousé ce vieillard ? Je lui racontai la ruine de Kiernozia et les projets de ma mère de me voir faire un riche mariage pour remettre la maison en état.

Il s'attachait au moindre détail, posant les questions les plus indiscrètes avec une sorte de fébrilité et il me semblait que c'était là une façon qu'il avait de s'emparer de moi.

Soudain, il me prit les mains et les joignit sur sa poitrine. Son visage était tendu à l'extrême et ses yeux avides.

– Marie, demanda-t-il d'une voix sourde. Avez-vous appartenu à un autre qu'à votre mari ? Il me faut le savoir.

Son regard m'ordonnait de répondre. A nouveau la peur m'emplissait.

– Je n'ai appartenu qu'à lui.

– A-t-il su vous aimer ?

Mon silence répondit à ma place. Un bonheur farouche se répandit alors sur ses traits.

– Je serai donc le premier pour toi ? s'écria-t-il en approchant ses lèvres des miennes.

Je le repoussai et me levai.

– Sire, ce qui a été noué sur terre ne peut être dénoué que dans le ciel !

Il demeura un moment interdit, puis il se mit à rire, un rire joyeux, un rire d'enfant. Je pensai aux paroles de Duroc : « Il ne dépend que de vous de transformer sa tristesse en bonheur. »

– Vous croyez donc à ces choses-là ?

– N'est-ce point le cas de Votre Majesté ?

Il haussa les épaules : « Je ne puis croire en un Dieu qui punit et récompense quand je vois d'honnêtes gens malheureux et des coquins heureux. »

A nouveau, son regard m'enveloppa et il était comme une caresse : « Mais quand je te vois, Marie, j'ai l'impression qu'une main invisible m'a guidé vers toi. »

Ces mots me frappèrent au cœur. Je me laissai ramener à mon fauteuil et, sans plus me toucher, dans le pétillement du feu qu'il allait parfois ranimer, il me parla de lui.

Depuis des années, m'apprit-il, il n'avait pas aimé. Il croyait son cœur désormais insensible et voici que ce soir, ce cœur battait à nouveau et qu'il ne se reconnaissait plus. Jamais, devant l'ennemi, il n'avait été tenté de fuir, devant certaines femmes, si ! Devant moi, il ne s'en sentait pas la force. Cependant, je n'avais rien à craindre de lui : c'était avec ses yeux et non avec ses armes qu'il voulait gagner les batailles.

Il me dit que l'être humain lui apparaissait comme un instrument de musique. S'il aimait le pouvoir, c'était ainsi qu'un musicien aime son violon, pour en tirer des sons, des accords, des harmonies. Il me confia aussi, mais cela je le savais depuis le premier jour, que souvent il se sentait seul et que, comme Werther le héros de Goethe, il pensait qu'il était plus facile de mourir que de supporter avec fermeté les tourments de la vie.

Je ne savais plus qui parlait, du général ou du poète. J'aurais voulu qu'il ne s'arrêtât point. A entendre ces paroles, à croiser parfois ce regard, je comprenais que des armées le suivent, que des hommes le protègent de leur corps, préférant mourir à voir disparaître cette flamme vive dont quelque chose m'assurait que, bien après sa disparition, elle continuerait à brûler dans le cœur de beaucoup.

Deux heures avaient sonné lorsqu'il me raccompagna à la porte.

– Me promets-tu d'être demain au dîner que m'offre ton gouvernement ? demanda-t-il d'une voix pressante.

Je vis dans ce langage une allusion au sort de la Pologne et promis volontiers.

Il approcha alors son visage si près du mien que je sentis son souffle.

– Ne crains plus l'aigle, douce et plaintive colombe, tu finiras par l'aimer.

Et il ajouta avec force : « Il sera tout pour toi, entends-tu ? »

C'est au plus profond de mon corps que ces

mots-là frappèrent. Il m'aidait à remettre ma pelisse, il baissait lui-même la voilette sur mon visage comme s'il désirait que, dorénavant, je ne le montre qu'à lui seul.

Le maréchal Duroc me ramenait chez moi. La neige recouvrait de tulle les cloches de Varsovie comme pour célébrer une naissance.

Un matin, vous ouvrez les yeux et vous ne reconnaissez rien. En apparence, tout est comme à l'accoutumée : c'est bien là votre table à écrire, et ici le secrétaire décoré de génies ailés que vous aimez à caresser du doigt. L'acajou de la commode, la moire des rideaux, jouent pareillement avec la lumière et la pendule mâchonne les secondes de sa voix familière ; pourtant, ce décor, il vous semble le voir pour la première fois.

C'est le regard de votre cœur qui a changé.

Nous voyons avec notre cœur aussi et ce regard-là, plus profond, il arrive que le quotidien l'assoupisse. Le jour où une personne ou un événement, sortant de l'ordinaire, l'éveille, nous ressentons alors l'impression de vivre enfin. Une mienne parente, qui avait vu la mort de près, ne cessait de répéter avec émerveillement : « Mais je n'existais pas vraiment, je dormais, je dormais... »

« L'aigle sera tout pour toi, entends-tu ? »

Ces quelques mots, prononcés sur le ton du commandement et associés à un regard brûlant, m'avaient comme éveillée en sursaut. Mais c'était l'angoisse que j'éprouvais.

Une nouvelle lettre arriva au petit matin.

Marie, ma douce Marie, tu reviendras, n'est-ce pas ? Sinon l'aigle volerait vers toi.

Les fleurs qui accompagnaient ce troisième message étaient de diamants ; elles formaient une admirable broche et venaient de la plus célèbre bijouterie de Dresde.

Quand ma main pressera mon cœur, écrivait encore l'Empereur, *tu sauras qu'il est tout occupé de toi et, pour répondre, tu presseras ton bouquet. Aime-moi, ma gentille Marie.*

J'avertis que je ne recevrais personne. Pour qu'elles ne forcent point ma porte, je fis dire à madame de Vauban et à Émilie Chichoka que je serais présente ce soir au dîner offert à Sa Majesté par le gouvernement; je m'y étais engagée.

Le seul que je désirais voir, Anastase, se déroba. A ma demande d'entretien, il fit répondre par son secrétaire qu'il se trouvait trop occupé. Est-ce lui qui m'envoya Bénédict?

J'avais toujours éprouvé de la crainte vis-à-vis de mon frère aîné qui se considérait, depuis la mort de notre père, comme le chef de la famille et aimait à manifester son autorité. Avec un peu de gêne, me sembla-t-il, il m'apprit qu'il venait de monter en grade dans l'armée napoléonienne: de lieutenant, il était passé colonel. Je l'en félicitai.

– Vous n'avez pas bonne mine, remarqua-t-il.

– Je n'ai pas dormi de la nuit, répondis-je, le regardant de façon à ce qu'il m'interroge.

Il ne pouvait ignorer où l'on m'avait menée hier. Détournant les yeux, il alla un moment regarder par la fenêtre et je sentis qu'il se forgeait une attitude. Brusquement, il revint vers moi:

– Je ne suis pas venu vous parler comme un frère mais comme un patriote.

Point ne lui était besoin de m'en dire davantage: après m'avoir mise de force dans le lit d'Anastase Walewski pour sauver Kiernozia, il voulait m'offrir à Napoléon Bonaparte pour le bien de notre pays.

– Bénédict, vous souvenez-vous de la Vierge Noire et de ce que notre mère disait?

Enfant, il était fasciné par les deux profondes

griffures qui marquaient le visage de cette Vierge. Un ennemi, sachant le prix que la Pologne attachait à l'icône, les y avait creusées avec son sabre sans parvenir à la détruire.

– Elle disait : « Ne lui rajoutons jamais, par nos actes, une blessure supplémentaire. »

Il rougit et ne répondit point.

Anastase, j'ai tout fait pour vous ouvrir les yeux, vous n'avez point voulu voir le danger. Certains diront que je déserte, répondez-leur qu'au-dessus du sacrifice à la patrie il y a la conscience et les convictions.

Retenant mes larmes, je cachetai la lettre. J'en voulais à Anastase de faillir à son devoir d'époux. Ne me restait qu'à avertir Élisabeth de ma décision de partir demain avec elle. Si je ne le fis pas de vive voix, c'est que je craignais qu'elle ne lise sur mon visage le trouble qui s'était emparé de mon âme.

Je ne luttais plus uniquement contre l'Empereur mais contre moi-même.

L'assemblée était déjà nombreuse lorsque je me présentai au château. Anastase ne m'accompagnait pas ; c'était lui qui, cette fois, avait prétexté un malaise.

Le visage du maréchal Duroc s'altéra lorsqu'il constata que je ne portais pas le bijou que Napoléon m'avait envoyé. Je n'en portais aucun autre et j'avais choisi la robe la plus stricte possible, de la couleur du deuil.

– Ah madame, savez-vous bien ce que vous faites ? murmura-t-il.

De la journée, je n'avais cessé d'y penser et ma résolution était prise.

Nous passâmes rapidement à table. Notre prince Pépi, plusieurs hauts dignitaires, les nouveaux ministres, tous ceux qui espéraient jouer un rôle dans le rétablissement de la Pologne étaient présents. Dans la pièce somptueusement éclairée où étaient servis les mets les plus fins, le silence le plus complet régnait. Tous regardaient avec angoisse le visage fermé du maître de l'Europe et de leur destin.

On l'avait à nouveau placé en face de moi. Ses yeux ne quittaient pas le côté gauche de mon corsage, l'endroit où aurait dû se trouver la broche. Il repoussait d'un geste coléreux les plats qu'on lui présentait, n'acceptant que le vin que monsieur de Talleyrand, paupières à demi baissées, lui versait.

J'avais, comme tout le monde, entendu parler des colères de l'Empereur. On l'assurait capable de tout briser dans un accès et je me sentais plus morte que vive.

Quand ma main pressera mon cœur, tu sauras qu'il est tout occupé de toi et, pour répondre, tu presseras ton bouquet, m'avait-il écrit.

Sa main pressa son cœur tandis que son regard m'ordonnait de répondre. Je ne fis pas un geste.

Je pus voir le sang se retirer de son visage. Il saisit son verre et le serra si fort qu'il me sembla qu'il allait le briser dans sa main. On n'entendait même plus le bruit des respirations et c'était vers moi que les regards s'étaient tournés.

Napoléon lâcha son verre, recula son fauteuil et fit mine de se lever. En un éclair, je le vis abandonner mon pays, nous livrer aux représailles de nos ennemis et, prête à m'évanouir, malgré moi, j'appuyai quelques secondes la main sur mon sein gauche. Le calme revint comme par miracle sur le visage de Sa Majesté.

Sitôt le repas terminé, je me fis raccompagner chez moi.

Je me souviens que les gens dansaient dans les rues. Ils dansaient comme on lève son verre, avec des chants et d'amples mouvements de bras: à la santé de la Pologne et du libérateur.

Je me rappelle ce jeune homme perché sur un tonneau, en chemise malgré le froid et dont la poitrine offerte, tour à tour se gonflait comme l'espoir, se creusait comme la désillusion.

Revenue à l'hôtel, j'envoyai ma femme de chambre se coucher, détruisis la lettre que j'avais écrite à Anastase et me préparai à l'inévitable.

Onze heures venaient de sonner lorsqu'un valet vint m'avertir qu'une voiture m'attendait dans la cour ; cette fois, le maréchal Duroc ne prononça pas un mot tandis qu'il m'amenait à l'Empereur.

Au couvent de Notre-Dame-de-l'Assomption, une chanoinesse avec laquelle j'aimais particulièrement à m'entretenir car je la savais secrètement passionnée, me répétait qu'il fallait, en toute occasion, savoir lire en soi-même. Ne pas s'abuser était, assurait-elle, une question de dignité et aussi la meilleure façon de conduire sa vie.

Roulant vers le palais royal, sur les pavés de Varsovie endormie, et sachant ce qui m'attendait, je cherchais en vain à lire en mon cœur.

Il m'apparaissait comme la Vistule à cette époque où, brisant ses glaces, elle semble charrier dans ses flots à la fois l'hiver et le printemps, l'obscurité de ses fonds et la transparence du ciel.

C'était bien la peur que je lisais en moi, mais laquelle ? Celle qu'éprouve la victime contrainte de céder à la force, ou la crainte de me montrer bientôt maladroite et inexperte à celui qui, depuis l'enfance, occupait mes pensées.

Nul n'aurait pu nier que l'amour de mon pays coulât dans mes veines mais, depuis les mots prononcés hier par l'Empereur, s'y mêlait une autre fièvre à laquelle je n'osais donner un nom.

Où était la vertu ? Où était la crainte d'un bouleversant bonheur ?

Où étais-je ?

Elle a le corps d'une femme-enfant : au bout de ses seins ronds, un discret bouton de rose, un léger taillis blond au bas du ventre lisse, deux cuisses rondes et closes de petite fille qui, la veille encore, sautait à la corde. Sa peau a le goût de la pêche.

Le corps de Joséphine avait l'odeur d'un fruit poivré; il était mat, à la sombre forêt, à la grotte humide. Il semblait n'accueillir que pour mieux dévorer, piège auquel Napoléon se laissait prendre avec, dans le plaisir, toujours un peu de honte.

Il se penche sur les paupières closes sous les cils en corolle. Des lèvres, il suit le tracé des larmes le long du satin de la joue. Cette douceur qui l'emplit, cette envie de caresser, bercer, il ne l'avait jamais éprouvée jusqu'alors. C'est que, cette fois, l'âme a entraîné le corps.

Pourtant, il l'a violée.

Il la revoit, au seuil de la pièce, dans sa robe de veuve, comme une cité fermée, une ville imprenable, alors qu'hier il l'avait sentie s'émouvoir. Il se souvient de son sentiment d'impuissance et de sa colère en comprenant qu'elle ne se donnerait pas, sa Polonaise au teint de neige, aux yeux couleur des premières fleurs qui percent sous les glaces, fière et courageuse comme son pays, mais comme lui changeante, velléitaire ?

Sans résistance, elle s'était laissé mener au lit, elle n'avait pas répondu à ses menaces et, tandis qu'il lui arrachait ses vêtements, avait gardé ses yeux fermés. Devant cette femme inerte, cette morte-vive, qui lui résistait mieux avec sa passivité qu'en se défendant, le désir de Napoléon, mêlé de rage, s'était encore accru, et il l'avait prise de force dans l'espoir de l'entendre crier.

Elle n'avait pas eu une seule plainte; en ce ventre à peine ouvert, il avait senti son plaisir comme une coulée de lave brûlante.

Quelque part sonne une horloge. Depuis combien de temps est-il ainsi penché sur elle, d'où lui vient cette déchirante tendresse ? Il se croyait un cœur de bronze, incapable d'aimer désormais.

Mais tu es l'innocence, la pureté, la première qui n'ait rien demandé pour elle, la seule qui m'ait résisté sans secrète intention de céder.

« Seras-tu un jour vraiment à moi ? »

La prière monte en lui. Il voudrait la prendre à pleines mains pour la porter à ses lèvres et y boire, s'y laver des aventures passées, des faux serments, du temps perdu. Ah, qu'elle lui dise qu'elle l'aime, elle, il pourra la croire!

Mais, sur le sol, voici qu'il aperçoit sa montre brisée, d'autres souvenirs lui reviennent: cette montre, ne l'a-t-il pas piétinée en criant: « Voici ce que je ferai de ton pays » ? Et ne s'est-il pas emparé de cette femme comme un vulgaire soudard ?

« Et si je l'avais perdue à jamais ? »

Un flot d'angoisse le submerge et il ferme les yeux. C'est alors que la main de Marie vient prendre sa nuque pour l'entraîner tout entier, enfant, homme et soldat, dans le refuge de son épaule.

Le jour pointe sur les toits de Varsovie, sur le château des rois de Pologne, sur un peuple martyr qui ne veut cesser d'espérer. Un homme reprend souffle au creux de la tendresse, un empereur regarde, incrédule, se fondre sa solitude dans l'amour.

L'Europe peut attendre, les rois et leurs armées. Par la force d'une petite source claire, le grand vent de l'histoire s'est un instant calmé.

3

L'éblouissement

Vert tendre, le feuillage de la forêt: gloire naissante à perte de vue.

Émeraude, le lac que froisse l'alerte brise d'avril et les ailes des oies sauvages.

Printanier, ce ciel dont chaque matin je cours lire la couleur à travers les jalousies de la fenêtre afin de pouvoir l'annoncer à l'oreille de mon bien-aimé avant qu'il n'ouvre les yeux.

– Ma princesse des neiges... dit-il.

Pour le rejoindre à Finkenstein, en Prusse orientale, à cent cinquante kilomètres de Varsovie, j'ai tout quitté sans hésiter: il m'a appelée, je suis venue! Bénédict m'a escortée jusqu'à ce château fort où loge l'état-major de Napoléon, ses ministres, les ambassadeurs et émissaires de passage, tandis que, dans le parc et aux environs, campe l'armée. Seuls Duroc, Roustam, Constant et Méneval, secrétaire de l'Empereur, savent que dans les appartements de Sa Majesté se cache une femme.

Et s'il faut m'offrir en sacrifice...

Je me souviens avec un sourire des vers d'*Esther* que me récitait Élisabeth. La captive est ici volontaire: Assuérus a pris les clés de son cœur. Esther veut la liberté de son pays et l'amour du libérateur.

Avril... Est-il vrai que trois semaines aient déjà passé?

Des ordres, lancés dans la cour d'honneur, m'attirent à la fenêtre : c'est la parade comme chaque matin. Un drapeau mouvant, émouvant, va onduler sous mes yeux : voici les cuirassiers, les dragons, les hussards ; et les lanciers, les chasseurs à cheval... comment les nommer tous ? Les casques sont autant de soleils, le vent fait voler les plumets de toutes sortes, hérisse les poils des *shakos*. Ceux-ci sont les grenadiers, de plus haute taille que les autres, grandis encore par les bonnets d'ourson. Napoléon les a surnommés ses « grognards » depuis que, soumis aux rigueurs de notre climat, ils se sont mis à maugréer dans leurs moustaches.

Ceux-là, à l'habit bleu turquin, la *czapka* cramoisie, sont les chevau-légers polonais et mon cœur se gonfle à voir, sur la visière de leur bonnet, le grand N de cuivre couronné indiquant qu'eux aussi font partie de la Grande Armée.

Et puis le voilà !

En simple redingote verte, son chapeau noir sur la tête, entouré de ses maréchaux couverts de broderies, d'or et de soie, il va de l'un à l'autre, très droit sur son cheval. Tous les visages sont tournés vers le héros, un même, immense regard s'attache à lui, pourtant, il me semble être la seule à le voir : il y a un instant il était dans mes bras ! Le front contre le volet, je l'appelle tout bas et lui rappelle que je le connais tout. Comme pour me répondre, quelques secondes, il lève son visage pour fixer ma fenêtre.

Ce que j'éprouve alors est si intense que c'est avec soulagement que je laisse retomber le rideau.

– Madame, puis-je dresser la table ?

– Va !

Constant est entré sans que je l'entende. Ce serviteur à la fois discret et proche est pour moi une présence.

Sur la table qu'il a portée devant le feu, il étend la nappe et dispose les assiettes. Après la revue, nous déjeunerons là, en tête à tête, l'Empereur et moi : un potage, une volaille, un entremets, le tout arrosé d'un peu de chambertin.

– Constant...
– Madame ?
– Cela ne te fait-il pas gros cœur d'être loin de chez toi ? Les tiens ne te manquent-ils pas ?
– Si fait, Madame. Mais Sa Majesté ne peut se passer de moi !

Son soupir mêlé de fierté me tire un sourire qui ne lui échappe pas et c'est d'un ton offensé qu'il poursuit.

– A Paris, rien que pour se vêtir, l'Empereur a trois valets ! Ici, je fais cela tout seul. Et qui d'autre saurait ouater ses chapeaux afin qu'ils ne le blessent pas... Et casser ses chaussures avant qu'il ne les porte ? Je lui ai appris à se raser seul mais si je ne lui présente pas le miroir, il est bientôt si plein de savon qu'on ne peut plus rien y distinguer. Et, nuit et jour, il faut tenir de l'eau à la bonne chaleur pour son bain, et...
– Constant, je sais qu'il t'apprécie...

Son teint rosit. Il jette sur le grand lit à baldaquin un regard nostalgique.

– J'ai laissé à Paris une bonne femme et une couche douillette et il m'arrive plus souvent qu'à mon tour de dormir à la dure, mais lorsque nous sommes en campagne et, qu'au matin de la bataille je vois l'Empereur sortir de sa tente, observer le ciel et me lancer : « Alors, monsieur le Drôle, encore un beau jour qui se prépare ? » Je ne sais pourquoi, mais je me sens content.

Il se remet à son couvert : couteau à droite, fourchette à gauche, même si son maître fait plutôt usage de ses doigts pour manger son poulet. Je remarque ses gestes harmonieux, comme un prolongement de son être : c'est un homme en accord avec lui-même.

Je le suis avec moi ! Si le remords ne me tourmente pas d'être là, c'est que ce n'est plus avec Anastase Walewski que je me sens mariée mais avec Napoléon Bonaparte.

– Constant, parle-moi de ta femme ; elle s'appelle Louise, n'est-ce pas ?

Mais avant qu'il ait pu me répondre, la porte

s'ouvre à toute volée : « Alors, monsieur le Drôle, nous complotons ? »

Un sabre vole sur le lit, un chapeau sur un fauteuil, une écharpe glisse sur le sol, Constant s'enfuit, les mains sur des oreilles trop souvent tirées par l'Empereur.

– *Mio amore*, venez me réchauffer et me dire que vous n'avez jamais aimé que moi.

On m'avait raconté qu'il avait eu autant de maîtresses que de jours dans l'année et je l'imaginais plein d'expérience et de confiance en lui : c'était un homme torturé par le doute.

Il doutait de sa puissance, il craignait d'être stérile, il n'était pas certain d'avoir jamais apporté du plaisir à une femme.

Les infidélités de Joséphine, ses railleries, le calembour qu'au début de leur mariage elle avait eu la cruauté de faire courir : « Bonaparte = bon à rien », lui avaient retiré, sur le plan de l'amour, toute assurance ; et ses nombreuses aventures n'étaient pas parvenues à lui en redonner.

Je craignais pour ma part d'être trop inexperte et maladroite pour savoir jamais apporter à un homme tout le plaisir attendu d'une maîtresse et voici que je me découvrais un pouvoir : celui d'être la première sur laquelle Napoléon pouvait mesurer le sien sans crainte d'être trompé.

Il était ma pudeur peu à peu vaincue, mes premiers émois, la première source qui, sous ses caresses, avait perlé de mon ventre, le cri que je n'avais pu retenir. Jour après jour, nuit après nuit, il éveillait mon corps et je comprenais le bonheur farouche qu'il avait manifesté en apprenant que je n'avais appartenu qu'à un mari incapable de me satisfaire : il était l'initiateur et l'unique.

Sans se presser, mon amour retire ma chemise, mes jupons, mes bas, mon pantalon qu'il porte chacun à son visage avant de les jeter sur le sol. Il m'étend nue sur le lit ou devant le feu. Il a refusé d'éteindre les chandelles et parfois, pour me sentir mieux à sa merci, dit-il, il garde pour m'aimer son uniforme et ses bottes. Je pense que c'est tout simplement pour se sentir plus homme.

Tandis que me parcourent ses mains et ses lèvres, il guette la montée de cet embrasement qui me rosit toute, qui me rougit là. Avec la voix du désir, il me parle d'un temple qu'il avait visité en Égypte. De porte en porte, de chambre sacrée en chambre sacrée, il était arrivé au Naos, lieu réservé autrefois aux seuls prêtres et où l'on célébrait le dieu Râ, le plus grand : celui du soleil. Sa voix se fait plus rauque encore. Il me dit que, me pénétrant, il lui semble entrer en ce temple, en franchir une à une les portes jusqu'à celle où brûle la vie.

Il dit vrai : la dernière porte ouvre sur le feu : sous ses assauts, il en jaillit des étincelles et, comme je le lui manifeste, la farouche fierté sur le visage de mon grand prêtre, fait exploser mon plaisir.

Ainsi que ma tendresse.

Mon cher Joseph, ma santé n'a jamais été meilleure. Je crois être à présent un très bon amant.

N.

Devant l'enfant, je deviens femme.

Le froid m'a éveillée, j'étais seule dans le grand lit : Napoléon ne se trouvait plus près de moi. Tâtonnant dans la faible lumière que dispensait la veilleuse, j'ai trouvé sur l'oreiller voisin le madras qu'il portait autour de sa tête pour dormir.

Sur la table de nuit, le gros réveil en argent indiquait trois heures du matin. L'Empereur tenait beaucoup à ce réveil qui avait appartenu à Frédéric le Grand, ancien roi de Prusse ; il l'avait pris au palais de Sans-Souci, à Postdam, ainsi que l'épée et le hausse-col de celui-ci.

« Nous aurions pu nous comprendre », affirmait-il.

Il le disait aussi de César.

Le poêle en porcelaine encastré dans le mur diffusait un peu de chaleur, une odeur agréable d'aloès montait des cassolettes disposées par Constant aux quatre coins de la pièce. Comme une eau noire, l'angoisse envahissait mon âme.

C'était à ces heures sombres que l'image de mon fils venait me tourmenter, la peur de ne le revoir jamais. Après m'avoir sacrifiée à sa vanité, Anastase n'allait-il pas chercher à se venger en me séparant tout à fait de notre enfant ? Car si mon mari avait pu fermer les yeux sur quelques visites au château, à Varsovie, il ne pouvait feindre d'ignorer que je l'avais quitté pour rejoindre l'Empereur en Prusse.

Je me suis laissée glisser hors du lit, j'ai enfilé mes fins chaussons blancs, recouvert mes épaules de mon manteau de lynx et, prenant garde à ne pas marcher sur les effets que mon grand homme, avant de se coucher, avait jeté partout sur le sol, j'ai quitté la pièce.

Dans le vestibule, Roustam dormait, étendu tout habillé, sabre à la ceinture, sur un lit pliant. Il ne m'a pas entendue. Sans doute trouverais-je Napoléon au travail dans la bibliothèque : il lui arrivait fréquemment de se lever la nuit pour dicter au pauvre Méneval, tiré du sommeil, quelque lettre ou projet de décret. Je demeurerais dans un coin sans bouger jusqu'à ce qu'il ait terminé : le voir suffisait à me rassurer.

Il n'était pas dans la bibliothèque. Et, de ce château qui comptait plus de cent pièces, je n'en connaissais que deux ou trois. J'avançais donc droit devant moi, prête à fuir si quelqu'un se présentait, tremblant de froid et d'inquiétude. Le craquement d'une flambée, son odeur réconfortante, me guidèrent jusqu'à un grand salon.

Il s'y trouvait.

Une longue et lourde table, quelques larges fauteuils recouverts de tapisserie, formaient le seul mobilier de l'endroit. Tout au long des boiseries de chêne étaient alignés des trophées de chasse qui me rappelèrent ceux de Walewice : les yeux de porcelaine racontaient de mêmes cruelles histoires.

Debout face à la gigantesque cheminée, mains croisées derrière le dos, Napoléon regardait le feu qu'il avait dû construire lui-même ainsi qu'il aimait à le faire. Sur ses pantalons, il portait une robe de chambre de piqué blanc et il avait enfilé des bottes dont les flammes faisaient briller les éperons d'argent.

Je m'approchai.

– Sire...

Il sursauta, comme tiré d'un mauvais rêve et tourna vers moi un visage creusé par l'angoisse.

– J'étais sur le champ de bataille... murmura-t-il.

– Emmenez-moi là-bas avec vous, je veux y être aussi.

Le cri m'avait échappé et il me regarda avec étonnement. Mais je ne voulais pas l'aimer seulement dans la douceur et le plaisir, je voulais être à ses côtés dans la souffrance et le doute puisque là aussi était sa vie.

D'un mouvement brusque, il me tourna le dos et se mit à arpenter la pièce. Parfois, alors qu'il se trouvait dans l'ombre, je ne voyais plus que la tache claire de sa robe de chambre et il me semblait irréel.

– Une église sur un mamelon, entourée de son cimetière, commence-t-il. Un hameau bordé d'enclos pour parquer le bétail comme font les hommes partout, une forêt de bouleaux, des étangs : un paysage qu'aurait goûté Werther...

Il s'interrompt, revient près du feu et, du bout de sa botte, frappe une bûche qui se rompt en une gerbe d'étincelles.

– La bataille a duré jusqu'au soir dans une tempête de neige. Des hommes épuisés par onze jours de route : des braves ! Ils criaient « En avant, au nom de Dieu, en avant »... En face, on répondait : « *Faterland, Faterland* *. » D'Hautpoul, mortelle-

* *Patrie.*

ment blessé, Corbineau haché par la mitraille, Augereau malade qui exige d'être attaché sur son cheval afin de pouvoir entraîner ses divisions. Murat... le téméraire Murat.

On dirait que le souffle lui manque et mon cœur se serre. Parfois, il me regarde. Me voit-il ? Il me semble n'être pour lui, à cet instant, qu'une petite lumière qui lui permet de vider son cœur et je prends garde à ne pas bouger de peur qu'elle ne s'éteigne.

– C'est la pointe du jour, reprend-il d'une voix sourde. La neige a cessé de tomber et l'on y voit enfin. Dans la boue, sous le ciel qui sent encore la poudre, on dirait une forêt abattue. Des gémissements, qui ne sont pas ceux du vent, montent parfois des branches éparses dont certaines frémissent encore. Au bout de ces branches, il y a des fusils, des baïonnettes; au-dessus, des vols de corbeaux. Je marche... C'est au lendemain d'une bataille que l'on fait ses comptes: quinze mille ne se relèveront pas, vingt mille blessés. Et je marche, je marche... Celui-là avait cherché un peu de chaleur dans le ventre d'un cheval mort, celui-ci est enveloppé de son drapeau, sous la poudre blanche, on ne distingue plus les uniformes.

Il s'interrompt avec un rire: non, ce n'est pas un rire!

– Et puis ce chien qui hurle près d'une forme étendue recouverte de neige. Il ne voit pas les autres, peu lui importent les autres, c'est un signe de cet homme-là qu'il réclame, un regard, une caresse, un ordre. A moitié mort de froid, il lèche la main glacée. A qui appartient-elle ? Cosaque ? Prussien ? Français ? Ou, plus simplement, au propriétaire du tas de pierre et de bois qui fume encore contre lequel il est tombé ?

A l'une des portes du salon, Constant vient d'apparaître. Il ne cherche pas à se cacher, il se tient droit, comme au garde-à-vous. Lui aussi était là-bas. Ce matin-là, se levant, Napoléon lui a-t-il lancé: « Encore un beau jour qui se prépare ! »

– Il est plus facile, à la guerre, de compter par

légions, régiments ou bataillons que par un, murmure l'Empereur. Un homme, et puis un homme, et puis un autre encore. J'ai pleuré sur cet inconnu alors que, les yeux secs, j'en avais envoyé des milliers à la mort : c'est cet air qu'ont les chiens, lorsqu'ils ont perdu leur maître, d'en appeler au ciel par leurs cris.

Soudain il se courbe, plié par la douleur à l'estomac qui a emporté son père et dont, m'a-t-il confié, il craint d'être affecté. Comme pour contenir sa souffrance, il glisse la main dans l'échancrure de la robe de chambre.

– Où est Dieu ? demande-t-il. D'une même voix, tous criaient son nom...

Son regard se lève et passe sur les trophées.

– A la chasse, j'ai vu ouvrir le ventre d'un cerf ; à la guerre, j'ai vu des ventres d'hommes ouverts, dedans, c'était la même chose. Il y a seulement un peu plus de lumière sur le visage de l'homme mais quand elle s'éteint c'est pour toujours.

Je ne puis retenir mes larmes ; elles roulent aussi sur les joues de Constant. Hier, lorsque je suppliais Napoléon de libérer notre pays, était-ce cela que je lui demandais ? Abattre une forêt d'hommes ? Mais les Russes ont égorgé mon père et tous ceux du faubourg de la Praga. Nous ne demandons qu'un pays où vivre et respirer librement.

– C'était à Eylau, conclut-il. Et il faudra appeler ça une victoire afin que les nôtres ne soient pas morts en vain.

Louis, un roi ordonne et ne demande rien à personne. Quand on dit d'un roi qu'il est un bonhomme, c'est un règne manqué.

Cher Jérôme, le moyen le plus simple de faire disparaître les hémorroïdes dont vous souffrez est de vous faire appliquer trois ou quatre sangsues.

Signora Letizia, il convient que vous dépensiez

davantage: donnez à dîner, si vous ne menez pas un train en rapport avec votre rang, vous n'êtes qu'une vilaine.

Lorsque Napoléon évoquait sa mère, il redevenait « Nabulio ».

« Je lui dois tout, assurait-il. Ma fortune et ce que j'ai fait de bien. Certains lui reprochent d'être avare, mais si elle économise, c'est pour ses enfants. Elle ne s'est pas habituée à les voir rois et reines et craint qu'un jour ils ne viennent à manquer. »

J'aimais qu'il me parle des siens, de Pauline, la dissipée, pour laquelle il avait un faible, de Caroline l'insatisfaite, de l'orgueilleux Joseph, du bouillonnant Jérôme, de Lucien avec qui il s'était fâché pour ne point vouloir accepter sa femme.

En leur distribuant des couronnes, en les comblant de biens, il semblait à Napoléon ne faire que son devoir : il avait l'esprit de famille.

– Mais ils devraient cesser de me parler de ma mort, disait-il. Ma mort ! Ils n'ont que ce mot à la bouche.

Car ils craignaient qu'il ne disparût sans laisser d'héritier.

Parfois, il m'entretenait de l'Impératrice et je voyais combien il l'avait aimée et comme elle l'avait fait souffrir. Il n'éprouvait plus à présent que de l'affection pour elle. Il ne se cachait pas d'avoir connu beaucoup d'autres femmes. Je n'avais pas pris son mari à Joséphine, elle l'avait perdu depuis de longues années.

Un matin, alors qu'il parcourait une de ses lettres, il leva sur moi des yeux songeurs.

– Il faudra pourtant bien que je m'en sépare un jour, constata-t-il. Mais je paierai ses dettes et lui laisserai de quoi vivre selon sa fantaisie. Elle ne manquera de rien, je t'assure ! L'armoire aux bijoux de la reine Marie-Antoinette est trop petite pour contenir tous ses trésors. C'est en me volant qu'elle en a acquis la plupart...

« Il faudra bien que je m'en sépare un jour »... Vivrait-il alors avec moi ? Comment ne pas espérer alors qu'il ne cessait de me répéter : « Ma douce Marie, je ne puis avoir de bonheur que par toi. »

Et les jours passaient, chaque matin je découvrais une couleur nouvelle au toit de la forêt, le lac brillait comme une pierre de fiançailles, j'aimais...

J'aimais, la nuit, sentir sa main me chercher, faire semblant de dormir, le laisser me caresser jusqu'à ce que mon corps lui apprenne que j'étais éveillée et qu'il me faisait plaisir. J'aimais refermer mes doigts sur la tension de son désir en me souvenant qu'avec Anastase j'en avais eu si grand dégoût ; et m'en sentir maîtresse, et m'en vouloir captive.

A son réveil, j'aimais le voir savourer son infusion de feuilles d'oranger tout en parcourant un rapport, un projet de loi, ou dictant son courrier à Méneval.

« Ma plume et mon papier sont aussi mes champs de bataille », affirmait-il.

A mille kilomètres de Paris, il continuait à gouverner : des estafettes harassées faisaient sans interruption la navette entre la capitale et ce château perdu entre les chênes de ses forêts et les miroirs de ses lacs.

Rien n'échappait à sa vigilance !

J'apprends que la ville de Paris n'est pas éclairée, que les réverbères sont éteints à deux heures du matin. Les entrepreneurs de lumière sont des fripons. Témoignez-en mon mécontentement à monsieur Fouché.

Il faut enseigner aux demoiselles la religion dans toute sa sévérité, les occuper à des ouvrages matériels. La danse aussi est nécessaire à leur santé, un genre de danse gaie qui ne soit pas danse d'opéra.

Tandis qu'il recevait les envoyés étrangers, les ambassadeurs, ses généraux ou ses ministres, j'aimais, dans le secret de notre chambre, me préparer à son retour. J'usais en cachette de son savon parfumé, de la poudre de corail dont il frottait ses dents, de son peignoir. Lorsqu'il prenait l'un de ces bains qui apaisait ses brûlures à l'estomac, j'aimais rester auprès de lui et je dérobais à Constant la brosse de soie pour l'en frictionner moi-même.

Il était tendre et soudain d'une violence de tempête. Il était profondément grave et il lui arrivait de se montrer gai. Quand je l'entendais chanter *Malbrough*, je ne pouvais m'empêcher de rire ; il prenait des airs offensés.

– Je ris de « Nabulio », disais-je, et non de l'Empereur. Chacun sait que l'Empereur ne peut avoir que la voix la plus juste du monde.

Alors à son tour il riait et je me sentais du pouvoir.

Ce matin-là, il est à sa toilette avec Constant lorsqu'on lui apporte une dépêche venant de Hollande.

Tandis qu'il en prend connaissance, je puis voir pâlir son visage, le papier tremble entre ses doigts, il se tourne vers nous.

– Monsieur Napoléon est mort, articule-t-il avec effort. « Nonon » n'est plus.

« Nonon »... Ainsi l'appelait le fils d'Hortense, Napoléon-Charles, que, sur l'instigation de Joséphine il avait décidé d'adopter pour en faire son héritier. L'enfant vient de mourir du croup.

– Pauvre madame, murmure Constant qui est devenu blanc comme un linge.

Disant cela, à qui pense-t-il ? A Hortense ou à Joséphine ?

Ce même après-midi, prenant soin que je ne sois vue de personne, Napoléon m'a menée au lac. Mai était là. Le feuillage des chênes avait des reflets de bronze doré ; aubépines et myosotis, jacinthes et narcisses paraient les sous-bois, festonnaient le bord de l'eau. Il y avait partout des nids d'oiseaux et je ne pouvais m'empêcher d'être heureuse.

L'Empereur regarda tout cela et soudain me prit dans ses bras.

– Un enfant de toi, murmura-t-il. Un fils de mon épouse polonaise !

Son « épouse »... Il avait bien prononcé ce mot et un cri d'allégresse, un chant de cathédrale, faisaient exploser ma poitrine : « Son épouse »...

Je l'entendais encore ce mot tandis qu'il me couchait dans l'herbe; et ce fils qu'il me réclamait, lorsque son souffle se fit plus pressé, lorsque je vis son regard se perdre et que je le sentis prêt à planter en moi sa semence, je l'appelai de tout mon être, je lui criai: « Viens! »

C'est à ce sommet dans le bonheur et la fusion que je voudrais penser à chaque fois que reviendra, dans ma vie, le joli mois de mai.

Tout alla très vite après! Ces arbres en fleurs, cette gloire en herbe, cette poudre d'or, signifiaient que le moment était venu de reprendre les combats. Voyant défiler, de ma fenêtre, les chatoyants uniformes, je n'ignorais pas qu'ils étaient destinés aux boulets, à la boue et au sang. Et cette chanson qui tant me faisait rire: *Malbrough*, c'était, m'apprit Constant, le signal d'un proche départ. *Malbrough s'en va-t-en guerre...* Il la chantait si gaiement! Comme si la venue du printemps avait, dans son esprit, effacé la forêt enneigée d'Eylau.

– Marie, promet l'Empereur, je me ferai loup pour chasser les vampires.

A la tombée d'une nuit, qui pourtant semblait comme les autres me promettre avec ses étoiles les doux feux d'artifice de mes vingt ans enfin trouvés, je montai dans la berline aux rideaux tirés où m'attendait Bénédict.

– Walewice ? demanda-t-il.

– Kiernozia, répondis-je.

14 juin. Une ville logée au coude d'une rivière que traversent trois ponts. Cinq heures de bataille. L'ennemi pris au piège. Murat, Lannes, Ney, Latour-Maubourg, pour ne citer que quelques braves. L'armée du tsar anéantie. La Pologne en fête: une vraie victoire, celle-là! Elle s'appelle Friedland.

25 juin, une tente dressée au milieu du Niémen – fleuve frontière entre la Russie et l'Occident. L'Empereur de France et le Tsar de Russie s'y

donnent le baiser de paix. Dans le village voisin, ils signent un traité : Alexandre ne perd rien des territoires autrefois annexés par Catherine II et se voit même offrir Bialosk, une province florissante. Cette rencontre a nom Tilsit.

9 juillet, le grand-duché de Varsovie est créé. Le petit morceau de patrie que l'on nous concède est pris entre l'Autriche, la Prusse et la Russie. Il n'a pas accès à la mer, sera régi par des lois françaises et alimenté par la monnaie prussienne. Le roi de Saxe, Frédéric-Auguste y régnera. La ville où est signé ce compromis qui anéantit nos espoirs d'indépendance s'appelle Dresde.

A quoi bon ?

A quoi bon la mort de tant des nôtres, le don total au « libérateur » de notre pays et de nos cœurs ? « Je me ferai loup pour chasser les vampires ! » Le vainqueur s'est fait agneau devant le vaincu. L'incrédulité et le désespoir règnent à Varsovie.

C'est août à Kiernozia. L'odeur douce-amère des tilleuls tisse autour de la maison un invisible voile, du plat paysage monte le bourdonnement de l'été, cela sent bon l'enfance à l'abri du grand saule.

Je passe avec mon fils l'essentiel de mon temps. Il sait dire « maman » à présent.

Dès mon retour de Finkenstein, je suis allée l'enlever à ses tantes. Anastase n'était pas là : il suivait une cure en Autriche. Contrairement à ce que j'imaginais, il ne semble pas désirer le divorce et m'a même fait savoir qu'il souhaitait mon retour à Walewice.

– C'est là qu'est ta place, avec ton mari ! me répète ma mère.

Mais le ton est moins autoritaire qu'autrefois et elle me regarde avec une sorte de respect, me semble-t-il. Je ne suis plus la petite fille à qui l'on dicte sa conduite mais la maîtresse de celui qui fait trembler l'Europe. Maman... si c'est à Kiernozia que j'ai choisi de rentrer, c'est pour être libre de le rejoindre le jour où il m'appellera !

– T'appellera-t-il ? demande Élisabeth. Pour lui, la Pologne est loin. Il s'en est servi comme d'une réserve d'hommes, de chevaux et de victuailles. Il s'est contenté de tout nous prendre. Jamais il n'a vraiment souhaité notre indépendance.

Je refuse de l'écouter : le prince Poniatowski, son cher Pépi, membre du nouveau gouvernement, ne continue-t-il pas à croire en l'Empereur ? Il conjure les Polonais de lui rendre leur confiance.

– Parce qu'il est notre seule chance, constate sombrement Élisabeth. Si nous la perdons, ne nous restera que le désespoir.

Elle me regarde au fond des yeux, comme autrefois à Notre-Dame-de-l'Assomption.

– S'il t'appelle, iras-tu ?

Je ne puis répondre. Je ne me sens plus la femme d'Anastase, suis-je encore celle de Napoléon ? Puisqu'il faut savoir lire clairement en soi, je sais qu'il suffit que son nom soit prononcé pour que le vertige me saisisse, qu'il n'est d'instant où tout mon être ne se tende vers lui.

Et souvent il me semble que là où il se trouve, lui aussi se tend vers moi.

... mais à Bialosk que l'Empereur a, sans y être obligé, abandonné à la Russie, la police du tsar exerce d'atroces représailles contre ceux qui s'étaient engagés à ses côtés : les « frères » sont pendus, leurs femmes déportées.

Ah, liez-moi à ce tilleul plutôt que de m'obliger à choisir entre deux amours !

Aujourd'hui c'est ma fête et maman a réuni quelques amis à la maison. Pâtisseries et boissons fraîches sont servies sur la terrasse. Nous écoutons Charles de Flahaut donner les dernières nouvelles de France.

Soixante coups de canon ont accueilli à Paris le retour de Napoléon fin juillet. Les façades des maisons étaient illuminées, une foule en liesse emplissait les rues. Le 15 août est jour de réjouissance nationale et, en ce moment même, on se régale avenue des

Champs-Élysées où ont été dressés des buffets. Volailles, rôtis, pâtés en abondance, vin tant que l'on en peut boire. Ce soir, sera tiré un feu d'artifice sur le pont de la Concorde. Napoléon et Joséphine apparaîtront au balcon du palais des Tuileries. Les lampions ont été prévus par milliers.

Je me tais. Dans le regard de ceux qui m'entourent, je lis qu'on me croit oubliée. Élisabeth m'adresse de réconfortants sourires, ma mère m'observe : m'obligera-t-elle un jour, comme elle l'a déjà fait, à retourner près d'Anastase ? La gorge serrée, je fais semblant d'apprécier le gâteau aux graines de sésame, délice de mon enfance, qu'elle a, pour l'occasion, confectionné à mon intention. Et s'ils avaient raison, si la « petite épouse polonaise » avait été abandonnée en même temps que son pays ? Depuis mon retour, je n'ai reçu de l'Empereur que quelques mots écrits à la hâte.

Et puis, sur le perron, un valet me fait signe que l'on me demande. A sa suite, je pénètre dans le salon. Je sais déjà que je n'oublierai jamais le bourdonnement de cette abeille prise dans les pans d'un rideau, le peu discret ronflement de l'un des invités : un vieux monsieur noyé dans une bergère et ce mélange d'obscurité et de lumière, comme dans mon cœur.

Près du piano où aimait à jouer Nicolas Chopin, se tient un militaire de la légation française à Varsovie. Il s'incline respectueusement devant moi avant de me tendre un paquet et un pli.

– De la part de Sa Majesté l'Empereur.

Je les prends d'une main tremblante. Comme en un rêve, j'entends ce jeune homme m'expliquer que l'ordre a été donné de ne me porter ceci qu'aujourd'hui, 15 août. Je le remercie. Il se retire.

– Madame, allez-vous bien ?

Le vieux monsieur est près de moi, je ne l'avais pas entendu s'approcher.

– Oh monsieur, si je vais bien ! Il n'a pas oublié ma fête...

Marie, mio amore, *tiens-toi prête ! Dès que possible, je t'appellerai à Paris. Tu viendras, n'est-ce pas ?*

Je viendrai. A la minute où tu m'appelleras, rien ni personne ne m'empêchera de te rejoindre.

Dans le paquet, à côté d'un bracelet de saphirs et diamants, je trouve le plus beau des présents : un médaillon renfermant le portrait de Napoléon. Je le porte à mes lèvres avant de l'épingler à mon corsage.

Discrètement, le vieux monsieur est retourné à son fauteuil. Je vais vers lui. Je ne me souviens pas de son nom mais je sais que, lui non plus, je ne l'oublierai jamais : il aura été le témoin de ce bouleversant moment.

– Monsieur, je suis heureuse !

Et je suis reine lorsque je reviens sur la terrasse où le silence se fait tandis que je regagne mon fauteuil, où tous les yeux se portent sur le médaillon. Je reprends mon assiette : c'est là, maman, le meilleur gâteau au sésame que j'aie jamais goûté de ma vie... Élisabeth, tu te trompais : il m'aime toujours ! Charles, racontez-nous encore Paris, les banquets et les feux d'artifice, parlez-moi de l'Empereur s'il vous plaît : bientôt je serai dans ses bras !

Varsovie pleurait, Paris dansait.

... dans les bals musettes et à l'Opéra, à Tivoli et sur les places.

Et Paris riait au théâtre, admirait sur les grands boulevards les batailles de roquets, le mangeur de grenouilles, le dresseur de puces, la femme à barbe, le veau à deux têtes, s'amusait au spectacle des funambules, faiseurs de tours et autres marchands de plaisir.

Paris s'habillait de neuf !

Des constructions surgissaient partout. Au-dessus des barques, des lavoirs et des moulins de la Seine, s'élançaient de nouveaux ponts aux noms de victoires. La colonne Trajane s'achevait place Vendôme, l'arc du Carrousel près des Tuileries. Les fondations du temple de la Gloire à la Madeleine, d'un palais de la Bourse, étaient posées. On ajoutait au Louvre la galerie Napoléon, reconstruisait le théâtre de l'Odéon, prévoyait un éléphant à la Bastille et un grenier d'abondance près du canal de l'Ourcq.

Paris-poète aux ronds pavés, aux cent clochers, aux mille fontaines, Paris-mendiant aux rues obscures, aux culs-de-sac, aux ruisseaux putrides, se vêtait en prince et en ce début d'année 1808, continuait à se griser de paix et célébrait la présence de son héros.

Je suis arrivée rue de la Haussaye *, dans le quartier de Notre-Dame-de-Lorette, un début d'après-midi de février alors que le vent chassait les nuages et faisait s'envoler les chapeaux. Duroc, accompagné de Bénédict, était venu me chercher au dernier relais avant la capitale. Comment oublier, après la fatigue, la poussière, l'inconfort du voyage, ce moment où notre berline s'arrêta dans la cour d'un charmant hôtel particulier et où le maréchal m'annonça :

– Madame, vous voici chez vous !

Un souriant bataillon de serviteurs m'attendait sur le perron : cocher et cuisinier, valet et femmes de chambre. Les quelques marches de pierre menaient à une vaste pièce dallée de noir et blanc, emplie de plantes vertes. Suivait un grand salon tendu de soie or où crépitait un feu. Le bois acajou d'un piano décoré de bronze doré ajoutait une note chaleureuse : « Un *Érard* », m'annonça fièrement mon frère. Le célèbre facteur d'instruments était connu jusqu'à Varsovie où certains avaient réussi à faire venir ses modèles.

Nous passâmes ensuite dans un salon plus petit, un bureau garni de beaux livres. Au premier étage se trouvait ma chambre, égayée par une toile de Jouy, meublée d'un lit antique drapé de mousseline parme.

– De la couleur de vos yeux, me glissa Duroc à l'oreille. « On » l'a souhaitée ainsi.

Son sourire m'indiquait qu'il avait été l'artisan de mon enchantement ; je l'en remerciai avec émotion.

– J'avais à me faire pardonner certaines larmes, murmura-t-il.

* *Aujourd'hui rue Taitbout.*

– Oh monsieur, voilà qui est fait depuis longtemps !

Son visage, ordinairement impassible, rosit légèrement et je compris qu'il était content.

Je le connaissais mieux à présent, cet homme qui avait le très rare privilège de tutoyer l'Empereur. De vieille famille lorraine, il était jeune artilleur lorsque à Toulon il avait fait la connaissance du chef de bataillon, Bonaparte. Il ne l'avait jamais quitté depuis. Napoléon l'appelait « l'ami » ; il me semblait qu'il était devenu le mien.

La salle de bains, avec sa baignoire encastrée dans un nid de glaces m'émerveilla. Je découvrais partout mille objets ravissants et ne savais où donner des yeux. Et voici que se présentait un envoyé de Leroy, couturier de l'Impératrice, chargé de me proposer modèles et tissus. Monsieur Duplan, coiffeur de Sa Majesté, accompagné d'un artiste en maquillage, suivait. Cet homme aux longs favoris blancs, au regard pénétrant, c'était le docteur Corvisart, médecin personnel de Napoléon, venu s'assurer que j'avais bien supporté les fatigues du voyage. Dans le hall, attendaient d'être reçues, m'apprit-on, une dizaine d'autres personnes dont un chausseur fameux et un jardinier d'appartement...

Ma tête tournait. Comment tous ces gens pouvaient-ils être déjà avertis de mon arrivée ? J'avais, jusqu'ici, vécu mon amour dans l'obscurité : les discrètes visites au château, à Varsovie, le séjour secret de Finkenstein. Serais-je, à Paris, officiellement la maîtresse de Napoléon ?

Et comment oublier, alors que l'on prenait mes mesures, examinait la texture de mes cheveux, considérait la qualité de mon teint, déployait devant moi d'admirables velours et brocarts, des éventails de plumes, des soieries étincelantes, des ceintures dorées, cette voix qui, soudain, dans le vestibule, annonçait : « L'Empereur ! »

En un instant, tous s'écartaient, s'effaçaient. Je

n'étais plus, au pied du grand lit où l'on allait m'aimer, que faiblesse et abandon.

Il était essoufflé d'avoir gravi quatre à quatre les marches. Il s'est arrêté à la porte et son regard gris m'a cherchée, s'est emparé de moi, m'a dévorée. Je le voulais jusqu'à la douleur. J'ai volé dans ses bras.

J'étrenne l'une des robes qu'a confectionnée pour moi Leroy. De velours bleu nuit, taille haute, sa jupe longue ne laisse rien ignorer de mes formes. Le décolleté interdit le corset, les manches sont courtes et ballonnées.

Mes fins souliers lamés d'argent l'accompagnent bien. Monsieur Duplan, le coiffeur, a mêlé quelques fleurs à mes cheveux bouclés à la Phèdre ; l'artiste en maquillage s'est contenté de rosir légèrement mes pommettes. Il m'a fait rire en m'assurant que la nature s'était déjà chargée de me farder comme il convenait. Je ne porte pour tous bijoux qu'un rang de perles fines et la broche de diamants, premier présent de Napoléon.

Lorsque Duroc est venu me chercher à mon hôtel, imposant dans sa cape bleu impérial aux revers de soie blanche, j'ai remarqué son léger sursaut admiratif et n'ai pu cacher mon plaisir. C'est ma première sortie en public : l'Empereur a insisté pour que je me rende ce soir au Théâtre-Français où une loge m'a été réservée.

Un embouteillage occasionné par des gens espérant obtenir des billets nous a immobilisés un bon moment place du Palais-Royal et, lorsque nous sommes arrivés, la salle était déjà pleine. Les quatre étages de loges perchées sur leurs fines colonnes corinthiennes, les draperies rehaussées d'or, le lustre imposant, m'émerveillent. Mais m'impressionne plus encore la foule qui, au parterre, s'agite, s'interpelle, apostrophe les privilégiés des loges et des balcons, et à laquelle, tout là-haut, répondent ceux du paradis.

A ma surprise, à peine suis-je assise sur ma chaise

que les visages de ceux qui occupent les loges voisines se tournent vers moi, des lorgnettes se braquent dans ma direction, je me cache derrière mon large éventail de plumes.

– Cela ne vous fait-il point plaisir d'être reconnue ? demande Duroc qui s'est installé derrière moi.

– Mais monsieur, comment pourrait-on me reconnaître alors que l'on me voit pour la première fois ?

Il sourit.

– Nul n'ignore à Paris que vous êtes arrivée d'avant-hier et nombreux sont ceux qui brûlent de découvrir si vous êtes aussi belle que l'affirme votre réputation.

Je me sens rougir. Bénédict a donc dit vrai lorsqu'il m'a assuré qu'on parlait de moi à Paris ! J'avais refusé de le croire : mon frère aîné manifeste parfois trop d'orgueil à mon goût.

L'orchestre, exécutant un triomphal roulement de tambour, détourne heureusement les yeux de ma personne. D'un même mouvement, toute la salle se lève tandis que monte une bruyante ovation : l'Empereur vient d'apparaître dans la loge qui fait face à la mienne. Joséphine l'accompagne.

Très belle dans sa robe de soie blanche brodée d'or, une parure de rubis étincelant sur sa peau mate, elle incline gracieusement la tête et sourit pour répondre aux acclamations. Mon cœur bat : j'ai bien remarqué le regard que Napoléon lançait dans ma direction et je crains qu'il n'ait échappé à personne.

Je respire lorsque les lumières s'éteignent. Une autre surprise m'attend au lever du rideau.

Le décor est un salon de Varsovie ! Mobilier, objets, atmosphère, tout est fidèlement reproduit ainsi que les costumes des interprètes. Au cœur de Paris, je me retrouve soudain chez moi et la reconnaissance m'emplit : voici donc pourquoi Napoléon tenait tant à me voir assister à cette pièce ! Il voulait m'offrir, pour cette première sortie, un parfum de mon pays.

Le grand acteur Talma en est le principal interprète : il joue le rôle d'un aristocrate polonais amoureux d'une Française. Son beau visage sombre de tragédien m'impressionne, son art m'emporte. Sous la mesure, on sent la fougue, la flamme est savamment retenue, à la fois il sait émouvoir et faire rire.

– Savez-vous qu'il souffre d'hallucinations ? glisse Duroc à mon oreille. Lorsqu'il regarde le public, il ne voit, dit-il, que des têtes de morts.

Est-ce parce qu'il se souvient que pendant la Révolution, chaque soir un acteur – lui peut-être – venait annoncer joyeusement au public le nombre de guillotinés du jour ?

Mais devant le plaisir qu'exprime le parterre, ces sombres pensées me quittent. Sans retenue, celui-ci rit, applaudit et ne se prive pas d'interpeller les acteurs, ce dont nul ne semble trop se soucier. Je ne peux me retenir de regarder souvent vers la loge d'en face ; il me semble qu'on me rend la pareille. Je suis si occupée à être heureuse que je ne vois pas passer le premier acte.

– Madame, une personne désire s'entretenir un moment avec vous.

Les lumières sont revenues. Les cris des vendeurs de lorgnettes, des distributrices de limonade, eau de framboise ou de groseille retentissent à nouveau. Intriguée par les airs mystérieux de Duroc, je le suis dans les couloirs qui longent les loges ; c'est bien vers celles que protège une double haie de soldats de la Garde que nous nous dirigeons et je sens trembler mes genoux. Serait-il possible qu'une fois de plus il me mène à l'Empereur ?

Il ouvre pour moi la porte du petit salon qui précède l'une des loges. Une femme s'y tient. Elle est seule.

– Sa Majesté la reine de Hollande...

Tandis que je fais ma révérence, soudain je comprends tout : la voici donc, cette Hortense dont le maréchal Duroc m'avait parlé un soir à Varsovie :

« J'ai aimé une femme qui vous ressemblait... » Elle n'était autre que la fille de Joséphine, l'épouse de Louis Bonaparte, la mère du petit garçon qui vient de mourir du croup.

Elle a un visage très pâle, des yeux pleins de souffrance. Sa main est posée sur son ventre comme si elle voulait protéger l'enfant qu'elle y porte. Duroc s'est retiré. Elle me désigne un siège à ses côtés.

– Vous plaisez-vous dans notre ville, madame ?

– J'y découvre chaque jour de nouvelles richesses, Votre Altesse.

J'éprouve, pour la première fois, un sentiment de honte. C'est l'époux de sa mère que j'aime. C'est lui qui m'a fait venir à Paris.

Comme si elle devinait mes scrupules et voulait me rassurer, la reine Hortense me sourit ; elle doit avoir à peu près l'âge d'Élisabeth, 24 ou 25 ans, mais son visage amaigri, les larges cernes qui soulignent ses yeux la vieillissent.

– Il s'est passé cet automne une chose que j'avais envie de vous conter, dit-elle. Je me promenais incognito avec l'Empereur à la foire de Saint-Cloud lorsque nous découvrîmes, sous une tente, une exposition de figurines en cire représentant la famille impériale. Les visages étaient fort réussis, les cheveux véritables, les costumes pleins de charme. Nous en fûmes d'autant plus ravis que, l'artiste ne nous ayant point reconnus, nous nous amusâmes à lui demander mille détails sur chacun des personnages représentés, dont l'Empereur et moi-même.

Brusquement, elle s'interrompt, son regard se perd, on dirait qu'un souvenir l'étouffe. Je pense au petit garçon mort, je voudrais tant l'aider !

– Votre Altesse...

Comme revenant à elle, elle pousse un soupir et ses yeux se raniment. « Veuillez me pardonner, mais il m'arrive de ne plus savoir où je suis. Reprenons si vous voulez bien... »

– Un peu à l'écart des autres figures, s'en trouvait une qui nous parut différente. Étendue sur une couche de satin, vêtue d'une simple robe blanche, une couronne de fleurs dans sa chevelure claire, elle semblait dormir, un sourire aux lèvres. Son teint était d'une exquise transparence. « Qui représente celle-ci ? » demanda l'Empereur. *La Belle au bois dormant*, répondit l'homme.

Mon cœur bat plus fort et je baisse les yeux. La reine Hortense poursuit.

– « C'est bien elle », murmura l'Empereur. Il semblait ému et insista pour l'acquérir.

Elle s'interrompt à nouveau et me regarde avec gravité : « En vous voyant ce soir, madame, j'ai compris qui cette figure représentait pour lui. »

– L'Empereur m'a, en effet, parfois appelée ainsi. Il aime à me répéter que ses caresses m'ont éveillée d'un long sommeil et croit que, sans lui, je dormirais encore, ce que je pense aussi. La reine Hortense m'en veut-elle ? Je voudrais lui dire que tant que j'ai pu j'ai résisté et que c'est par la force que Napoléon s'est emparé de mon cœur comme de mon corps. Sait-elle que j'ai refusé d'être présentée à l'Impératrice ainsi qu'il me le demandait, afin d'épargner à celle-ci une souffrance supplémentaire ?

Mais il faut « se tenir », aussi je garde pour moi ces pensées trop intimes. A nouveau, la reine de Hollande semble loin.

– Il paraît que vous avez un fils, dit-elle soudain d'une voix sourde. Savez-vous que j'ai perdu le mien ?

– Oui, Altesse. Et j'aimerais tant que vous m'en parliez !

Elle le fait avec une touchante simplicité. Napoléon-Charles était blond et doux comme un portrait de Greuze qu'elle ne se lassait de regarder alors qu'elle le portait ; sa tendresse la consolait de bien des souffrances, malgré ses efforts elle ne peut l'oublier : elle entend son souffle la nuit et sa voix qui l'appelle.

Elle s'interrompt, étouffée par les sanglots et, à nouveau, pose la main sur son ventre.

– Quelque chose me répète que je mourrai en donnant le jour à cet enfant-là, murmure-t-elle, mais qu'importe après tout! Si l'on ne m'a pas menti, je retrouverai là-haut celui que j'ai perdu.

– Si vous mourez, Altesse, ce ne sera pas le jour mais la nuit que vous donnerez à celui que vous portez. Vivez, je vous en prie!

Je n'ai pu retenir mon cri. Dans la salle, rires et applaudissements semblent y répondre. Ils indiquent que le spectacle a repris. La reine se lève.

– Merci de m'avoir écoutée, madame. Je vois que vous savez comprendre. L'Empereur, lui, me reproche de trop pleurer: il veut me voir gaie, m'ordonne de m'amuser.

– Cela n'empêche qu'il vous aime!

– Il a parfois une façon bien cruelle d'aimer.

La main sur le rideau qui ouvre sur la loge, elle hésite un instant et c'est à voix très basse qu'elle ajoute.

– Cette *Belle au bois dormant*, l'artiste refusa de la vendre à Napoléon. Elle n'était là, affirma-t-il, que pour être admirée; il ne fallait pas la toucher car elle était aussi fragile qu'un songe.

Comme le maréchal Duroc me reconduit à ma loge, les paroles de la reine de Hollande tournent dans ma tête: «Aussi fragile qu'un songe»... Il me semble que, par ces mots, elle a voulu me donner un avertissement. Lequel?

Mais bien vite, voyant se tourner vers moi le visage éclairé de l'Empereur tandis que je reprends ma place, je ne songe plus qu'à mon bonheur.

Cet homme que j'aimais, qui était-il?

Celui qui se refusait à croire en un Être supérieur, créateur de l'univers, et riait lorsqu'on prêtait à sa force une origine mystique, ou le souverain qui venait d'ordonner que tous les enfants de France récitent que Dieu, comblant de dons leur Empereur, en avait fait son représentant sur la terre?

Était-il l'esprit puissant qui assurait vouloir gagner les batailles avec son regard plutôt qu'avec ses armes et déclarait : « Je veux avoir pour amis cinq cents millions d'hommes », ou le chef d'armées qui occupait Rome et s'apprêtait à envahir l'Espagne ?

Était-il le révolutionnaire qui, dans son code civil, avait aboli les privilèges héréditaires, ne voulant récompenser que les hommes de valeur, ou celui qui distribuait sans compter titres de ducs, comtes ou barons à des collaborateurs qui les transmettraient ainsi que leurs châteaux, à des enfants qui ne les auraient point mérités ?

Était-il le poète, ami des arts, fervent de Werther, qui aimait dans ses campagnes s'entourer de savants, littérateurs et philosophes, ou le dictateur à poigne de fer qui établissait la censure, emprisonnait les opposants et disait de madame de Staël, exilée à Genève : « Cette femme apprend à penser à ceux qui ne s'en aviseraient pas ou l'auraient oublié. Je n'en veux point en France. »

Mars était là ! On en dit chez moi que s'il entre comme un mouton, il ressort comme un lion. Mars entrait en douceur à Paris, faisait éclater avant l'heure les bourgeons aux arbres, attirait les promeneurs dans les jardins et aux terrasses des cafés, emplissait le ciel de moelleux troupeaux que dissipait parfois un soleil déjà chaud.

A la porte de mon hôtel, Paris bourdonnait et je ne pouvais éviter de l'entendre. Il ne parlait que de l'inévitable divorce de l'Empereur et de l'urgente nécessité qu'il ait un fils pour lui succéder. Je me souvenais de ses paroles à Finkenstein : ce fils, comme je souhaitais le lui offrir !

Je ne vivais que dans l'attente de ses trop brèves visites.

« Tu m'as manquée, Marie, m'aimes-tu ? »

Il me prenait dans ses bras, s'emparait fougueusement d'un corps totalement accordé au sien et qu'il savait faire vibrer à sa guise. Je trouvais mon plaisir dans ma soumission à ses exigences.

Je n'oubliais pas mon pays et lui en parlais souvent; il arrivait que dans sa réponse je discerne une pointe d'irritation.

– Crois-tu que j'aie dans ma main toutes les clés du destin ?

Était-il celui qui disait du destin: « Tout ce qui arrive est écrit, notre heure est fixée, nul ne peut l'arrêter. » Ou l'esprit libre qui, par chacun de ses actes, ne cessait de le défier ?

Un matin, une certaine madame Hamelin vint me rendre visite. Elle était vêtue de mousseline transparente et avait dû être très belle. Ses sourires piquaient comme autant de poignards acérés; je compris qu'elle aimait Joséphine.

Dans la conversation, faisant mine de me croire au courant, elle glissa que l'Empereur était père depuis plus d'un an d'un petit Léon. La mère de ce dernier s'appelait Éléonore Denuelle et avait été lectrice de l'impératrice. Depuis la mort de Napoléon-Charles, il était question qu'il fût légitimé.

Je parvins à garder un visage serein mais, durant un instant, il me sembla que le monde vacillait autour de moi.

Au soir de cette journée, j'interrogeai le maréchal Duroc.

– Cet enfant existe bien, me répondit-il avec sa sincérité habituelle, mais l'Empereur n'a aucune certitude qu'il soit de lui. Madame Denuelle a eu de nombreuses aventures, on dit même que le prince Murat...

Il s'interrompit et posa sur moi ce regard honnête qui le faisait traiter de chien fidèle par son maître.

– Ne vous inquiétez pas, madame. Il n'est pas question qu'il le reconnaisse.

Je tus à Napoléon les propos empoisonnés de madame Hamelin. Je m'étais, une fois pour toutes, interdit de penser à celles qui m'avaient précédée. A quoi bon ?

– Pour moi, tu es l'unique, affirmait-il.

Cependant, après l'éblouissement de Finkenstein, il me semblait voir se lever des ombres, comme en ces jours d'été lorsque descend le soleil. C'est à cette heure-là que la nature est la plus belle, aussi n'en aimais-je pas moins l'Empereur : peut-être davantage !

En cette fin de matinée, il m'a menée à l'atelier de David, hôtel de Cluny, pour y admirer le tableau du couronnement sur le point d'être achevé.

Devant l'œuvre, je reste saisie. Le temps est arrêté sur un moment d'histoire : l'empereur Napoléon Ier s'apprête à couronner sa femme agenouillée devant lui. Tous les regards convergent vers le couple. Pas un sourire. Les pourpres et les ors, la splendeur des vêtements et des uniformes, font ressortir la pâleur des visages. L'un m'émeut entre tous, celui de Pie VII, tout de douceur et de réflexion, éclairé par la lumière d'une âme que l'on dit simple et exigeante. C'est devant lui que je voudrais m'agenouiller.

– Madame Mère n'avait pas éprouvé le besoin de venir, dit Napoléon avec un rire amer. Eh bien, elle se trouve là quand même : je l'ai fait rajouter !

Il me désigne Letizia, installée à une place d'honneur. Puis son regard vient sur Joséphine. Comme elle semble fragile, inclinée devant lui, mains jointes, dans l'attente du grand moment. Comme paraît lourd le manteau d'apparat.

– Elle pleurait, m'apprend-il. Je voyais les larmes couler sur ses joues ; c'est qu'elle s'était mise à m'aimer.

J'admire. Je félicite le peintre, mais un profond malaise m'emplit. Où est mon amour ? Cet homme engoncé dans la soie, l'hermine, les broderies d'or et les palmes me paraît étranger.

Toi, Joséphine, tu as aimé la lumière de sa gloire ; j'aime celle d'un jeune visage fiévreusement tourné vers l'avenir. C'est cette lumière-là qui encore à présent m'entraîne. Je suis éprise d'un soldat en simple uniforme dont le regard ardent a poussé des milliers d'hommes à se dépasser eux-mêmes. Dans ces vêtements trop riches, je ne le reconnais pas et la lumière du tableau de David m'effraie : elle m'apparaît crépusculaire.

Ce même après-midi, afin de retrouver les racines de mon amour, je suis allée au Louvre où était exposé le portrait qui avait éclairé mon adolescence.

– Il était beau, n'est-ce pas madame, constate une voix à mes côtés.

Avant de me retourner, j'ai reconnu à l'odeur de sa poudre et de ses parfums, monsieur de Talleyrand. C'est la première fois que je le rencontre à Paris. Nous avons appris en Pologne, non sans étonnement, qu'il avait démissionné de son poste de ministre. Le prince Poniatowski le tient en haute estime. Je ne puis, comme au premier jour, m'empêcher d'éprouver un malaise en sa présence.

Appuyé sur sa canne, il fixe le tableau d'un regard qui me semble glacé.

– Voulez-vous dire qu'il n'est plus beau pour vous ?

– Les batailles vont bien à la jeunesse, se contente-t-il de répondre de sa voix musicale.

Il montre une autre direction : « Si vous appréciez l'œuvre de monsieur Gros, il vient, pour une œuvre plus récente, de remporter un prix. Souhaitez-vous la voir ? »

– Avec plaisir, monsieur.

Nous passons dans la galerie suivante. Il marche, ou plutôt glisse, à mes côtés, s'appliquant à masquer, en une sorte de danse, le déhanchement dû à son infirmité. Dans son habit de soie mauve, ses bas blancs, ses souliers à boucles, il est comme toujours d'une parfaite élégance et son surnom : « l'angora », lui convient à merveille. Il semble que, pour moi, il ait rentré ses griffes. Avec ennui, il considère les autres visiteurs, déplorant visiblement de n'être pas le seul à profiter de ces merveilles.

Il s'arrête devant une toile.

– La neige en est encore fraîche, si je puis m'exprimer ainsi.

Mon cœur bondit : je connais, je reconnais ! Cette église sur son mamelon, ce cimetière, cette forêt couchée dans la neige, c'est Eylau. Il n'a point besoin de me dire le nom du tableau : *Eylau après la bataille*. L'Empereur marche entre les arbres abattus. Je sens dans l'air l'odeur de la poudre, j'entends le cri d'un chien.

– Ce tableau-là, monsieur, je l'avais déjà vu !

Les yeux du prince de Bénévent m'interrogent. Je me tourne à nouveau vers la toile et m'entends demander : « Va-t-il abandonner la Pologne ? Certains chez moi le craignent. »

– Les Français sont las de se battre.

– Nous en sommes las aussi. S'il le souhaite, l'Empereur peut nous redonner un pays : il en a le pouvoir, lui qui partout a été vainqueur.

– Il tient à se ménager des alliés ; il en a besoin contre l'Angleterre.

– Qu'avons-nous à faire des Anglais ?

J'ai parlé fort. Pour une fois, je n'ai pas su « me tenir ». Monsieur de Talleyrand garde un moment le silence.

– Avez-vous remarqué, madame, qu'il devient de plus en plus difficile de faire entendre ses avis à l'Empereur ?

Je me retourne pour lui faire face.

– Est-ce pour cette raison que vous ne le servez plus ?

– J'ai l'honneur de servir la France, répond-il sèchement. Et il ne me paraît point souhaitable qu'un empire ne repose que sur des canons et des baïonnettes.

Du bout doré de sa canne, il montre le tableau.

– J'ai senti à Eylau, venu de l'Est, passer comme un vent de défaite.

J'ai froid soudain, bien plus qu'à Finkenstein entre les lacs glacés. Il me présente son bras ; nous nous éloignons.

– En résumé, madame, reprend-il d'une voix légère, comme pour effacer la gravité du propos précédent, je n'aime pas que le vin manque à ma table et c'est là une chose qui arrive trop souvent à la guerre.

Alors que nous traversons la cour du Carrousel où son carrosse l'attend, il s'arrête et me présente une bonbonnière en écaille noire doublée de vermeil.

– Une dragée, madame ? Je les réserve à mes amis.

Dans son regard passe un peu de chaleur. Je puise dans la boîte. Après s'être servi, il la referme d'un coup sec.

– Madame de Staël, une autre amie à moi dont l'Empereur ne prise guère l'esprit, se plaît à dire qu'il n'y a en ce monde de différence qu'entre les oiseaux pris au filet et ceux qui y ont échappé.

Son regard se fait appuyé, comme s'il cherchait à me transmettre un message et je comprends soudain que notre rencontre au Louvre n'était pas fortuite ; il y est venu pour me rencontrer et me dire ces mots-là. Et ainsi que la reine Hortense l'autre soir, il me semble qu'il m'adresse un avertissement.

C'est l'angoisse qui fait monter en moi la colère. Le prince de Bénévent ne serait-il pas satisfait de la tournure que prennent les choses ? On m'a raconté qu'il travaillait au divorce de l'Empereur. Contrarierais-je ses projets ? Mais c'est bien lui qui est venu me chercher à Walewice pour me mener au bal où tout a commencé.

– Si personne ne tendait de filets, les oiseaux ne risqueraient pas de s'y prendre.

– Ceux-là mêmes qui les ont tendus peuvent éprouver l'envie de les entrouvrir.

C'est bien cela ! Il veut m'éloigner de Napoléon. Pense-t-il que celui-ci m'aime trop ? Se doute-t-il qu'il me réclame chaque jour ce fils que tous ici lui souhaitent ?

– Vous direz à votre amie, monsieur, qu'elle peut ajouter à sa triste histoire, les oiseaux qui, par amour ou par fidélité, choisissent de rester pris.

Il s'incline avec un sourire. Il n'est plus là.

Un grand coup de froid a glacé Paris : entré mouton, mars se retirait lion. Avant de partir pour Bayonne afin de régler l'affaire espagnole, Napoléon me proposa de rester à Paris. J'aspirais à retrouver Antoine, le calme de Kiernozia. Je ne me sentais point la tête, en l'absence de l'Empereur, à faire la fête à Paris tandis que mon pays souffrait. Je refusai.

– Ma petite patriote, tu ne m'oublieras pas ? Où que je sois, toutes mes pensées voleront vers toi.

Je promis de revenir sitôt qu'il m'appellerait. Nous nous aimâmes une dernière fois et cela me parut plus intense encore, parce que le temps nous était compté, que beaucoup meurent à la guerre et que je ne pouvais m'empêcher de penser à la fragile Belle au bois dormant et à l'oiseau pris au filet.

Dans ce temple égyptien auquel, disait Napoléon, il pensait en me pénétrant, au fur et à mesure que l'on se dirigeait vers la salle où se tenait le dieu du feu et de la vie, le plafond s'abaissait tandis que s'élevait le sol : symbole de l'élévation de la terre vers le divin. Ainsi était l'amour pour moi : corps et âme, terre et ciel embrassés.

Il était dit aussi dans la légende que la nuit, le dieu Râ, entré en léthargie, traversait le Nil souterrain avant de renaître à l'Orient, jeune et fort éternellement.

Cette nuit de l'absence, pouvais-je me douter qu'elle durerait seize mois ?

4

Le sacrifice

Somosierra, un étroit défilé dans les montagnes de Guadarrama – nom qui bat tambour – le seul passage vers Madrid dont a été chassé Joseph Bonaparte, roi d'Espagne.

Sous l'épais brouillard de novembre, l'armée française est immobilisée à quelques kilomètres du col gardé par huit mille fantassins et seize canons.

– Impossible de passer, ont déclaré les généraux.

– Impossible ? Je ne connais pas la signification de ce mot, a répondu l'Empereur.

Et il se tourne vers les nôtres.

Ils viennent d'arriver de Varsovie, les lanciers polonais, ces chevau-légers que, le cœur battant, je regardais défiler de ma fenêtre à Finkenstein. La route a été longue mais on les a applaudis à Paris et à Lyon. La plupart n'avaient jamais quitté la Pologne, aucun n'a encore connu le feu.

Et l'Empereur les regarde ! Il connaît leur enthousiasme ; il sait que chacun d'eux se sent le drapeau de son pays et brûle d'en donner la preuve. Son regard s'arrête sur le capitaine Kozietulski, aux longs cheveux bouclés, aux yeux de braise, qui commande le troisième escadron : c'est lui qui donnera l'assaut.

Hippolyte Kozietulski est un ami d'enfance. Nous jouions ensemble à la guerre dans la cour de Kiernozia et son père est mort comme le mien dans les faubourgs de la Praga un sombre jour de novembre. Être choisi par l'Empereur est pour le fougueux capitaine le plus grand des honneurs.

À cheval, sabre d'une main et pistolet de l'autre, rênes entre les dents, les lanciers polonais s'élancent vers le col sous un déluge de feu; plus d'un tiers tombent, les autres parviennent au sommet où ils ouvrent la route vers Madrid. Le 3 décembre 1808, Joseph Bonaparte peut remonter sur le trône d'Espagne.

« Je vous reconnais pour ma plus brave cavalerie », déclarera l'Empereur à ceux qui ont survécu.

La Pologne pavoise. Guadarrama : un nom qui battra à jamais tambour au cœur des mères qui ont laissé leur fils dans les montagnes espagnoles.

« Sainte Vierge, faites qu'il survive. »

Les cierges brûlent jour et nuit dans la petite église de Kiernozia et les offrandes s'accumulent sur l'autel. Chacun vient prier pour le capitaine Kozietulski, onze fois blessé au cours de l'assaut. J'y ai porté les vingt-deux bougies de mon anniversaire : pour chaque trou creusé dans la chair du héros, deux petites lumières d'espoir.

Marie, ma douce colombe, soyez fière de votre pays : je savais les vôtres courageux, ils se sont montrés héroïques. Quel foutu métier que la guerre ! Hier, c'est à cheval sur un canon que j'ai conduit la marche. Pensez à moi à Noël comme je penserai à vous.

Nous avons décoré le sapin et étalé sous la nappe bien blanche un peu de paille pour que chacun se souvienne de l'Enfant né dans une étable. Après la messe de minuit, il y a eu la distribution des cadeaux, les gâteaux aux graines de sésame, la joie de mon fils.

C'était un enfant éveillé et curieux de presque 4 ans. Au cours de nos promenades, il insistait toujours pour aller plus loin. Du doigt, il montrait l'horizon : « Et là-bas, maman, qu'est-ce qu'il y a ? »

Pourrais-je un jour lui répondre : « Là-bas, aussi loin que portent tes yeux, il y a ton pays : libre et fier ! »

Mais comme sonnaient les cloches de Pâques, les vampires s'abattaient à nouveau sur la Pologne. Commandés par l'archiduc Ferdinand, les Autrichiens envahissaient le grand-duché. Malgré la défense héroïque livrée par Joseph Poniatowski, Varsovie tombait aux mains de l'ennemi, il fallait fuir. Tous les regards se tournaient à nouveau vers le libérateur.

Le 13 mai 1809, il entrait à Vienne.

Marie, les sentiments que vous me conservez, je vous les porte et j'ai hâte de vous embrasser toute. Préparez-vous à venir me rejoindre.

Le 6 juillet, c'était la victoire de Wagram, le 16 de ce même mois, Pépi reprenait Cracovie à l'Autriche; drapeaux français et polonais flottaient ensemble sur les toits de la ville, l'espoir refleurissait, que dis-je: il explosait!

Nos ennemis le comprendront-ils un jour? Jamais les Polonais ne renonceront à l'espoir: ce serait renoncer à leur âme.

Le maréchal Duroc me fit savoir qu'une maison m'attendait aux environs de Vienne, tout près du château de Schönbrunn, résidence de Napoléon.

La veille de mon départ, je conduisis mon fils à Walewice où le réclamait la famille de mon mari; malgré ma joie, mon cœur se serrait: quand le reverrais-je?

Me faisant ses adieux, ma mère traça sur mon front une petite croix en prononçant le nom de la Vierge Noire.

Début août, j'arrivai à Mödling.

C'est un village au creux des vignes. On dit que si la guerre l'a épargné, c'est grâce à sa vieille abbaye. Les balcons des maisons forment autant de jardins: celle que le maréchal Duroc a retenue pour moi, avec ses pièces minuscules et ses volets percés de cœurs me semble sortie d'un conte pour enfants. En bas, il y a le salon et la salle à manger, à l'étage, quatre chambres; le mobilier est rustique. Il me semble avoir emprunté la demeure d'un bon génie.

A peine y étais-je arrivée qu'une berline s'est arrêtée devant la porte d'entrée. L'homme qui s'en extirpait et époussetait ses habits en regardant avec un mélange de bonne humeur et de feinte sévérité la nuée d'enfants qui l'entourait, c'était Constant: valet de chambre de Sa Majesté.

Il était venu me chercher.

– On vous attend à Schönbrunn pour souper, madame. Son Altesse a choisi elle-même votre cocher et lui a recommandé la plus grande prudence: le chemin est court mais accidenté. Il serait bon de partir au plus vite: Sa Majesté est pleine d'impatience.

Il avait débité sa tirade d'un trait et semblait décidé à m'emmener sur-le-champ; je ne pus m'empêcher de rire.

– Mais je viens moi-même d'arriver, monsieur Constant! Mes malles ne sont pas encore ouvertes. Ne pensez-vous pas que Sa Majesté m'accorderait le temps de me rafraîchir? Elle ne goûte point trop l'odeur de la poussière.

Son teint s'est coloré. Il n'osait refuser mais je voyais bien qu'il redoutait, s'il tardait trop à m'amener à son maître, de se faire tirer les oreilles ou frictionner la tête.

J'ai demandé qu'on lui serve à boire tandis que je ferais un peu de toilette. Dans l'eau tiède du tub, je tremblais d'impatience mais aussi de sourde inquiétude: comment se passeraient ces retrouvailles que si souvent j'avais imaginées? «*J'ai hâte de vous embrasser toute*»... Il me suffisait de penser à deux yeux gris posés sur moi pour défaillir. L'Empereur se montrerait-il doux ou brutal? Exigerait-il que j'obéisse ou m'aimerait-il selon mes désirs? Il ne savait pas toujours prendre le temps de la tendresse.

La robe que j'ai revêtue, je l'ai choisie façon paysanne en souvenir de notre première rencontre; me regardant dans le miroir, je me suis trouvée plus belle qu'alors. Et cette lumière dans mes yeux, ces lèvres gonflées, ce corps que je sentais prêt à se fendre comme, dans le jardin voisin, les abricots rougis au fer du soleil, je les devais à mon « libérateur ».

La route serpentait entre les collines où s'étageaient les vignes. On apercevait parfois le ruban opale du Danube. Dans un champ galopaient des chevaux blancs. Et moi j'allais vers mon amour et j'aurais voulu que le trajet ne finît point. Je ne me lassais pas de me souvenir : plus de deux ans déjà depuis que Napoléon, pour la première fois, m'avait prise dans ses bras !

Alors, je m'étais soumise à la force ; comme une vague m'avait roulée, entraînée, sans que je puisse résister. Aujourd'hui, les yeux mieux ouverts, me semblait-il, je choisissais mon sort. La croix de protection que ma mère avait tracée sur mon front lors de nos adieux me rappelait que celui que j'allais rejoindre avait été excommunié par le pape, que nombreux étaient ses ennemis et que toute vague, si puissante soit-elle, a son reflux, mais je n'en avais cure. Je m'étais, une fois pour toutes, donnée.

Je me suis tournée vers Constant, assis bien droit à mes côtés, respectueux de mon silence.

– Comment est-il ? ai-je demandé.

Il a hoché la tête d'un air soucieux.

– Hélas, son mal le tourmente de plus en plus, madame. Il lui arrive de prendre jusqu'à quatre bains par jour.

Que ce soit ces mots-là qu'il ait trouvé à me dire m'a émue au plus profond : n'étaient-ils pas ceux que l'on emploie pour parler à une épouse de son mari ? Je lui ai souri : « Nous veillerons à le rassurer. »

Mais voici que s'élargissait la route, la circulation se faisait plus intense, nous passions un pont orné de sphinx de pierre et, comme apparaissait derrière les lances dressées de ses grilles, le château des Habsbourg, je ne pus retenir une exclamation de plaisir.

Peint aux couleurs du soir, d'une joyeuse majesté, il resplendissait comme un décor de fête. J'avais connu le sévère Walewice, propriété d'Anastase, le palais du Zamek à Varsovie; je m'étais cachée dans le sombre et beau manoir de Finkenstein, Schönbrunn me semblait refléter la jeunesse et la gaieté.

Une seconde, j'ai fermé les yeux tandis qu'un souhait ardent montait à mes lèvres: «Concevoir ici notre enfant!»

– Schönbrunn signifie «belle fontaine», m'a appris Constant. C'est un endroit agréable à vivre: on n'a qu'à se féliciter du logement et de la cuisine. On se sentirait presque à la maison!

La berline a fait un détour pour venir s'arrêter devant une petite porte à l'arrière du château. Là, Duroc m'attendait, l'amitié m'attendait! Un simple regard et tout a été exprimé de la longue séparation, l'angoisse de la guerre, le bonheur de se retrouver.

– Je vais vous conduire à vos appartements.

Nous longions des couloirs. J'allais lentement et remarquais que mon compagnon ne se hâtait guère. Se souvenait-il lui aussi de ce jour de janvier où, le suivant dans les dédales d'un autre château, j'avais si peur, je tremblais tant? Voici qu'en cet instant j'aurais voulu refaire ce chemin d'angoisse afin de mieux savourer, au bout de la nuit, l'éblouissement.

Découvrant Roustam somnolant sur un tabouret devant une porte close, j'ai su que nous étions arrivés. Roustam, Duroc, Constant, les complices de mon bonheur! Je me sentais soudain gaie et audacieuse comme une enfant. Je me suis obligée à prendre un air sévère et j'ai désigné le flacon d'argent que le mameluk portait à sa ceinture: «Tu ne m'en offres donc point cette fois?» Il a rougi et s'est empressé de remplir le gobelet. J'y ai trempé mes lèvres. Comme, aujourd'hui, elle portait bien son nom : l'eau-de-vie!

– L'Empereur est au travail, m'a appris Duroc. Je vais l'avertir de votre arrivée.

J'ai arrêté sa main sur la poignée de la porte: «Laissez-moi lui faire la surprise.»

Il a hésité: Napoléon aimait à ce que tout fût fait dans les règles et l'on ne pénétrait pas ainsi dans son cabinet.

– Je vous en prie!

– Si vous insistez, madame.

Dans son regard, cette fois, ce n'était pas la pitié que j'ai lu, mais une sorte de respect: la petite Polonaise avait changé.

C'est la chambre d'un souverain!

Du portrait suspendu au mur, face au grand lit doré drapé de tentures rouges, il me fixe de son regard bleu; le jabot de dentelle fait ressortir, ainsi qu'une friandise, son rond et frais visage. Un sourire s'esquisse sur les lèvres charnues.

François II, empereur du Saint Empire romain germanique. Pour la petite Polonaise, de l'armée des vampires.

C'est l'un de ces moments où l'on a l'impression de marcher au vif de sa vie: chaque geste, chaque bruit retrouve comme un écho dans la mémoire, s'y trouvaient-ils déjà?

J'avance sur ce plancher richement ouvragé où claquaient les souliers à boucle d'argent, je laisse courir mon regard sur les scènes champêtres des tapisseries et, du bout du doigt, j'effleure le satin du lit. Je laisse cet empereur-là, je le passe, je l'efface.

... pour aller retrouver le mien, celui au visage tourmenté, au regard d'acier, qui, éveillé, s'applique à conquérir le monde, mais crie dans son sommeil parce qu'il rêve qu'un ours lui dévore le cœur; celui que j'aime pour ses bons comme pour ses mauvais rêves.

– Écris!

Derrière la porte entrouverte, là-bas, résonne une voix autoritaire, impatiente; pour moi, elle se fera douce, ardente. Déjà elle me soumet, me prépare à aimer. J'y vais.

– Méneval, tu dors...

La pièce est entourée de panneaux de laque noire

sur lesquels sont peints de délicats paysages chinois : on se dirait à l'intérieur d'un coffret précieux ; mais la longue table, les cartes et les livres, les papiers répandus partout, les tabatières, l'odeur d'eau de Cologne, indiquent qu'ici règne désormais mon général vainqueur.

En culotte blanche et redingote grise, son vieux bicorne sur la tête, il arpente la pièce tout en dictant à Ménéval qui écrit fiévreusement. Les mots se bousculent, cherchent à exprimer le courant impétueux d'une pensée. Parfois, Napoléon s'interrompt, il lève son visage, un moment, je le vois planer. Avant de fondre à nouveau : l'Aigle !

Je me suis figée. Soudain, je doute. Que fais-je ici ? Est-il vrai que l'Empereur m'ait envoyé chercher ? M'a-t-il bien écrit qu'il avait hâte de m'embrasser toute ? Je n'y crois plus. Que n'ai-je laissé Duroc m'annoncer.

C'est alors qu'il s'immobilise : il vient de me découvrir. Il s'interrompt mais son visage n'exprime rien.

– Mon bon Ménévalou, dit-il sans me quitter des yeux. Tu peux disposer. J'ai à présent une chose importante à faire.

Avant que le secrétaire ait pu me voir, j'ai reculé. J'étouffe : c'est ainsi lorsque Napoléon vous regarde, je l'avais oublié. Je cours à la fenêtre. Il me faut, pour retrouver mes esprits, contempler un peu de verdure, respirer de l'air frais. J'écarte le rideau, tiré sur la fenêtre ouverte. Et me prend le fou rire !

C'est la grande cour d'honneur, la foule, l'effervescence. Voitures et chevaux, civils et militaires, s'y croisent et recroisent. Quel paysage pensais-tu donc trouver, « Notre Dame des Nuages » ? Les silencieuses plaines de Kiernozia, le parc de ton couvent, le calme ennui de Walewice ? Mais la voici, ta vie, à présent : ce tourbillon, cette bourrasque, cette course dorée. Et, si à la fois je ris et je pleure, c'est que tout à l'heure je me sentais si forte ; et à présent si faible et perdue !

Ne viens-je pas d'entendre une porte se refermer derrière moi ? L'Empereur ne s'approche-t-il pas ?

L'étiquette voudrait que je me retourne et fasse la révérence ; avant que j'en aie trouvé la force, deux bras m'emprisonnent, deux lèvres cherchent ma nuque.

– *Mio amore*, ne bougez pas, je vous prie, demeurez ainsi !

Et j'obéis, je demeure immobile devant cette fenêtre, tenant ce rideau ouvert. Si quelqu'un, dans la cour, levait les yeux vers cette partie du château, il pourrait voir trembler une petite Polonaise dans les bras du maître de l'Occident ; il verrait celui-ci ouvrir brutalement son corsage pour prendre ses seins.

– J'ai eu envie de vous.

La voix est rauque, le souffle brûlant sur mon cou et me vient l'idée qu'il ne lui déplairait pas d'être découvert, surpris en train de me caresser. Mais lorsque ses mains s'aventurent plus bas, je laisse retomber le rideau.

Il me libère. Lorsque je me retourne, il est au centre de la pièce, son chapeau par terre, son épée en travers du lit. Il fouette le plancher de sa cravache, lui aurais-je déplu ? Mais non !

– Approchez, petite paysanne, ordonne-t-il gaiement, et montrez-vous à votre maître.

J'approche ; son regard m'enveloppe, me pénètre, et comme il me presse contre lui, j'ai la preuve que je lui plais toujours.

– Savez-vous où vous vous trouvez ?

– Dans la chambre de l'empereur d'Autriche.

Du bout de sa cravache, il désigne le portrait au mur.

– Le trouvez-vous beau ?

– Ma préférence va à l'empereur des Français.

– De François II, empereur du Saint Empire romain germanique, j'ai fait François Ier, dit-il, cela vous plairait-il si j'en faisais... François zéro ?

Il a un rire méprisant que je ne lui connaissais point. Me prenant la main, il m'entraîne vers le lit.

– Moi, je l'aurais brûlé ce lit, réduit en cendres plutôt que de voir mon ennemi s'y étendre. Puisqu'il ne l'a point fait, aimons-nous-y à sa santé.

Ma vie se partageait entre la maisonnette vert et blanc de Mödling que j'appelais celle du «bon génie», et le château aux quinze cents pièces, aux cent cinquante cuisines, où le baroque se conjuguait avec le rococo.

Lorsque l'Empereur partait inspecter ses armées, la petite fille de Kiernozia aimait à se retrouver dans les bruits familiers du village et, le matin, à travers le cœur découpé du volet, regarder tourner les fuseaux du soleil avant de boire au bol le frais lait crémeux et mordre à belles dents dans le *strüdel* aux pommes.

Napoléon revenu, son «épouse polonaise» savourait, dans la chambre aux boiseries dorées, entre les fins draps brodés, le chocolat servi par Constant sur un plateau d'argent.

J'allais de la maison au château, de la petite fille à la femme. Toutes deux s'accordaient bien.

«Comment est-il? » avais-je demandé à Constant. A la vérité, je voulais dire: «A-t-il changé?»

C'est à d'infimes détails que nous constatons les changements en celui ou celle que nous aimons et je ne sais pourquoi les femmes sont plus habiles en cela que les hommes: la nuance d'un regard, un mot ou un geste inhabituels, parfois sur le visage comme un voile d'absence, et nous voici averties et parfois blessées.

Napoléon n'était plus tout à fait le même: ou plutôt, il n'était plus tout à fait là.

La totale communion entre nous, le joyeux abandon de l'un à l'autre qui m'avaient comblée à Finkenstein, je ne les retrouvais pas. Certes, il m'aimait toujours et me le témoignait, mais son rire était plus rare, il ne savait plus prendre son temps, s'amuser d'un rien et, bien souvent, je le sentais ailleurs, j'allais dire « au-dessus » de ceux qui l'entouraient. Il me rappelait ces artistes qui, vivant dans le monde de leur création, vous donnent l'impression de n'être jamais totalement avec vous.

« Hélas, son mal le tourmente de plus en plus », avait répondu Constant à ma question. Ces mots m'apparaissaient à présent sous un jour différent : son mal était-il la brûlure qui lancinait son ventre ou le feu qui dévorait son esprit ? Dans le soleil éclatant de la gloire, il ne connaissait plus la paix.

C'était à moi de lui apporter l'ombre, la fraîcheur, la détente. Je m'y employais de mon mieux. J'y trouvais du bonheur.

Contrairement à Finkenstein, à Schönbrunn je n'avais pas à me cacher ! Nous nous promenions souvent dans le parc ou au bord du Danube. L'Empereur me parlait de ses soucis, de l'Espagne où ses affaires n'allaient pas bien, de ses démêlés avec le pape, du complot qu'avaient formé contre lui monsieur de Talleyrand et Fouché, son ministre de la Police. Même à sa famille, assurait-il, il ne pouvait plus faire confiance bien qu'il lui ait tout donné.

– Mes frères ne savent pas être rois ! Ils voudraient être aimés de leurs sujets et, pour garder leurs richesses et pouvoir continuer à jouer à colin-maillard avec les femmes, ils sont prêts à n'importe quelle trahison : des pygmées qui se veulent géants !

Je n'aimais pas ce mépris qui, me semblait-il, envahissait son esprit : il l'éloignait des autres, le privait de leurs avis, l'enfermait dans sa solitude. Mais son regard sur moi restait tendre et indulgent.

– Toi, tu ne réclames que pour ton pays. Je ferai en sorte qu'il soit libre un jour, je te le promets.

Parfois, nous nous rendions à Vienne. La ville se relevait lentement de ses ruines ; hôpitaux et bâtiments publics étaient encore pleins des blessés d'Essling et de Wagram. Lorsque je pensais à la disparition de Haydn, mort de douleur en voyant sa cité envahie, j'éprouvais un grand désir de paix. Le chant du

Danube se mêlait à celui de la Vistule pour me dire l'absurdité des guerres.

A Schönbrunn, tout me le répétait.

Nous occupions les appartements de la famille impériale et chaque pièce y résonnait encore des rires et des cris d'enfants qui, quelques semaines auparavant, les habitaient encore. Leurs souriants visages étaient représentés partout : ils s'appelaient Ferdinand, Marie-Louise, Léopoldine, François-Charles, Marie-Clémentine. J'allais de chambre en chambre à leur rencontre, retrouvant des jouets, des vêtements, et là un matériel de peinture, ici une broderie entamée. Eux aussi avaient dû fuir, laissant tout derrière eux.

Et cette fois, l'envahisseur, c'était moi !

Un jour, dans le fond d'un placard, je découvre une petite armée de soldats de bois et m'amuse à les aligner sur le tapis. Certains portent l'uniforme autrichien, d'autres le français. L'un se distingue par son aspect grotesque : on a noirci son visage et peinturluré ses joues. Mais le plus étrange, ce sont les dizaines de petites aiguilles plantées dans sa poitrine, comme si on avait voulu l'en transpercer.

Intriguée, je montre le curieux personnage à ma chambrière, une femme âgée qui a toujours servi au château et que j'interroge souvent sur la famille impériale.

Son visage exprime l'embarras.

– C'est un *krampus*, répond-elle très vite, une sorte de diable. Les enfants, ici, ont toujours aimé à se fabriquer des diables...

– Mais pourquoi l'avoir transpercé de la sorte ? Et ne porte-t-il pas l'uniforme français ?

La bonne femme se met à pleurer. Contre ma promesse de garder le secret, elle me confie la vérité : le *krampus* représente « l'ogre corse », Napoléon. Ces soldats appartenaient à Marie-Louise, fille de Sa Majesté l'empereur d'Autriche. Elle aimait à y jouer, enfant, avec son frère, le petit Ferdinand.

– Quel âge a-t-elle à présent ?

– Elle vient d'avoir 18 ans, répond la chambrière. Il ne faut pas lui en vouloir, Madame, il y a bien longtemps qu'elle ne joue plus à la guerre.

C'est qu'elle la vit...

J'ai remis à leur place les soldats de bois. Ainsi, tandis que mes frères et moi rêvions du « libérateur », pour la petite Marie-Louise, il s'appelait « l'ogre » et elle le piquait d'aiguilles en souhaitant sa mort. Comment aurais-je pu lui en vouloir ? Je dormais dans le lit de son père !

Et venais d'apprendre que mon vœu le plus cher s'y était réalisé : je portais l'enfant de Napoléon.

Il ploie les genoux devant moi, prend mon ventre entre ses mains comme un vase précieux, y appuie ses lèvres, y colle son oreille : « En es-tu bien certaine ? Ne t'es-tu pas trompée ? »

Son bonheur me bouleverse. Ce n'est plus qu'un homme comme les autres, incliné devant le prodigieux mystère de la vie. Je le relève : qu'il se rassure, je ne me suis pas trompée ! L'interruption de mes époques, les nausées du matin et tous ces autres petits signes qui, à chaque instant, me rappellent lorsque j'étais grosse, ne me laissent aucun doute.

Arpentant nerveusement la pièce, il calcule et calcule encore : quel jour l'enfant a-t-il été conçu ? Serait-ce celui où il m'avait prise sur la fourrure, devant le feu ? Ou cet autre où je portais un col-de-cygne qui le faisait éternuer ? Ou encore ce matin où je m'étais déguisée en lui et lui en moi ?

Il a une mémoire prodigieuse : il serait capable de me citer chaque détail de chaque soirée passée ensemble depuis mon arrivée. Je l'arrête et le fais rire : il peut bien être imbattable en chiffres et prévisions, connaître l'exacte composante de ses armées, avoir la police la mieux faite du monde, il s'est passé ici une chose qu'il n'avait pas prévue ; venue sans qu'il l'ait commandée, en un jour et une heure qu'il ne saura jamais.

– Peut-être bien, proteste-t-il. Mais il y a un point dont je puis être assuré : cet enfant-là sera bien de moi !

Au soulagement que sa voix exprime, je comprends qu'il conservait un doute sur ses possibilités d'être père, quand bien même existait ce Léon Denuelle dont on m'avait parlé à Paris. Et de lui avoir offert cette certitude-là me remplit de douce chaleur.

Je murmure : « Si cela pouvait être un garçon ! »

– Il le sera ! affirme-t-il. Et pour y aider, il vous faudra boire chaque matin un petit verre de vin pur. On assure que cela fait merveille.

Devant son enthousiasme, je ne puis réprimer l'espoir qui monte en moi : si c'est un fils que je lui donne, pourquoi ne l'adopterait-il pas ? Alors, le lien se resserrerait encore entre nous. Ce n'est pas que je souhaite devenir impératrice, mais j'aspire à ne plus le quitter. Je ne peux m'imaginer d'autre existence qu'à ses côtés.

Il me guide au lit de repos, m'oblige à m'y étendre, me traite comme une personne malade, moi qui ne me suis jamais sentie aussi forte. Je réprime un rire.

– Je veux que vous fassiez bien attention à vous. Avez-vous faim ? Soif ? Voulez-vous une glace, un sorbet ? Dites et vous aurez tout. Un fils ! Ah, j'ai envie de le crier...

En attendant, il va tirer la sonnette au risque de la décrocher et réclame d'urgence le grand maréchal. Lorsque celui-ci est là, il lui ordonne d'envoyer sur-le-champ un courrier à Paris quérir le docteur Corvisart.

– Madame va avoir besoin de ses soins.

Le regard de Duroc vole vers moi. Il a compris, bien sûr ! Alors pourquoi ne me sourit-il pas ?

Mon frère Bénédict surgit devant moi un soir où, en l'absence de l'Empereur, parti inspecter ses troupes en Hongrie, je m'étais rendue à l'Opéra de

Vienne en compagnie de quelques amis et du général Berthier, prince de Wagram.

Nous venions d'assister aux *Noces de Figaro*, je me sentais heureuse, le docteur Corvisart, accouru de Paris, avait confirmé mes espérances : l'enfant naîtrait en mai prochain.

L'air était d'une exquise douceur, nous marchions dans la ville à la recherche d'un café où achever la soirée. Dorée par l'automne, Vienne souriait ; elle souriait malgré ses maisons en ruines, ses ponts brûlés, les arbres abattus du Prater. Elle était comme une enfant qui ne peut s'empêcher de chanter après les larmes.

Soudain, Bénédict me fit face.

– Il me faut vous parler d'urgence, déclara-t-il.

Je n'avais pu, le voyant apparaître, réprimer un sursaut de déplaisir : nous étions en froid. Il avait irrité l'Empereur en se prévalant de relations privilégiées avec lui et en intriguant contre Joseph Poniatowski. Sa Majesté l'avait écarté du pouvoir et envoyé servir en Espagne. Que faisait-il à Vienne ?

Je l'entraînai à quelques pas de mes amis : « Ne pouvez-vous me dire ici ce qui vous préoccupe ? »

– Ce que j'ai à vous révéler est de la plus grande importance. Il me faut vous voir seule et le plus tôt sera le mieux, répondit-il avec des airs mystérieux.

Je lui fixai rendez-vous à Mödling le lendemain après-midi et il disparut. Ainsi qu'à chaque fois qu'il était intervenu dans ma vie je me sentais mal à l'aise. Qu'avait-il à me communiquer de si urgent ? Cette nuit-là, j'eus de la peine à m'endormir.

Il sonna à ma porte peu après déjeuner et je le reçus dans la salle à manger qui donnait sur les vignes. Les vendanges étaient faites : les bouquets de branches de pin suspendus aux portes des maisons indiquaient que l'on pouvait y déguster le vin fraîchement tiré. Je lui en offris un verre.

– L'Empereur est décidé à divorcer, attaqua-t-il à peine installé. Je suppose que vous êtes au courant ?

Il n'était question que de cela, à Vienne presque

autant qu'à Paris et je n'eus aucun mal à répondre qu'en effet j'en étais informée.

– L'êtes-vous également qu'il s'apprête à demander la main de la grande-duchesse Anne de Russie ?

Le propos me sembla si absurde que, sur le moment, je fus tentée d'en rire : Napoléon et la sœur du tsar... Bénédict avait-il perdu la raison ?

– D'où tenez-vous ces sornettes ?

– Ce ne sont pas des sornettes et la personne qui m'a renseigné est digne de toute confiance.

Selon cette personne – dont il me tut le nom – monsieur de Talleyrand, puis le marquis de Caulaincourt, ambassadeur français à Saint-Pétersbourg, avaient été chargés par Napoléon de sonder le terrain auprès d'Alexandre. En épousant la sœur du tsar, l'Empereur espérait se faire de ce dernier un allié sûr contre l'Angleterre ; la jeune fille n'avait que 15 ans.

– Si j'ai cru devoir vous avertir de ce projet, dit Bénédict, c'est qu'au cas où il se réaliserait la Pologne serait offerte en cadeau à la Russie et nos espoirs d'indépendance à jamais anéantis.

– Taisez-vous !

Je me levai : la Pologne offerte à la Russie... Le dépit d'avoir été écarté du pouvoir égarait Bénédict. Je ne pouvais le laisser parler ainsi : n'accusait-il pas Napoléon de trahison à mon égard comme à celui de notre pays ? J'entendais la voix de l'Empereur : « Je ferai en sorte que la Pologne soit libre un jour. » Il venait, pour la plus grande joie de mes compatriotes, d'ajouter la Galicie occidentale au grand-duché de Varsovie : dix départements supplémentaires. Était-ce pour les offrir à notre ennemi ?

– Sachez que je ne crois pas un instant à votre histoire, lui dis-je avec colère. Vous vous êtes laissé abuser.

Il eut un rire désagréable.

– C'est vous, ma chère sœur, qui vous laissez abuser ! Votre général Vendémiaire n'a jamais regardé que son ambition ; elle lui dicte aujourd'hui d'épouser une princesse pour assurer la pérennité de sa dynastie: les Napoléonides... Savez-vous ce qu'il aurait dit? «Je cherche un ventre.» Il le lui faut royal!

C'en était trop: je le mis à la porte.

Le jour baissait, la lumière se faisait plus profonde sur les vignes, belle à serrer le cœur, bouleversante comme un adieu. A plusieurs reprises, ma femme de chambre, inquiète, était venue me proposer ses services; je l'avais renvoyée. Il me semblait, si je bougeais, que la souffrance s'abattrait sur moi tel un oiseau sauvage. J'avais beau me refuser à y croire, les terribles propos de Bénédict me bouleversaient: «Je cherche un ventre.» Dans le mien, grandissait l'enfant de Napoléon. Quelle bonne inspiration j'avais eue de n'en point parler à mon frère!

Et si, dans ce qu'il m'avait dit, se trouvait une part de vérité? Les Napoléonides... Je savais combien l'Empereur était soucieux de se donner un héritier: «Il le veut royal.»

Les larmes coulaient sur mes joues. Que deviendrais-je s'il en épousait une autre, moi qui avais tout quitté pour lui: mon fils et mon mari, ma mère, mes amis? Et que deviendrait mon pays sans ma voix pour, inlassablement, plaider sa cause?

Je regardai le médaillon qu'il m'avait envoyé à Kiernozia et dont, depuis, je ne m'étais jamais séparée. J'appuyai mes lèvres sur ce visage au regard si lointain parfois. Abusait-il de ma confiance? Je ne pouvais le croire: jamais il n'avait été aussi tendre, il insistait pour que ce soit à Paris que je mette au monde notre enfant. Était-ce pour nous abandonner?

Mais venait me tourmenter le regard sombre de Duroc, apprenant que j'étais enceinte. Et me résonnaient à l'oreille les paroles de monsieur de Talleyrand lors de mon passage à Paris: «L'oiseau pris au filet»...

Je ne pouvais rester dans cette incertitude. Dût-il s'en irriter, je décidai, sitôt le retour de l'Empereur, de lui rapporter les propos de mon frère.

Un grave événement survint qui, précipitant son retour à Paris, m'en empêcha.

On chercha à tuer mon bien-aimé.

Il est dix heures, ce 12 octobre et, comme chaque matin, dans la grande cour d'honneur, Napoléon passe ses troupes en revue.

Une masse de curieux venus de Vienne et des environs assiste à la parade. Monté sur L'Évêque, son cheval blanc, entouré de ses généraux, l'Empereur va de l'un à l'autre. Il aime à s'arrêter près des simples soldats, examiner leurs armes, les interroger, lire au fond de leurs yeux leur peur ou leur courage: la France, c'est eux!

Alors qu'il est descendu de sa monture et se dirige vers le perron, un jeune homme fend la foule et se précipite vers lui. Les généraux Rapp et Berthier tentent de s'interposer. Napoléon s'est arrêté. Le garçon parle avec fièvre et il ne comprend pas ses paroles.

– Que me veut-il?

– Il vous demande de faire la paix, répond Berthier.

Comme l'Allemand porte sa main à la poche de sa redingote, Rapp, inquiet, le prend brutalement par le bras et l'entraîne plus loin. Le fouillant, on découvre sur lui un long couteau de cuisine. Il avoue qu'il avait l'intention de tuer l'Empereur.

Il s'appelle Frédérik Staps et il a 17 ans; son père est pasteur protestant. Il a fait tout le chemin d'Erfurt à Schönbrunn dans l'intention d'accomplir son forfait.

– Qu'on me l'amène, ordonne Napoléon.

Voici l'accusé devant Sa Majesté, très blond, le regard fier, et si jeune: presque un enfant! Rapp est désigné pour servir d'interprète.

– Ainsi, tu te préparais à commettre un crime? demande Napoléon.

– Vous tuer n'est pas un crime mais un devoir pour tout bon Allemand, répond le jeune homme.

– Et me tuer pour quelle raison ?

– Vous faites le malheur de notre pays, vous êtes l'oppresseur de l'Allemagne.

Oppresseur... Le mot résonne désagréablement aux oreilles de l'Empereur. Les oppresseurs, c'étaient les Bourbons, ce sont les Habsbourg et tous ceux qui, forts de leur naissance et de privilèges qu'ils n'ont point mérités, saignent le peuple sans rien lui donner en échange. Il est venu, lui, apporter la lumière, les bienfaits d'une administration sage et libérale. Il transformera en citoyens ceux qui, jusque-là, n'étaient que des sujets. Ce jeune homme l'ignore. Il a subi de mauvaises influences. Napoléon veut le convaincre ; il est prêt à lui pardonner.

– Qui t'a poussé à ce geste ?

– Seulement mon intime conviction.

Napoléon lui montre le portrait d'une jeune fille que l'on a trouvé sur lui.

– Et elle ? N'as-tu pas craint de l'affliger par ton acte ?

– Il me fallait faire mon devoir.

–Et comment espérais-tu échapper en me frappant au milieu de mes soldats ?

– Je suis étonné de vivre encore.

Le cran du jeune homme impressionne l'Empereur : « Si je t'accordais ma grâce, m'en saurais-tu gré ? »

– Vous auriez tort car je chercherais encore à vous tuer.

Qu'aurait à gagner cet enfant à ce qu'il disparaisse ? Le malaise croît en l'Empereur. Il doit être fou pour parler ainsi, oui, c'est cela, il s'agit d'un illuminé.

– Faites venir le docteur Corvisart !

Le médecin prend le pouls de Frédérik Staps, l'examine, l'interroge et rend son verdict : le jeune homme est en parfaite santé et pleine possession de ses facultés mentales.

– Reconnais ton erreur, supplie une fois de plus l'Empereur. Témoigne du repentir et je te gracierai.

Tu m'as demandé la paix, ne sais-tu pas que je la souhaite autant que toi ?

Alors le garçon se met à rire et ce rire est une insulte.

– La paix ? Non, vous ne la voulez pas. Et je n'ai qu'un regret, celui de n'avoir pas réussi.

– Dehors, hurle Napoléon.

« Vous ne voulez pas la paix »... Les paroles que Lannes, son ami et frère de combat, l'un de ses plus vaillants généraux, amputé des deux jambes après la bataille d'Essling, lui avait lancé avant de mourir.

Le « Roland de l'armée » – ainsi l'appelait-on – haletait sur sa couche, le visage tordu par la souffrance et la colère : « Écoute-moi, tu n'es entouré que de traîtres et de flatteurs, je suis le seul à oser encore te dire la vérité : ton ambition te perdra ! Arrête cette guerre, arrête-la pendant qu'il est encore temps. Déjà, on t'abandonne, on te trahit. »

Les yeux lançaient de dernières lueurs, comme de haine, l'agonisant tentait en vain de se redresser sur sa couche, l'odeur de putréfaction était partout, Napoléon la sent encore, elle le poursuit : « Mais tu ne veux pas la paix, constatait Lannes, tu ne la feras jamais. »

Et cet atroce sanglot avant de trépasser : « Regarde-toi, Bonaparte, les hommes qui te servent le mieux, quand ils meurent, tu ne les regrettes même pas. »

L'angoisse coupe le souffle de Napoléon. De sa cravache, il balaye les papiers en pile sur la table, fouette le plancher, les bras des fauteuils. Il a fait embaumer Lannes afin que la France ne l'oublie jamais. Et si, il veut la paix ! L'approche de la mort aveuglait le grand général, la folie s'est emparée de l'esprit du jeune Allemand... Il fera la paix, mais plus tard : lorsque trente millions de Français et autant d'Allemands, quinze millions d'Espagnols et autant d'Italiens, ne formeront qu'un seul peuple, quand il en aura fait une seule grande famille porteuse de mêmes buts, de mêmes intérêts : une armée de citoyens soumis aux mêmes lois, invincible ! Il n'a pas encore accompli son destin.

Il se plie en deux, ah, que son ventre le brûle : comme si on y appliquait un fer rouge.

– Constant, mon bain !

Deux jours après l'attentat, le traité de Vienne, en souffrance depuis trois mois, était signé ; il mettait fin à la guerre avec l'Autriche.

Le 16 octobre, après avoir refusé la grâce, une nouvelle fois offerte par Napoléon, Frédérik Staps tombait sous les balles en criant : « Vive la liberté, mort au tyran ».

J'ai offert à l'Empereur un anneau d'or où j'avais fait graver ces mots : « Quand tu cesseras de m'aimer, n'oublie pas que je t'aime. »

Il arrive que l'on soit tenté de défier le destin en prenant les devants : recevant cet anneau, le glissant à son doigt, Napoléon m'aimait encore.

Mais le couteau dressé d'un jeune patriote lui avait rappelé la fragilité de son empire et l'urgente nécessité d'avoir un héritier pour perpétuer son œuvre.

J'avais, par mon amour, su lui redonner confiance en ses aptitudes à satisfaire une femme ; il était à présent certain de pouvoir procréer. Tout ceci, espérais-je, l'attacherait durablement à moi ; comment aurais-je pu supposer qu'au contraire cela contribuerait à nous séparer ?

Au sommet de sa puissance, fier de sa virilité, il pouvait désormais prétendre sans crainte à la main de n'importe quelle princesse.

Et derrière mon visage, tandis qu'il y laissait courir ses lèvres, se profilaient sans doute déjà les traits d'une autre. Et comme il caressait mon ventre ensemencé par lui, peut-être imaginait-il celui où il planterait son aiglon.

J'ai parlé d'espoir. Je suis bien une fille de Pologne : il m'est rivé au cœur.

C'est pourquoi je suivis l'Empereur à Paris.

Le charmant hôtel m'attendait rue de la Haussaye, tel que je l'avais laissé. On avait ciré les parquets, essuyé la poussière sur les meubles, frotté les cuivres et l'argenterie, rempli les vases de fleurs. Le personnel manifesta sa satisfaction de me voir revenir.

– Madame, vous nous avez manqué, me glissa gentiment à l'oreille la petite aide de cuisine.

J'avais quitté un Paris printanier, je le retrouvais, portant avant l'heure, le gris habit d'hiver. Au salon où un feu avait été allumé, j'allai ouvrir le beau piano et y laissai courir mes doigts: l'instrument était désaccordé.

Ainsi sentais-je mon cœur!

Depuis la visite de Bénédict, l'harmonie faite de confiance, l'insouciance, dans laquelle je vivais s'était brisée: le doute avait pris place dans mon esprit. Et Napoléon n'était pas là pour apaiser mes craintes.

De Schönbrunn, il s'était rendu directement à Fontainebleau où résidait Joséphine; on disait qu'il y chassait à courre et donnait des fêtes. L'entrée dans la capitale de celui que les Parisiens appelaient désormais le «pacificateur», était prévue le 14 novembre: nous étions le 12. Je ne quittais point la maison dans l'espoir qu'il viendrait, incognito, pacifier mon cœur.

Ce fut le maréchal Duroc qui se présenta.

– Sa Majesté a été fort occupée, m'apprit-il aussitôt. Elle a trouvé à son retour un grand nombre d'intrigues qu'il lui a fallu démêler. La date du divorce a été décidée: ce sera le 15 décembre prochain.

– Et après, monsieur? demandai-je.

L'angoisse m'avait, comme à mon insu, dicté ces mots et Duroc me regarda avec surprise.

– Après?

Je m'efforçai de garder un visage serein.

– Toutes sortes de bruits courent sur un futur mariage. On parle même... d'Anne de Russie.

Je tentai de rire pour montrer le peu de cas que j'accordais à ces ragots mais n'y parvins pas. Le visage du maréchal avait légèrement rosi.

– Cela ne se fera point, me répondit-il fermement. La famille du tsar se montre hostile à ce projet et la jeune archiduchesse n'est pas nubile.

Il souhaitait me rassurer, il m'accablait. Cette union avait donc bien été envisagée.

Je sonnai pour demander du thé. Les pensées se bousculaient dans mon esprit, c'était comme si, avec ma question imprudente, j'avais ouvert les vannes à un grand flot qui allait me submerger; mais je ne pouvais plus reculer.

On nous servit près de la cheminée. L'air soucieux, Duroc fixait la flamme. Je m'armai de courage.

– Monsieur, il me faut savoir quel sera mon sort: je porte l'enfant de l'Empereur! De vous seul je puis espérer la vérité: quelque chose se prépare, je le sens.

Il tourna vers moi ses bons yeux noirs; ils étaient pleins d'une pitié qui me fit horreur.

– Rentrez chez vous, madame, dit-il d'une voix sourde. Et ayez-y votre enfant.

Je crus avoir mal entendu: «Retourner en Pologne? Mais l'Empereur lui-même m'a demandé de venir à Paris!»

– Lorsqu'il l'a fait, il y souhaitait certainement votre présence. Mais ici, voyez-vous, il est soumis à d'autres influences, ah, madame, vous avez échappé au pire!

... l'abandon de la Pologne au tsar?

En un geste qu'il ne s'était jamais permis de faire, Duroc prit mes mains dans les siennes.

– Il n'y a pas pour vous d'avenir auprès de l'Empereur, murmura-t-il.

J'entendis la voix de Napoléon: «Ma petite épouse polonaise.»

– Il me l'avait pourtant laissé espérer, criai-je. Pourquoi m'a-t-il caché la vérité?

Le maréchal soupira: «Les hommes les plus grands sont souvent petits et lâches en leurs affaires de cœur. Sur un champ de bataille, pas un muscle du visage de l'Empereur ne bouge lorsque les boulets sifflent ou que ses compagnons tombent près de lui, mais plutôt que de vous voir pleurer il a choisi la fuite. »

– Est-ce lui qui vous a demandé de venir ?

Il secoua vigoureusement la tête.

– Je n'ai fait que répondre à vos questions. Quoi qu'il arrive, ajouta-t-il, sachez qu'il vous a aimée.

Je fermai les yeux : retenir mes larmes, me tenir ! Il « m'avait » aimée... A Varsovie lorsque ma résistance exacerbait son désir ? A Finkenstein se sentant plus homme en me faisant découvrir le plaisir ? A Schönbrunn apprenant qu'il pouvait être père ?

Mais moi, où étais-je, moi, dans tout cela ? C'était lui que Napoléon avait aimé mieux à travers la petite Polonaise ; et en épousant une princesse, il s'aimerait encore davantage.

Je me souvins des paroles d'Élisabeth alors que tout était encore à venir : « Pour avoir du pouvoir sur un homme, il faut savoir jouer avec son désir, dire “non” un jour, “peut-être” le lendemain, se donner pour mieux se reprendre, le sauras-tu Marie ? »

Marie n'avait pas su ! Et peut-être, si elle ne s'était pas donnée toute, si elle avait calculé comme le font tant de femmes plus habiles, eût-elle conservé mieux l'amour de l'Empereur.

– Pensez-vous, monsieur, que je me sois montrée maladroite ? demandai-je à voix basse. Cela aussi, voyez-vous, il me faut le savoir : à cause des regrets.

– Oh non, madame, s'écria-t-il. Vous n'auriez rien pu changer ! Croyez-moi, tout cela n'est que de la politique.

– Puis-je espérer revoir quand même Sa Majesté ?

– Elle a l'intention de vous faire venir aux Tuileries après-demain. Je viendrai vous chercher si vous le voulez bien.

Les sanglots montèrent : « Dans une voiture sans armoiries, par une porte dérobée, le longs de couloirs obscurs, dans un cabinet secret... Est-ce bien cela ? »

Il se raidit : je l'avais offensé. Mais ce secret qui m'avait amusée lorsque j'étais sûre de l'amour de

Napoléon, je ne pouvais plus le supporter à présent. Je revoyais ces femmes de Mödling, riant au bras de leurs compagnons, en plein jour, en plein soleil; à cet instant, j'aurais tout donné pour être l'une d'elles.

– Madame, croyez que si je pouvais...

– Vous nous marieriez, c'est cela?

A travers mes larmes, je souris au grand maréchal: «Je n'ai point connu d'ouragan, dis-je, mais je suppose que ce que j'ai vécu y ressemble par l'impuissance où l'on se trouve! On est balayé, rien à quoi se raccrocher, et le vent tombé, c'est le vide!»

– Il reste à reconstruire, dit Duroc avec force. Vous êtes si jeune! Et vous aurez votre enfant.

Son regard me suppliait de montrer du courage: il avait été un véritable ami pour moi et, pour le meilleur comme pour le pire, nous aimions la même personne.

– C'est que cela a été si vite, murmurai-je. A peine ai-je eu le temps de comprendre ce qui m'arrivait, d'être heureuse, et voici que c'est déjà fini.

– C'est le propre des ouragans, ils embrouillent l'esprit et le temps, remarqua Duroc, ils font de chaque minute un vide ou une éternité.

– Pour moi, vous en aurez fait partie, monsieur.

Il acquiesça: «J'ai moi-même été emporté! Nombreux sont ceux qui ont cette impression auprès de l'Empereur; mais voyez-vous, quand bien même on est balayé, on n'a point envie que ce vent-là s'arrête.»

Nous avons gardé un moment le silence. Non, je n'avais pas envie que le vent tombe! Et quand bien même... il continuerait à souffler dans mon cœur.

Ce que je me demandais à présent, c'était «Quand?» Quand Napoléon avait-il décidé d'en épouser une autre? «Je ne peux me passer de toi, Marie, je ne suis bien qu'avec toi»... A quel moment avait-il su que notre histoire d'amour ne durerait pas? «Un enfant, un enfant de mon épouse polonaise»... Peut-être ne s'était-il jamais posé la question: il était son propre ouragan! Seulement les femmes, elles, souhaitent la durée pour l'offrir à ceux qu'elles portent en leur sein.

Je revis le doux et triste visage d'Hortense, sa main posée sur son ventre : son petit Bonaparte. Et comme elle, alors, je ne me sentis plus le goût de vivre.

Je me tournai vers mon ami :

– Je crois avoir rencontré celle que vous avez aimée, monsieur, et sais que la politique vous en a séparé, vous aussi. Puis-je vous poser une question : souffre-t-on longtemps aussi fort ?

Le regard du général Duroc, duc de Frioul, flamba :

– Pour certains, cela s'appelle « fidélité », dit-il.

« Rentrez chez vous, madame, et ayez-y votre enfant »... Avant de prendre ma décision et l'annoncer à l'Empereur, il me fallait être certaine de ne point me tromper : pour la vie que je portais, pour mon pays comme pour moi-même, ne devais-je pas plutôt choisir de rester à Paris et me battre ?

« Il faut toujours se réserver le droit de rire le lendemain de ses idées de la veille », affirmait Napoléon. Certains, qui le connaissaient bien, prenaient garde à n'exécuter ses ordres qu'avec le retard suffisant à lui laisser le temps de se raviser : ainsi monsieur de Talleyrand...

Artisan de mon malheur selon Bénédict.

J'ai revêtu une tenue discrète, baissé une voilette sur mon visage et commandé mon carrosse. Le prince de Bénévent habitait l'hôtel de Monaco *, rue de Varenne. Il nous fallut du temps pour y parvenir : Paris, sur lequel tombait la pluie depuis une semaine, se transformait en marécage. Les travaux qui s'effectuaient partout donnaient à la ville un air d'abandon ; je me sentais comme elle, noyée, perdue. Et pleine de colère lorsque je pensais à celui que j'allais rencontrer.

– Je vous attendais, dit-il.

Son visage livide, poudré à l'excès, me sembla plus

* *Actuellement hôtel Matignon.*

que jamais porter le masque de la mort. Les parfums dont, selon son habitude, il s'était inondé, ajoutaient à cette impression funèbre et les richesses, le scintillement dont il s'entourait m'apparurent comme un linceul d'or jeté sur un cadavre. Je refusai de m'asseoir.

– Et pour quelle raison m'attendiez-vous, monsieur?

Il eut un bref sourire: «Nous n'avions pas, l'autre jour au Louvre, terminé notre conversation. Vous souvient-il des tableaux que vous y admiriez? *La Bataille d'Eylau*! On pourrait aujourd'hui placer Essling à côté; et Wagram près de Friedland...

«L'autre jour»... Comment le temps s'écoulait-il pour cet homme? Notre promenade au Louvre datait de presque deux ans. Alors, j'étais heureuse!

– Vous m'aviez parlé ce jour-là d'oiseaux pris au filet; que craigniez-vous pour moi?

– Le moment où l'on serait contraint de vous sacrifier.

– Celui où vous demanderiez pour l'Empereur la main d'Anne de Russie?

Je m'étais exprimée avec violence, le calme du prince de Bénévent m'exaspérait: rien ne semblait capable de l'émouvoir. La foudre serait tombée à ses pieds, il eût conservé ce regard indifférent.

– Je puis me vanter d'avoir fait échouer ce projet-là, dit-il. Il me paraissait dangereux pour la paix et il était mortel pour la Pologne. Sans doute ne me croirez-vous pas, madame, mais je suis pour l'indépendance de votre pays. La France y a intérêt; certains de ses voisins aussi.

– Ce «projet-là»? répétai-je d'une voix tremblante. Un autre serait-il donc en cours?

Il inclina la tête.

– On parle d'une Autrichienne.

Je vacillai. Les Habsbourg! Sur lequel des ronds et frais visages suspendus aux murs de Schönbrunn Napoléon avait-il porté son choix? Après avoir pris son lit à... François zéro, allait-il lui enlever une fille?

– Je vous en prie, madame, acceptez de vous asseoir.

Je me laissai guider à un siège. Il sonna et demanda à son valet de nous porter à boire. Je me souvenais du jour où, à Walewice, il était venu me chercher.

– En m'enlevant à mon mari pour me présenter à l'Empereur, qu'attendiez-vous de moi ? demandai-je.

A nouveau, il sourit.

– Puis-je vous rappeler, madame, que, de vous-même, vous vous étiez déjà présentée à Sa Majesté : le relais de Blonie, souvenez-vous... L'Empereur en gardait un souvenir ébloui. Quant à moi, je n'espérais que ce que vous avez su si bien donner : des moments de calme à un esprit trop échauffé et une fière et belle image d'un pays qui, sans vous, eût peut-être été mal jugé.

– Il avait suffi à mon bonheur de parler à Sa Majesté au relais de Blonie, me défendis-je. Je n'étais point libre et ne souhaitais pas le rencontrer à nouveau : vous m'y avez obligée.

Le visage poudré se pencha vers moi, les yeux me fixèrent comme ils savaient le faire : jusqu'au fond de l'âme, me sembla-t-il.

– En êtes-vous bien certaine, madame ? Il peut arriver que, sans se l'avouer, on désire ardemment cela même que l'on croit redouter. Regrettez-vous d'avoir rencontré l'Empereur ?

– Et vous, monsieur, lançai-je avec colère, regrettez-vous de ne plus le servir ?

Il hocha la tête.

– Je regrette le bonheur que j'ai eu à servir Bonaparte. C'était un esprit à part, promis aux plus grandes destinées.

– Ne le serait-il plus pour vous ?

Son regard se fit lointain.

– Je crains qu'il ne se soit trompé de gloire, dit-il sèchement. La véritable gloire, me semble-t-il, consiste à être aimé des peuples en faisant leur bonheur et reconnaissant leur souveraineté et non à les annexer les uns après les autres et les tenir à la force des baïonnettes.

Le valet avait posé entre nous un plateau de vermeil sur lequel se trouvaient deux petits verres et un flacon de vin de Porto. Avec des gestes lents, des gestes pieux, comme pour du vin de messe, le prince de Bénévent servit le breuvage. Je me souvins qu'il avait fait partie de l'Église; était-ce pour cela qu'il était si adroit à sonder les cœurs? Et cette beauté dont il aimait à s'entourer, était-elle signe qu'il n'avait pas tout à fait oublié le sien comme certains l'assuraient.

– Monsieur, vous est-il arrivé d'aimer?

Les yeux fixés sur le velours sombre du porto, il garda un moment le silence. Lorsqu'il releva son visage, j'y lus une peine profonde. Cette émotion que j'avais renoncé à lui voir éprouver, je l'obtenais en lui parlant d'amour.

– Cela m'est arrivé, madame, l'un de mes neveux, Louis de Périgord: un vaillant et charmant gentilhomme dont je souhaitais faire mon héritier. Hélas, la typhoïde l'a emporté! Il me semble que c'était hier: je sais moins bien compter depuis!

Il trempa ses lèvres dans son verre: «Et je ne me sens plus capable d'aimer qu'un doigt de bon porto, de jolies couleurs sur un tableau, ou, tenez... cette nouvelle symphonie que vient de nous donner monsieur Beethoven, qui dépeint si bien la nature et vous fait aspirer à la sérénité. Il l'a appelée *La Pastorale*; le pasteur que je suis resté malgré moi ne peut l'écouter sans pleurer. C'est que tant de beauté vous fait mieux sentir l'amour qui a manqué.

Il acheva son verre et s'ébroua un peu, ses parfums volèrent. Son regard s'était à nouveau éteint.

– Puis-je connaître la raison de votre visite, madame?

– Je souhaitais un conseil. Le maréchal Duroc me presse de rentrer en Pologne, mais c'est l'Empereur lui-même qui m'a demandé de venir. Je vois Sa Majesté demain et n'ai pas encore pris ma décision.

– Rentrez, madame. Rentrez au plus vite!

La brutalité de la réponse me laissa incrédule. «Vous avez échappé au pire», avait ajouté Duroc et j'avais traduit ce «pire» par le don de mon pays à la Russie. Avais-je autre chose à craindre?

– Vous parlez comme si je courais un danger...

– Le danger est écarté, dit le prince de Bénévent. Cependant vous serez mieux chez vous.

– Puis-je savoir ce qui me menaçait?

Il détourna les yeux et, comme pour gagner du temps, sortit sa bonbonnière de sa poche et me proposa une dragée. Je refusai.

– Prince... je vous en prie.

– Je crains, madame, si je vous réponds, que vous ne me pardonniez point ma franchise et cela me fera de la peine car je vous suis attaché. Les personnes sincères sont si rares; cela me fait chaud de vous admirer.

– Alors vous me devez la vérité.

Il hésita encore. Les cloches d'un couvent voisin se mirent à sonner et il tendit l'oreille. Ma gorge était affreusement serrée: ce qu'il avait à m'apprendre était-il donc si cruel?

– Il a été un moment question, madame, d'attribuer à Joséphine l'enfant que vous portez, à condition que ce fût un garçon, bien sûr! On eût obtenu votre assentiment à une sorte de... substitution; ainsi l'Empereur eût-il été dispensé de divorcer, ce qui ne lui a jamais souri.

– Jamais je ne pourrai croire cela!

Un écœurement intense m'emplissait, comme si mon corps tout entier rejetait les mots qui venaient d'être prononcés: «Mon enfant à Joséphine.» La politique pouvait-elle aller jusqu'à cette infamie? Et était-ce la raison pour laquelle on m'avait proposé d'accoucher à Paris?

Je me levai pour fuir. Tout se mit à tourner. Le bras de monsieur de Talleyrand m'entoura et je me retrouvai assise.

– Madame, reprenez-vous. Il ne s'est agi que d'une

simple éventualité et il a suffi que le docteur Corvisart s'y oppose pour que le projet soit aussitôt abandonné.

Je m'agrippai à son habit; je croyais, hier, avoir atteint le fond de la souffrance, je me trompais.

– Êtes-vous certain de ce que vous m'apprenez, monsieur? demandai-je faiblement. Comment avez-vous pu en avoir connaissance?

– Si vous êtes venue me trouver, madame, c'est que vous savez ma police bien faite!

Je fermai les yeux.

– Votre police vous a-t-elle appris, prince, que mon enfant avait bougé hier pour la première fois? Avertissez-la que jamais il n'appartiendra qu'à moi.

Lorsqu'il est contrarié, il relève ainsi son épaule en tirant sur l'extrémité de sa manche. Lorsqu'il ne sait quelle contenance prendre, il ne cesse de puiser dans ses tabatières, répandant partout le tabac, oubliant de le porter à sa narine. Pris d'impatience, il fouette comme à l'instant le sol de sa cravache. Sa main, glissée dans l'échancrure du gilet, indique que l'émotion a éveillé la douleur; bientôt elle le pliera en deux, il lui faudra un bain.

Avec amour, avec tendresse, j'ai cent fois remarqué ces failles à la cuirasse de mon grand général. Il m'est arrivé d'en rire avec lui et je crois que cela lui faisait du bien. Aujourd'hui, je feins de ne rien remarquer: c'est moi qui suis la cause de son malaise: je viens de lui annoncer que je rentrais à Varsovie.

– Y êtes-vous vraiment décidée?

– Si vous en êtes d'accord, Majesté.

Il ne s'est pas récrié, ni même étonné. Dans ce monde où il vit, où les regards sont constamment tournés vers lui, il sait le secret impossible. Et je peux suivre sa pensée: «De quoi exactement a-t-elle été avertie? Est-ce qu'elle m'en veut?» J'attends la question: «Pourquoi partez-vous alors que vous venez seulement d'arriver?»

Il se courbe.

– Je suis las, Marie. Et cette brûlure...

– Venez vous asseoir, Sire.

Nous prenons place devant la table où Roustam a posé le plateau du café. Je verse celui-ci, le sucre et le goûte pour lui ainsi qu'il aime à me voir faire. Sa lèvre est boudeuse, son front ne se déride pas: il est comme ces enfants qui ont besoin de se faire plaindre après avoir été grondés; pour m'avoir fait du mal, il voudrait être consolé, lui!

– Je serai heureuse d'avoir ma mère à mes côtés lorsque l'enfant naîtra.

A Schönbrunn, je disais «notre fils»; en disant «l'enfant», j'ai l'impression de protéger celui que je porte. Cette idée de le faire passer pour sien, c'est Joséphine qui l'a eue, j'en ai la certitude. Mais si ce fragile soldat, ce brave qui fuit mon regard et s'apprête à déserter, cet homme tellement homme dans sa faiblesse, a pu un instant être tenté, je l'aime assez pour le lui pardonner. «Tout est politique»... Derrière chacun de ses projets, c'est la guerre ou la paix qui se joue, la vie ou la mort de milliers d'êtres humains. Mais permettez-moi, Sire, de me retirer.

– Avez-vous vu le docteur Corvisart, je vous l'ai adressé... Et Yvan, mon chirurgien?

– Tous deux me jugent en parfait état pour entreprendre le voyage.

– Quand? demande-t-il avec force.

– Demain si vous m'y autorisez.

Il se courbe un peu plus. Le silence ajoute à ma souffrance: entre une nuit à Schönbrunn où, sans le savoir, je dormais pour la dernière fois dans ses bras et ce jour d'adieux aux Tuileries, rien n'a été exprimé et il me semble avoir tout rêvé. Si je ne l'aimais pas, s'il ne m'avait jamais aimée, nous serions ainsi, notre tasse à la main, comme deux étrangers, ne sachant que nous dire avant de nous séparer.

Je n'ai voulu entre nous ni cri, ni reproche; mais la violence d'une rupture indique que quelque chose a existé, qui se brise, que deux cœurs, deux corps s'arrachent l'un à l'autre. Nous sommes comme deux blessés dont le sang ne pourrait s'écouler. « Tiens-toi », répète ma mère à mon oreille.

L'hémorragie est intérieure et mon cœur se noie.

D'un grand geste du bras, soudain, il balaye les tasses qui éclatent sur le plancher. Il se lève et va se planter devant la fenêtre. Je le rejoins. Il me montre le jardin des Tuileries où des hommes s'affairent, nettoyant les restes de la fête donnée cette nuit en son honneur.

– Ils étaient tous là, dit-il d'une voix sourde. Mais que m'importait à moi ? Je me sentais si seul.

Tous... Les rois de Saxe et de Hollande, le roi de Wurtemberg et celui de Bavière, les hauts dignitaires de la couronne, le peuple de Paris, applaudissant à la paix conclue avec l'Autriche.

... et à l'alliance faite avec le tsar.

– Majesté, quel nom désirez-vous que l'enfant porte ?

– Nous verrons cela, je m'en occuperai en temps voulu.

– Puis-je espérer que vous m'écrirez pour me tenir au courant de vos projets ?

– Je vous le promets.

Je m'approche un peu plus. Les plis de ma robe frôlent le pantalon de cavalier ; un mouvement et nos lèvres s'effleureraient, et se rencontreraient nos désirs.

Il se retourne et s'assoit à demi sur le rebord de la fenêtre. Je me glisse entre ses genoux ouverts. Ses yeux sont fixés sur le médaillon renfermant son portrait.

– M'autorisez-vous à le garder, Sire ? Je le porterai sous mon corsage afin que nul ne puisse le voir.

Alors enfin il me regarde ! Et dans ce regard, je retrouve la flamme qui, depuis notre première rencontre, a éclairé ma vie. Elle est mêlée de colère.

– Mais madame, crie-t-il, portez-le, je vous l'ordonne. Portez-le toujours !

Je prends sa main, blanche et frémissante comme

une colombe captive de l'uniforme. J'ai soulevé ma jupe et la guide sur mon ventre, je l'y appuie. Il y a là un peu de ton écume, mon bien-aimé, l'éclaboussure de cette vague qui a déferlé sur mon existence et à présent me rejette. Je veux que tu sentes cet infime remous, ce début de houle, ce flux qui vient de toi, qui sera nous.

Il est pâle comme la mort. A-t-il senti bouger son fils ? Une plainte lui échappe, il s'arrache à moi, se lève, s'enfuit.

Que cela passe vite, un grand amour ! N'essayez pas de le retenir, ce serait comme chercher, à mains nues, à retenir la tempête.

Notre fils est né à Walewice le 4 mai 1810. A la demande de l'Empereur et par l'aimable intermédiaire de madame de Vauban, Anastase avait accepté de me reprendre auprès de lui et donner son nom à l'enfant. Grâces lui en soient rendues.

Il s'appelle Alexandre, Florian, Joseph, Colonna Walewski. C'est un beau et gros garçon, son teint est mat ; sa lèvre délicatement ourlée m'en rappelle une autre. Je ne puis la baiser sans frémir.

C'est par les journaux que j'ai appris les fiançailles puis le mariage de Napoléon avec l'archiduchesse Marie-Louise, fille de François, empereur d'Autriche.

Je me suis souvenue de ce soldat de bois transpercé d'aiguilles que j'avais découvert à Schönbrunn dans une chambre d'enfant. Ainsi, il avait choisi celle pour qui il s'appelait « l'ogre ».

Le destin a parfois de drôles de manières ; si l'on s'en sentait la force, on en sourirait.

MARIE-LOUISE

1

L'ogre

– De quoi est faite la fille préférée de l'Empereur ? demandait François d'Autriche à la petite Luisel.

– De sucre, de miel et de chansons... répondait celle-ci dans un éclat de rire.

Luisel, Louison, Marie-Louise avait huit ans. Ce qu'elle adorait – bien que l'on ne dût adorer que Dieu – c'était se glisser en cachette de ses gouvernantes et autres dames d'honneur, dans les cuisines de Schönbrunn pour voir se préparer le savoureux *strüdel*.

Tandis que dans les bassines de cuivre mijotaient à bulles rousses les pommes du verger, les gros doigts blancs de farine des cuisiniers s'enfonçaient dans la pâte, la roulaient en boule, la malaxaient, la faisaient rebondir d'une main à l'autre avant de l'allonger, toute lisse, sur la table de bois. Et à voir se gonfler les muscles des bras nus, à sentir les odeurs mêlées, Luisel en avait chaud partout, comme si c'était elle que l'on eût pétrie.

Ce qu'elle aimait beaucoup aussi, c'était quand papa, son bon, son cher papa, la poussait dans une brouette, vite, plus vite, avant de la renverser pour rire dans un gros tapis d'herbe qui fleurait si bon, qui était si chaude et douce, avec ce qu'il fallait d'acide et de piquant pour que l'on ne sache plus exactement si c'était agréable ou non.

« Mon adorable poupée, ma perle, mon soleil... » disait-il.

Et Luisel se sentait heureuse d'être l'aînée, la préférée de son père, le plus puissant des souverains d'Europe.

Sa mère, l'Impératrice Marie-Thérèse, elle ne la voyait que durant la messe ou pour la prière du soir et ne se souvenait pas d'avoir jamais été embrassée par elle. Heureusement, la comtesse de Coloredo: grande maîtresse, c'est-à-dire gouvernante en chef, la remplaçait avantageusement. Douce et tendre, « maman Coloredo » avait une fille du même âge que Luisel, appelée Victoire, qui était devenue son inséparable.

Inlassablement, les fillettes partaient à l'aventure, explorant les quinze cents appartements du château, pleins d'objets, de mobilier, de vêtements d'antan dans lesquels elles se glissaient pour jouer à la reine. Mais la merveille des merveilles, c'était bien la « chaise volante » qui, à l'aide de courroies et de poulies, vous montait dans l'ancien royaume de l'arrière-grand-mère Marie-Thérèse, sans qu'il fût besoin d'emprunter l'escalier.

A part cela, il y avait le parc!

... et ces deux endroits magiques que les amies avaient baptisés, l'un: « la fin du monde », l'autre « le début ».

C'était la fin qu'elles préféraient.

Au centre d'un décor de verdure, dans le concert fracassant d'une cascade, se dressaient de fausses ruines romaines: restes d'aqueduc, temple éboulé, tombeaux éventrés. Quelle émotion de trouver çà et là, parmi les débris de vases et de bas-reliefs, venant de statues brisées, une tête, un bras, un buste de pierre mangés par la mousse.

On aurait dit que le jugement du ciel était tombé à cet endroit. « Et si cela arrivait au beau château de Schönbrunn ? » s'interrogeaient les fillettes. Pour se rassurer, elles jouaient aux survivantes, en commençant par se rouler dans l'herbe et la poussière pour avoir ensuite le plaisir de se laver longuement les mains et le visage dans l'eau courante des fontaines, comme le faisaient ceux qui ne possédaient rien.

Le «début du monde» était la ménagerie, sorte d'arche de Noé où toutes les espèces animales étaient représentées, du lourd éléphant au tigre jaillissant, de l'ours pataud au plus fin et plus coloré des oiseaux.

Et après s'être ainsi diverties, il était si bon de s'offrir au verger, en cachette des gouvernantes, une orgie de prunes et d'abricots tiédis par le soleil.

Marie-Louise a 13 ans.

Sa grand-mère, Marie-Caroline, reine de Naples, chassée de son pays par les armées de la République française, vient d'arriver à Schönbrunn avec sa famille et sa suite. Dix-sept grossesses menées à bien n'ont pas altéré son énergie ni éteint en son cœur le feu de la colère et le désir de revanche.

Ce jour-là, elle fait une bruyante irruption dans la Petite Galerie – royaume doré des enfants – et les entraîne devant un buste de marbre représentant une jeune femme au visage altier.

– C'était moi! déclare-t-elle. J'avais 18 ans.

Avant que la petite troupe ait eu le temps de s'étonner, elle la conduit tambour battant vers un second buste qui fait pendant au sien.

– Et c'était ma sœur: Marie-Antoinette, reine de France.

Ses sourcils se froncent, des larmes perlent à ses paupières: «Décapitée par les monstres révolutionnaires.»

– Décapitée? interroge la petite Clémentine.

L'aïeule a un geste expressif vers son cou: «Comme ça! Jurez tous de la venger.»

Les enfants jurent avec enthousiasme; après quoi, elle accepte de leur raconter la Terreur, l'histoire des sans-culottes, de la guillotine, de tant de leurs parents massacrés, dépossédés, ou, comme elle, contraints à l'exil.

Tout en écoutant l'affreux récit, Marie-Louise regarde le noble et beau visage de la tante Marie-Antoinette. Est-il possible que cette tête couronnée de lauriers ait roulé au sol comme celles que l'on trouve dans les ruines de la «fin du monde»?

– Et aujourd'hui, conclut Marie-Caroline d'une voix sourde, règne sans partage en France l'ami des régicides, l'assassin de votre cousin, le duc d'Enghien: Napoléon Bonaparte!

Elle observe un silence tandis que ses yeux font le tour des enfants pétrifiés.

– On l'a surnommé « l'ogre » corse. Prenons garde à ce qu'il ne dévore point l'Autriche...

Sur le plancher de sa chambre, Marie-Louise a aligné ses soldats de bois. Elle a peint l'un d'entre eux de noir et de rouge: noir le diable, rouge le sang, et l'a placé au premier rang de l'armée française: c'est un *krampus*, un diable: Bonaparte!

Chaque jour, avec Ferdinand, elle joue à la guerre. Les Français sont toujours battus; un traitement particulier est infligé au général vaincu: on larde sa poitrine d'aiguilles jusqu'à ce que mort s'ensuive.

Pas de pitié pour « l'ogre » corse.

Mon petit papa, je voudrais vous dire combien je vous aime et suis triste d'être séparée de vous. Je ne veux pas douter que Dieu ne nous accorde la victoire sur ce Napoléon abhorré et l'achève.

Les «napoléons», ainsi ont été surnommées les répugnantes punaises qui grouillent dans les lits douteux des auberges où la famille impériale, fuyant l'armée française, est contrainte de faire étape sur le chemin de la Hongrie. On les écrase sous le pied: «Un napoléon de moins!».

Marie-Louise a 14 ans, le *krampus* a gagné, « l'ogre » occupe Schönbrunn. On dit que ses armées massacrent les prêtres, piétinent les hosties, pillent, incendient, violent. Les fugitifs se sont installés chez un oncle, près de Buda, dans le château d'Erlau.

Je voudrais voler vers vous, cher papa. Puisse Napoléon perdre la tête. On fait beaucoup de prophéties sur sa fin prochaine: ce serait cette année, affirment certains. Ah, si cela se pouvait!

La jeune fille a envoyé à François II une tabatière d'où s'échappe, lorsqu'on l'ouvre, un colibri chanteur: *Il vous dira que vous êtes le plus aimé des pères et le meilleur des empereurs*.

Mais lorsque, la guerre terminée, Marie-Louise retrouvera le «meilleur des empereurs», celui-ci aura été dépouillé par Napoléon de ses plus belles provinces et ne portera plus que le titre de François Ier. Et chaque soir, à genoux au pied de son lit, elle priera avec ferveur pour la disparition du tyran.

Elle a 15 ans et c'est le printemps. La «dame blanche» a emporté sa mère. La «dame blanche» est cette apparition qui, depuis Charles Quint, avertit les Habsbourg de leur mort prochaine. Léopoldine l'a aperçue, dans sa robe à traîne, debout derrière le fauteuil de la malade. «Qui est cette dame?» a-t-elle demandé à sa mère. «Elle est venue me chercher», a répondu celle-ci.

Marie-Louise n'a éprouvé que peu de chagrin: elles se voyaient si peu! Et il y a sa nouvelle gouvernante, la tendre et gaie comtesse Lazanski.

Vienne se remet lentement de la guerre: la musique y coule comme un sang nouveau, les plaies se referment. Marie-Louise fait avec son père de longues promenades dans la capitale; ils aiment s'y mêler aux passants et ceux-ci ne craignent pas de les aborder et manifester leur attachement à l'empereur; beaucoup parlent revanche.

C'est un bel après-midi d'avril. Ils se sont installés à la terrasse du café Hugelmann pour déguster des tartes aux framboises tout en regardant barques et chalands se croiser sur le Danube.

– Ma petite fille, demande soudain François. M'en voudrais-tu si je me remariais?

– J'en serais heureuse au contraire car je sais à qui vous pensez! s'empresse de répondre Marie-Louise.

... à Ludovica de Habsbourg, 20 ans, quatre ans seulement de plus qu'elle. Après les mamans-gouvernantes, aura-t-elle une maman-amie? Celle-ci est si intéressante: pleine de feu, de passion! Il faut l'entendre parler de « l'ogre »!

– Et moi, papa, qui épouserai-je? demande timidement Marie-Louise.

L'empereur contemple, attendri, le rond visage barbouillé de sucre rose.

– Un beau prince qui te plaira.

Un beau prince... Le cœur de Marie-Louise bat plus fort: sera-t-il anglais, espagnol, italien, français? Ignorant de quel royaume il viendra, la jeune archiduchesse apprend six langues ainsi que l'histoire et la géographie de tous les pays d'Europe. Il faudra bien qu'ils puissent se parler! Et, pour le charmer, elle apprend aussi le piano, la harpe, le chant, le dessin. Ah, qu'elle a hâte de le rencontrer! Et, dans les bras de l'élu, de connaître enfin le «secret du mariage»...

Car si la jeune fille est savante en de nombreux domaines qui feront d'elle une épouse accomplie, il en est un dont elle ne connaît rien; un chaud petit territoire dont personne ne lui a jamais parlé sauf pour le déclarer interdit à tout autre qu'à son futur époux: et ce territoire, c'est son corps.

Comment est-elle faite? D'où vient que certains jours le bout de ses seins, couleur de mûre, se tend et s'irrite jusqu'à la douleur au simple frottement de sa chemise? Ces enfants qui, par treize fois, ont gonflé le ventre de sa mère, comment y étaient-ils entrés? Et cette chaleur qui l'embrase toute lorsqu'un de ses cousins la regarde d'une certaine façon, est-elle bien normale?

Depuis l'adolescence de Marie-Louise ont été

bannis du château tous animaux mâles, ses amies sont choisies aussi innocentes qu'elle, ses lectures étroitement surveillées. C'est péché que d'essayer de lire entre les pages collées, péché que de se regarder nue ou de traîner au lit. Docile, Marie-Louise n'a jamais cherché à transgresser les règles. Mais ce n'est pas la curiosité qui lui manque.

Et en ce printemps à Schönbrunn, alors qu'explose la nature et que passent dans l'air parfumé d'enivrantes et indéchiffrables promesses, la jeune fille se croit souffrante. C'est la fièvre, sans aucun doute, qui lui donne à la fois envie de courir à perdre haleine et de s'affaler sur la première pelouse venue pour s'y laisser caresser par le soleil comme ces roses nouvelles dont l'odeur la grise.

La comtesse Lazanski, à qui elle a fait part de son état, lui a conseillé des bains froids et des prières, remèdes qui, jusque-là, sont restés sans effet. Il faut, paraît-il, montrer de la patience.

Patience... cela va-t-il avec ses 16 ans ?

« Suis-je jolie ? » Elle se regarde dans la psyché et y voit une fille plutôt grande, aux abondantes boucles blondes, au teint coloré. Inquiète, elle se penche un peu plus vers l'image : remarque-t-on beaucoup, sur ses joues, les traces laissées par la petite vérole ? Ses yeux ne sont-ils pas trop ronds, ses lèvres trop épaisses, ses bras trop maigres ? La seule chose dont elle tire fierté, ce sont ses pieds minuscules : ceux d'une princesse assurément.

Dommage que les pieds ne soient pas ce qui se remarque en premier !

« Plairai-je à mon prince ? »

N'y tenant plus, elle quitte sa chambre, traverse quelques couloirs et vient frapper à la porte de sa toute jeune maman.

Celle-ci est encore au lit, alanguie, les yeux soulignés de mauve. Ne dirait-on pas que la nuit, plutôt que de la reposer, a accru sa fatigue ? La belle chambre aux tapisseries est imprégnée de l'odeur de son père, mélange de tabac, de barbe et d'on ne sait quoi d'autre que l'on se retient, comme par timidité, de respirer à fond.

Marie-Louise grimpe les marches du tabouret de lit afin qu'on la voie bien.

– *Liebe mama*, est-ce que je suis jolie?

Ludovica regarde cette grande fille un peu gauche, un peu lourde, perdue dans ses vêtements de nuit: chemise, jupon, pantalon, châle, fichu, car en toute saison, on gèle à Schönbrunn. C'est un beau fruit doré, presque mûr, manquant peut-être un peu de goût mais si tendre, gentille et docile. Les lèvres charnues, la carnation prompte à s'enflammer, annoncent la sensualité.

– On te croquerait volontiers, répond-elle. Par quoi commencerais-je, voyons... Un morceau de joue? Le nez?

Marie-Louise éclate de rire: «*Liebe mama*, je peux?»

Et sans attendre la permission, comme une petite fille qu'elle est restée, qui sent le chocolat et les sucreries dont elle fait grosse consommation, elle saute directement du tabouret au lit et se glisse sous les draps à côté de sa belle-mère.

– Dites-moi le secret du mariage... supplie-t-elle.

Ludovica soupire: s'il ne tenait qu'à elle! Mais l'empereur désire que sa fille conserve une totale innocence. Sa virginité devra pouvoir être garantie à ceux qui prétendront à sa main. Et François est bien placé pour se méfier du tempérament des Habsbourg...

En elle-même, Ludovica sourit tandis que les délicieux souvenirs de la nuit font courir un frisson le long de son échine. Si la petite a autant d'appétit que le père, elle donnera bien du plaisir à celui qui y goûtera.

– Ce secret, une jeune fille bien élevée le découvre au soir de ses noces!

– Mais comment saurai-je ce que je dois faire si l'on ne m'a rien dit?

Marie-Ludovica laisse échapper un rire: «Tu n'auras qu'à obéir, faire ce que te demandera ton époux sans t'étonner ni t'offusquer.»

– «Tout» ce qu'il me demandera?

– Tout!

Marie-Louise vient contre sa belle-mère, respirant à petites bouffées, dans l'échancrure du déshabillé de dentelle, l'odeur troublante du grand mystère.

– Et si cela me déplaisait, maman?

Ludovica éclate de rire. Comme par jeu, elle écarte le châle, ouvre le fichu, regarde les formes, déjà celles d'une femme. Comme par inadvertance, elle frôle du bout des doigts la pointe d'un sein que dressent, sous la chemise, leurs troublantes confidences; le visage de Marie-Louise s'empourpre. Cette enfant ignore tout mais son corps sait déjà.

– Cela te plaira beaucoup, mon cœur, affirme l'impératrice.

Ses 18 ans, comme Marie-Louise les avait attendus! Alors, elle aurait droit à participer à toutes les fêtes, les cérémonies officielles. Avec son cher papa, elle décorerait les braves; elle danserait aux bals de la cour cette nouvelle danse, la valse, qui faisait tourner la tête. Mais surtout, en âge d'être demandée, elle serait tout près de connaître l'amour.

Et au lieu de cela, voici qu'elle perdait son temps en Hongrie, entre rats et punaises, dans le château délabré d'Erlau, à nouveau chassée de Schönbrunn par les Français.

... et en proie à la terreur!

Car celui qui avait ruiné son pays, humilié son père, causé la mort de «papa Haydn», tué par le chagrin en voyant sa ville envahie, l'impitoyable Napoléon qui n'avait su faire grâce au jeune Frédérik Staps, cherchait une nouvelle épouse après avoir répudié Joséphine, cherchait princesse pour assouvir son ambition et fonder sa dynastie.

Chère maman Coloredo, comme je plains celle qu'il

choisira. Heureusement, je suis certaine que ce ne sera pas moi...

Si certaine que cela ?

On disait que la main d'Anne de Russie, impubère, lui avait été refusée et qu'il trouvait trop vilaine la fille du roi de Saxe. On murmurait qu'il tournait ses regards vers l'Autriche.

Vite, il fallait prévenir le danger, s'engager à un autre avant qu'une demande soit faite. Lors des fêtes de ce Noël 1809, Marie-Louise avait remarqué le frère de sa belle-mère : François de Modène. Celui-ci semblait la trouver à son goût. En accord avec Ludovica, elle écrivait à son père.

Cher papa, avec votre bonté coutumière, vous m'avez assurée à maintes reprises que vous ne m'obligeriez pas à me marier contre ma volonté. J'ai eu l'occasion de rencontrer en Hongrie l'archiduc François et trouve en lui toutes les qualités nécessaires pour me rendre heureuse. J'attends votre décision en fille aimante et obéissante que je veux toujours rester.

Mais de réponse, en ce début février, elle n'avait toujours point reçue.

C'est un sinistre après-midi d'hiver. Il tombe une pluie glacée. Dans l'un des salons du sombre château d'Erlau, Marie-Louise tente de se distraire en interprétant avec Ferdinand et sa petite sœur Léopoldine, l'une des belles pièces de monsieur Racine : *Iphigénie*. Le décor, hélas, ne vaut pas celui du théâtre de Schönbrunn et l'on a dû s'accommoder des meubles dépareillés et de vieilles tentures.

Revêtue d'une simple tunique blanche, coiffée d'une couronne de laurier, Marie-Louise donne la réplique à son frère qui tient le rôle d'Agamemnon, lorsqu'un bruit de roues et de sabots sur les pavés de la cour précipite les artistes aux fenêtres.

D'un carrosse poussiéreux, descend monsieur de Metternich, ministre de son père. « Que vient-il faire ici ? » s'inquiète Marie-Louise. Elle n'aime pas cet homme qu'elle a surnommé « le comploteur ». Elle le trouve fourbe et prétentieux; son regard la met mal à l'aise et, s'il a trop de frisettes sur le crâne, il manque singulièrement de dents dans la bouche! Quelle importante raison a pu le conduire à entreprendre le voyage jusqu'en Hongrie?

Envoyé en espion, Ferdinand revient bientôt porteur d'inquiétantes nouvelles: le diplomate est enfermé au salon avec leur grand-mère et l'impératrice. On peut entendre de loin crier la bouillonnante Marie-Caroline. Soudain, le souffle manque à Marie-Louise. Et si...

Mais voilà que la porte s'ouvre sur la comtesse Lazanski; elle, d'ordinaire si gaie a les yeux rougis. Elle tend la main à la jeune Iphigénie.

– Sa Majesté l'impératrice vous réclame.

Liebe mama est assise près du feu, très raide, le visage blême. Marie-Louise cherche sa grand-mère des yeux: celle-ci a disparu. Monsieur de Metternich s'incline devant l'archiduchesse, regardant avec étonnement le déguisement qu'elle n'a pas songé à retirer.

– Votre Altesse!

– Ma chère fille, venez donc vous asseoir, articule péniblement Ludovica.

Marie-Louise prend place au bord d'une chaise et attend la sentence. Elle connaît d'avance les mots que le ministre va prononcer; a-t-elle jamais réellement espéré échapper?

– Je suis chargé par Sa Majesté l'Empereur Napoléon de vous demander votre main.

«Sa Majesté l'Empereur Napoléon»... aux lèvres de la jeune fille, montent les mots du petit catéchisme espagnol qui leur a été récemment envoyé et que son frère s'amuse à réciter toute la sainte journée: «Quel est l'ennemi de notre félicité?» «L'Empereur des Français.» «Combien Napoléon a-t-il de natures?» «Deux: la nature humaine et la nature diabolique.»

– Qu'avez-vous dit, je n'ai pas entendu, interroge

l'envoyé de l'Empereur en voyant remuer les lèvres de Marie-Louise.

Celle-ci relève les yeux.

– Puis-je connaître la volonté de mon père ?

– Il ne veut point vous contraindre, répond le ministre. Mais il pense que cette union serait le seul moyen de sauver l'Autriche, d'y ramener paix et prospérité.

La jeune fille se tourne alors vers sa belle-mère. Ludovica déteste Napoléon presque autant que Marie-Caroline. Leurs regards se croisent mais, très vite, *liebe mama* détourne le sien : peut-elle aller à l'encontre des vœux de son époux ?

Et la chose est certaine : l'empereur souhaite ce mariage. Sinon, il serait venu en personne lui faire part de la demande de « l'usurpateur » : avec indignation !

> *Plutôt que d'être à mon père rebelle,*
> *J'accepterai la mort, même la plus cruelle.*

Combien, il y a un instant, les paroles d'*Iphigénie* semblaient belles à Marie-Louise ! Comme soudain elles lui semblent renfermer de nuit. Ce n'était que poésie alors qu'à présent elles expriment sa vie ; épouser « l'ogre », quitter sa famille, cela ne ressemble-t-il pas à la mort ?

– Quelle réponse donnerai-je à l'Empereur ? interroge Metternich en agitant impatiemment ses frisettes.

– Vous lui direz que ce qui est bon pour lui le sera pour moi.

Une lumière de satisfaction passe dans les yeux du ministre. Marie-Louise retire de ses cheveux la couronne de laurier. Refuser ? pas une seconde elle n'y a songé : depuis l'enfance, qu'a-t-elle fait d'autre que d'accéder aux désirs de son père, vouloir ce qu'il voulait ?

Ludovica vient la prendre contre elle, les sanglots

montent. Au loin, comme venant du regret, Marie-Louise entend jouer du piano. Ce morceau, elle aussi le travaillait à l'âge de sa sœur et ses doigts trébuchaient aux endroits où hésitent ceux de Léopoldine. Sonatine de Mozart! «C'est toi que j'épouserai, avait déclaré le jeune prodige à Marie-Antoinette lorsqu'il était venu jouer à Schönbrunn.

La jeune fille se dégage des bras de sa belle-mère et se tourne vers Metternich.

– Quand «cela» aura-t-il lieu?

– Avant le printemps, Votre Altesse.

– Si tôt?

Elle n'a pu retenir son cri; mais c'est demain, le printemps! Et il est si beau à Schönbrunn. Ne l'y verra-t-elle donc pas cette année?

– On me laisse bien peu de temps, murmure-t-elle.

– Sa Majesté est impatiente de vous accueillir en France.

Elle se redresse et s'efforce de regarder le ministre dans les yeux.

– Lorsque vous verrez l'Empereur Napoléon, voulez-vous lui dire que je parle français sans accent?

Ils ont quitté le salon. Recroquevillée au fond d'un fauteuil, la jeune fille regarde, dans la cheminée, se consumer la couronne d'Iphigénie. Tout est calme autour d'elle, pourtant il lui semble sentir se lever un grand vent. Il siffle en tempête à son cœur, le froid la glace, la crainte d'être emportée.

Le piano s'est tu et la porte s'ouvre. Sur la pointe des pieds, comme lorsqu'elle avait la rougeole et que l'on craignait pour sa vie, ses sœurs, son frère et sa gouvernante s'approchent d'elle et l'entourent.

Léopoldine s'est placée le plus près. Le regard anxieux de la cadette cherche à lire dans les yeux secs, le maintien digne de l'aînée, son futur métier de princesse appelée à se soumettre aux décisions du père.

Ferdinand a les poings serrés: «Vous le piquerez

d'aiguilles, gronde-t-il. Et n'oubliez pas, c'était toujours nous qui remportions la victoire! »

– On assure que ce n'est pas un mauvais mari, plaide faiblement la comtesse Lazanski. Sa femme, Joséphine, l'a beaucoup aimé...

La toute petite Marie-Clémentine plonge en une ample révérence.

– Tu auras tout plein de belles robes. Tu m'en enverras une, madame l'Impératrice?

Alors qu'on l'appelait encore Luisel, son père l'avait emmenée dans les jardins du Prater, à Vienne, faire le tour des grands frissons.

Un automate, vêtu en magicien, turban autour de la tête et baguette magique à la main, lui avait dit la bonne aventure de sa voix métallique. Au théâtre des Métamorphoses, un illusionniste les avait introduits au royaume des ombres. Au son d'une musique d'outre-tombe entrecoupée de plaintes et gémissements, la petite fille avait senti courir sur sa nuque des souffles glacés, de longs doigts de squelettes s'étaient emparés des siens tandis que lui apparaissaient des spectres. Sa frayeur avait été telle qu'elle n'avait pu rester jusqu'au bout du spectacle.

Pour finir, l'empereur et sa fille avaient assisté à un bal de nains et de marionnettes. A voir les poupées et les monstres tournoyer ensemble, se faire mille courbettes, les gens riaient à gorge déployée; Luisel trouvait cela effrayant: on ne savait plus qui était de bois et qui était de chair, quels visages étaient peints et lesquels animés par la flamme de la vie, une vie qui lui apparaissait soudain comme une dérisoire bouffonnerie.

Mais ensuite, quel soulagement de retrouver la lumière du jour et déguster auprès de son cher papa une tasse de moka accompagnée de succulentes pâtisseries.

– Ce n'était pas vrai, n'est-ce pas, ce que nous avons vu, cela ne m'arrivera jamais? avait interrogé Luisel encore inquiète.

L'empereur avait ri :

– Jamais ! Et gare à celui qui m'enlèverait ma fille.

Il avait eu un geste large : « Voici ce qui est vrai »...

... Le soleil, les fleurs aux balcons, une chanson, le sourire des passants : autour d'eux, le cercle enchanté du bonheur.

Ce que Marie-Louise vivait durant les journées à Schönbrunn précédant son mariage, tandis qu'elle essayait des robes à la mode de Paris, posait pour des artistes chargés d'envoyer son portrait à Napoléon, apprenait les compliments qu'elle devrait réciter aux uns ou aux autres, il lui semblait parfois que « ce n'était pas vrai ». L'illusionniste faisait encore des siennes, les automates l'avaient entraînée par erreur dans leur ronde infernale ; comme le jour des « grands frissons », elle allait se retrouver près de son père et il rirait pour la rassurer.

Mais les jours passaient, nul n'entendait plus résonner le rire de l'empereur et Marie-Louise voyait bien que celui-ci la fuyait.

« Les hommes affrontent souvent avec plus de courage la mort que les mots », constatait douloureusement Ludovica.

La petite fiancée avait reçu une lettre de Napoléon.

Pouvons-nous nous flatter que Votre Altesse impériale ne sera pas déterminée uniquement par le devoir d'obéissance à ses parents ?

Et « l'ogre » aurait voulu qu'elle l'épousât avec bonheur !

Toute la cour est réunie au palais de la Hofburg, à Vienne, où est célébré, ce 9 mars 1810, le mariage civil.

Elle a d'abord frissonné d'horreur, cette cour, en apprenant que sa princesse, la première d'Europe, allait être donnée à l'assassin du duc d'Enghien.

Mais aujourd'hui, revêtue de ses plus beaux atours, mêlée aux uniformes français, elle frémit d'impatience et d'excitation.

Le maréchal Berthier, prince de Neuchâtel, représente Napoléon. Celui-ci n'ayant pas daigné venir à Vienne, la jeune archiduchesse sera, comme sa grand-tante Marie-Antoinette, mariée par procuration.

Berthier s'adresse d'abord à François. Après lui avoir fait les compliments d'usage, il prononce d'une voix émue les mots attendus et redoutés :

– Nous venons solliciter la main de son Éminente Altesse impériale, la très parfaite archiduchesse.

La « très parfaite archiduchesse » n'est pas là pour entendre la réponse de son père : « J'accorde la main de ma fille à l'Empereur des Français. »

C'est seulement alors qu'on la pousse dans la salle du trône. Sa robe de soie claire, les perles et les fleurs qui ornent ses boucles blondes, en font l'image du printemps. Le prince de Neuchâtel s'est tourné vers elle.

– C'est surtout votre cœur, madame, que l'Empereur, mon maître, souhaite obtenir, bredouille-t-il.

– La volonté de mon père a toujours été la mienne, mon bonheur sera toujours le sien, répond-elle.

Tandis que la comtesse Lazanski lui suspend au cou une chaînette retenant, dans un médaillon orné de diamants, le portrait de Napoléon, Marie-Louise frissonne : le bonheur, que signifiait hier ce mot pour elle ? C'est lorsqu'il vous échappe que l'on se pose la question ! Il était tissé de choses simples : la grande table de bois autour de laquelle, plusieurs fois par jour, la famille se retrouvait, les soirées de jeux et de rires, les promenades avec son père. Ce bonheur était fait de regards bienveillants qui lui permettaient d'exister.

Sa famille ici, Marie-Louise en France, ce mot ne voudra plus rien dire.

– Luisel!

A travers le parc, son frère court vers elle qui s'est échappée du château pour tenter, dans la paix du soir, de ressaisir sa vie.

– Ma petite sœur...

Elle se jette dans ses bras: «Ferdinand, est-il vrai que je m'en vais bientôt? Je ne parviens pas à y croire.»

Entre les mots dictés, les compliments, les sourires de commande, dans le tourbillon qu'est devenue sa vie, il lui semble s'être perdue elle-même. Est-ce bien elle qui, tout à l'heure, a dit «oui» au maréchal Berthier? Demain, promettra-t-elle devant Dieu, fidélité et obéissance à celui que l'on a surnommé «l'Antéchrist»?

Le frère et la sœur se sont assis sur une colonne tombée de la «fin du monde». Le frère serre la sœur contre lui, frémissant de révolte et d'impuissance. Lorsque, chassés par les armées françaises, ils fuyaient vers la Hongrie sur les routes glacées, c'était lui qui, le mieux, savait réchauffer Marie-Louise et lorsque, atteinte de la rougeole, elle tremblait de fièvre, il lui portait à boire. Toujours, il l'a protégée.

– Nous lui déclarerons la guerre, promet-il. Nous le battrons et vous ferons revenir.

– Même vaincu par vous, il resterait mon mari, répond Marie-Louise. Et mon devoir m'ordonnerait de demeurer auprès de lui.

– Alors je le tuerai.

– Taisez-vous, le gronde-t-elle. Il ne m'est point permis d'entendre de telles paroles.

Comme ils regagnent le château, il dégage les boucles qui cachent les oreilles de Marie-Louise.

– Faites-le encore une fois pour moi, supplie-t-il.

Et elle bouge les oreilles, tout en gardant un visage de marbre, comme elle a toujours si bien su le faire.

Ils en rient aux larmes.

Il était tard et elle dormait à demi lorsque Ludovica est venue la voir, un mouchoir pressé contre ses lèvres car depuis quelque temps elle toussait beaucoup. On la soignait en lui prenant son sang; elle devenait de plus en plus transparente et Marie-Louise se défendait de penser que la «dame blanche» lui ressemblait.

Ludovica s'est assise sur le lit à côté de sa belle-fille.

– Il faudra prendre garde à ce que tu nous écriras, a-t-elle recommandé. Il paraît que les lettres passent par un cabinet noir où elles sont lues par la police; le contenu en est rapporté à l'Empereur.

Un «cabinet noir»... Marie-Louise a frissonné. C'était là que l'on enfermait les enfants désobéissants.

– Tu dois aussi savoir que les hommes sont faits différemment de nous, a repris Ludovica en détournant les yeux. Cela leur permet de déposer en notre sein le germe de vie.

– Mais comment l'y déposent-ils? a interrogé Marie-Louise.

Ludovica a pris sa main et l'a serrée.

– Ils viennent en nous avec leur différence, tu verras! Cela peut causer une douleur la première fois, brûler un peu...

Elle a hésité: «Mais ensuite, certaines y prennent goût, a-t-elle ajouté très vite. Elles peuvent même y trouver du plaisir.

Marie-Louise n'a pas osé poser la question qui lui brûlait les lèvres: «Mais comment viennent-ils en nous, maman? » La toux avait repris Ludovica dont les yeux se remplissaient de larmes. Sans en dire davantage, elle a baisé le front de sa belle-fille et elle s'est sauvée.

A la lueur d'une bougie, la petite fiancée, cachée dans son ample chemise de coton, regardait le portrait sur le médaillon. Ainsi, ce serait lui!

Ce serait cet homme à l'étrange regard, au nez droit, aux lèvres fines, à la mèche de cheveux en virgule sur le front, qui répondrait à la question posée depuis si longtemps.

Une chambrière lui avait raconté que l'Empereur des Français avait, l'automne dernier, reçu à Schönbrunn une comtesse polonaise : Marie Walewska. Que ne l'avait-il épousée, elle ?

Elle souffla sa bougie. Dans quelques heures, on viendrait la lever pour l'habiller et la mener à l'église. Il fallait tenter de dormir afin d'être belle : tous les yeux seraient fixés sur elle.

Qu'avait dit *liebe mama* déjà ? « Ils viennent en nous, certaines y prennent goût, elles peuvent même y trouver du plaisir. »

Du plaisir avec « l'ogre » ? Elle, jamais !

Aux quatre coins de la ville que transperce une pluie fine, sonnent les cloches ; la foule emplit les rues, se masse sur le parvis de l'église.

Celle-ci est comble et, comme s'y engage le long défilé des archiducs en habit de cérémonie, la musique éclate : cymbales, trompettes. Puis vient l'empereur. Il avance seul, très long, très maigre, le menton haut relevé, comme par défi, le visage impénétrable.

Les deux femmes le suivent, se tenant par la main.

Celle au corps svelte, au visage diaphane taché de rouge par la phtisie, c'est l'impératrice Maria-Ludovica et elle a 22 ans. L'autre, aux formes amples, au teint de pêche, c'est sa belle-fille l'archiduchesse Marie-Louise et elle vient d'avoir 18 ans.

Toutes deux sont l'image de la fragilité et de la soumission.

« Je suis dans une forêt », se répète Marie-Louise tout en avançant à très petits pas ainsi qu'on le lui a recommandé. Fûts de bois et de pierre s'élèvent à perte de vue dans un foisonnement de statues, un jaillissement d'ailes dorées; la musique passe comme une tempête. «Ce n'est pas, remarque-t-elle, une musique de fête, mais celle d'un sacrifice.»

Et c'est le sien qu'on célèbre aujourd'hui.

Devant l'autel, l'attend son oncle, l'archiduc Charles. Elle s'agenouille à ses côtés. Durant plus de douze ans, ce grand général a combattu Napoléon et, après la bataille d'Essling, mérité le surnom de «vainqueur de l'invincible». Mais l'invincible a fini par gagner et pour sa grand-peine, le vaincu est aujourd'hui chargé d'épouser, au nom de son ennemi, la plus belle fleur des Habsbourg.

L'archevêque lève les mains et les yeux: «Que dans son royaume éternel, Jésus-Christ, roi de rois, seigneur des seigneurs, qui vit et règne avec le Père et le Saint-Esprit, vous bénisse.»

«Oh, Marie, c'est vous que je prie...» murmure Marie-Louise, tournée vers une *Vierge à l'enfant*.

Ce n'est ni à Dieu ni à ses saints qu'elle veut s'adresser ce matin mais à cette femme en charge comme elle d'un destin trop lourd qu'elle n'avait pas choisi. Elle fixe le visage douloureux de la mère qui semble lire déjà le destin tragique du petit être qu'elle presse sur son sein.

«Je serai bonne et fidèle, je donnerai à Napoléon les enfants qu'il désire, mais faites qu'il ne se montre point trop cruel avec moi et qu'un jour je revienne ici.»

– Voulez-vous prendre pour époux...

Comme en un rêve, elle répond aux questions qui lui sont posées; elle s'entend prononcer les mots qui la lient à jamais. La bénédiction des anneaux n'en finit pas! Douze pour Napoléon dont on ignore le diamètre du doigt, afin qu'il puisse choisir celui qui lui conviendra. Douze alliances pour Napoléon, sept femmes pour Barbe-Bleue...

Non, elle n'a pas le droit, même en elle-même, d'appeler ainsi celui qui est désormais son époux. Mais comment ne point évoquer la jeune archiduchesse de 15 ans, sa grand-tante Marie-Antoinette, qui il y a quarante ans, posant ses genoux là où les siens sont posés pour épouser le dauphin de France : Louis-Auguste, signait son arrêt de mort ?

Elle n'a pas envie de mourir, pas déjà !

« Ce n'est rien, affirmait l'arrière-grand-mère Marie-Thérèse après le passage de la « dame blanche ». Mourir n'est pas plus difficile que de passer d'une pièce à l'autre. »

On voit bien qu'elle aimait son mari, avait profité de sa vie et était morte dans son lit, la tête encore attachée au cou, avec les grands au revoir de l'Église.

Un instant, dans le cœur d'une petite fille, la révolte a pris le pas sur le chagrin et cela lui a fait du bien. Au moins, la colère donne faim !

A la nuit tombée, ils avaient caché leurs vêtements de fête sous une simple cape – doublée de lynx pour Marie-Louise – et dans un carrosse sans armoiries, refusant toute escorte, l'empereur et sa fille étaient partis se promener une dernière fois dans Vienne comme cela leur était si souvent arrivé.

Les rues étaient calmes car, pour clore cette journée de fête, un feu d'artifice se tirait au Prater. Les explosions se succédaient et l'on entendait les cris de la foule à chaque fois que, dans le ciel nocturne, jaillissaient les gerbes enflammées où s'entrecroisaient en lettres de feu les initiales de la nouvelle Impératrice et de Napoléon.

On pouvait les lire aussi, ces initiales, sur les banderoles suspendues aux portes des maisons, tandis qu'aux fenêtres flottaient des drapeaux français.

« Ma ville m'aurait-elle abandonnée ? » se demandait Marie-Louise.

Elle ignorait que depuis l'annonce de son mariage la police ne cessait de retirer des pancartes hostiles à Napoléon : cris de révolte contre le sacrifice qui lui était imposé.

La main dans celle de son père, elle faisait ses

adieux à sa ville. Ici, elle avait entendu *La Flûte enchantée* de Mozart; là, c'était à *La Création* de Haydn qu'elle avait assistée et, ensuite, on l'avait présentée au musicien à barbe blanche qui lui avait dit à l'oreille qu'elle ressemblait à une chanson. Sur ce bassin, elle s'était cent fois promenée en gondole, dans cette auberge, elle avait dégusté des écrevisses...

Chaque tournant de rue ouvrait sur des joies passées: il lui semblait jeter sur son enfance des pelletées de terre, ainsi qu'elle avait vu faire sur le cercueil de son petit frère.

« Pas si vite, pas si vite, s'il vous plaît », répétait-elle au cocher.

L'homme retenait ses chevaux qui, déjà, allaient au pas. François serrait sa main; il n'avait toujours pas su trouver les mots pour lui manifester sa souffrance et son amour et, en plus de sa propre douleur, il semblait à Marie-Louise porter celle, inexprimée, de son père.

Était-ce cette vieille femme à qui ils avaient fait l'aumône lors d'un arrêt, qui avait ébruité leur présence dans la ville? Voici que les rues s'emplissaient, que des gens se mettaient à marcher de chaque côté du carrosse, les accompagnant dans leur promenade.

Et, comme un ruisseau devient rivière, puis fleuve, de plus en plus nombreux, venant de toutes parts, un flot bigarré se pressait autour de la voiture.

« Dois-je aller plus vite, Majesté? » demandait à son maître, le cocher inquiet.

L'empereur lui faisait signe que non: il n'avait jamais eu peur de son peuple. C'était bientôt une foule qui leur faisait escorte. Et cette foule se taisait.

Si elle ne criait ni n'applaudissait, si elle ne se manifestait que par le bruit de ses pas et ses regards tournés vers Marie-Louise, c'était qu'elle avait honte, car à son horreur de voir offerte à « l'ogre » sa belle et fraîche princesse, se mêlait un sentiment de soulagement.

Ces hommes et ces femmes venaient de vivre presque vingt ans de guerre: leurs villes, leurs villages, leurs églises, avaient été à plusieurs reprises envahis, pillés, incendiés. Il n'était pas un seul d'entre eux qui n'ait vu mourir, dans de grandes souffrances, des êtres chers.

On leur avait assuré que l'alliance de Marie-Louise et de Napoléon serait gage de paix, de liberté et de prospérité: leurs enfants pourraient enfin croître et s'instruire sans crainte de voir tomber sur leurs têtes des déluges de feu, les vieillards finiraient tranquillement leurs jours à la chaleur du poêle, les religieux ne seraient plus massacrés, la vie coulerait à nouveau, sereine et gaie comme celle que chantait si joliment leurs paysages et le jeune Franz Schubert.

Voici pourquoi Vienne escortait en silence sa princesse jusqu'au palais où elle passerait la nuit avant de prendre le chemin de la France. Et alors que la voiture franchissait les hautes grilles dorées, tous s'associaient au geste de ce jeune homme qui, sautant sur le marchepied du carrosse, tendait à Luisel les fleurs mêlées de plumes, arrachées à son chapeau.

L'aube point. On distingue la haute flèche d'airain de Saint-Étienne. Aux rebords des balcons fleuris, aux bourgeons des arbres, tremblent des perles de brume. Il est sept heures.

Dans la grande cour de la Hofburg, éclairée par des torches, piaffent les chevaux. Le carrosse de l'Impératrice ainsi que les quatre-vingt-trois voitures qui l'escorteront jusqu'à la frontière sont prêts.

Autour de la table de la salle à manger du palais, la famille est rassemblée. Les flammes des bougies animent les boiseries de sapin et ronfle le gros poêle de faïence.

L'empereur fait face à l'Impératrice. Ferdinand et Léopoldine entourent leur sœur. La comtesse

Lazanski, que Marie-Louise emmène avec elle est également présente.

On a servi le chocolat, le café et le thé; lard et saucisses grillées embaument, toutes sortes de compotes, confitures, brioches, tartes et gâteaux couvrent la nappe brodée mais c'est à peine si les convives y touchent.

– Restaurez-vous, ma petite fille, supplie Ludovica. La route va être longue.

– C'est que je n'y parviens pas, maman, répond faiblement Marie-Louise.

On dirait que du plomb a été fondu dans sa gorge et le tic-tac de l'horloge la torture, mesurant sans pitié ce qui lui reste de temps. Elle peut entendre, dans la salle d'audience, le brouhaha des hauts dignitaires venus lui faire leurs adieux. Aura-t-elle la force d'y répondre comme il faut et de montrer, comme on dit, «bon visage» alors que l'angoisse la submerge?

Et devra-t-elle quitter son père sans qu'ils se soient parlé?

Elle se tourne vers le visage fermé.

– Papa, je n'ai pas envie de m'en aller. C'est que je crains de ne vous revoir jamais.

Un sanglot échappe à Ludovica qui cache son visage dans ses mains. Alors, d'un mouvement brusque, François se lève. Il s'empare de la main de sa fille, l'entraîne à l'écart, et enfin il lui parle! De la voix sourde d'un père qui souffre, du ton autoritaire d'un souverain.

– Ma fille, je vous demande d'être une bonne épouse, une bonne mère... tant que votre mari sera puissant, fortuné et utile à notre famille.

Il semble à Marie-Louise que l'étau se desserre. Ces paroles, elle va les enfermer au plus profond de son cœur, et chaque jour, ceux de bonheur comme ceux de malheur, elle se les répétera.

Bonne épouse et bonne mère... tant que l'aigle volera.

Le jour est levé, Vienne vibre aux carillons d'adieux tandis que la traverse lentement le carrosse flamboyant tiré par huit chevaux. La garde hongroise l'escorte, deux haies de soldats retiennent la foule, un peu plus loin suit le long défilé des voitures.

Et déjà s'espacent les maisons, le vert mord sur le gris, l'herbe sur la pierre. Penchée à la portière, Marie-Louise regarde, respire, éprouve. Ne dirait-on pas qu'une musique se tait, qu'une lumière s'éteint et qu'autour d'elle les choses ont perdu leurs couleurs ?

On n'entend plus les cloches. Vienne a disparu. Elle laisse retomber sa tête sur les coussins de la voiture.

– Majesté, dit la comtesse Lazanski, voyez ce que l'empereur m'a remis pour vous.

Sur les genoux de Marie-Louise, elle pose un gros panier. La jeune femme jette au loin ses longs gants de satin et l'ouvre avidement, comme ferait une enfant.

Dans un nid de fourrure, dort Zozo, un petit chien pour lequel elle s'était prise d'affection. Elle plonge son visage dans la boule soyeuse, elle sent battre un cœur. Alors, enfin, elle parvient à pleurer.

2

La découverte

– Comment est-elle ?
– Sire, très bien !
– Cela ne m'apprend rien. Quelle taille a-t-elle ?
– A peu près celle d'Hortense, reine de Hollande.
– Ses cheveux, de quelle couleur sont-ils ?
– Blonds, Sire, comme ceux de la reine de Hollande.
– Et son teint ?
– De couleurs très fraîches, Sire, tout comme la reine Hortense.
– Elle lui ressemble donc ?
– Non, Sire, pourtant, tout ce que je vous ai dit est l'exacte vérité.

Serait-elle laide ? Aucun de ceux que Napoléon a interrogés sur sa future épouse n'a été capable de lui en tracer un portrait précis et il ne veut trop croire les croquis que les artistes, habiles à flatter, lui ont envoyés de Vienne. Mais qu'importe après tout ? Elle sera pour lui la plus belle si elle le fait père de bons et gros garçons. La mère de Marie-Louise a eu douze enfants, sa grand-mère dix-sept, l'Empereur peut être tranquille sur ce point : la famille est prolifique.

Avec un sourire, il vient chercher sur la cheminée le minuscule soulier qu'on lui a envoyé d'Autriche afin que les chausseurs parisiens en prennent modèle pour les quarante-huit paires prévues au trousseau de la mariée.

– Constant, ohé, oh!

Le valet de chambre accourt, reçoit sur la joue quelques petites tapes avec ledit soulier avant qu'on le lui promène sous le nez.

– Regardez, monsieur le Drôle, est-il fin? Avez-vous vu beaucoup de pieds comme celui-ci: à prendre dans la main... N'est-ce pas là un soulier de bon augure?

– Certainement, Majesté.

– Appelle-moi Corvisart, vite!

Le docteur frappe bientôt à la porte de l'Empereur.

– Jusqu'à quel âge un homme est-il en état de procréer?

– Beaucoup plus tard qu'à votre âge, Majesté.

– Soixante, soixante-dix ans?

Dans la parenthèse des favoris blancs, un sourire se dessine.

– La chose serait encore possible.

– Et si la femme est jeune, si elle a... 18 ans?

– Cela ne gâte rien.

L'Empereur prend une large inspiration; son visage est éclairé par le bonheur.

– De mon premier garçon, je ferai le Roi de Rome, décrète-t-il. Son trône est prêt.

Il s'arrête face au médecin, le front soudain soucieux.

– Mon empire sera-t-il assez grand pour pourvoir tous mes enfants?

Que n'a-t-il fait pour la petite princesse de 18 ans qui les lui donnera?

Afin de perdre de l'embonpoint, il est plus fréquemment monté à cheval. Pour ne point lui infliger l'odeur du tabac, il a renoncé à priser. Il a fait renouveler sa garde-robe, ordonné à Constant de le serrer chaque matin un peu plus à la taille et demandé à sa belle-fille, Hortense, de lui apprendre la valse; 18 ans, n'est-ce pas l'âge de danser? Mais Napoléon s'est montré si piètre cavalier qu'il a préféré renoncer: c'est autrement qu'il lui faudra plaire à sa belle.

Les parures de diamants, de perles, d'émeraudes, d'opales et de brillants qu'il lui offrira ont coûté au Trésor près de cinq millions. C'est la reine de Naples, Caroline, qui s'est chargée du trousseau, copié sur celui de Marie-Antoinette. L'épouse de Napoléon Ier aura autant de manteaux, robes, châles, jupons, chemises et camisoles que celle de Louis et, ainsi que ce dernier l'avait fait pour la dauphine, c'est à Compiègne que l'Empereur accueillera Marie-Louise après la cérémonie de Soissons.

Jour et nuit depuis des semaines, une armée d'ouvriers, jardiniers, architectes, menuisiers, peintres et tapissiers, travaillent à l'embellissement du parc et du château. Napoléon suit les travaux, vérifie chaque détail, anxieux que le résultat convienne à l'archiduchesse. Le rouge flamboyant de sa chambre lui plaira-t-il? Le mobilier sera-t-il à son goût?

Elle est en route, elle approche... Pour tromper son impatience, il fait des lieues dans les méandres du palais.

– Duroc!

Le maréchal accourt galerie de Diane où l'Empereur est planté devant une rangée de tableaux, désignant ceux-ci d'une cravache menaçante.

– Comment a-t-on pu les laisser ici? Ne vois-tu pas que ce sont mes victoires en Autriche? Autant de défaites pour le père de l'impératrice. Fais-les enlever.

– Mais où les mettrons-nous, Sire? demande Duroc. Il n'y a plus de place nulle part.

– Alors qu'on les brûle!

C'est demain qu'a lieu la rencontre! Une tente

pourpre et or a été dressée aux abords de Soissons. Après la cérémonie, un grand banquet sera offert à la cour. Voici des jours que la fête se prépare.

Demain... Cette nuit-là, Napoléon ne parvient pas à dormir. Il ne peut détacher ses yeux du tout récent portrait de l'archiduchesse qu'on lui a envoyé. C'est sur la lèvre que son regard se complaît. Ah, cette lèvre! forte, débordante: celle des Habsbourg, indiquant, paraît-il, la sensualité.

Metternich a garanti la virginité de la jeune fille: «Innocente comme une pensionnaire», a-t-il même précisé. Le désir monte en l'Empereur. Il lui faudra prendre garde à ne point l'effaroucher, faire preuve de douceur, de patience. Elle pleurera peut-être.

A son esprit, se présente le visage d'une autre jeune femme en pleurs lors d'une première nuit d'amour: Marie, Marie Walewska... Comme elle tremblait...

Il se secoue. Non! Pas question de s'abandonner aux sentiments ou aux regrets: la douleur muette de Marie... Joséphine, sa «vieille», le suppliant de ne point la quitter. S'attacher, c'est s'arrêter et son destin est d'aller de l'avant, créer, créer sans cesse. Ce destin lui dicte aujourd'hui d'épouser la fille du plus illustre souverain d'Europe afin d'assurer sa lignée. Il doit se faire un cœur de bronze.

Le jour se lève. Napoléon consulte le gros réveil de Frédéric le Grand, roi de Prusse. Quelques heures encore et la belle arrivera à Soissons. Discours, compliments, présentations, banquet... il soupire. Que de temps gaspillé avant d'avoir dans ses bras son archiduchesse, sa vierge, sa femme.

– Constant! Roustam!

Les deux hommes se précipitent dans la chambre.

– Toi, va me chercher Murat, ordonne Napoléon au mameluk. Qu'il se hâte. Et veille à ce que l'on nous prépare une voiture sans armoiries.

Et à Constant: «Habille-moi, vite!»

Constant fait venir de la garde-robe le bel habit prévu pour la cérémonie: satin blanc, broderies d'or, plumes et décorations. De délicats souliers l'accompagneront.

Napoléon écarte le tout.

– Pas cela. Mon habit de chasseur et mes bottes!

Le valet n'en croit pas ses oreilles: c'est le vêtement défraîchi que l'Empereur porte pour aller se battre qu'il lui réclame. Et ne voilà-t-il pas que Sa Majesté, nue comme un ver, arpente la chambre en fredonnant l'air qui annonce les départs au combat: *Malbrough s'en va-t-en guerre.*

– Votre Majesté ne se rend-elle plus à Soissons?

Napoléon éclate de rire.

– Si fait, monsieur le Drôle. Mais sachez que c'est à Wagram que j'ai gagné ma femme. Je l'ai prise avec mes canons et non avec des broderies et des plumes.

Il se laisse vêtir, remuant sans cesse à son habitude, pinçant l'oreille de son valet, riant à l'avance de la surprise qu'il va faire à Marie-Louise:

– Je l'arrêterai en route... Je veux qu'elle me prenne pour un simple soldat. Ah, la tête qu'elle va faire, ma petite Habsbourg!

La porte s'ouvre et, revêtu de ses plus beaux atours, la mine épanouie, plus acteur que monarque, plus aventurier que général, voici Murat, roi de Naples.

– Majesté, à vos ordres! Où allons-nous?

– Surprendre nos belles.

La femme de Murat, Caroline, se trouve déjà avec Marie-Louise. Napoléon oblige son beau-frère à dissimuler ses vêtements sous une cape, en jette également une sur ses épaules.

– On ne doit point nous reconnaître...

Un candélabre au poing, Roustam précède les deux souverains dans l'escalier dérobé au bas duquel une voiture anonyme les attend; ils s'y engouffrent.

– Roulez, cocher!

Le château s'éveille; des lumières tremblent aux fenêtres, la cour se prépare à escorter son Empereur à Soissons.

A bride abattue, le carrosse traverse le parc auquel les jardiniers apportent de derniers soins.

– Plus vite, cocher, plus vite!

C'est « Nabulio » qui parle et il se sent des ailes. Bientôt, il tiendra dans ses bras la fille des Césars. En sus d'un ventre fertile, elle lui apporte en dot le droit d'appeler «frères» les rois. Ah, ils ne l'intimident pas, ces rois, il est le plus puissant d'entre eux et le seul à avoir servi dans le rang. Est-ce Alexandre, est-ce François ou ce nigaud de Frédéric-Guillaume, qui sauraient faire de la poudre à canon, construire des affûts, prendre la place d'une sentinelle endormie?

Lui est Empereur et général. Général d'abord!

– Plus vite, plus vite...

Comment l'aigle se douterait-il que celle vers qui, tout tendu de désir, il vole, faisant ses adieux à Vienne, suppliait le cocher.

«Pas si vite, s'il vous plaît, pas si vite...»

Nue! Ces Françaises l'avaient mise nue... et savonnée, étrillée, frictionnée à l'essence de vanille comme si ordre leur avait été donné de détacher d'elle la plus infime poussière, la moindre odeur de son pays avant qu'elle ne pénètre dans celui de l'Empereur des Français.

Robe et chemise, bas, pantalon, elles lui avaient également supprimé tous ses vêtements, bien qu'ils fussent neufs, car il lui était désormais interdit de porter un centimètre de tissu autrichien. Dans les habits confectionnés à Paris, elle se sentait moins à son aise, ils la serraient de trop et dégageaient sa gorge plus qu'il n'était convenable.

Lorsqu'elles s'étaient attaquées à ses cheveux, Marie-Louise avait craint que ce ne fût pour les couper mais elles s'étaient contentées de relever ses boucles à la Titus, coiffure à la mode dans la capitale.

Cela s'était passé à Braunau, ville frontière entre

sa patrie et celle de son mari, lors de ce qu'on appelait « la remise » : remise au général vainqueur de son royal trophée.

Et le plus douloureux restait à venir ! Contrairement à la promesse qui lui avait été faite, la comtesse Lazanski, sa grande maîtresse, avait été renvoyée à Vienne et on ne lui avait pas même permis de garder Zozo, l'Empereur n'aimant pas les chiens.

Rencognée dans un coin du carrosse, les yeux mi-clos, Marie-Louise regarde avec une fureur contenue celle qu'elle rend responsable de son calvaire : Caroline, reine de Naples et femme de Murat... le fils d'aubergiste qui a volé son trône à sa grand-mère. Ah, qu'elle la déteste !

Alors qu'elle est née sur une sale petite île aride et ne règne que grâce à son frère, Caroline se permet de regarder Marie-Louise avec hauteur et ne cesse de la commander, ce qui lui a valu de la part de sa belle-sœur le surnom de « mère omptoire », féminin de péremptoire.

Marie-Louise s'est bien vengée en se faisant chauffer à longueur de voyage un onctueux chocolat sur le petit réchaud de vermeil, et dévorant sous les yeux de la pimbêche écœurée, les compotes, crèmes, fromages et pâtisseries offerts dans les villes et villages traversés. Quel plaisir de voir monter la nausée sur le visage trop fardé de madame Caroline !

– Est-il indispensable que vous mangiez encore ? Avez-vous donc tout le temps faim ?

– Tout le temps, madame, et plus encore lorsqu'on me tourmente.

Comme il a été long, ce voyage ! A chaque étape, elle a reçu de Napoléon des billets doux, des fleurs et même, un jour, des faisans ! Comme si le spectacle de ces beaux oiseaux morts pouvait la rassurer. Sa seule consolation a été de se découvrir une amie en la personne de sa première dame d'honneur : madame Lannes, duchesse de Montebello.

Cette Française de 29 ans vient de perdre son mari à Essling et déteste la guerre autant que Marie-Louise. Les deux femmes ont profité des haltes pour – tandis que l'on nettoyait le carrosse et vidait les bourdalous, décorés comme le reste d'abeilles d'or – s'entretenir longuement de leurs malheurs. Peu à peu, madame Lannes a pris dans le cœur de l'archiduchesse les places vides de maman Coloredo et de maman Lazanski.

C'est le 27 mars. Il est quatre heures de l'après-midi et le dur périple touche à sa fin. Il pleut à verse; dans un instant, le long défilé des voitures arrivera à Soissons où l'épouse autrichienne sera présentée à Napoléon lors d'une grande cérémonie.

Au dernier relais, on a fait revêtir à la jeune femme une robe brodée d'or, largement décolletée avant de la coiffer d'un chapeau orné de hautes plumes d'ara. Pour la dixième fois, Caroline lui explique comment elle devra faire son entrée sous la tente, se diriger vers l'Empereur et s'agenouiller devant lui. On dirait que la « mère omptoire » prend plaisir à l'idée que la fille des Habsbourg va devoir se prosterner devant Bonaparte. Fatiguée par le voyage, en proie à un gros rhume, Marie-Louise ânonne le compliment qu'il lui faudra réciter. Elle n'en peut plus de fatigue et d'angoisse.

C'est alors que l'incroyable se produit!

Ils traversent un petit village nommé Courcelles lorsque soudain le carrosse s'arrête.

– Que se passe-t-il encore? s'inquiète Caroline qui craint d'arriver en retard à Soissons.

La portière s'ouvre en même temps que retentit un cri:

« L'Empereur! »

– N'avez-vous pas vu que je vous faisais signe de vous taire? tonne une voix courroucée.

Avant que Marie-Louise soit revenue de sa surprise, un militaire en redingote verte, ruisselant de pluie, boueux, crotté, s'engouffre dans la voiture, se précipite sur sa main.

– Ah madame, j'éprouve à vous voir le plus grand plaisir!

Deux lèvres courent sur sa joue, ses cheveux, son front. Tout étourdie, elle regarde le visage animé par le froid, le regard malicieux, comme celui d'un collégien ravi de sa bonne plaisanterie. Elle montre le médaillon:

– Sire, s'exclame-t-elle, votre portrait ne vous flatte pas!

Alors il rit et l'embrasse de plus belle sans s'occuper de Caroline qui tente vainement d'attirer son attention. Marie-Louise se dégage, elle montre à Napoléon le texte qu'elle était en train d'apprendre.

– Sire, demande-t-elle d'une toute petite voix, est-il vrai qu'à Soissons je devrai m'agenouiller devant vous et vous faire ce compliment? Je suis si lasse que je n'en puis retenir les paroles.

– Nous ne nous arrêterons pas à Soissons! décrète aussitôt l'Empereur.

Caroline sursaute, Marie-Louise lui jette un regard triomphant.

– Mais tout le monde vous attend là-bas, Majesté, proteste la reine de Naples. Voici des jours que la cérémonie se prépare, l'étiquette... le banquet... vous ne pouvez vous dérober!

– Que si, dérobons-nous, dérobons-nous, chantonne Napoléon en serrant à nouveau Marie-Louise contre son uniforme trempé.

Sa voix se fait soudain sévère: «Rejoignez votre mari, madame, ordonne-t-il à sa sœur. Ses beaux effets risquent de pâtir de la pluie. Et faites savoir que nous souperons à Compiègne.»

Caroline a disparu et le carrosse vole à nouveau sur les routes détrempées. Voici Marie-Louise seule avec l'Empereur; elle a baissé les yeux.

– Laissez-moi vous regarder un peu, dit-il.

Du doigt, il soulève son menton, se penche sur le visage empourpré.

– Vous n'avez rien à craindre de moi.

Comme, au grand galop, ils traversent Soissons

pavoisé, plantant là le maire et ses discours, les courtisans, le banquet, il jette par la fenêtre le couplet qu'elle devait réciter. Elle ne peut s'empêcher de rire ; il l'accompagne.

Le soir tombe. Napoléon a tiré les rideaux sur les vitres que flagelle la pluie. Délicatement, il ôte à Marie-Louise son encombrant chapeau pour la prendre plus commodément contre lui. D'une voix très douce, il s'enquiert de sa santé, de celle de son père et de Ludovica. Tout en parlant, il caresse ses mains et aussi ses bras par-dessous le châle qui recouvre la robe trop décolletée.

Est-ce vraiment là le général qui fait trembler le monde, le monstre qui a dépossédé son père et dont on menace les enfants : « Sois sage ou Napoléon te mangera » ? Voici qu'auprès de lui Marie-Louise se sent rassurée, protégée. Elle n'a plus envie que de fermer les yeux et s'abandonner.

C'est nuit noire et il parle toujours. Il y a un instant, il a pris ses pieds dans ses mains pour les lui réchauffer ; a-t-il remarqué comme ils étaient petits ? Elle a frémi lorsqu'il y a posé ses lèvres, lui, le grand Empereur. Mais quand les doigts impatients se sont aventurés plus haut, elle les a écartés.

A la lumière du quinquet, elle regarde les yeux gris-vert qui semblent vouloir s'emparer de sa personne et, par leur feu trop vif, lui font baisser les paupières. Un bienheureux engourdissement l'emplit.

– Votre chapeau, madame.

Se serait-elle endormie ? Il est dix heures du soir et on entend au loin des roulements de tambour et les éclats d'une fanfare.

L'Empereur dispose lui-même la coiffure sur les boucles de Marie-Louise. Il l'aide à recouvrir sa robe froissée de son grand manteau de velours.

Au bout de l'allée éclairée par des milliers de flambeaux dont le vent courbe la flamme, scintille, tel un joyau sur le noir velours de la nuit, un grand château.

– Madame, dit Napoléon, vous voici chez vous, à Compiègne.

Les rafales de pluie et de vent faisaient frissonner la petite foule en costume d'apparat rassemblée sur le perron. Comme Marie-Louise descendait du carrosse, sa main dans celle de l'Empereur, des cris de bienvenue retentissaient.

Des petites filles lui récitaient des poèmes, lui offraient des bouquets; l'une d'elles pleurait de sommeil et Marie-Louise la prenait dans ses bras pour la consoler. Puis elle sentait sur ses joues les lèvres de ses belles-sœurs, Pauline et Élisa. Des hommes en grand uniforme s'inclinaient devant elle; à chacun l'archiduchesse s'efforçait de sourire et dire quelques mots aimables. A ses côtés, le visage plein de fierté, Napoléon l'observait en silence.

Dès l'annonce de l'arrivée du couple impérial, un souper avait été organisé par le grand maître des cérémonies. Cuisiniers, rôtisseurs, pâtissiers, s'étaient mis en quatre. Le couvert avait été dressé galerie François Ier où attendaient sur le pied de guerre les écuyers et les chambellans, les pages et les maîtres d'hôtel.

Mais une nouvelle fois, l'Empereur bousculait le protocole.

– Nous prendrons un repas froid dans les appartements de l'impératrice.

Seule la reine de Naples était autorisée à y assister.

Dans le petit salon tendu de vert vif, parsemé d'aigles et d'abeilles, Marie-Louise regardait sans y toucher les mets défiler sur la table. Chez elle, on se moquait gentiment de son appétit; ils auraient dû la voir ce soir! Ces poissons et ces pâtés, ces volailles, ces viandes froides, elle n'en pouvait avaler une bouchée. Cependant, ce n'était plus la peur, comme à Schönbrunn, qui serrait sa gorge, mais autre chose qu'elle ne pouvait définir: une tension, une attente, provoquées par la présence de cet homme tour à tour autoritaire, doux, impatient, souriant et qui ne cessait de la regarder, la frôler ou l'embrasser sous l'œil réprobateur de la mère omptoire.

– Un peu de vin vous fera du bien.

Le chambertin que Napoléon lui versait achevait d'étourdir Marie-Louise, dans un brouillard de fatigue, elle entendait discuter – se disputer ? – le frère et la sœur.

– Mais Sire, protestait Caroline, il a été prévu que vous passeriez la nuit à l'hôtel de la Chancellerie. Un appartement vous y a été réservé. Vous ne pouvez rester ici! Le protocole...

– Au diable le protocole! ripostait Napoléon.

Et son regard enveloppait une fois de plus Marie-Louise qui n'aurait su dire si c'était celui du loup ou celui de l'agneau.

Las de l'insistance de Caroline, l'Empereur faisait venir un grand homme brun aux cheveux ondulés, à l'air sévère: le maréchal Duroc.

– Va me chercher l'oncle Fesch, ordonnait-il.

Celui-ci arrivait alors qu'on leur servait de savoureuses crèmes à la vanille et au chocolat auxquelles Marie-Louise parvenait à goûter un peu. Il était plus de minuit.

L'oncle Fesch portait la robe pourpre de cardinal!

– L'Église m'autorise-t-elle à passer la nuit sous le même toit que ma femme? lui demandait l'Empereur d'un ton impatient. Est-elle archiduchesse ou impératrice? L'avons-nous oui ou non épousée à Vienne devant l'Église?

– Elle est impératrice, confirmait le prélat.

Alors Napoléon se tournait vers Marie-Louise et, en présence de tous: Caroline et Duroc, le maître de cérémonie, le cardinal, un dénommé Roustam qui ne lâchait pas le pommeau de son sabre comme si son maître avait été constamment menacé, il l'interrogeait, une lueur malicieuse dans les yeux.

– Quelles instructions Votre Altesse a-t-elle reçues de ses parents?

– De faire tout ce que vous me direz, de vous obéir en tout ce que vous pourrez exiger, répondait la jeune femme, sentant le rouge envahir ses joues.

– Avez-vous entendu ? demandait triomphalement Napoléon à la ronde.

Et avant que Marie-Louise ait pu terminer l'entremets, il se levait de table, congédiait tout le monde et la confiait à la duchesse de Montebello après avoir glissé quelques mots à l'oreille de celle-ci.

Deux femmes de chambre l'ont dévêtue dans un cabinet tendu de châles et orné d'une psyché où elle n'a pu éviter de se voir tout entière. Sous le regard autoritaire de madame Lannes, elles l'ont lavée et parfumée puis lui ont passé une chemise brodée avant de la mener dans une grande pièce rouge et or.

La duchesse de Montebello leur a fait signe de se retirer, elle a aidé Marie-Louise à se mettre au lit et commencé à éteindre les bougies.

– Madame, je vous en prie, laissez-moi un peu de lumière, a supplié la jeune femme.

Elle n'osait dire qu'elle craignait les revenants et n'avait jamais pu dormir dans l'obscurité complète.

La veuve du maréchal Lannes, compagnon de Napoléon, a regardé cette grande et forte enfant qui remontait, comme pour se protéger, le drap jusqu'à son menton. L'Empereur lui avait demandé de l'avertir de ce qui allait incessamment se passer sous ce drap ; elle n'en a rien fait ! Elle ne désirait pas que cette union fût heureuse. Elle rendait Napoléon responsable de la mort de son mari, à Essling, dans d'atroces souffrances. Selon elle, Lannes n'était pas mort pour la France mais pour satisfaire l'ambition démesurée d'un tyran. Depuis, elle ne songeait qu'à le venger.

Aussi s'est-elle contentée de dire à Marie-Louise.

– Il va venir.

Et elle l'a abandonnée.

Le vent envoyait des gravillons de pluie aux carreaux. Seule dans l'immense chambre rouge, Marie-Louise regardait briller les deux hautes Victoires de bronze aux ailes déployées qui tenaient ouverts les rideaux de mousseline du lit. N'aurait-on pas dit deux anges guerriers l'offrant au général vainqueur ?

« Il va venir »... Elle frissonna. Qui allait apparaître ? L'ogre ? Le loup ? Tout se mêlait comme en ces contes où, sous la fourrure de hideux et cruels animaux se cachaient des princes tout de soie vêtus.

La porte s'est ouverte.

Une odeur d'eau de Cologne emplit la chambre, des pas glissent sur le plancher. Certainement, il a retiré ses bottes ! Une lumière s'approche. Elle ne voit l'Empereur que lorsqu'il est au pied du lit, un candélabre levé au poing. Sous la robe de chambre négligemment jetée sur ses épaules, il est nu.

A la vue de ce corps tendu, exhibé sans pudeur, un vertige d'étonnement et de peur emplit Marie-Louise. Ce spectacle est pour elle une souffrance, comme un coup donné par la vie, si brutalement qu'elle détourne les yeux.

Napoléon pose le chandelier sur la table de chevet, fait tomber d'un coup d'épaule sa robe de chambre sur le sol et la rejoint au lit. Lui qui, dans la voiture, la berçait de tant d'aimables paroles, est maintenant muet, toute tendresse ou malice ont disparu de son visage, il n'est plus qu'un regard lointain et une respiration pressée, inquiétante, comme s'il avait couru pour la rejoindre.

Brutalement, il rejette le drap, soulève la chemise de Marie-Louise qui se cabre, écarte de force ses cuisses, la force, la fore. Elle crie de douleur, il crie de plaisir, c'est fini.

– Ne pleurez pas, madame.

Le visage penché sur le sien a retrouvé sa douceur. Avec un sourire de bonheur, il passe le doigt sur la tache qui rougit le drap. Marie-Louise a caché son visage dans ses mains.

– Madame, reprenez-vous, je vous en supplie.

Se reprendre ? Comment le pourrait-elle ? Elle n'est que dégoût, révolte, déception. Voici donc le fameux secret du mariage... Ah, elle comprend qu'on le lui ait caché : si elle l'avait connu, elle serait rentrée au couvent.

– Viens... viens là...

Il l'attire contre sa poitrine et longuement la berce. Sa voix est à nouveau musique : « *miou ben, dolce mio...* » Il lui assure éprouver pour elle les sentiments les plus tendres, les plus amoureux aussi. Mais alors, pourquoi l'avoir ainsi blessée ? Des lèvres, il suit le tracé des larmes sur sa joue, il descend vers le cou : « *Amore.* » Lorsque cette bouche chaude s'applique à sa gorge, Marie-Louise oublie de pleurer. Ce crâne de général, ce fouillis châtain, cet enfant au sein qui, involontairement la chatouille, parvient même à en obtenir un rire. Il rit aussi.

Et quand la bouche descend plus bas, c'est de respirer qu'elle oublie...

Lorsque à Schönbrunn son père la poussait dans la brouette, vite, plus vite, pour la verser au creux de l'herbe piquante... Lorsque, aux cuisines, elle regardait les hommes aux bras nus pétrir la pâte du *strüdel*... Quand la pointe de ses seins se dressait au printemps et qu'elle ne savait plus si elle était le bouton de rose, la fleur épanouie, l'humide pétale ou le brûlant soleil, c'était les prémices de ce qu'elle éprouve à présent tandis que la caressent les mains et les lèvres de Napoléon Bonaparte. Elle ne peut plus que se soumettre.

Il est devenu la « montagne d'aimant ».

Cette montagne, dressée au milieu de la mer, avait faim de navires. Elle les attirait tous, ceux de guerre comme ceux de pêche, les lourds chalands comme les dansantes goélettes. Avec son aimant, racontait maman Coloredo de sa voix frémissante, elle faisait sauter les clous et les ferrures, les rivets, les boulons, les vis et les chevilles, tout ce qui tenait ensemble le corps souple des bateaux aux voiles déployées comme jupes de femmes qui dansent.

Marie-Louise est une frégate royale sous le pouvoir de la montagne d'aimant. Une à une, elle sent tomber ses résistances, s'évanouir ses pudeurs, se dissiper ses craintes et, bien que n'ayant jamais vu la mer, elle est emportée dans son flot.

Galerie François Ier, rois et reines, princes et princesses, ministres, généraux, courtisans, attendent toujours, fourbus et affamés, d'être présentés à l'Impératrice.

Il est deux heures du matin lorsque le général Bertrand, comte de l'Empire, grand aigle de la Légion d'honneur, apparaît à la porte.

– Leurs Majestés sont couchées, annonce-t-il.

Lorsque, dans la chambre rouge, Napoléon se glisse à nouveau en la petite archiduchesse, à la brûlure creusée par son premier assaut, répond une autre chaleur, venue du plus profond d'elle-même. Est-ce souffrance ? Est-ce plaisir ? Tout ce que sait Marie-Louise est qu'il ne faut à aucun prix que cela cesse, et lorsque trop vite son amant se retire, elle s'entend crier « encore ».

Monsieur mon frère et beau-père, la fille de Votre Majesté est depuis deux jours ici. Elle remplit toutes mes espérances et je n'ai cessé de lui en donner et d'en recevoir les tendres sentiments qui nous unissent...

N.

Cher papa, depuis mon arrivée, je suis presque perpétuellement avec l'Empereur et il m'aime extrêmement. Je lui suis aussi très reconnaissante et je réponds sincèrement à son amour. Je trouve qu'il gagne beau-

coup quand on le connaît de plus près: il a quelque chose de très prenant et de très empressé à quoi il est impossible de résister.

L'agneau!

Lorsqu'il s'adressait à Marie-Louise, la voix de Napoléon se faisait musique. Elle n'avait qu'à exprimer un souhait pour qu'il fût aussitôt exaucé. Sa garde-robe, son écrin débordaient. Rien que pour sa toilette, elle recevait mille francs par jour. Son «galant» – ainsi l'appelait-elle – lui servait de maître d'équitation, il lui apprenait à jouer aux barres, au billard, au reversi. Mais c'était lorsqu'il se faisait «homme de garde-robe» ou «homme d'atours» pour l'aider à sa toilette, la laver, la vêtir et la dévêtir, lorsqu'il se voulait médecin pour aller, dans les coins les plus secrets, la délicieusement tourmenter afin, ensuite de la mieux apaiser, qu'elle l'aimait le plus.

– Laissez-moi être votre feutier... disait-il.

Celui qui entretient le feu.

«Certaines y prennent goût», lui avait confié Ludovica. Ah, comme sa belle-mère avait dit vrai! La faim de caresses de Marie-Louise augmentait de jour en jour; elle s'appliquait avec succès à la communiquer à son époux. N'avait-elle pas entendu le sévère docteur Corvisart, «le grognon de la Garenne», ainsi qu'elle l'avait surnommé, mettre Napoléon en garde contre trop d'appétit conjugal? De quoi se mêlait-il ce revêche, ce trouble-fête? Ce qui procurait tant d'agréments pouvait-il nuire à la santé?

Et comme il était grisant de mener par le bout du nez, l'ogre devant qui tous tremblaient!

Le mariage religieux avait eu lieu au Louvre. Cent fois le canon avait tonné pour annoncer son entrée dans la capitale où, afin de ne point heurter ses yeux d'archiduchesse, on avait partout effacé les vieilles inscriptions: *Liberté, Égalité, Fraternité ou la Mort*.

Elle portait une robe du grand couturier Leroy: tulle et argent. Ah, si la coquette Ludovica avait pu la voir! Quant à Napoléon, il n'était qu'or et diamants: diamants sur la toque de velours noir, or sur la culotte de satin, les bas et les souliers et, à la garde de son épée, le fameux Régent de la Couronne.

Arrivée aux Tuileries, il lui avait fallu revêtir le lourd manteau du sacre. Les sœurs de l'Empereur, chargées d'en porter la traîne, y avaient mis la plus grande mauvaise volonté. Marie-Louise avait remarqué, avant que le cortège ne s'ébranle, les larmes dans les yeux d'Hortense: la belle-fille de son mari.

– Vous sentez-vous souffrante, madame? avait-elle interrogé.

– Que Son Altesse veuille bien me pardonner, avait répondu Hortense avec simplicité, mais ma mère portait ce manteau, il y a six ans et cela avait été, assurait-elle, le plus beau jour de sa vie.

Et bien qu'elle se sentît fort jalouse de toutes les femmes qu'avait aimées Napoléon avant elle, Marie-Louise n'avait pu s'empêcher d'être émue par la triste dignité de la reine de Hollande.

En l'honneur du mariage de l'Empereur, les Parisiens avaient dévoré, Cours-la-Reine, quatre mille huit cents pâtés, mille deux cents langues, trois mille saucissons, deux cent quarante dindons, trois cent soixante chapons et autant de poulets. Et, durant deux jours, ils s'étaient abreuvés aux fontaines de vin qui jaillissaient près des Champs-Élysées.

Et soudain, le loup!

Marie-Louise a décidé d'obtenir la grâce des treize cardinaux qui, pour avoir refusé d'assister à la cérémonie religieuse du Louvre, se sont vus exilés et leurs biens confisqués.

Fervente catholique, l'Impératrice réprouve l'attitude de son époux vis-à-vis de l'Église; elle prie chaque jour pour le salut de son âme et souhaite de tout son cœur qu'il se réconcilie avec le pape.

Aujourd'hui, ils sont à Saint-Cloud où elle fait de Napoléon un portrait qu'elle a l'intention d'envoyer à son père. À cheval sur une chaise, en chemise et culotte blanche, l'Empereur pose de bonne grâce, tout en lui adressant des galanteries qui la font s'empourprer. Il paraît de si bonne humeur qu'elle choisit ce moment pour intervenir.

– Sire, je vous en prie, accordez votre grâce aux cardinaux... Ils n'ont fait, après tout, que se montrer fidèles au Saint-Père.

Napoléon saute sur ses pieds, renversant son siège au passage.

– Taisez-vous, hurle-t-il. Vous ne savez ce que vous dites : en refusant d'assister à mon mariage, ne comprenez-vous pas que ces cardinaux ont voulu ébranler ma dynastie ?

Épouvantée, Marie-Louise a laissé tomber son crayon. Napoléon, le visage enflammé par la colère, marche sur elle, saisit son dessin et le déchire.

– Et vous n'êtes qu'une petite sotte que je vais renvoyer chez son père.

– Je ne demande pas mieux, répond Marie-Louise.

... avant de glisser, évanouie, sur le tapis orné d'aigles.

« L'ogre » vient de lui apparaître. Pour, quelques jours plus tard, redevenir agneau...

Elle est encore à sa toilette lorsque, ce matin-là, il fait irruption dans sa chambre. Sans lui laisser le temps de mettre en ordre ses cheveux, il la saisit par la main, l'arrache à ses dames. Au pas de course, il l'entraîne vers la porte close d'un petit salon.

– Écoutez !

Marie-Louise prête l'oreille. Est-ce bien, de l'autre côté de cette porte, des aboiements plaintifs et comme le grattement de griffes ?

– Ouvrez !

D'une main tremblante, elle s'exécute... et reçoit

dans les bras un boulet soyeux, Zozo, son petit chien.

– Regardez !

A travers ses larmes de joie, elle reconnaît, devant la fenêtre, le bureau sur lequel elle étudiait à Schönbrunn... et voici le fauteuil où elle s'asseyait pour broder. Ces dessins aux murs sont l'œuvre de ses sœurs. Dans la grande volière, chantent ses oiseaux.

Éperdue de reconnaissance, elle se jette dans les bras de Napoléon qui rit de son bonheur. Ah, elle l'aime ! Seul un homme de cœur pouvait avoir l'idée de lui rendre un morceau de son pays en faisant venir ici ses objets favoris.

– Ma mignonne, ma petite fille...

Les mains de l'Empereur s'aventurent ; Marie-Louise l'entraîne sur un sofa. Tandis qu'il soulève ses jupes et ses jupons, fait glisser les bas qu'on lui enfilait à l'instant, elle pense à la petite armée de soldats de bois avec laquelle, en compagnie de Ferdinand, elle jouait à la guerre. Elle se revoit, lardant d'aiguilles le général français : le *krampus*. Plus jamais, elle se le promet, elle ne l'appellera ainsi.

Les caresses se font plus précises et elle s'abandonne. Jusqu'à ce jour, c'était l'archiduchesse d'Autriche, l'Impératrice des Français, que Napoléon avait tenue dans ses bras, il ne se doute pas qu'en cet instant, dans le cadre retrouvé de son enfance, c'est Luisel qui se donne à lui.

Et que c'est là le plus beau cadeau qu'elle pouvait lui faire.

Journal secret de Marie-Louise.

A Cambrai, le 30 avril.

Caroline Murat est la maîtresse de Metternich, Pauline, princesse Borghèse est la maîtresse de Murat (et de bien d'autres). Élisa est la maîtresse de Fontanes, l'ami de Chateaubriand (qui n'aime pas Napoléon). Hortense est la maîtresse de Charles de Flahaut (le fils de monsieur de Talleyrand). On ne compte pas les maîtresses de Joseph et de Jérôme, lesquels, pour leur châtiment, ont attrapé, tout comme Louis, de vilaines maladies qui les obligent à aller aux eaux. Voilà la famille où je suis entrée! Qu'en penserait mon cher papa? C'est madame de Montebello, veuve du général Lannes qui m'a avertie de cela et de bien d'autres choses encore que je ne dois pas répéter et ose à peine écrire.

Moi, je n'accepterai jamais une telle conduite de la part de l'Empereur; aussi je reste le plus possible près de lui.

A Bruxelles, le 4 mai

Ce voyage est bien fatigant. Il faut sourire à tout le monde et écouter des discours sans fin alors qu'on a les pieds trempés et un effroyable catarrhe. Nap n'aime rien tant que d'arriver à l'improviste; rien n'est donc jamais préparé pour nous accueillir. Hier, nous avons dû, pour monter dans notre chambre, emprunter une échelle de bois. Je suis sûre que ces messieurs ont vu mes jambes; désormais, je porterai un pantalon.

A Malines, le 10 mai.

Le chagrin vient toujours au moment où on l'attend le moins. J'étais si heureuse hier matin! J'avais obtenu de mon galant que nous prenions notre déjeuner dans la chambre. Constant nous l'avait servi au lit. (Il me semble que celui-là ne m'aime guère. Regretterait-il l'autre Impératrice?) Nous étions donc bien à l'aise Nap et moi lorsque l'estafette a apporté un pli urgent venant de Pologne. L'Empereur l'a lu et, à son visage tour à tour joyeux et grave, j'ai deviné qu'il s'agissait d'une importante nouvelle. Il est resté un long moment sans parler, à faire des lieues dans la chambre, les mains derrière le dos.

– Sire, de quoi s'agit-il? ai-je demandé.

– Rien qui puisse vous intéresser, m'a-t-il répondu de sa voix qui sait si bien vous glacer.

Il n'a pas terminé son café et on m'a rapporté qu'il avait fait, dans l'après-midi, un gros achat de dentelles pour les envoyer à Varsovie.

C'est la chère madame de Montebello qui m'a tout expliqué. J'ai bien pleuré.

Un instant, la «*chère madame de Montebello*» leva les yeux du carnet secret de Marie-Louise. Lorsqu'elle avait appris à l'impératrice le contenu de la missive : l'annonce de la naissance d'Alexandre, fils de l'Empereur et de Marie Walewska, elle avait été presque émue par la douleur de la grosse et molle enfant: les larmes roulaient sur ses joues rondes, sans qu'elle songe à les retenir, aussi naturelles que la pluie: «On m'avait dit que cette femme était venue à Schönbrunn», avait simplement remarqué Marie-Louise.

«Elle l'aime donc», murmura pour elle-même la duchesse de Montebello. Contre toute attente, Marie-Louise s'était éprise de celui qui avait dépouillé son père et ruiné son pays.

Une fois de plus, la maréchale Lannes évoqua son mari pour attiser sa haine: jamais, non jamais elle n'oublierait le spectacle du corps mutilé qu'on lui avait montré à Strasbourg! Son bien-aimé amputé des deux jambes, le tronc prodigieusement enflé par les produits employés pour le conserver, tandis que le visage, ayant été soumis à un traitement différent, semblait avoir été réduit. Le pire était les yeux, grands ouverts!

Elle réprima un sanglot: bientôt, son mari serait, en grande pompe, enterré à Paris et il lui faudrait revivre tout cela.

«Tu n'aimes personne... ceux qui meurent pour toi, tu ne les regrettes même pas... jamais tu ne feras la paix.» On lui avait rapporté les dernières paroles que le valeureux général avait, avant de mourir, lancées à Napoléon: paroles de désespoir et de révolte.

La douleur monta en elle. A présent, elle était seule avec ses cinq enfants. Ah, elle le vengerait! En faisant d'elle la première dame d'honneur de son épouse, Napoléon ne se doutait pas qu'il introduisait dans la place sa pire ennemie.

La duchesse de Montebello essuya ses larmes et reprit la lecture du carnet secret de Marie-Louise auquel, seule elle avait accès. Après avoir réussi à gagner la confiance de l'Impératrice, elle parviendrait bien à lui ouvrir les yeux sur la véritable personnalité de son mari : un tyran qui se prenait pour Dieu !

A Breda, le 20 mai.

J'ai vu l'autre jour l'océan pour la première fois : une immense surface d'eau qui n'est bornée que par l'horizon. Les coups de canon tirés partout en mon honneur me rendent sourde. Mes coliques m'ont reprise. Le grognon Corvisart me donne de l'élixir. Mes cors me gênent beaucoup pour marcher ; j'y applique des morceaux de toile d'Angleterre qui me soulagent un peu.

Hier, Monsieur Napoléon, qui d'ordinaire a toujours froid, a ouvert grand les glaces de la voiture pour le plaisir de me contrarier. Il se plaît à nous faire mener une vie militaire. N'ai-je pas dû goûter à la gamelle des soldats ? Pouah ! Mais si j'ai faim et veux me nourrir en voiture, il ne me le permet pas, il dit que les femmes n'ont point besoin de manger.

Cela m'est bien égal à présent qu'il se fâche. Je le laisse me gronder sans lui répondre. Les hommes sont des êtres insupportables, aussi, si je reviens dans un autre monde, je ne me marierai certainement pas.

Elle, ce qu'elle aimait, c'était goûter à la chaleur des autres, les toucher, les embrasser, rire avec eux, pleurer si elle en éprouvait le besoin. C'était être elle-même, sans corset ni étiquette : tout ce qui n'était point permis à l'Impératrice des Français.

– Je n'ai pas le cœur d'une souveraine, confiait-elle à madame Lannes. Je ne supporte pas l'encens et lorsqu'on me dit que je suis belle, je ne parviens pas à le croire.

Parce que derrière les courbettes, les flatteries,

elle devinait les sourires moqueurs, elle entendait les railleries. On lui reprochait de n'avoir ni la distinction de Marie-Antoinette, ni la grâce de Joséphine. On se gaussait de sa maladresse : n'avait-elle pas, l'autre jour, renversé de la glace sur sa robe et, de timidité, brisé son éventail ? Sans compter le rire nerveux qui l'avait saisie la première fois qu'elle avait entendu Napoléon appeler Louis XVI : « notre malheureux oncle »...

Ah, ne plus avoir à faire de simagrées, laisser là les souliers trop serrés pour courir nu-pieds dans l'herbe, faire avec Zozo des concours de grimaces, glisser comme à Schönbrunn dans les lits des invités des brosses bien piquantes ou des bouquets d'orties, s'amuser de tout et de rien, de l'air du temps, de n'avoir pas encore 20 ans !

Alors que commençait son voyage dans le Nord, Marie-Louise avait cru être enceinte. Mais les longues heures de route, la fatigue, « trop de bains chauds », affirmait Yvan, le chirurgien de l'Empereur, avaient provoqué le retour de ses époques et ruiné ses espérances. Comme elle en avait été désolée !

Juin étant torride, elle avait demandé à s'installer à Trianon, ce petit château de chasse à Versailles, régal, autrefois, de sa tante Marie-Antoinette. Mais il lui avait fallu aller de Compiègne à Fontainebleau, de Saint-Cloud aux Tuileries, pour assister aux côtés de l'Empereur à d'assommantes fêtes, écouter des discours sans fin, paraître.

Elle se consolait en mangeant. Sur la nourriture, il n'y avait rien à redire ! Chaque jour, défilaient sur sa table les plus exquis et variés des mets : entrées, hors-d'œuvre, viandes et poissons, sans compter les succulents entremets. Elle aurait volontiers goûté de tout ; hélas, Napoléon lui en laissait à peine le temps ! Ce vilain n'aimait que les fricassées de poulet, les haricots et les lentilles. A peine avait-il avalé trois bouchées, trempé son pain dans l'assiette des autres, maculé la nappe de sauce, qu'il jetait sa serviette à terre et réclamait son café.

Marie-Louise se dédommageait en faisant dans ses appartements, à toute heure du jour, de savoureuses et amusantes dînettes...

Ce soir, premier juillet, la saison des fêtes se clôt avec un grand bal donné à l'ambassade d'Autriche par le prince de Schwarzenberg, oncle de Marie-Louise.

L'hôtel de la Chaussée-d'Antin étant trop petit pour accueillir tous les invités, on a construit dans le jardin une vaste salle en bois verni, tapissée de gaze et de taffetas, où courent des guirlandes de fleurs artificielles. L'éclairage est fourni par de nombreux candélabres et, au plafond, un lustre à mille bougies.

La soirée a débuté par un concert où l'Impératrice, très émue, a pu entendre chanter des airs de son pays. Puis s'est déroulé le souper; à présent l'on danse. Il est minuit.

Soudain, Metternich jaillit près du couple impérial installé sur l'estrade d'honneur. Il est pâle comme la mort.

– Majesté, le feu! Vite, suivez-moi...

Un coup de vent poussant les rideaux en direction des bougies a provoqué l'incendie; le feu se répand comme une traînée de poudre. Tentures, fleurs artificielles, nappes, tout brûle bientôt. L'huile bouillante des éclairages coule sur le décolleté des femmes dont les robes s'enflamment. Partout s'élèvent des appels déchirants.

– Par ici, Majesté.

Les officiers de la garde impériale forment un rempart autour des souverains que l'on guide vers une issue réservée aux serveurs. Hortense, Pauline et Caroline, Catherine de Wurtemberg, l'épouse de Jérôme, suivent et parviennent elles aussi à quitter la salle avant que ne s'écroulent sur l'assistance le plafond en papier verni et le lustre central. On se bat pour sortir. Quelques jeunes gens font preuve d'héroïsme, d'autres, des filous qui ont profité de l'occasion pour sauter le mur du jardin, arrachent leurs bijoux aux malheureuses victimes. C'est l'enfer!

Après avoir raccompagné l'Impératrice jusqu'à la Concorde, l'Empereur décide de retourner au feu afin d'y organiser les secours.

Trois heures du matin ont sonné à Saint-Cloud où nul ne songe à dormir. Entourée de ses belles-sœurs et de ses dames d'honneur, Marie-Louise attend dans ses appartements le retour de Napoléon. La terrible phrase par laquelle madame Lannes l'a accueillie à son retour au château tourne dans sa tête: «Lors des fêtes données pour le mariage de Marie-Antoinette et du Dauphin, une catastrophe avait également éclaté: voici un mauvais présage!»

«Sainte Vierge, faites que mon époux ne soit point blessé!»

Elle se sent si perdue sans lui; même en ce terrible moment, tout est ici si solennel et artificiel. En cas de malheur, à Schönbrunn, on se serrait les uns contre les autres, on partageait sa peine et, malgré l'angoisse, ce moment devenait comme une fête du cœur. Ah, que Napoléon revienne vite et la prenne dans ses bras pour la rassurer.

Comme la porte s'ouvre, son cœur bat. Mais ce n'est que le maréchal Duroc, porteur des dernières nouvelles: on déplore de nombreuses victimes dont la princesse de Schwarzenberg, belle-sœur de leur hôte, brûlée vive alors qu'elle cherchait sa fille dans le brasier. La pauvre femme était enceinte; on a retiré l'enfant de son ventre mais celui-ci n'a pas survécu.

Des cris d'horreur s'élèvent. Toute tremblante, Marie-Louise entraîne le grand maréchal près d'une fenêtre.

– Monsieur, avez-vous vu l'Empereur? Savez-vous quand il reviendra?

– Incessamment, Majesté, l'incendie a été maîtrisé.

Marie-Louise se tourne vers la nuit pour cacher ses larmes de soulagement. Et soudain, parce qu'une princesse vient de mourir, rappelant à tous que les corps sont les mêmes, les solitudes aussi, que l'on porte ou non la couronne, il lui faut ouvrir son cœur. C'est l'un de ces instants où l'on éprouve l'urgente nécessité de dire ce que d'ordinaire on taisait.

– Pourquoi ne m'aime-t-on point en France? murmure-t-elle. Est-ce parce que je suis d'Autriche? Dites-moi la vérité, monsieur, vous préfériez l'autre, n'est-ce pas?

– Quelle autre, Majesté? interroge Duroc sans sourire.

– Joséphine... Je n'ignore pas qu'ici tous nous comparent et la regrettent.

Le grand maréchal garde un instant le silence. Les larmes roulent sur les joues de Marie-Louise sans qu'elle songe à les retenir: peu lui importe qu'on la juge: comme Pauline Schwarzenberg, sa cousine, elle aurait pu mourir!

– Je ne me livre point à des comparaisons, répond Duroc. La seule chose qui m'importe est le bonheur de l'Empereur.

L'Impératrice lève alors vers lui un regard d'enfant, ses lèvres tremblent.

– Ce bonheur, monsieur, pensez-vous qu'il le trouve un jour avec moi?

Sur le visage sévère du fidèle compagnon de Napoléon passe un bref sourire:

– Mais voyez, madame: ne dirait-on pas qu'il ne songe même plus à se battre?

Un flot de reconnaissance envahit Marie-Louise. Dire qu'elle appelait cet homme: le «sévère», le «taciturne» ou le «rugueux»... Duroc est, ce soir, le «compatissant», presque l'ami. Elle regarde ses dames, toutes si belles et élégantes; dès le premier jour, elle a renoncé à les égaler.

– Elles ont tant de séduction... Et il est si inconfortable d'aimer. Jamais je n'avais encore souffert de jalousie, si vous saviez, monsieur...

Suivant le regard de l'Impératrice, Duroc fixe à son tour le gracieux cercle de femmes: Pauline et Caroline, mesdames Lannes et de Luçay, Hortense...

Cette dernière vient de se séparer de Louis Bonaparte; son visage reflète depuis quelque temps une lumière dont nul n'ignore qu'elle a nom: Charles de Flahaut, son amant.

Les yeux du maréchal reviennent sur Marie-Louise.

– Qui n'a souffert de jalousie, Majesté...

Mais voici qu'à toute volée la porte s'ouvre et c'est l'Empereur! L'incendie a chauffé son visage, ses vêtements sont en désordre, ses bas noircis par le feu. Avidement, il cherche sa femme des yeux, vient à elle, s'empare de ses mains.

– Allez-vous bien, madame? Dites, allez-vous bien?

Défaillant de bonheur, elle fait signe que oui. Il se tourne alors vers l'assemblée: «Il n'y avait pour éteindre l'incendie que six pompiers dont quatre étaient ivres, annonce-t-il d'une voix frémissante. Est-ce donc cela, Paris? Les coupables paieront!»

Tout le monde s'est levé, les souffles sont suspendus. Le regard de Napoléon pèse à présent sur les femmes:

– C'est pour sauver sa fille que la princesse de Schwarzenberg s'est jetée dans le brasier : elle avait cru l'entendre appeler. Mesdames, c'était une mère!

Mère, elle allait être mère elle qui si peu se sentait femme et, ainsi qu'une enfant, n'avait jamais fait qu'obéir, se soumettre: hier aux ordres de son père, aujourd'hui à l'Empereur des Français.

Elle croisait ses mains sur son ventre et tentait d'imaginer cette vie qui se nourrissait d'elle: pourvu qu'elle sût la mener à son terme! Et pourvu que ce fût un garçon qui fît oublier à Napoléon le petit Alexandre Walewski.

Depuis qu'il la savait enceinte, l'Empereur se montrait avec elle le plus tendre et attentionné des maris.

Il ne me semble pas du tout possible qu'un aussi grand guerrier soit doux et bien soumis auprès de sa femme. Il pourrait bien arriver que je l'aime beaucoup avant peu de temps, avait-elle noté dans son carnet secret.

C'était chose faite! En dépit de la crainte qu'il lui inspirait, de ses soudaines crises de violence et de son attitude avec le pape qu'il retenait prisonnier à Savone, Marie-Louise s'était éprise de « l'ogre ».

Il lui arrivait de se souvenir des paroles de son père: « Soyez bonne épouse et bonne mère tant qu'il sera riche, puissant et utile à notre famille. » Riche, puissant et utile, elle souhaitait qu'il le demeurât toujours; elle nourrissait le projet de lui gagner le cœur de François.

L'enfant l'y aiderait.

Marie-Louise rêvait de réconciliation, la France rêvait de paix!

Car le pays était las de la guerre, la gloire ne l'intéressait plus, les victoires lui avaient coûté trop cher. Autour des tables familiales, trop de places demeuraient vides, il y avait trop de femmes aux yeux rouges, d'orphelins, de vieillards abandonnés. Les paysans avaient vendu trop de champs pour payer un remplaçant au fils. La France voulait du pain, du travail et la liberté.

Aussi, lorsqu'il s'était su que l'Impératrice avait abandonné l'équitation, qu'on ne la voyait plus danser, qu'elle passait à Trianon le plus clair de son temps, le peuple avait commencé d'espérer. Père de cet aiglon tant désiré, rassuré sur l'avenir de sa dynastie, Napoléon ne verrait-il pas s'éteindre son appétit de conquêtes? Ne songerait-il pas à profiter du sourire de son enfant, du charme de sa fraîche archiduchesse plutôt qu'à lever des troupes, créer de nouveaux impôts et ruiner son pays?

Et, fin septembre, lorsque avait été annoncée officiellement la grossesse de l'Impératrice, la France avait respiré.

La naissance était prévue pour le mois de mars. « Un an après mon arrivée, faisait remarquer Marie-Louise à sa dame d'honneur. Je n'ai, après tout, pas si mal travaillé ! »

Trois nourrices, placées dans une maison, attendaient la venue du bébé sous la surveillance des médecins. La gouvernante serait madame de Montesquiou, descendante de Louvois : « maman Quiou », ainsi que déjà l'appelait Marie-Louise. L'enfant serait-il Roi de Rome ou princesse de Venise ? Chaque jour, la future mère buvait un petit verre de vin pur pour donner plus de chances au sexe masculin. A Paris, les étoffes jaune or, couleur « caca Roi de Rome », s'arrachaient.

Tandis que faisait fureur un poème :

Le sexe de l'enfant, espoir de la patrie,
même pour l'Empereur est encore un secret.
C'est la seule fois de sa vie,
qu'il n'a pas su ce qu'il faisait.

... et que Marie-Caroline, exilée à Palerme, déclarait : « Il ne manquait à mes malheurs que de devenir la grand-mère de l'enfant du Diable. »

Il est sept heures du soir ce 19 mars 1811. Le bourdon de Notre-Dame retentit, sourd, régulier, apprenant aux Parisiens que leur Impératrice a ressenti les premières douleurs de l'accouchement.

Partout, l'attente commence : les églises se remplissent, les salons, les cafés. Dans les maisons où l'on a fini de souper, on a interrompu un instant les jeux de cartes ou de loto et exprimé des vœux pour que l'enfant soit mâle ; et comme, tard dans la nuit, le bourdon continue son antienne, on évoque encore la petite Autrichienne en se glissant, la tête entourée d'un madras pour ces messieurs, protégée par un bonnet à brides pour ces dames, dans le lit recouvert, en sus des couvertures, de tous les manteaux et houppelandes que l'on a pu trouver. Il gèle à pierre fendre.

Au palais des Tuileries, tous les grands dignitaires de l'État sont présents, entourant les dames en robes de cour. On a d'abord servi du vin, du chocolat; l'heure passant, un léger souper composé de bouillons chauds, de viandes et poissons froids, a été proposé.

L'Empereur fait de brèves apparitions, salue l'un ou l'autre et chacun peut remarquer son extrême nervosité.

La famille se tient dans le salon des Grâces. Les sœurs de l'Empereur, Hortense Bonaparte, Eugène de Beauharnais, le grand duc de Würtzenbourg, oncle de Marie-Louise, chargé de représenter François d'Autriche sont là. Ils prêtent l'oreille aux cris qui, depuis des heures, s'élèvent dans la pièce voisine: la chambre de l'Impératrice.

Une vingtaine de personnes s'y pressent. C'est le docteur Dubois, assisté de trois médecins, qui préside à l'accouchement. Madame Mère, madame de Montesquiou, mesdames Lannes et de Luçay se relaient au chevet de la parturiente.

Dans un brouillard de douleur et de peur, Marie-Louise voit s'agiter tout ce monde. Sont-ce ses propres cris qu'elle entend? Jamais elle n'aurait pensé tant souffrir! La douce et chaude vie qu'elle portait en elle s'est transformée en cette chose qui la tenaille, la martèle, la déchire, exige de voir le jour quitte à faire exploser son corps.

Douze fois... Est-il possible que sa mère ait vécu douze fois ce calvaire? «Maman... maman...» gémit-elle. Et si la «dame blanche» lui apparaissait? Elle s'agrippe à la main de madame Lannes. Ah, que l'on fasse taire ces cloches qui sonnent comme pour son enterrement.

Le docteur Dubois tourbillonne, soupire, transpire, gémit. « Qu'on appelle le docteur Corvisart », supplie Marie-Louise. Elle voit bien que celui-ci s'affole et qu'elle souffre pour rien.

– Napoléon...

A plusieurs reprises, il est passé la voir ; elle a senti ses lèvres sur son front, entendu des mots d'amour et d'encouragement, puis il a fui, oui, il s'est sauvé devant sa souffrance.

– Quelle heure est-il ?

– Six heures, Majesté. Le jour va bientôt se lever. Voici onze heures que le travail a commencé !

– Constant, si tu voyais comme elle serre les lèvres pour ne pas crier trop fort... C'est qu'elle en a du courage, ma petite Habsbourg !

L'Empereur a profité d'un moment de répit dans la souffrance de sa femme pour prendre un bain chaud. Il n'en peut plus de ce combat qui se livre sans lui et dont, en aucune façon, il ne peut infléchir l'issue, lui qui ne sait que commander.

– Dis-moi, Constant, comment cela se terminera-t-il ?

– Très bien, Majesté, certainement très bien !

Mais, dans la chambre, les cris viennent de reprendre. Napoléon bouche ses oreilles : « Ah, je ne puis supporter cela... »

La porte s'ouvre sur le docteur Dubois ; le visage de l'accoucheur est écarlate et il semble avoir perdu la parole. Napoléon jaillit de son bain :

– Elle va mourir, c'est cela ? Elle va mourir...

Ruisselant, il court au médecin, le prend aux épaules, le secoue :

– Eh bien, qu'attendez-vous pour le dire ? Si elle meurt, on l'enterrera !

– Mais, Majesté, elle vit, parvient enfin à bredouiller Dubois. Seulement le temps presse : elle a perdu les eaux et l'enfant se présente par les pieds.

– Que fait-on dans ces cas-là ? demande Napoléon en passant sa robe de chambre sans laisser à Constant le temps de le sécher.

– On applique les fers.

– Les fers... Ah, la pauvre petite ! Y a-t-il un danger ?

Le médecin acquiesce :

– Nous pouvons être amenés à choisir entre la mère et l'enfant...

C'était là une question ; il attend la réponse. Napoléon garde le silence.

Le cœur battant, Constant fixe son Empereur ; il devine ce qu'il va répondre. Ne le connaît-il pas mieux que tout autre, lui qui le vêt, le frictionne et le rase, le couche et l'éclaire ? Lui qui, même à la guerre, s'arrange pour qu'il y ait toujours un bain chaud prêt pour son Général. N'est-il pas depuis des années le témoin de ces manies, ces faiblesses qui font toucher l'homme sous le souverain et vous le rendent plus précieux encore ? Il sait, lui, Constant, valet de Sa Majesté, qu'il va choisir l'enfant, il le désire si ardemment !

– Sauvez ma femme, ordonne Napoléon d'une voix vibrante. Oubliez qu'il s'agit de l'Impératrice, agissez comme si c'était une petite bourgeoise de la rue Saint-Denis et l'enfant le fils d'un savetier. Et demandez à Corvisart de vous assister.

Dubois est parti en courant. Napoléon se tourne vers Constant dont les yeux sont humides.

– Il faut qu'elle vive, comprends-tu ? Je veux qu'elle vive, ma petite archiduchesse. Des enfants, elle m'en donnera d'autres, elle m'en donnera autant que j'en voudrai !

L'arrivée à son chevet de Corvisart a été comme un sourire dans la souffrance de Marie-Louise. Elle s'accroche à la main du médecin. Plus jamais, c'est juré, elle ne l'appellera le « grognon de la Garenne », « le revêche » ou le « ronchon »...

– Nous allons devoir employer les ferrements, déclare-t-il. Mais tout se passera bien.

Elle regarde les instruments de torture que l'on dispose sur une table à côté du lit : avec ces longues cuillères on va aller chercher l'enfant dans son ventre, quitte à lui arracher les entrailles. Qu'importe sa vie, n'est-ce pas l'aiglon qu'il faut sauver?

– Va-t-on me sacrifier parce que je suis Impératrice? demande-t-elle en un sanglot.

– Courage, madame, répond madame de Montesquiou. Je suis aussi passée par là, vos précieux jours ne sont pas en danger.

– Ce ne sera pas long, promet Corvisart.

Dubois se penche vers son oreille: «L'Empereur désire que vous viviez», lui confie-t-il.

Et durant quelques secondes elle oublie sa souffrance: alors il l'a choisie, elle? Alors, il l'aime?

Dans le cabinet de toilette attenant à la chambre, Letizia effleure de la main les cheveux de son fils, assis, front baissé, sur un tabouret. A peine ose-t-elle le toucher, son «Nabulio» qui a valu tant de gloire aux Bonaparte et à son cœur de mère, tant de soucis.

C'était un enfant taciturne et solitaire dont les autres se gaussaient. C'était un adolescent pauvre et fier. «Du granite chauffé au volcan», affirmaient ses maîtres.

Elle caresse les cheveux de ce fils qui l'appelle «madame» et qu'il lui faut nommer «Sire». Soudain, dans la pièce voisine, les cris de Marie-Louise s'interrompent et un impressionnant silence s'abat. Que signifie-t-il?

Napoléon relève son visage, saisit les mains de Letizia: «Maman, oh maman!»

Il vient de lui rendre, pour la première fois depuis qu'il est Empereur, son véritable titre.

– Majesté, c'est terminé!

Le chirurgien Yvan vient d'apparaître à la porte. Il sourit. Avec un cri de soulagement, Napoléon se précipite dans la chambre, court vers le lit, prend dans ses bras sa femme évanouie: sauvée, elle est sauvée!

Tout le monde rit et applaudit; on a oublié l'enfant.

Il gît sur une serviette posée sur le tapis. Depuis sept minutes qu'il est né, il n'a pas encore donné signe de vie, sans doute est-il mort.

Corvisart le ramasse et le plonge dans l'eau tiède. Madame de Montesquiou le frictionne, on l'enveloppe dans des serviettes chaudes, on lui souffle un peu d'eau-de-vie dans la bouche. Le petit corps soudain se tend, le visage reprend des couleurs.

Et c'est le premier cri du Roi de Rome.

Le bourdon de Notre-Dame vient de se taire: la naissance a eu lieu!

Partout, les gens se rassemblent, attendant les coups de canon: vingt et un pour une princesse, cent un pour un prince. Un, deux, trois... les maisons et les ateliers, les boutiques, les cafés se vident. Dans les rues de Paris, tous les visages sont levés comme si allait s'inscrire sur le bleu du ciel le sexe de l'enfant. Sept, huit, neuf... A la Halle, deux maraîchers qui s'étaient pris de dispute, suspendent leur querelle pour compter eux aussi. Dix, onze, douze... Sur la Seine, les bateliers de la Rapée se dirigent vers le Louvre; ils ont orné leurs bateaux de cocardes et de rubans. Quinze, seize, dix-sept... Dans une modeste demeure de la ville, un écrivain de 29 ans qui se fait appeler Stendhal, s'éveille auprès de son amie Angéline. Entendant sonner le canon, il sent battre son cœur: dix-huit, dix-neuf, vingt... Tous les souffles sont suspendus, le silence s'est abattu sur Paris, la ville compte...

Vingt et un, vingt-deux... un immense cri d'allégresse traverse la capitale; partout on applaudit, crie, danse et trinque. C'est un garçon, la dynastie est assurée, la paix pourra régner.

Des cortèges se forment qui se dirigent vers les Tuileries, toutes les cloches des églises sonnent, se mêlant aux derniers coups de canon: quatre-vingt-dix-neuf, cent, cent un...

– Duroc, mon ami, comment trouves-tu mon fils ?

On a revêtu le nouveau-né d'une robe de dentelle blanche. Le grand maréchal se penche sur le berceau.

– Majesté, il me semble qu'il sera fort !

– Le plus fort, dit Napoléon.

De sa poche, il tire le scarabée d'or qu'il avait trouvé en Égypte dans le tombeau d'un pharaon : son talisman.

– Je n'en aurai plus besoin à présent.

Duroc tourne ses yeux humides vers les vitres que les cris et les appels de la population font vibrer.

– Sire, votre peuple vous réclame...

Napoléon puise le petit prince dans le berceau d'or. Le grand maréchal lui ouvre la porte-fenêtre. Et comme apparaissent au balcon le père portant le fils, les cris d'abord se taisent. Survolant la foule, le regard de l'Empereur s'élance vers les toits, les flèches, les tours et les clochers.

Paris !

Il fera édifier à Chaillot le plus beau des palais pour son fils. Tous les souverains d'Europe auront aussi le leur dans la capitale. Le siège de la papauté y sera fixé. Paris l'unique... la plus puissante cité du monde !

Le regard de l'Empereur revient vers son peuple. Et comme il lève bien haut l'enfant, ce peuple retrouve sa voix pour hurler sa joie et son espoir : un pays en paix, libre et prospère.

Et alors il semble à Napoléon être au faîte de son âme. N'est-ce pas, dans ses mains, son avenir qui palpite ? Voici mon fils : Napoléon, François, Joseph, Charles, voici le Roi de Rome.

Des larmes roulent sur ses joues. Ah, s'il pouvait être lui !

3

L'incertitude

Quand Marie-Louise avait-elle compris qu'elle était prisonnière ? Elle n'aurait su le dire précisément : elle avait commencé à sentir les murs de sa prison lorsque les bras de Napoléon l'avaient moins étroitement serrée.

Sous l'œil vigilant de la duchesse de Montebello, trente-six dames formaient un premier barrage entre elle et le monde extérieur, nobles et, pour la plupart, âgées : une trentaine d'années. Beaucoup d'entre elles avaient déjà servi Joséphine.

Dix-huit femmes lui servaient de geôlières : six « femmes rouges » en robes cramoisies qui la surveillaient jour et nuit, six « femmes noires », au sombre tablier de soie, chargées de veiller à l'entretien de ses vêtements, et six « femmes blanches » qui préparaient ses bains, entretenaient les feux et s'occupaient du ménage.

Nul homme n'était admis à pénétrer dans les appartements de l'impératrice en dehors du comte Claude de Beauharnais, son chevalier d'honneur – un raseur –, du prince Aldobrandini, son écuyer – un sot – et de Metternich, plus comploteur et insaisissable que jamais.

Duplan, son coiffeur, Isabey, son maître de dessin, Paër, son professeur de musique, ne pouvaient la voir qu'en présence d'une « femme rouge » qui ne les quittait pas des yeux. Lors des réceptions, Marie-Louise ne devait parler à aucun homme hors de la présence de l'Empereur.

A part cela, son courrier était épluché dans le cabinet noir, elle n'était pas autorisée à lire la presse étrangère et, la nuit, une « femme rouge » dormait sur un matelas devant sa porte.

« Pourquoi me surveille-t-on ainsi ? » avait-elle demandé à madame Lannes, un matin où elle avait réussi, en se faufilant dans la chambre de celle-ci par le cabinet de garde-robe, à échapper un instant à ses gardiennes.

– On doit craindre que vous ne vous fassiez enlever... avait répondu sa dame d'honneur avec un rire déplaisant.

Et Marie-Louise avait rougi lorsque madame Lannes lui avait cité sa grand-mère Marie-Caroline, sujette, paraissait-il, à des débordements. L'Empereur craignait tout simplement qu'elle ne le trompât !

C'était ainsi qu'en raison de la mauvaise conduite de son aïeule elle se voyait condamnée à ne chanter que pour elle-même, dessiner à longueur de journée des « Vierges » et des « Innocences », et s'ennuyer à mourir dans un climat exclusivement féminin.

Pour se venger, la jeune Impératrice lisait avidement les livres jadis interdits, illustrés de gravures érotiques qui profondément l'émouvaient, tout en se gavant de conques, gaufres et sucre de pomme.

Le baptême du petit Napoléon avait eu lieu en juin. Elle n'en gardait pas bon souvenir : le pape, toujours prisonnier de Napoléon, avait refusé de bénir l'enfant. L'empereur François, son cher papa, n'avait pas daigné venir à Paris pour l'occasion et, le grand décolleté étant obligatoire, Marie-Louise avait attrapé un effroyable catarrhe en l'église glacée de Notre-Dame.

Il lui avait fallu ensuite entreprendre un nouveau voyage dans le Nord. Ah, comme elle détestait ces voyages !

Et combien elle était heureuse d'être de retour.

L'automne roussit les feuilles aux arbres de Saint-Cloud où elle a retrouvé son fils: «monsieur Rion». Elle ne sait pas très bien pourquoi elle l'a surnommé ainsi mais trouve que cela convient à son rond visage blond. Le petit roi a maintenant sept mois. Maman Quiou veille jalousement sur lui et Marie-Louise le voit trop peu souvent à son goût. La veuve du maréchal Lannes demeure sa meilleure amie, mais Dieu qu'elle est triste! Pour en obtenir un sourire, une caresse, l'Impératrice ne lui ménage pas ses présents: hier, elle lui a offert un bracelet de diamants portant les miniatures de ses cinq enfants. Bien que la duchesse de Montebello ne cesse de parler de sa progéniture et de l'amour qu'elle lui porte, c'est surtout les diamants qu'elle a regardés.

Le temps coule, il est bon d'être en paix. Le plus possible, Marie-Louise reste avec son mari. Elle aime prendre avec lui, sans façon, ses repas dans sa chambre. A l'intention de l'Impératrice, qui montre un fort appétit, plusieurs plats de viande et de poisson ont été rajoutés et Napoléon daigne rester à table plus de quelques minutes.

Le seul moment que redoute Marie-Louise est le dîner du dimanche, réservé à la famille, et quelle famille! Madame Mère la glace, Joseph et Jérôme ne cessent de se plaindre, Caroline et Pauline sont jalouses et envieuses. Sa vilaine maladie rend Louis acariâtre. Il n'y a qu'Hortense, Élisa et Catherine, la femme de Jérôme, dont elle apprécie la compagnie, Hortense ayant sa préférence.

Et justement, ce matin de décembre, Marie-Louise a décidé de lui parler, loin des oreilles indiscrètes: une certaine question la tourmente. Elle brûle de la lui poser.

C'est l'heure où d'ordinaire, elle reçoit avec sa dame d'honneur les nombreux quémandeurs qui viennent au palais exposer leurs misères. A leur intention, elle prélève dix mille francs chaque mois sur les frais affectés à sa toilette. On la dit généreuse mais n'est-ce pas un geste bien naturel lorsqu'on sait que trois millions ont été dépensés pour le baptême du Roi de Rome ?

Se déclarant souffrante, elle a laissé madame Lannes s'occuper seule des audiences et a prié les « femmes rouges » de s'éloigner. Elle est encore au lit lorsque Hortense est introduite. Tandis que la jeune femme exécute les trois révérences de rigueur, Marie-Louise louche avec curiosité sur sa taille car on lui a assuré qu'Hortense avait mis au monde un fils en septembre dernier : enfant de Charles de Flahaut, son amant.

Mais ce n'est pas de cela dont elle veut l'entretenir.

Elle lui désigne un fauteuil à côté de son lit, propose à Hortense une pâtisserie et, après quelques propos anodins, en vient au fait.

– Vous connaissez, je crois, la comtesse Walewska ?

– Nous nous rencontrons quelques fois, répond Hortense dont les joues ont légèrement rosi.

– Elle m'a été récemment présentée par la duchesse de Montebello et je l'ai trouvée fort jolie, reprend Marie-Louise qui sent, malgré ses résolutions, les larmes lui monter aux yeux.

Jamais elle n'oubliera la lumineuse Polonaise telle qu'elle l'a vue ce jour-là ! Élégance, grâce, beauté, modestie, elle semblait réunir toutes les qualités ; avec en plus celle d'être aimée. Les regards posés sur elle en témoignaient.

– On m'a dit que vous l'aviez reçue chez vous... insiste Marie-Louise.

– A un bal que j'ai donné et où se trouvaient de nombreux Polonais, acquiesce Hortense. Majesté, vous connaissez le courage de ce peuple qui a pris parti pour l'Empereur contre le tsar et n'a d'espoir qu'en Napoléon pour rétablir son pays.

La Pologne ? Qu'importe à Marie-Louise... La seule question qui brûle ses lèvres est celle-ci : Napoléon voit-il encore cette femme malgré la promesse qu'il lui a faite ? Quelle place tient, dans le cœur de l'Empereur, le petit Alexandre dont madame Lannes lui a dit qu'il était son portrait ?

– Il paraît que son fils...

Les sanglots qui montent l'interrompent. Que la jalousie fait mal!

Près de la cheminée, les « femmes rouges » s'agitent. Hortense se penche vers Marie-Louise :

– Majesté, avec le Roi de Rome, vous avez donné à l'Empereur le plus grand des bonheurs. Savez-vous qu'il en parle partout ? Il en est aussi fier et heureux qu'il l'est de son épouse.

Marie-Louise prend les mains d'Hortense : c'étaient là les paroles qu'elle souhaitait entendre et, venant de la fille de Joséphine, elles lui sont doublement précieuses.

– Vous êtes bonne! dit-elle.

Hortense sourit : « Je ne sais... mais depuis que j'ai perdu un enfant auquel j'étais fort attachée, il me semble comprendre mieux la souffrance d'autrui. »

Des bruits de voix féminines, dans le salon voisin, indiquent que les audiences sont terminées. Marie-Louise soupire. Il va lui falloir se lever, choisir la robe du jour, faire sa toilette, sourire, faire semblant. Le regard d'Hortense s'est arrêté sur un portrait de madame Lannes, placé au mur, à côté de celui du père de l'Impératrice.

– Ma sœur, chuchote-t-elle soudain. Si vous aimez Napoléon, méfiez-vous de cette femme. Depuis la mort de son mari, on assure qu'elle est pleine de haine pour l'Empereur.

La haine ? Hortense a-t-elle bien prononcé ce mot ? Avant que Marie-Louise ait pu demander une explication, la porte s'ouvre sur un tourbillon de dames, conduites par la duchesse de Montebello. Celle-ci se dirige vivement vers le lit, jetant au passage un regard méfiant sur la fille de Joséphine.

– Altesse, vous sentez-vous mieux ?

– Bien mieux, je vous remercie.

Mais comme Hortense s'éclipse, il semble à Marie-Louise que se referment sur elle les murs, un instant entrouverts, de sa prison dorée.

– Levez-vous, *amore*! Allons respirer l'air de ce premier janvier.

Marie-Louise émerge de ses châles, fichus et couvertures. Riant de ses protestations, Napoléon dénoue les rubans du bonnet, glisse le bout de sa cravache sous le drap et l'en aiguillonne partout pour la tirer du lit. Lui, est déjà en habit de chasseur, botté, bicorne sur la tête. Une «femme rouge» court tirer les rideaux et entrouvrir les persiennes.

– Oh Nap, mais c'est encore la nuit!

– Il est sept heures, ma mie, votre cheval piaffe et votre mari aussi!

Inutile de résister! Tout ce que peut faire Marie-Louise est de grignoter un morceau de conque et avaler quelques gorgées de chocolat, chauffé à la hâte sur son petit réchaud de vermeil, tandis que deux «femmes noires», aussi glacées et ensommeillées qu'elle, l'aident à revêtir sa tenue de cavalière: corsage de percale, costume de velours bleu foncé, chaud spencer, chapeau haut de forme.

A présent que la voici sur pied, elle se sent plutôt heureuse: ces promenades à cheval avec son époux sont de ses moments préférés.

Dès la première leçon que l'Empereur en personne lui a donnée, elle a aimé l'équitation. Sentir sous ses reins la tiède et frémissante puissance, la manier à sa guise, lui donne une grisante impression de liberté. «Et si je ne revenais pas?» lui arrive-t-il de se dire durant ses promenades. Oui, si elle partait au galop, franchissait les murs du parc, s'en allait sur les routes, droit, tout droit devant elle, jusqu'au château de son enfance?

Cette pensée la fait sourire tandis qu'aux côtés de Napoléon elle va au pas de sa douce jument grise dans le parc noyé de brume, à l'odeur si intense que la poitrine vous brûle de la respirer à fond.

A quelque distance, suit monsieur de Caulincourt, grand écuyer, accompagné de quelques piqueurs.

Son époux est venu tout près d'elle; elle le regarde

du coin de l'œil. Il a grossi ces derniers temps; il lui faut à présent de l'aide pour monter en selle. Son embonpoint lui vient, se plaint-il, de rester inactif; de plus en plus, elle le sent piaffer, tendu vers elle ne sait quel but ou quel désir qui le rend parfois irritable.

– Quels vœux fait, pour cette nouvelle année, la dame de mes pensées? interroge-t-il.

– Demeurer le plus possible auprès de mon époux, lui offrir un second fils, pourquoi pas? Revoir mon père... répond Marie-Louise sans hésiter.

Napoléon rit: «Le père, l'époux, le fils... ne voilà-t-il pas des vœux bien bourgeois?»

– En Autriche, la famille passe avant le reste, répond-elle avec feu. Et aux grands bonheurs, qui parfois effraient, nous préférons les petites joies quotidiennes.

– Werther vous entendrait... remarque Napoléon.

Un pâle soleil vient d'apparaître. En lisière de forêt, un groupe de miséreux ramasse du bois mort. Les piqueurs le dispersent.

– Est-il vrai que le pain manque en France? demande Marie-Louise.

Le visage de Napoléon s'assombrit: «L'orage ici, la sécheresse là, les récoltes ont été mauvaises. Mais toutes les mesures nécessaires sont prises.»

– Oh Sire, il le faut, surtout, il le faut!

Le cri lui a échappé. Mais n'est-ce pas parce que le pain manquait que la Révolution a commencé en France?

Et il paraît que ces derniers temps des émeutes ont éclaté en plusieurs villes du pays, qu'en certains quartiers de Paris des gens affamés menacent de guillotiner les boulangers qui vendent le pain trop cher. La guillotine... Et si tout recommençait?

– Allons, allons, déridez-moi ce beau front, madame, ordonne Napoléon. Nous gagnerons aussi ce combat-là, je vous le promets.

Il lance son cheval; elle le suit. 1812... Comment sera cette année qui ce matin débute? Dans les vœux qu'elle a exprimés, Marie-Louise n'a pas osé prononcer le mot « paix », pourtant sans cesse présent à son esprit. Elle s'inquiète : n'a-t-elle pas plusieurs fois surpris son mari penché sur des cartes militaires ? Ne lit-il pas des ouvrages qui traitent de la guerre ? Ah, la guerre, elle n'en veut plus ! Elle a trop souvent fui, enfant, vu trop de villes brûlées, de familles en deuil. Elle veut garder son époux auprès d'elle et voir grandir leur fils. Peu lui importe que ce soit là des souhaits bourgeois !

Mais comme ils se rapprochent du château et que Napoléon lance sa monture, ne voilà-t-il pas qu'il entonne la chanson qu'elle déteste car, selon Constant, elle indique un prochain départ.

Malbrough s'en va-t-en guerre.
Ne sait quand reviendra.

Et, comme pour la narguer, c'est par trois fois qu'il répète cette dernière phrase.

A onze heures, alors qu'ils achevaient de déjeuner dans la chambre de l'impératrice, le petit Roi de Rome a été annoncé.

Il serrait dans ses menottes un bouquet de fleurs qu'il a tendu à sa mère pour lui souhaiter la bonne année. Marie-Louise a pris son fils dans ses bras : « Alors, monsieur Rion, parlerons-nous bientôt ? »

Le petit garçon a tenté de se dégager pour retourner dans les bras de « maman Quiou ». Le retenant malgré lui, l'impératrice se sentait lourde et maladroite.

– N'embrasserez-vous point votre fils ? lui a demandé Napoléon. Ceux qui vous assurent mauvaise mère auraient-ils raison ?

Les larmes sont montées aux yeux de Marie-Louise et, vite, elle a appuyé ses lèvres sur les joues du petit garçon. Mauvaise mère... Elle savait que le bruit courait. Mais comment s'attacher à un enfant qu'on ne lui laissait jamais plus de quelques minutes et qu'elle n'avait le droit de voir qu'au milieu de ses dames ? Ah, seule avec lui, comme elle l'aurait serré contre elle, caressé, embrassé à pleine bouche.

Napoléon lui a enlevé son fils. Il l'a tenu à bout de bras pour le montrer à sa gouvernante.

– Qu'en pensez-vous, madame la royaliste ? N'a-t-il pas la lèvre autrichienne et les yeux de sa mère ?

Madame de Montesquiou a acquiescé.

– Il a aussi, certains l'affirment, le front de son père, Majesté.

– Est-ce bien vrai ?

Tout heureux, l'Empereur a pris l'enfant sur ses genoux et, comme il aimait à le faire, il a commencé à le tourmenter, fourrant ses doigts dans sa bouche pour sentir ses premières dents, suspendant autour du cou fragile le lourd ruban de la Légion d'honneur, le barbouillant de confitures... Le petit Roi ne se décidant pas à rire, Napoléon lui a enfoncé son chapeau sur la tête : des sanglots ont éclaté.

– Qu'entends-je, Sire, un roi qui pleure ? Comme c'est vilain !

– Il est trop jeune pour vous comprendre, a dit fermement maman Quiou en reprenant l'enfant.

– Trop jeune ? a répété Napoléon. Trop jeune...

Il s'est levé d'un mouvement brusque et il est allé à la fenêtre devant laquelle il est resté un bon moment, mains derrière le dos, contemplant le parc. Nul n'osait plus parler : comment serait le visage de l'Empereur lorsqu'il se retournerait ? De plus en plus souvent, il était sujet à des colères, des crises subites qui se calmaient aussi vite qu'elles étaient apparues mais laissaient son entourage inquiet et désorienté.

Son visage était sombre lorsqu'il est revenu vers son fils. Il l'a longuement regardé.

– Et si tu étais un homme ordinaire, si tu n'avais rien hérité de moi ?

Empoignant sa cravache, il a commencé à arpenter la pièce, fouettant le rebord des meubles, le bras des fauteuils, faisant éclater la marqueterie, la soie. Réfugié dans le giron de sa gouvernante, le petit Roi de Rome suçait bruyamment son pouce. A nouveau, Napoléon est venu se planter devant lui.

– ... et si le temps m'était compté ? a-t-il demandé d'une voix sourde.

Il s'est tourné vers les femmes : « Alexandre m'en veut de n'avoir point épousé sa sœur. Il a rompu notre pacte et me menace. J'ai 43 ans, savez-vous ? Il n'en a que 35. Il me faut préparer l'avenir de mon fils. »

Madame de Montesquiou a détourné les yeux ; ses lèvres qui doucement frémissaient, indiquaient à Marie-Louise qu'elle priait.

Napoléon s'est emparé des mains de sa femme.

– Ne me parliez-vous pas de pain tout à l'heure ? Que diriez-vous d'aller moissonner en Russie le blé qui manque en France ?

En cet hiver 1812, elle tremblait, la France : de froid, de faim, de peur.

Le froid, on y était accoutumé et se débrouillait avec le bois de l'Auvergnat, les mottes à brûler, faites de reste de tan, et tous les vêtements et couvertures que comptait la maison. Mais la faim le rendait plus mordant.

A dix-huit sous, le pain de quatre livres excédait les ressources de la plupart. En dépit des distributions gratuites, par les comités de bienfaisance, de miches et de soupes économiques, la disette s'étendait. Les ménagères se disputaient en pleine rue les boisseaux de pommes de terre bouillies, les épiciers n'avaient plus aucun légume sec à proposer et, bien évidemment, la fraude et la spéculation régnaient.

Le décret voulu par Napoléon, rendant gratuite l'eau des fontaines à Paris, avait réjoui le peuple, sans pour autant remplir les estomacs vides ; d'autant que cette eau était transformée en glace.

Elle tremblait de peur, la France, car la mobilisation avait recommencé. On disait que c'était pour aller se battre en Pologne et en Russie et les atroces souvenirs d'Eylau remontaient en mémoire de chacun : le gel, la boue, les membres coupés comme branches mortes. Dans les campagnes, nul n'avait plus d'argent pour payer un remplaçant au fils ou au mari, aussi les hommes en âge d'être appelés se cachaient-ils à nouveau dans les granges, les moulins ou au fond des bois entourant les villages.

Transie, affamée et tremblante, la France regardait le ciel où était apparue une comète à longue queue blanche qui avait inscrit dans la nuit l'annonce d'un prochain désastre.

Chère petite sœur Léopoldine. On n'a pas idée à Vienne de la gaieté qui règne à Paris et de ce que les gens aiment la mascarade et les bons soupers.

Il n'était de soirée sans spectacle, concert ou bal ; sur ordre de l'Empereur, la capitale faisait fête.

Et en ce jour de Mardi gras, dans les rues et sur les boulevards, déambulaient dominos de toutes couleurs, comtesses et marquises, arlequins et polichinelles, sans compter tous les animaux de l'arche de Noé. Tandis qu'au château des Tuileries Napoléon offrait un grand bal costumé.

De nombreux citoyens de la ville y avaient été conviés en tant que spectateurs ; des loges et des balcons, ils pouvaient admirer la Cour et, dans la cohue des déguisements, chercher les personnages connus.

Ce domino, parmi d'autres de même couleur, n'était-ce pas l'Empereur ? Cette paysanne du pays de Caux, masquée de noir, avait bien l'allure de l'Impératrice Marie-Louise et, à ses côtés, la petite Provençale au teint animé ne pouvait être que Caroline, reine de Naples.

Pauline Borghèse, la jolie et dissipée petite sœur de Napoléon, portait un costume napolitain et dansait une tarentelle endiablée. On se désignait aussi cette ravissante paysanne de Cracovie entourée d'une cour de Polonais : la comtesse Marie Walewska.

Mais le clou de la fête serait le quadrille de la reine Hortense, intitulé : *Quadrille des Incas.*

Péruviens en tuniques garnies de plumes écarlates, Péruviennes en jupes de gaze rouge et bleu, entouraient la fille de Joséphine: la Grande Prêtresse. Celle-ci était revêtue d'une tunique de crêpe blanc constellée de pierreries, et coiffée d'un diadème de plumes de cacatoès dont chacune s'échappait d'une gerbe de diamants. A ses côtés, se tenait un beau jeune homme, Charles de Flahaut, fils de monsieur de Talleyrand, ministre en disgrâce dont on assurait qu'il complotait contre l'Empereur. Sur la poitrine de chaque participant à ce quadrille, brillait un soleil d'or.

Ce serait de ces soleils que se souviendraient les citoyens et citoyennes conviés à cette fête aux Tuileries. Rentrant chez eux après souper, sous une pluie battante, gâchant dans la boue leurs fins escarpins, leurs souliers de satin, ils continueraient à les voir brûler. Et lorsque l'orage se serait abattu sur la France, leurs scintillements d'or leur resteraient au cœur comme ultimes feux avant la nuit.

« Je voudrais revoir mon père », avait souhaité Marie-Louise le premier janvier.

Napoléon va exaucer son vœu! Demain, il l'emmène à Dresde, en Saxe, où il a convoqué ses alliés afin de s'assurer de leur soutien dans la campagne qu'il a décidé d'entreprendre contre Alexandre.

Avant de quitter la capitale, l'Empereur a convoqué dans son bureau, les architectes Fontaine et Percier, chargés de l'édification, sur la colline de Chaillot, du palais du Roi de Rome; la démolition des maisons et les fouilles ont commencé.

Méneval, secrétaire de Sa Majesté, vient de les introduire.

– Eh bien, messieurs, demande Napoléon avec gourmandise. Qu'avez-vous trouvé d'extraordinaire à me proposer? Montrez-moi cela.

Les architectes étalent leurs plans sur une table. Napoléon se penche; l'incrédulité, puis la colère emplissent son visage : il n'y a là que remparts, bastions, souterrains...

– Vous ai-je demandé un château ou une forteresse ? Que craignez-vous donc pour mon fils ? explose-t-il.

– Nous nous sommes inspirés du château de Michaïlov, l'une des plus belles résidences de Sa Majesté Paul Ier, bredouille Percier.

– Celle-là même où il a été assassiné, c'est bien cela... le coupe l'Empereur.

Le maréchal Duroc, présent à l'entretien, n'en croit pas non plus ses oreilles : Paul Ier n'est-il pas le père d'Alexandre à qui Napoléon s'apprête à déclarer la guerre ?

Du bras, Napoléon balaye les papiers, les jette à terre.

– Ces fortifications, ces remparts, ces serrures, ont-elles empêché la mort de pénétrer jusqu'à la chambre impériale ? Contre la trahison, la seule sauvegarde d'un souverain est l'affection de son peuple, l'auriez-vous oublié ?

– Et celle de ses compagnons, murmure Duroc.

– Et celle de ses amis.

Brusquement adouci, Napoléon remercie son maréchal d'un pinçon à l'oreille qui tire à celui-ci une grimace de douleur. Puis il se tourne à nouveau vers les architectes.

– Allons messieurs. Je veux croire que vous n'aviez point votre tête à vous en choisissant ce château pour modèle. A mon retour, je veux voir d'autres plans. Et sachez que le Roi de Rome apprendra de moi à gouverner les Parisiens sans forteresse ni canons.

« Et, j'espère, à s'en faire aimer », ajoute-t-il plus bas.

Il est cinq heures du matin. Dans une berline tirée par quatre chevaux blancs, le couple impérial prend la route d'Allemagne. Une suite de quarante personnes, plus cent cinquante domestiques, l'accompagne. Des fourgons suivent, emplis de présents. On a emporté la vaisselle d'or et les couverts de vermeil.

Penchée à la portière, Marie-Louise regarde, dans la nuit, les feux allumés par l'armée pour éclairer la route. Un bonheur trop grand brûle sa poitrine : bientôt elle sera dans les bras de son père ! Et s'il ne l'aimait plus comme avant ?

Napoléon s'empare de la main de sa femme et la porte à ses lèvres. Son regard a, depuis quelques jours, une lumière plus intense : celle de Malbrough ?

– Ma bonne Louise, dit-il. Il va falloir tout faire pour gagner à votre mari le cœur de papa François.

Un jour pluvieux de mars, dans le palais de la Hofburg, à Vienne, une jeune vierge en larmes avait fait ses adieux à son père, craignant de ne le revoir jamais, livrée par lui à « l'ogre » que tout le pays haïssait.

Deux années plus tard, par une belle journée de mai, dans les salons rococo du palais de Dresde, c'était les retrouvailles de l'Impératrice des Français et de l'empereur d'Autriche.

Cent fois, Marie-Louise avait imaginé le premier regard qu'ils échangeraient, les paroles d'amour qu'elle prononcerait, et voici qu'elle demeurait muette, paralysée : tout d'abord par l'implacable protocole français qui interdisait toute manifestation de tendresse en public, mais bien davantage par ce qu'elle lisait dans les regards des siens comme ils la découvraient : la stupéfaction, l'incrédulité.

Ils s'étaient attendus à retrouver une femme défaite, minée par le chagrin ; pas une minute, ils n'avaient cru au bonheur que Marie-Louise affichait dans ses lettres, sachant celles-ci lues dans le cabinet noir, mis en place par monsieur Fouché. Et voici que leur apparaissait, dans une robe des *Mille et Une Nuits*, couverte de bijoux, une souveraine à tête haute, cent fois plus belle et rayonnante que la petite archiduchesse apeurée qui les avait quittés.

Il leur fallait bien se rendre à l'évidence : l'« usurpateur » avait conquis leur fraîche et naïve princesse !

Chacun à son tour venait solennellement la saluer : tout d'abord Ludovica, les yeux baissés, puis Ferdinand qui, au contraire, dévorait sa sœur du regard. S'avançaient ensuite les rois de Saxe, de Prusse, toutes les têtes couronnées d'Allemagne. A chacun, Marie-Louise s'efforçait de sourire, se sentant sourdement coupable, étrangère, elle qui avait tant attendu ce moment ! Une longue heure s'écoula avant qu'elle pût enfin approcher tranquillement son père.

Dans le regard de François, il n'y avait aucun reproche. Il l'attirait près d'une fenêtre ainsi qu'il l'avait fait deux ans auparavant au matin de leur séparation. Il prenait ses mains dans les siennes, elle sentait, comme autrefois, s'enfoncer dans sa chair le froid un peu blessant de sa lourde chevalière.

– Alors Luisel, tu es heureuse ?

Et parce que ce petit nom lui rendait un univers de tendresse, de douceur et, malgré tout, d'insouciance, tout se brouillait soudain dans l'esprit de Marie-Louise : heureuse, l'était-elle vraiment ? N'allait-elle pas s'éveiller à la sortie du palais des Métamorphoses où on l'aurait, durant quelque temps, transformée en Impératrice des Français, pour redevenir la petite archiduchesse d'Autriche, gourmande de *strüdel* aux pommes, de soleil et de chansons ?

Éperdue, elle se tournait vers Napoléon. Le regard gris, impérieux, de l'Empereur se posait sur elle, la refaisait sienne, la refaisait femme.

– Je serai heureuse, mon père, si vous acceptez d'aimer ainsi qu'il le mérite, celui que vous m'avez donné pour époux.

Un peu avant souper, Ludovica est venue chercher sa belle-fille et l'a entraînée dans sa chambre. Assise auprès d'elle, elle l'examine en silence, la détaillant ainsi qu'elle le faisait lorsque Marie-Louise venait lui demander : « Suis-je jolie, maman ? Plairai-je à mon prince ? »

Son regard va de la savante coiffure au teint éclatant. Il s'arrête à la bouche gourmande, passe de la taille plus mince à la gorge voluptueuse, savamment mise en valeur par le corsage rebrodé d'argent du grand Leroy.

– Raconte... interroge-t-elle du bout des lèvres.

– Alors maman, vous disiez vrai : il arrive que l'on prenne goût à celui-là même que l'on croyait détester.

– « Prendre goût... » Ai-je vraiment parlé ainsi ? demande Ludovica d'un ton acide.

Marie-Louise s'empare des mains de sa belle-mère.

– Sachez que l'Empereur se montre très bon avec moi, plaide-t-elle. Il suffit que j'exprime un désir pour le voir aussitôt satisfait.

Le regard de Ludovica s'arrête sur les bijoux de sa belle-fille qui s'empourpre : non, ce n'était pas aux présents de Napoléon qu'elle songeait : celui-ci l'a conquise par tout autre chose : sa douceur, sa tendresse, sa gaieté, ce qu'elle s'attendait le moins à trouver chez le militaire redouté de tous. Et comment oublier que, lors de son accouchement, c'est la vie de sa femme plutôt que celle de son fils qu'il a choisie ?

– Il n'est pas si féroce qu'on le prétend, poursuit-elle. Il suffit de le connaître un peu. De peur de se laisser fléchir, il cache ses sentiments. Il m'a confié que lorsqu'il criait et tempêtait, au fond de lui-même, le plus souvent il souriait. La nuit, on dirait un enfant qui cherche refuge ; lui qui a cent fois risqué sa vie sur les champs de bataille s'affole pour un bobo. C'est un homme !

– Et tu l'aimes... constate Ludovica.

– Est-ce là un péché, maman ? Mon père ne m'avait-il pas recommandé de me montrer bonne épouse ?

Pour la première fois, Marie-Louise sent monter en elle une révolte contre sa belle-mère : la petite fille ignorante, à qui l'on dictait sa conduite, n'est plus.

Elle est l'épouse du plus puissant souverain d'Europe et elle en est fière. Mais elle ne veut pas pour autant perdre l'affection des siens.

– Vous aussi, vous l'aimerez lorsque vous le connaîtrez mieux.

Ludovica ne répond pas. Derrière son mouchoir, elle tousse longuement, douloureusement.

– *Liebe mama*, n'allez-vous donc pas mieux ? s'enquiert Marie-Louise inquiète. Je vous espérais tant guérie !

– Guérie ? répond Ludovica avec un rire. Il se pourrait bien que ton père se remarie avant peu...

– Oh non, je ne le supporterai pas !

Ce qu'elle ne supporte pas, c'est que sa belle-mère prononce ces mots comme si elle la rendait coupable de sa maladie. Avant que Marie-Louise ne prenne le chemin de la France, ne toussait-elle pas déjà ?

Marie-Louise se lève.

– Venez voir les cadeaux que je vous ai apportés : des robes comme vous les aimez, et aussi des châles, des étoffes... Venez, venez.

Elle connaît la coquetterie de l'impératrice. Déjà, elle lui a envoyé de multiples présents. Elle l'entraîne dans son cabinet de garde-robe.

– Prenez tout ce que vous voulez, choisissez !

Ludovica feuillette les robes, accepte, à la grande joie de Marie-Louise, d'en choisir quelques-unes. Mais ni ce soir au souper de gala, ni les autres soirs, on ne les lui verra porter : elle ne paraîtra que dans un simple costume hongrois.

Comme pour indiquer qu'elle, on ne l'achète pas.

Dix jours avaient passé et déjà s'achevait le séjour à Dresde !

De toutes ses forces, toute son ardeur, Marie-Louise avait plaidé la cause de son époux auprès de son père. Inlassablement, elle avait vanté sa bonté, sa générosité – les plus humbles ne lui étaient-ils pas les plus attachés ? – et l'avait assuré de son sincère désir de paix. Si Napoléon voulait se battre une dernière fois, c'était pour assurer l'avenir de leur fils qu'Alexandre menaçait.

Du petit Roi aussi, elle lui avait longuement parlé, essayant de faire vibrer la fibre grand-paternelle: «Savez-vous qu'il vous ressemble? Il a votre bouche, la couleur de vos yeux. Nous lui parlons de vous. Il sait déjà très bien qui est "papa François".»

Elle était presque parvenue à ses fins!

«C'est vraiment un gaillard», disait l'empereur d'Autriche de celui qui, par trois fois, l'avait détrôné.

L'intelligence, la lucidité de Napoléon le fascinait; sa fougue était contagieuse et ne l'avait-on pas entendu, lui si sérieux, rire à gorge déployée aux mots d'esprit de son gendre?

Metternich lui aussi semblait conquis: il avait accordé à Napoléon les trente mille hommes que celui-ci réclamait pour sa campagne contre le tsar: «Une campagne éclair», promettait l'Empereur des Français. Il avait même été question de lui confier Ferdinand. Ludovica s'y était opposée.

Liebe mama avait tout gâché!

«Ma superbe ennemie», l'appelait Napoléon, ne croyant pas si bien dire. Pour la conquérir, il avait déployé tous ses charmes, en vain! Prenant prétexte d'une naissante surdité, Ludovica daignait à peine répondre à ses compliments. Jamais – elle se l'était juré – elle ne pardonnerait à celui qui avait volé à sa tante son trône de Naples pour y asseoir le palefrenier Murat. Jamais, elle ne croirait en la sincérité de «l'ogre» lorsqu'il disait vouloir la paix. Elle accusait Marie-Louise d'aveuglement; elle était secrètement jalouse de sa beauté et sa richesse et, dans le secret de l'alcôve, nuit après nuit, elle s'était employée à détruire les efforts de sa belle-fille pour gagner à Napoléon le cœur de François.

Avant la fin du séjour, elle avait réussi à empoisonner leurs rapports.

Et aujourd'hui, Napoléon quitte Dresde. Il va rejoindre la plus formidable armée du monde: sept cent mille soldats venant de vingt-trois nations différentes et qui, l'arme au pied, n'attendent que son ordre pour envahir l'empire d'Alexandre.

Il est trois heures du matin. Constant vient d'allumer les chandelles; Marie-Louise s'accroche à son époux: « Reste, reste encore un peu. Sans toi, que vais-je devenir ? »

Pour la protéger, la guider, la soutenir, elle a toujours eu besoin d'une force masculine, elle le sait et l'accepte. Il y a eu son père, il y a à présent son mari. Vivre loin de lui, ce n'est plus vivre, c'est attendre, un point c'est tout.

L'Empereur s'arrache aux bras de sa femme, il rit: « Je reviendrai. Avant la fin de l'été, c'est promis! »

Alors que Constant présente son gilet à Napoléon, elle remarque un petit sachet noir suspendu par un ruban autour du cou de son mari.

– Qu'est-ce que c'est ? s'enquiert-elle, curieuse.

Prestement, l'Empereur a refermé son vêtement.

– Une poudre pour dormir. Yvan, mon chirurgien, l'a confectionnée à mon intention. Elle est, paraît-il, souveraine...

Un bref pincement serre le cœur de Marie-Louise. Napoléon n'a-t-il pas hésité avant de lui répondre ? Et il a bien vivement dissimulé ce sachet! Ne serait-ce pas d'une autre poudre qu'il s'agirait ? L'une de celles qui permettent... de dormir toujours et que portent sur eux les grands généraux qui préfèrent se donner la mort plutôt que d'être faits prisonniers ?

Mais bien vite, elle chasse ces noires pensées. Prisonnier ? L'aigle n'a-t-il pas toujours été victorieux ? Et comment pourrait-il perdre avec sa formidable armée ?

Une dernière fois, Napoléon serre sa femme contre lui. Ses derniers mots seront pour son fils.

– Parle de moi au petit Roi. Veille à ce qu'il ne m'oublie pas.

Où est sa place ? Où est son cœur ? Marie-Louise

ne sait plus. Elle a passé à Prague quelques semaines avec sa famille qui l'a entourée d'affection. Ludovica elle-même, une fois Napoléon parti, lui a, à nouveau, manifesté sa tendresse. Elle a retrouvé ses sœurs à qui elle a fait mille présents. On a organisé pour elle des fêtes, elle a mangé des *strüdel*, chanté, dansé : c'était comme avant !

Et pourtant elle a hâte de rentrer en France.

– Papa, je ne sais plus où je suis chez moi...

– Ma fille, répond sévèrement François. Sachez que pour les Habsbourg la maison c'est l'Autriche, la famille, c'est l'Europe. Vous êtes partout chez vous !

Le soleil de juillet dore les arbres du parc de Saint-Cloud que traverse le carrosse à huit chevaux blancs de l'Impératrice. Dans la grande cour du château, un petit garçon blond, mal assuré sur ses jambes, voyant apparaître sa mère, s'élance vers elle, fait quelques pas sur le gravier avant de tomber.

Marie-Louise se précipite, prend son fils dans ses bras, l'étreint avec fougue. Ah, qu'il lui a manqué ! C'est seulement à présent qu'elle s'en aperçoit et son cœur se gonfle d'amour jusqu'à la douleur : Napoléon-François... le lien naturel entre les deux êtres auxquels elle tient plus qu'à elle-même.

Une petite foule se presse sur le perron et l'applaudit ; déjà « maman Quiou » lui a repris le petit Roi, et voici ses dames, conduites par la duchesse de Montebello. Quelle joie de la retrouver elle aussi, la si gentille et courageuse veuve du maréchal Lannes.

Mais pourquoi, tandis qu'elles montent à ses appartements, gâche-t-elle le plaisir de Marie-Louise en lui rappelant la guerre ?

– Sa Majesté l'Empereur vient de franchir le Niémen. Madame, la campagne de Russie a commencé.

Miou ben, *autant que toi je désire te revoir et te dire combien je t'aime. Caresse pour moi monsieur Rion. J'espère bientôt apprendre que quatre autres dents ont percé. Je te donne un baiser sur ta belle bouche. Ma santé est bonne. Ton Nap.*

Ma bonne Louise, ne bâille pas au Conseil d'État, cela ferait mauvais effet. J'espère que ton rhume est terminé. Ici, la chaleur est très forte. Ma santé n'a jamais été meilleure. Nap.

Amore, *je veux que tu t'amuses et sois heureuse. As-tu écrit à papa François comme je te l'ai demandé? Parle-lui de moi et dis-lui que tout va bien. Ne doute jamais de ton époux. Nap.*

Le mois d'août passait; des lettres arrivaient chaque jour de Russie, pleines de tendresse, de conseils, d'optimisme: apparemment, tout allait bien là-bas.

A Saint-Cloud, Marie-Louise se languissait de son époux et, pour tromper son impatience et la faim d'un corps de 20 ans privé de caresses, elle faisait de longues promenades à cheval et suçait quantité de sucre de pomme acheminé tout exprès pour elle de Rouen. Elle s'occupait aussi un peu de son fils et écrivait de longues lettres à son père.

Après souper, comme le lui demandait son époux, elle se montrait le plus possible. Lorsqu'elle n'assistait pas à des concerts ou des représentations, elle jouait au whist avec monsieur de Talleyrand ou le prince archichancelier Cambacérès qui la faisait bien rire avec sa perruque poudrée et ses dentelles. Ou bien, avec Hortense ou une autre de ses dames, elle faisait une partie de billard.

Elle avait envoyé à Napoléon un portrait qu'elle avait fait faire du petit Roi et été très émue en apprenant qu'il l'avait exposé devant sa tente pour le présenter à ses grenadiers.

« Messieurs, avait-il déclaré, si mon fils avait 15 ans, croyez qu'il serait ici autrement qu'en peinture. »

Puis il avait demandé que l'on mît la toile à l'abri: « Mon enfant est trop jeune pour voir un champ de bataille. »

Elle ne pouvait penser à ces mots sans verser une larme.

Des noms de villes conquises parvenaient à ses oreilles, qu'elle égrenait avec ennui: Vilna, Smolensk, Borodino... Pourquoi Napoléon s'enfonçait-il toujours plus avant dans l'immense Russie alors qu'il lui avait promis d'être de retour pour la fin de l'été? Et voici qu'il prenait Moscou!

Amore mio, *Moscou enfin! La ville a cinq cents palais, meublés à la française, aussi beaux que l'Élysée. Que me dis-tu: le petit Roi n'a pas reconnu sa nourrice? C'est un vilain. Montre-toi aux Parisiens, reçois beaucoup. Ma santé est bonne et mes affaires vont bien. Ton Nap.*

Ma douce amie, le gouverneur et les Russes, de rage d'être vaincus, ont mis le feu à leur belle ville: la perte sera immense pour la Russie. Les détails que tu me donnes du petit Roi m'ont fait bien plaisir. Il fait ici le temps de la Saint-Martin. Tout va bien. Nap.

Amore, *la première neige est tombée sur Moscou. Je suis en route pour prendre mes quartiers d'hiver. J'attends que tu m'apprennes que la petite crise qui éprouve la santé de mon fils est terminée. Le froid est très grand. Ton Nap.*

Enfin il revenait! Et c'en serait terminé avec les guerres, il lui en avait fait le serment. Désormais, il demeurerait auprès d'elle, ils auraient d'autres enfants. Toute à son soulagement, Marie-Louise refusait d'écouter les sinistres rumeurs qui couraient dans les couloirs des Tuileries: «Tout ne se serait pas passé en Russie aussi bien qu'on le prétendait: la faim et le froid auraient fait de nombreuses victimes, Napoléon effectuerait plutôt une retraite qu'un retour victorieux...»

Et pourquoi pas une fuite? Certains, décidément, avaient à cœur de vous empoisonner votre tranquillité, sans doute des jaloux. Pour se rassurer, elle n'avait qu'à relire les lettres de l'Empereur : « *Tout va bien* »... « *Ne doute jamais de ton Nap* »...

Et voici que, dans son ciel serein, son univers protégé, éclataient soudain deux violents coups de tonnerre.

Ce matin d'octobre, elle vient de recevoir une nouvelle lettre de Napoléon et, afin de la déguster à son aise, elle s'est échappée, en compagnie de la seule Hortense, dans le parc de Saint-Cloud. Chaudement emmitouflées, les deux jeunes femmes marchent dans les allées que les jardiniers débarrassent de leurs feuilles. « *Mio amore, désormais chaque jour me rapproche de toi, de vous...* »

Marie-Louise n'ignore pas qu'Hortense rapporte à Joséphine le contenu des lettres de Napoléon ; malgré sa jalousie, elle l'accepte. L'amitié de sa « sœur » – elle l'appelle parfois ainsi – lui est précieuse. Contrairement à la duchesse de Montebello qui, depuis la mort de son mari, ne voit partout que sinistres présages, Hortense la calme et la rassure.

Elles ont repris le chemin du château ; cela sent bon les feux d'automne. « *Chaque jour me rapproche de toi...* » Marie-Louise est heureuse. Mais voici qu'accourt à leur rencontre le prince Aldobrandini, son premier écuyer. Le visage de celui-ci est décomposé, à peine si elle comprend ce qu'il bredouille.

– Majesté... une révolution vient d'éclater à Paris. Plusieurs généraux en ont pris la tête... Ils assurent que l'Empereur n'est plus. La ville est aux mains des insurgés, ils marchent vers Saint-Cloud.

– L'Empereur n'est plus ? crie Marie-Louise, que me dites-vous là ?

– Il aurait péri au début du mois...

De soulagement, Marie-Louise éclate de rire ; alors c'est un fantôme qui a écrit la lettre qu'elle tient entre ses mains, un revenant qui lui annonce qu'il l'aime et sera là bientôt...

– Encore un de ces méchants bruits que certains se plaisent à faire courir, renchérit Hortense.

– Peut-être n'est-ce qu'un bruit, mais la révolution, elle, est bien réelle! proteste Aldobrandini. Majesté, il y a eu des blessés, plusieurs ministres sont sous les verroux...

« Révolution »... Pour Marie-Louise ce nom restera à jamais lié à celui de sa pauvre tante Marie-Antoinette.

– Il faut mettre le Roi de Rome à l'abri, décide-t-elle.

Au château, on distribue des armes, des voitures sont préparées à la hâte. C'est alors que l'archichancelier Cambacérès arrive avec la nouvelle que tout est rentré dans l'ordre. Ce n'était que le complot de quelques généraux dont le chef, Malet, sortait de l'asile. Tous sont sous les verroux.

Étendue sur son lit, Marie-Louise sanglote. On lui a appliqué des sangsues pour combattre la fièvre qui s'est emparée d'elle depuis le matin. Hortense lui tient la main.

– Ma sœur, tout est fini, soyez rassurée.

Rassurée? Comment le serait-elle? Sans preuve aucune, certains ont pu croire à la mort de son mari. Sur un simple faux bruit, elle a failli se retrouver sur les routes, fuyant comme autrefois Luisel...

Le second coup de tonnerre frappe plus violemment encore: il est, en quelque sorte, l'explication du premier.

Début décembre, Marie-Louise s'est installée aux Tuileries, espérant y avoir un peu plus chaud qu'à Saint-Cloud. Mais, en l'absence de l'Empereur, le désordre et l'incurie règnent au château. Les porteurs de bûches, les feutiers, les allumeurs, négligent leur travail; le ménage aussi laisse à désirer, n'a-t-elle pas trouvé une souris dans sa chambre?

Le 16 décembre, monsieur de Cambacérès se fait à nouveau annoncer; mais cette fois il n'est pas venu pour la rassurer. Le visage sombre, sans un mot, il lui tend le vingt-neuvième bulletin de l'armée qui paraîtra demain dans *Le Moniteur*.

Tout d'abord, Marie-Louise refuse de croire à ce

qu'elle lit: la Grande Armée n'est plus, la Russie l'a dévorée. Des régiments entiers ont disparu, les hommes qui restent, périssent actuellement dans les glaces.

– Majesté, demain toute la France connaîtra le désastre!

La nouvelle a déjà fait le tour du palais et, au théâtre des Tuileries où, le soir même, Marie-Louise assiste à une représentation de *L'Homme du jour*, tous les regards sont fixés sur la petite impératrice qui vient de souffler ses vingt et une bougies.

La tête haute, le visage serein, elle sourit à l'un et à l'autre. Mais en elle c'est la tempête d'une terrible découverte: l'invincible, à qui elle a confié sa vie et l'avenir de son fils, a été vaincu. Depuis six mois, dans chacune de ses lettres, il lui mentait!

Il est minuit ce soir du 18 décembre et Marie-Louise s'apprête à dormir. La comtesse de Périgord, nièce de monsieur de Talleyrand, de service auprès d'elle, l'a aidée à se mettre au lit. Malgré les nombreux châles dans lesquels l'Impératrice s'est enveloppée et la pile de couvertures, elle ne parvient pas à se réchauffer. C'est aussi d'angoisse qu'elle tremble: ce matin, après avoir toussé, elle a remarqué sur son mouchoir quelques taches rosées. Le docteur Corvisart, aussitôt alerté, a promis que ce n'était rien: la fatigue, le choc des mauvaises nouvelles.

La gentille Dorothée de Périgord l'aide à boire une potion recommandée par le médecin lorsqu'un grand vacarme se fait dans la pièce voisine: portes claquées, exclamations, bruit de bottes. Épouvantées, les deux femmes se serrent l'une contre l'autre. Deux hommes à mine patibulaire, emmitouflés de fourrures, apparaissent au seuil de la pièce.

– Napoléon!

Avec un cri, Marie-Louise saute de son lit, court vers l'un des nouveaux venus et se jette dans ses bras. L'autre, le général Caulaincourt, s'incline devant Dorothée.

– Te voilà, te voilà enfin, ne sait que répéter l'Impératrice.

Elle se détache de son époux pour le mieux regarder : oui, c'est bien lui mais comme il a changé ! Ses traits se sont affaissés, son teint est gris, le regard reflète une immense lassitude.

– Oui enfin, enfin... murmure-t-il.

Les lèvres blanches, fendues par le froid, s'entrouvent sur un sourire qui se veut rassurant. De la pelisse à laquelle pendent des glaçons, il tire deux délicats paquets noués de faveurs roses et bleues et les tend à sa femme.

– Voici pour vous et pour le Roi de Rome : des anis et des dragées que j'ai achetés en passant à Verdun !

Le bras passé autour de la taille de sa femme, il regardait son fils et devant l'enfant endormi un peu de force lui revenait, un peu de chaleur en son cœur.

Sept mois qu'il ne l'avait vu, son aiglon ! Avait-il changé avec ses bonnes joues roses, ses longues boucles blondes et sa lèvre pareille à celle de la douce Louise. Dans son enfer, si souvent, Napoléon l'avait évoqué !

Plus lancinant que les autres, un souvenir le hantait : dans la neige où les dépouilles de corbeaux gelés en plein vol s'abattaient sur les cadavres d'hommes et de chevaux, une forme humaine que le sabot de sa monture avait heurtée et d'où était monté un gémissement d'enfant. Et c'était bien un enfant, 14 ou 15 ans, qui achevait là de mourir.

Sur ordre de Napoléon, tout avait été tenté pour le sauver : s'il vivait, pensait confusément l'Empereur, ce serait là un signe favorable du destin, une sorte de pardon. Mais le soldat était mort et le Général avait été vaincu.

« Je laisserai au temps, au désert et au climat le soin de me défendre », avait déclaré Alexandre.

Sur un sol brûlé par le feu ou la glace, sans pain pour ses hommes ni fourrage pour ses chevaux, ne trouvant que le silence face à ses canons et le mépris en réponse à ses offres de paix, il avait dû battre en retraite. En lui refusant le combat, Alexandre lui avait volé sa victoire.

– Nous avons eu si peur... murmura Marie-Louise à son oreille.

Une onde de colère le souleva. Plus que la défaite, une pensée déchirait son cœur : une poignée de généraux félons avaient réussi, le faisant passer pour mort, à faire vaciller son empire ! Durant les quelques heures qu'avait duré la conjuration, nul n'avait songé à faire appel à l'Impératrice, nul ne s'était souvenu que le petit Roi de Rome était appelé à lui succéder. Il ne s'était pas trouvé une seule voix pour crier : « L'Empereur est mort, vive l'Empereur ».

Aurait-il donc œuvré pour rien ? Cet empire auquel il avait consacré toutes ses forces comptait-il si peu que son trône pût basculer, comme un mauvais tabouret, à la moindre pichenette ?

Ah, il ne pouvait supporter cette idée ! Il lui semblait entendre résonner à ses oreilles le rire immense des souverains d'Europe. Comme autrefois se moquaient de « Nabulio » les aristocrates mieux nés que lui ; aujourd'hui les « légitimes », les rois de « droit divin », se gaussaient du parvenu...

Une fulgurante douleur traversa son ventre : son corps aussi l'avait trahi ! Lui dont la force avait été la rapidité de décision et d'action, l'attaque foudroyante et qui savait combien la guerre est l'art de surprendre, avait été diminué par la dysurie *. Des jours durant, on l'avait vu incapable de monter à cheval ; après les crises, il ne pouvait maîtriser son sommeil. L'homme du « courage de deux heures du matin » avait traîné, traîné à Vilna, traîné à la Moskova et, brûlé par la souffrance, s'était enlisé à Moscou.

Oui, il fallait bien le reconnaître : il avait aussi perdu cette guerre parce qu'il ne pouvait plus pisser !

Marie-Louise prit son bras, tenta de l'entraîner.

* *Difficulté d'uriner.*

– Viens, supplia-t-elle. Allons nous reposer.

Il se pencha et longuement, comme à une coupe de tendresse et de douceur, il but à ce visage levé vers le sien. Elle aussi lui avait manqué, sa bonne et gourmande épouse, sa femme-enfant, son enfant gâtée, faible et voluptueuse, qui tant aimait l'amour et avait besoin de caresses que, dans l'enfer blanc, parfois, la jalousie venait le tourmenter à l'idée qu'un autre pût la courtiser.

– Laisse-moi regarder encore un peu mon fils.

... respirer son innocence, s'emplir de sa jeune force. Déjà, il la sentait passer en lui : pour ce petit Habsbourg, pour l'enfant de « Nabulio », demain il reprendrait les armes. Empereur par la grâce de son épée, il dicterait à nouveau sa loi aux souverains régnant par la seule bénédiction d'un Dieu dont nul n'avait jamais pu prouver l'existence.

Demain, oui, demain, il ferait nommer Marie-Louise régente. Afin de couper court à toute nouvelle tentative de complot, il conclurait la paix avec le pape, ce vieillard entêté, et l'obligerait à sacrer sa femme. Puis, durant quelques mois, il lui faudrait redevenir général afin de réparer sa puissance. Et enfin, sa gloire retrouvée, il pourrait goûter au repos.

Sur la colline de Chaillot, dans le palais du petit Roi de Rome.

4

L'abandon

« Rien ne peut se construire sans la confiance », disait souvent l'empereur François à sa fille tandis qu'ils flânaient dans les rues de Vienne et que ses sujets s'arrêtaient pour lui manifester leur attachement et leur fidélité : « Confiance entre un peuple et son souverain, entre l'époux et l'épouse, la mère et l'enfant. »

C'était sans doute à cause du mot « construire » que la confiance apparaissait à Luisel comme un palais : un palais aux murs de cristal où l'on vivait en paix. Car, de la paix aussi, son père lui parlait souvent, l'assurant que c'était là le plus sûr gage de bonheur.

Sa confiance, Marie-Louise l'avait placée tout entière en Napoléon. S'il lui arrivait de critiquer parfois son caractère, jamais elle n'avait mis sa parole en doute. Il avait construit autour d'elle le palais de cristal et l'avait empli de tout ce qu'elle pouvait désirer ; avec lui, près de lui, elle se sentait en sécurité.

Les murs du palais explosaient ! En la laissant croire qu'il était vainqueur en Russie, il lui avait menti ; il continuait à la tromper en s'affirmant le plus fort alors que son armée n'existait plus. Et lorsqu'il lui promettait que la paix était son but, il semblait à Marie-Louise entendre le rire aigre de Ludovica : « La paix ? Jamais il ne la fera. »

Depuis les affreuses journées de décembre, la peur

s'était emparée de Marie-Louise. Elle ne se sentait plus protégée ; de sombres pensées l'agitaient.

– Constant, dis-moi ce que renferme ce sachet que l'Empereur porte sur sa poitrine ? Je ne te laisserai repartir que tu m'aies répondu.

– Une poudre pour dormir, confectionnée par monsieur Yvan. Sa Majesté vous a elle-même répondu, Majesté.

– Tu mens. C'est du poison.

Le trouble du valet répondait pour lui. L'Impératrice courait pleurer dans le giron de la duchesse de Montebello : si Napoléon portait sur lui de quoi s'infliger la mort, n'était-ce pas signe que lui-même avait perdu foi en son étoile ?

Tyran juché sur cette échasse,
Si le sang que tu fais verser,
Pouvait tenir sur cette place,
Tu le boirais sans te baisser.

Ce quatrain venait d'être trouvé au bas de la colonne Vendôme ! Le peuple lui-même perdait confiance : le « pacificateur » devenait à ses yeux le « sanguinaire ».

Car à nouveau, alors que tous, ses proches comme ses plus fidèles compagnons d'armes, et l'Europe entière, l'adjuraient de faire la paix, Napoléon avait décidé de retourner se battre : « Je suis condamné à vaincre », disait-il.

Certaines femmes, telles que Ludovica ou la bouillante Marie-Caroline, auraient, d'une façon ou d'une autre, su faire face. Au moins auraient-elles exprimé fort et haut leur avis. Habituée à se soumettre aux décisions des hommes, Marie-Louise ne savait que faire semblant...

... faire semblant, en recevant le titre de régente, d'être prête à régner s'il arrivait malheur à Napoléon. Feindre de croire, dans les lettres qu'elle écrivait à son père – sous la dictée de son mari – en la force d'une armée qu'elle savait composée d'éléments hétéroclites, de futurs déserteurs, de jeunes inexpérimentés et, lorsque Napoléon lui promettait que cette nouvelle campagne serait la dernière, cacher son doute sous un triste sourire.

Mais aussi, le cœur déchiré, faire semblant d'admirer encore cet homme épuisé à qui il arrivait de ne plus trouver ses mots, dont le sommeil s'emparait d'un coup, et feindre, sous ce corps de 45 ans qui de plus en plus s'épaississait, un plaisir que l'angoisse éteignait.

– Ne t'inquiète pas, ma bonne Louise, je reviendrai vite, avait-il promis lorsqu'il s'était, une fois de plus, séparé d'elle. Il me faut profiter de ce que l'on me craint encore pour redevenir quelque temps Bonaparte !

Bonaparte... En prononçant ce nom, un glorieux jour de mai, Michel Duroc, grand maréchal du Palais, quittait à jamais celui dont il avait été le plus fidèle ami...

L'armée française a vaincu Russes et Prussiens à Lützen. Elle vient de vaincre à Bautzen. Dans le roulement du canon, le sifflement des balles, la fumée, la poussière, Napoléon poursuit l'arrière-garde prussienne en fuite lorsqu'un officier vient l'avertir que le grand maréchal Duroc a été atteint par un boulet.

– Allons, c'est une erreur ! A l'instant, il se trouvait près de moi...

Mais, dans la chaumière où on le conduit, c'est bien son camarade qui, le ventre déchiré, agonise.

– Laissez-nous seuls, ordonne l'Empereur.

Il ploie les genoux au pied du lit de camp, tend l'oreille vers les lèvres crispées par la souffrance. La main de Duroc s'empare de la sienne.

– Écoute... écoute-moi...

Chaque parole de son ami va le frapper au cœur ! « Tant que tu parlais de liberté, de justice, de fraternité, tous étaient derrière toi. Tu avais dans ton camp les humbles, les asservis, la jeunesse et l'espoir de tous les peuples d'Europe, oui, tu étais bien "l'élu du peuple"! Et parce que toi seul parlait en leur nom, ils te préféraient à leurs rois et à leurs empereurs et t'auraient suivi jusqu'au bout du monde.»

Le sang qui jaillit de la bouche du général l'interrompt un moment; il suffoque. Penché sur lui, Napoléon supplie: «Tais-toi, nous parlerons plus tard... repose-toi, on va te soigner...»

Il veut se lever pour appeler, il n'en peut plus de le voir souffrir. La main s'agrippe à lui, la voix n'est plus qu'un murmure.

– Écoute... écoute encore... Tu ne te bats plus pour le peuple mais par orgueil et pour satisfaire je ne sais quelle ambition. La Révolution a versé moins de sang que tu n'en as fait couler pour couronner tes frères. Ces mêmes soldats qui étaient prêts à mourir pour Bonaparte prennent aujourd'hui les armes contre Napoléon. Arrête, arrête pendant qu'il est encore temps. L'honneur est sauf: nous venons de remporter deux victoires. Fais la paix à présent, maintenant, vite...»

«La paix... vite...» Lannes, avant de mourir, avait crié ces mêmes paroles: «Arrête ou l'on te trahira, on t'abandonnera.» Mais alors que, dans la voix du duc de Montebello, Napoléon avait senti passer la haine, dans celle de Duroc il ne perçoit qu'un ultime cri d'amitié qui le déchire.

Son ami a lâché sa main; le regard noir, voilé par la mort prochaine, est posé sur lui.

– Sire, partez à présent. Ce spectacle est trop pénible pour vous.

Napoléon se lève. La tête de Duroc roule sur la couverture qui lui sert d'oreiller: «De l'opium, supplie-t-il, par pitié, faites-moi donner de l'opium.»

Dehors, l'air surprend par sa douceur. Le souffle du printemps se mêle à l'odeur de la poudre, les feux du soleil couchant à ceux des villages embrasés.

En un autre mois de mai et un lieu proche de celui-ci, près d'un lac en fleurs, Napoléon avait aimé une femme nommée Marie Walewska. Si c'est son image qui se présente à lui en cet instant, c'est qu'elle avait accordé à Duroc sa confiance et son amitié et saurait partager sa peine.

– Majesté, faut-il mettre l'artillerie en position ? Que faisons-nous ? Vos ordres...

Le général Drouot attend; jamais l'Empereur n'a été arrêté dans sa marche par la mort de quiconque. A sa stupéfaction, d'un geste las, Napoléon l'écarte.

– A demain, tout !

On a dressé les tentes de l'état-major autour de la chaumière où Duroc agonise. Assis sur son siège de campagne, enveloppé de sa capote grise, Napoléon veille.

Un peu partout, des feux de camp s'allument, des odeurs de cuisine lui parviennent, ici, l'on chante, là-bas, on appelle. Il sent sur sa poitrine le petit sachet de poison. Hier, et tout à l'heure encore, il défiait la mort en s'exposant plus que de raison. Elle n'a pas voulu de lui; elle a préféré, la charogne, le frapper traîtreusement en la personne de son plus fidèle compagnon, celui des bons et des mauvais jours, le complice de ses amours, son seul véritable ami.

Un chien est venu s'asseoir contre sa botte, un chien de régiment aux oreilles tombantes, au bon regard : cette sorte de bâtard avec qui ses grognards aiment à partager la soupe, quitte à se priver. Il le caresse. Souvent, il comparait Duroc à un chien fidèle. Alors, le grand maréchal, duc de Frioul, relevait la tête avec orgueil : « Un chien ne choisit pas son maître. »

Bonaparte pleure.

A l'aube, lorsqu'on viendra l'avertir que le général a succombé, il se contentera de murmurer :

– C'est, depuis vingt ans, la seule fois qu'il n'ait pas deviné ce qui pouvait me plaire.

Comme, malgré tout, Marie-Louise avait espéré ! Recevant les nouvelles des deux victoires remportées sur Russes et Prussiens par Napoléon, apprenant qu'il avait signé un armistice, elle avait décidé de croire à nouveau en son désir de paix. Certains n'affirmaient-ils pas que la mort du général Duroc avait fait réfléchir l'Empereur sur le bien-fondé de guerres toujours recommencées ?

Pour le rejoindre à Mayence où il l'avait appelée, elle avait roulé jour et nuit, prenant à peine de repos afin d'être plus vite à ses côtés, plus vite rassurée, oubliant ses douleurs, retrouvant un peu de cette confiance sans laquelle elle se sentait incapable de vivre.

Mais, dans le grand château sur le Rhin, ce n'était pas son mari qui l'avait accueillie – il n'était attendu que dans la soirée – mais « le comploteur », celui que certains appelaient « le blafard » : Metternich. Et il venait de lui annoncer la plus terrible des nouvelles : l'Autriche s'apprêtait à déclarer la guerre à Napoléon.

– Ce n'est pas possible, monsieur. Je n'y survivrai point.

Elle a crié. Mais son cœur, son corps se déchirent : la guerre entre son père et son mari, que pourrait-il lui arriver de pire ?

– Les pourparlers de Dresde ont échoué, madame. Votre époux a refusé toutes les propositions qui lui ont été faites : il ne veut renoncer à aucune de ses conquêtes. Ah, vous l'auriez entendu... « C'est le déshonneur que vous me proposez pour la France et pour moi. Je saurai mourir mais ne céderai pas un pouce de territoire. »

Oui, elle peut l'entendre... Ce sont bien là les mots qu'il emploie : la France, l'honneur, la gloire, la mort. Et elle peut aussi le voir, piétinant son chapeau ou brisant sa montre en la lançant contre les murs.

– Monsieur, n'est-il pas possible pour mon père de rester en dehors de cela ?

– Ses alliés ne le lui permettraient pas : croyez-moi, nous avons tenté l'impossible.

« Toute l'Europe va se lever contre vous », avait lancé Metternich à Napoléon.

En réponse, ce rugissement de lion: «Eh bien qu'elle se lève! J'ai grandi sur les champs de bataille, un homme comme moi se soucie peu de la vie d'un million d'hommes.»

«Un million d'enfants», avait rétorqué le ministre.

Marie-Louise s'est effondrée dans une bergère. La tête entre ses mains, elle écoute couler le fleuve et voudrait qu'il l'emporte. Metternich s'approche; elle peut sentir son parfum. Ah, qu'elle le déteste! N'était-ce pas déjà lui qui, il y a quatre ans, était venu en Hongrie la chercher pour la donner à « l'ogre » ? Il disait que c'était pour l'Autriche. Aujourd'hui, pour le bien de l'Europe, on la sacrifie à nouveau: elle n'est rien d'autre qu'un pion sur un échiquier de pays.

– Votre époux ne fera la paix que si nous l'y contraignons, dit le ministre d'une voix douce.

Elle lève ses yeux pleins de larmes.

– Et moi, monsieur? Et mon fils? Que va-t-il advenir de nous?

– Votre père m'a chargé de vous dire que, quoi qu'il arrive, votre pensée ne quitterait jamais son esprit.

«Soyez bonne épouse et bonne mère tant qu'il sera riche, puissant et utile à notre famille»... La misère règne en France, la puissance de Napoléon n'est plus, d'utile, il est devenu dangereux. Mais ne demeure-t-elle pas son épouse et la mère du petit Roi?

En un sursaut de fierté, elle redresse la tête.

– Vous direz à mon père que je suis Impératrice des Français et que cette guerre, si elle se fait, vaudra beaucoup de malheur à nos deux pays.

Les bruits de la ville se sont tus et ses lumières éteintes. Sur la table de nuit, le réveil de Frédéric le Grand indique deux heures du matin. A la lueur des chandelles qu'il a bien voulu laisser allumées, Marie-Louise regarde son époux étendu auprès d'elle, yeux fermés.

Qui est-il ?

Est-il l'amant attentionné qui vient de l'aimer ? Le mari plein d'affection qui, à l'instant, jurait qu'il ne pourrait jamais se passer d'elle ? Ou l'homme insensible qui, quelques heures plus tôt, malgré qu'elle lui ait fait part de ses inquiétudes concernant sa santé, l'a entraînée, épaules nues, sur une terrasse glacée et riait de la voir grelotter ?

Est-il l'artiste aux grands projets, qui ne rêve qu'à édifier, embellir, œuvrer au mieux-être de son peuple, ou le barbare qui, pour conclure l'entretien avec Metternich, a hurlé : « J'ensevelirai le monde sous ses ruines. »

Marie-Louise regarde le visage livré de cet inconnu qui a nom Napoléon Bonaparte et dont elle se demande si elle l'aime encore. Tout ce qu'elle sait, est qu'un immense besoin de repos l'emplit qui, certains jours, ressemble à l'envie de mourir, elle qui a toujours redouté la mort !

– Alors, ma bonne Louise ?

Son mari a ouvert les yeux et lui sourit.

– Sais-tu à quoi je songeais ? Au palais du petit Roi...

Il l'attire contre son épaule, l'oblige à s'y abandonner.

– Finalement, j'ai changé d'avis... Je ne veux pas un trop grand château, plutôt une maison de campagne. Nous ferons beaucoup planter autour, nous y passerons la belle saison.

Tout en parlant, par-dessus la chemise, il caresse les seins de sa femme. Son regard est lointain, il a un soupir d'aise.

– Mon appartement donnera sur le parc afin que j'en puisse sortir quand l'envie m'en prendra sans avoir rien à demander à personne. Ce sera en quelque sorte un palais de convalescent ! J'y prendrai le temps de voir grandir mon fils.

Sa voix se fait musique, Marie-Louise a fermé les yeux... Et elle court, elle court sur des pelouses parfumées, dans une robe légère semblable à celles que portait Luisel. Et elle danse le long d'allées ensoleillées, et elle mord dans les fruits tiédis d'un verger...

Ainsi, avec Victoire, la fille de maman Coloredo, assises sur les colonnes brisées de la « fin du monde », s'inventaient-elles autrefois de belles histoires, des palais neufs... « On serait les survivantes... on se laverait aux fontaines... » Dans le palais du petit Roi, à Chaillot, Marie-Louise ne toussera plus, elle n'aura plus jamais peur... N'en déplaise à monsieur de Metternich, la guerre sera finie une fois pour toutes et la confiance de retour en son cœur...

Les larmes inondent le visage de l'Impératrice : la confiance n'est plus, ce palais dont Napoléon parle n'est qu'un mirage. Et elle a envie de se boucher les oreilles tandis qu'un long cri monte en elle : « Qui es-tu, oui, qui es-tu pour me parler ainsi, toi qui demain retournes te battre, cette fois contre mon père ? »

Cher papa, je prie Dieu que la guerre se termine vite pour que je puisse avoir le repos et ne plus être torturée par des émotions contradictoires.

Chère fille, tu possèdes en moi un père et un ami et je ne pourrai séparer ta position de celle des tiens ; mais je suis le seul qui manifeste de pareils sentiments.

Comme Metternich l'avait annoncé à Marie-Louise, François d'Autriche s'était allié aux autres souverains décidés à abattre l'Aigle : toute l'Europe coalisée luttait à présent contre son mari.

Du mieux qu'elle pouvait, la petite Impératrice accomplissait son devoir de régente : elle participait à de nombreuses cérémonies, assistait aux Conseils des ministres, inaugurait la digue de Cherbourg, s'efforçait de faire bon visage et, ainsi que le lui demandait son époux, continuait de correspondre avec son père.

Au mois d'octobre, elle prenait la parole au Sénat, lisant un discours préparé par Napoléon pour appeler sous les armes un nouveau contingent de soldats.

Sénateurs, l'Angleterre et la Russie ont entraîné la

Prusse et l'Autriche dans leur cause. Nos ennemis veulent détruire nos alliés pour les punir de leur fidélité et porter la guerre au sein de notre belle patrie. Français, votre Empereur, la patrie et l'honneur vous appellent.

Deux cent mille jeunes gens, qui à peine savaient tenir un fusil, étaient recrutés sous le nom des « Marie-Louise ». Se feraient-ils tuer en criant son nom ?

– Madame, les rats quittent le navire, lui faisait remarquer la duchesse de Montebello.

Depuis la défaite de Leipzig qui avait coûté cinquante mille soldats à la France, un vent de panique soufflait sur les Tuileries : on disait que l'armée se décomposait, que Napoléon n'était plus écouté de ses généraux, que le pays allait bientôt être envahi. Monsieur de Chateaubriand faisait circuler des pamphlets qui plaidaient pour le retour d'un prince légitime. Fouché et Talleyrand se cachaient à peine pour se déclarer du côté des Bourbons.

Et les plus proches n'étaient pas les derniers à abandonner !

Caroline et son époux Murat s'apprêtaient à passer à l'ennemi pour conserver leur trône de Naples. Joseph fuyait son royaume d'Espagne, Jérôme celui de Wesphalie. Élisa s'affichait avec les adversaires de Napoléon, Louis n'obéissait plus aux ordres de son frère.

Les plus fidèles demeuraient ceux qui avaient le moins reçu : les enfants de Joséphine, Eugène et Hortense.

Lorsque, avec Ferdinand, Marie-Louise jouait à la guerre, c'était toujours l'armée autrichienne qui remportait la victoire ; alors, avec un indéfinissable plaisir, elle lardait d'aiguilles le *krampus*, le diable qui menait les Français. Aujourd'hui, comme en ses jeux d'enfant, l'Autriche était victorieuse, mais elle se trouvait dans l'autre camp et c'était son cœur que l'on transperçait.

Trois mois s'étaient écoulés depuis Mayence. Quand Napoléon lui reviendrait-il ?

C'est le 9 novembre, un jour gris, traversé de vent qui achève de dénuder les arbres. Le petit Roi vient de rentrer de promenade ; il a conduit lui-même, sous l'œil des Parisiens ébahis, la carriole tirée par deux jeunes daims, offerte par sa tante Caroline.

Il est quatre heures et déjà la nuit tombe. Aujourd'hui, Marie-Louise a beaucoup toussé ; de plus en plus, elle crache du sang. Des crampes d'estomac tordent son ventre, à peine si elle peut se nourrir : ses robes flottent autour d'elle.

Apitoyée par son état, maman Quiou a accepté de lui laisser un moment Napoléon-François. Il est sa consolation, mais aussi son tourment : qu'adviendra-t-il de lui si la France est vaincue ? Régnera-t-il un jour ?

L'enfant approche de ses trois ans et parle à présent couramment. Son caractère est vif, il s'emporte facilement mais il a un cœur d'or. Fier d'être fils d'empereur, il réclame souvent son père dont chaque jour on lui fait admirer le portrait.

Revêtu d'un de ses petits uniformes, bicorne sur la tête, il pousse des cris de joie en chevauchant Friedland, son cheval de bois et brandissant son épée de carton, lorsqu'une voix masculine l'interrompt.

– Alors, Sire, avons-nous la victoire ?

Au seuil de la chambre, son père vient d'apparaître ! L'enfant s'est figé : est-ce bien son père, cet homme aux vêtements froissés, au teint de plomb, au regard éteint ?

Marie-Louise s'est précipitée dans les bras de Napoléon. L'enfant descend de sa monture et tourbillonne autour de la pièce, hurlant à pleins poumons les paroles de l'Empereur : « La victoire... la victoire... » avant de venir atterrir contre sa poitrine.

Comme celui-ci demeure immobile, comme il ne le soulève pas haut, très haut dans ses bras ainsi qu'il en a l'habitude, qu'il n'essaye pas de le faire rire, ne lui enfonce pas son chapeau jusqu'au nez, le petit Roi, étonné, le repousse des deux mains pour le regarder.

Le reproche emplit son visage.

– Sire, ne m'avez-vous pas appris qu'un roi ne doit jamais pleurer ?

Lorsqu'en 1806 avait été décidée la construction, à la Madeleine, d'un monument dédié à la Grande Armée, il avait été prévu qu'à l'intérieur, sur des tables en or massif, serait inscrit le nom des soldats morts au champ d'honneur. Ce monument s'appellerait : « Le temple de la Gloire. »

En cet hiver 1813, inspectant avec l'architecte Fontaine les travaux qui, du fait des guerres, avaient pris beaucoup de retard, Napoléon déclarait :

– Que ferons-nous d'un temple de la Gloire ? Nos idées sur tout cela ont bien changé. Je désire que ce temple soit désormais une église : L'église de la Madeleine.

L'ennemi était aux portes de la France.

L'Empereur réclamait de nouveaux pourparlers de paix mais, de celle-ci, sentant « l'usurpateur » à sa merci, l'Europe ne voulait plus. Elle avait décidé d'en finir avec celui qui l'avait tant et tant humiliée.

Le premier janvier 1814, les Autrichiens passaient le Rhin.

Dans la grande salle des Maréchaux, aux Tuileries, les officiers de la garde nationale sont réunis. Un petit garçon blond, portant le même uniforme qu'eux, leur fait face. Il s'efforce de se tenir droit, ses parents l'encadrent. Le visage livide de l'Impératrice est marqué de plaques rouges, chacun peut remarquer combien elle a maigri.

Napoléon s'avance.

« Messieurs, je pars cette nuit pour aller me mettre à la tête de l'armée. Je vous confie la régente et le Roi de Rome. »

Sa voix se brise. Les visages des neuf cents

hommes sont tournés vers lui, neuf cents hommes à la gorge serrée, aux yeux humides, la rage et l'impuissance au cœur.

– Prenez soin de ma femme et de mon fils, reprend l'Empereur. En eux sont placées toutes mes espérances. Je vous laisse ce que j'ai de plus cher au monde après la France.

Alors, une tempête d'acclamations s'élève tandis que se dresse une forêt de bras : « Vive l'Empereur ». Et soudain les vitres de la salle tremblent : c'est le cri immense des gardes nationaux rassemblés sur la place du Palais, qui fait écho aux vivats de leurs officiers.

Le visage resplendissant de fierté, le petit Roi s'est tourné vers son père : il bat des mains.

Pour cette dernière soirée de Napoléon aux Tuileries, Marie-Louise a gardé Hortense à souper. Une table volante a été dressée dans les appartements de l'Empereur mais c'est à peine si celui-ci prend le temps de s'y asseoir. Il court de son cabinet de travail à sa chambre, trie papiers et lettres, en jette la plus grande partie dans la cheminée. Quels projets, quels rêves, s'évanouissent-ils en fumée ?

Pas plus que Napoléon, Marie-Louise n'a touché aux mets qui lui ont été proposés : ces volailles, ces poissons, ces entremets dont elle a été si friande, ne lui procurent plus que des haut-le-cœur. La réponse de Napoléon aux députés qui refusaient de le suivre la tenaille.

« Je suis un homme que l'on tue mais que l'on n'outrage pas. Vous aurez la paix dans trois mois ou je périrai. »

Ce n'est pas la paix, mais la victoire qu'il vise une fois de plus ; et, contre toute l'Europe, avec son armée en miettes, ses généraux découragés, la victoire est impossible.

Aurait-il, ainsi que certains le prétendent, perdu l'esprit ?

Le petit Roi est venu souhaiter la bonne nuit à ses parents.

– Reviendrez-vous bientôt ? demande-t-il à Napoléon.

Celui-ci retire le ruban rouge qu'il porte toujours sous sa redingote et en barre la poitrine de son fils.

– Je reviendrai reprendre mon ruban; conservez-le pour moi.

Un sanglot a échappé à Marie-Louise. L'Empereur s'approche d'elle: « Pourquoi pleurez-vous? Croyez-vous que j'ai oublié mon métier ? »

Puis il soulève le petit Roi dans ses bras et, prenant sa voix d'ogre: « Savez-vous où nous nous rendons, monsieur Rion ? Jusqu'à Vienne pour battre papa François. »

« Battre papa François... » Marie-Louise s'est figée. Elle ne pleure plus; ses joues s'enflamment comme sous l'effet d'une hémorragie intérieure: « Battre papa François... » Battre son père.

Hortense la regarde avec inquiétude: on peut, de trois mots imprudents, poignarder un amour! Et voici, qu'inconscient du mal qu'il fait à sa femme et se fait à lui-même Napoléon fait répéter ces mots à son fils: « Battre papa François... battre papa François »...

– Oh Sire, je vous en supplie... murmure Hortense.

Étonné, Napoléon s'interrompt. Il rend l'enfant à sa gouvernante.

– N'oubliez pas de lui faire réciter ses prières, madame la royaliste, lui recommande-t-il.

S'il sourit, c'est qu'il sait que madame de Montesquiou, cette descendante des Louvois qui, très dignement, a toujours refusé les titres de noblesse qu'il lui proposait, a ajouté à ces prières un couplet de son cru: « Mon Dieu, inspirez à papa de faire la paix pour le bonheur de la France. »

Ainsi soit-il!

Pas plus que l'on ne peut arrêter le temps, nulle femme n'a jamais pu retenir un homme décidé à aller se battre.

L'aube est là, une aube de plus; Constant présente le miroir à son maître tandis que celui-ci se rase. Marie-Louise s'est levée. Elle regarde les bottes, la redingote et le chapeau. Elle passe un doigt tremblant sur le pommeau de l'épée préférée de Napoléon: celle qu'il portait à Austerlitz. Puis, discrètement, elle passe dans le salon voisin où attend le grand écuyer, monsieur de Caulaincourt.

Il sommeillait près de la cheminée, il saute sur ses pieds en la voyant entrer. «Grand écuyer», il mérite cette distinction tant par sa haute taille que par ses qualités morales. N'a-t-il pas, en Russie, au risque de périr lui-même de froid, retiré sa pelisse pour en couvrir Napoléon malade?

Et comme il semble fort à Marie-Louise, comparé au petit homme nerveux qui, dans la chambre voisine, siffle à pleins poumons – ainsi qu'un enfant qui se défie lui-même – son insupportable *Malbrough*.

Elle lève les yeux vers le général.

– Monsieur, chuchote-t-elle, ne laissez pas l'Empereur s'enrhumer, s'il vous plaît, il est devenu fragile, ces temps!

C'est tout ce qu'elle a trouvé pour, sans trahir, lui faire comprendre qu'elle ne croit plus en la force de l'aigle et craint pour sa vie. Dans le regard de Caulaincourt, elle peut lire qu'il a entendu le message.

– Et vous, au moins, je vous sais fidèle, ne peut-elle s'empêcher d'ajouter.

Les yeux gris du général se teintent de lassitude.

– Ah, madame, la fidélité... Il faut se garder de juger ceux qui semblent l'avoir oubliée... Il se peut que ce soit eux les plus courageux.

– Comment cela? bredouille Marie-Louise. Je ne comprends pas...

– Fidèle à un homme que l'on admire... fidèle à un pays bien-aimé... lorsque les intérêts de l'homme et ceux du pays ne se confondent plus qu'en paroles, il peut être difficile de savoir où porter son choix.

Il se redresse et jette un regard triste vers la chambre où se prépare Napoléon.

– Pour moi, j'ai choisi d'être un bon soldat et de bien faire mon métier, qui est avant tout d'obéir : c'était peut-être là la solution la plus facile.

On entend le pas de l'Empereur, le cliquetis de son épée : « Oh là, oh, où êtes-vous, ma femme ? » appelle-t-il.

Caulaincourt se penche vers Marie-Louise.

– Quant au rhume... vous pouvez compter sur moi, Majesté.

Du doigt, Napoléon balance Friedland placé à côté du lit où le petit Roi de Rome dort à poings fermés.

– Figurez-vous qu'à la veille de passer en Russie mon cheval – qui portait ce nom – m'avait précipité à terre, raconte-t-il aux femmes qui l'entourent. Mes généraux avaient vu là un mauvais présage. Nous allons leur montrer que le vainqueur de Friedland n'est pas mort...

Il regarde encore une fois son fils : « Parlez-lui un peu de son père, demande-t-il à madame de Montesquiou, et ne le laissez point trop écouter ce que certains pourraient lui en dire... Je crains de laisser en ce château d'autres ennemis que ceux que je m'en vais combattre. »

C'est au moment des adieux que Marie-Louise s'est sentie soudain prise dans la tempête : ses tempes battaient, son cœur s'affolait. Elle s'est accrochée à la redingote de son mari.

– Quand reviendras-tu, dis, quand reviendras-tu ?

Et lui qui aimait tant à tout prévoir dans les moindres détails et que l'idée d'un Créateur faisait sourire a répondu :

– Quand ? Mais cela, chère amie, c'est le secret de Dieu.

En neuf jours, il a remporté six victoires : c'est bien Bonaparte qui se bat pour sauver la France ! A Montereau, il s'est fait artilleur pour placer lui-même ses canons; à Arcis-sur-Aube, il a mené la cavalerie au combat. Il est partout. Mais avec soixante mille hommes, comment résister à l'Europe entière?

«*Passez vite, il va tomber...*»

On a trouvé ces mots sur une pancarte au bas de la colonne Vendôme.

Les cosaques... ce nom est sur toutes les lèvres. On dit qu'ils sont cruels, qu'ils pillent et violent, qu'ils n'hésiteront pas à brûler Paris comme ils ont brûlé Moscou.

Un long défilé de charrettes pleines de femmes, d'enfants, de pauvres objets usuels, suivi de vaches et de moutons, entre dans la capitale où affluent déjà les blessés. On ne sait où loger tout ce monde. Les maires ont demandé aux Parisiens d'offrir matelas, couvertures et vêtements chauds. A nouveau le pain manque, il n'y a plus de travail, la Bourse s'effondre.

Tandis que les uns croient trouver refuge à Paris, les autres s'en éloignent, regagnant leurs châteaux en province. Au Louvre, on emballe les plus belles collections. A Notre-Dame, on récite les prières expiatoires des «Quarante heures». On enterre dans les jardins son or et ses bijoux.

L'ennemi est aux portes de Paris. Faut-il éloigner l'Impératrice et le Roi de Rome?

Un conseil de Régence a été convoqué aux Tuileries pour en décider. Il est dix heures du soir et, dans ses appartements, entre la duchesse de Montebello et Hortense, Marie-Louise se désespère.

– Partout où je vais, je porte malheur; depuis l'enfance j'aurai passé ma vie à fuir!

– Restez, supplie Hortense. Si vous partez, les Parisiens perdront confiance et renonceront à défendre la ville. Restez, je vous en supplie...

– Partez, madame, conseille la duchesse de Montebello qui, depuis longtemps, a mis ses enfants à l'abri. Si vous demeurez, vous serez prise en otage.

– N'abandonnez pas ceux qui vous sont restés fidèles, insiste Hortense.

Marie-Louise lui tend la dernière lettre qu'elle a

reçue de Napoléon et qui se termine par ces mots : « *Adieu mon amour.* » N'est-ce pas cela, abandonner ?

Dans la grande salle du Conseil, Joseph, à qui Napoléon a confié sa femme, écoute tour à tour les arguments de chacun. « Quitter Paris, c'est tout perdre », déclare Gaudin, le ministre des Finances. Monsieur de Talleyrand et Savary sont de cet avis : l'Impératrice doit rester dans la capitale ! Le ministre de la Guerre se déclare, lui, favorable au départ de Marie-Louise. Monsieur de Cambacérès hésite.

C'est alors que Joseph réclame le silence : « Voulez-vous connaître la volonté de l'Empereur ? »

Il se lève pour lire une lettre de celui-ci :

S'il arrivait bataille perdue et nouvelle de ma mort, faites partir mon fils régnant et l'Impératrice régente. Qu'ils se retirent au dernier village, avec leurs derniers soldats. Pour l'honneur de la France, ils ne doivent pas se laisser prendre et je préférerais que l'on égorge mon fils et le précipite dans la Seine plutôt que de le voir jamais élevé à Vienne comme un prince autrichien.

Un grand silence répond à cette lecture. Le regard de Joseph fait le tour des grands commis de l'État.

– Par la grâce de Dieu, l'Empereur est bien vivant, conclut-il, mais nul n'ignore que la bataille est perdue. Nous devons accomplir la volonté de mon frère : l'Impératrice ira séjourner à Blois.

Le château est en ébullition. On entasse au hasard dans des coffres, vêtements, objets de toilette, bijoux, argenterie. Il a été décidé que le Trésor – dont fait partie le fameux Régent – serait placé dans le carrosse du sacre, lui-même dissimulé sous une vieille bâche grise.

Hortense regarde avec reproche Marie-Louise étendue sur son lit, un mouchoir contre sa bouche.

– Savez-vous qu'en partant vous allez perdre votre couronne ?

– Qu'y puis-je ? répond Marie-Louise. Ce n'est pas moi qui l'ai décidé...

Elle prend les mains de son amie : « Venez avec moi, je vous en prie, j'ai si peur. »

– J'ai promis à ma mère de la rejoindre en son château de Navarre.

Marie-Louise sait bien que si elle avait décidé de rester Hortense ne l'aurait pas quittée; la fille de Joséphine lui en veut. Quelle injustice! Peut-elle aller à l'encontre de la décision du Conseil, enfreindre les ordres de Joseph?

Et voici qu'une délégation d'officiers de la Garde demande à être reçue. Il est cinq heures du matin, ah, que cette nuit est longue!

C'est à ces hommes, qu'avant de partir en campagne Napoléon l'avait confiée ainsi que le Roi de Rome. Leur œil étincelle, ils piaffent comme des pur-sang, on les dirait heureux.

– Majesté, refusez de partir. Nous venons tous de jurer de vous défendre jusqu'à la mort.

La mort, la mort, la mort... Ne croirait-on pas qu'elle leur semble belle? Marie-Louise regarde, dans leurs uniformes immaculés, ces hommes qui lui offrent leur jeune vie. Elle n'en veut pas. Au moins, en s'éloignant, en sauvera-t-elle peut-être quelques-uns!

– Je m'en vais, messieurs; c'est la volonté de l'Empereur.

Elle a présenté au petit Roi ce départ matinal comme une promenade, cette fuite comme une aventure. Mais Napoléon-François, regardant les yeux rougis de sa mère et de ceux qui l'entourent, constatant la disparition de certains de ses jouets, dont son cheval de bois, a compris.

– Je ne partirai pas, déclare-t-il. Il me faut attendre mon père.

On doit le vêtir de force, le traîner hors de sa chambre. Il s'accroche aux meubles, aux portes, ses hurlements résonnent dans les pièces désertes du grand château: «Je veux rester dans ma maison, je veux rester dans ma maison.»

Devant le pavillon de Flore, une centaine de personnes regardent en silence les lourdes berlines vertes aux armes impériales. Lorsque l'Impératrice apparaît dans la cour, entourée de ses dames, suivie par l'archichancelier et monsieur de Talleyrand, tous les visages se tournent vers elle et vers le petit Roi qui continue à pleurer.

Marie-Louise regarde ces gens qui l'ont servie durant quatre années et qu'il lui semble abandonner; croisant le regard d'un jeune feutier à qui elle aimait à parler, elle détourne les yeux. Elle a honte.

– Madame, par pitié, faites vite: l'ennemi est à Clichy, lui souffle monsieur de Talleyrand.

A travers ses larmes, elle regarde ce drôle d'homme, si coquet en dépit de son infirmité, si courtois et habile au jeu. Elle n'ignore pas qu'on le dit favorable aux Bourbons mais elle sait aussi que son mari faisait grand cas de ses avis et qu'il l'a, tout récemment encore, pressé d'accepter un poste de ministre.

– Certains assurent que sans moi Paris est perdu, lui demande-t-elle en un sanglot. Devrais-je rester?

Talleyrand redresse fièrement la tête.

– Paris? Je m'emploierai à le sauver! Madame, partez sans crainte.

La voiture dans laquelle elle prend place est la même que celle où, à son arrivée en France, un homme ruisselant de pluie avait fait irruption comme un brigand pour lui dérober son cœur.

Le cortège s'ébranle: dix berlines, une longue suite de fourgons, une escorte de mille cinq cents cavaliers et fantassins. Penchée à la portière, Marie-Louise regarde une dernière fois le pavillon de Flore. Il lui est arrivé de s'y sentir heureuse, surtout au petit matin, sortant des bras de Napoléon, écoutant s'égosiller les oiseaux des jardins. De l'un de ces balcons, l'Empereur, alors au sommet de sa puissance, avait présenté le Roi de Rome à la foule enthousiaste. C'était hier.

Il pleure toujours, le Roi de Rome! Il ne cesse de répéter: «Je veux rester dans ma maison.»

– Nous y reviendrons bientôt, promet-elle.

Marie-Louise n'entend pas, dans le vent qui se lève et parcourt Paris, la voix de l'Histoire qui souffle aux murs des Tuileries que, ni la petite Autrichienne ni l'aiglon, ne les reverront jamais.

Fuir! Fuir comme en son enfance, mais cette fois devant les armées de son père: Rambouillet, Chartres, Châteaudun, Vendôme...

Blois.

Pour y apprendre que Paris est tombé, que le Sénat a voté la déchéance de Napoléon et qu'un gouvernement provisoire a été mis en place sous la direction de... monsieur de Talleyrand.

Que faire? Il semble que tous aient oublié l'Impératrice.

Cher papa, je vous en supplie, ayez pitié de moi. Je viens vous confier le salut de ce qui m'est le plus cher au monde: mon fils.

Nap, mon ami, il me faut te voir. Je veux partager ton chagrin malgré que je suis très malade. Je t'aime et t'embrasse. Louise.

En réponse à ses appels, le silence de son père, une lettre incompréhensible de son mari. Plutôt que de l'appeler près de lui comme elle le lui demande, il lui ordonne de se rendre à Orléans; n'a-t-il pas hâte de la retrouver?

Pour la première fois, Marie-Louise a décidé de passer outre aux instructions de Napoléon: elle partira pour Fontainebleau où celui-ci s'est réfugié.

Le complot de ceux qui l'entourent pour l'en empêcher! C'est à Aix-en-Savoie que le docteur Corvisart souhaite qu'elle se rende d'urgence: le climat guérira ses poumons. La duchesse de Montebello, secondée par madame de Brignole, une amie de monsieur de Talleyrand, semble prendre plaisir à lui faire remarquer que si l'Empereur ne réclame pas sa présence, c'est qu'il doit avoir pour cela les meilleures raisons.

Seule madame de Montesquiou l'encourage dans son intention d'aller retrouver son époux.

La nouvelle de l'abdication! Napoléon a renoncé pour lui et ses enfants aux trônes de France et d'Italie et accepté d'être exilé à Elbe, une petite île en Méditerranée. Si l'empereur d'Autriche y consent, Marie-Louise régnera sur le duché de Parme.

L'Empire est mort!

Et se multiplient les abandons... On ne compte plus ceux qui courent à Paris où les Bourbons sont attendus. On voit disparaître des voitures les emblèmes impériaux et, aux coins des tapis, les aigles sont remplacés par la fleur de lis...

Marie-Louise croit avoir compris ce qui empêchait Napoléon de l'appeler: l'orgueil. Destitué, humilié, il n'ose se montrer à elle. Ah, comme il doit souffrir! Le cœur de l'épouse déborde de pitié et sa décision est prise: demain elle partira pour Fontainebleau avec son fils. Un fidèle de Napoléon, s'est proposé à l'y accompagner. Seules madame de Montebello et madame de Luçay ont été mises dans le secret.

Mais voici qu'au moment du départ, barrant sa route, elle trouve Joseph et Jérôme. Et l'aîné à qui Napoléon l'avait confiée, le petit frère pour lequel l'Empereur a montré tant de bonté et d'indulgence, sont prêts à tout pour empêcher leur belle-sœur de rejoindre son époux. Ils ont compris quelle excellente monnaie d'échange elle pouvait représenter avec l'Autriche et espèrent, grâce à elle, retrouver un peu de puissance et conserver les richesses qu'ils ont amassées. Bref, ils ont décidé de l'enlever et la conduire dans le midi de la France.

Comme ils tentent de la jeter de force dans leur voiture, les cris de Marie-Louise alertent quelques généraux. Ceux-ci s'interposent: l'Impératrice ne sera emmenée nulle part contre sa volonté...

Pour cette fois, elle est sauvée. Mais qui l'a trahie?

Cher papa, ma situation est terrible. Je vous prie, si un malheur nous arrivait, de nous donner refuge à mon fils et à moi.

Fuir à nouveau, cette fois les Bonaparte! Se réfugier à Orléans, y trouver Metternich.

– Majesté, votre père désire vous voir. Il n'a pas l'intention de vous empêcher de rejoindre votre époux si tel est votre désir, mais il insiste pour vous parler avant. Il vous attend à Rambouillet.

Alors céder! Par épuisement, par vertige. Qui croire? A qui se fier? Et avant de partir, écrire une fois encore à son mari pour lui dire qu'elle l'aime et entend partager son sort.

Les pavés d'Orléans résonnent sous les sabots d'un détachement de la garde de Napoléon. Des bouquets de plumets écarlates fleurissent bientôt dans la cour de monsieur Raillon, citoyen de la bonne ville, chez qui Marie-Louise est descendue.

Les soldats demandent à voir le maître de maison; ils sont venus chercher l'Impératrice. Ils doivent l'escorter toutes affaires cessantes jusqu'à Fontainebleau: ordre de l'Empereur!

Monsieur Raillon est désolé: Sa Majesté n'est plus là! Elle a pris ce matin la route de Rambouillet.

Elle ne viendrait pas! Les hommes qu'il avait envoyés la chercher étaient arrivés trop tard: elle avait déjà quitté Orléans avec son fils pour aller retrouver l'empereur d'Autriche. Nul doute que celui-ci lui reprendrait sa petite Habsbourg.

Il l'aurait perdue par sa faute!

Mais pourquoi aussi avait-il tant tardé à l'appeler? La peur d'avoir à subir les reproches, les larmes de cette femme si éprise de fidélité? Ah, il aurait bien su la regagner par ses caresses, et au moins l'aurait-il eue à ses côtés ainsi que le Roi de Rome. Leur affection lui aurait donné la force de résister aux traîtres.

Napoléon s'approcha de la fenêtre. La pluie battait furieusement les vitres opaques que nul ne songeait plus à nettoyer, une pluie épaisse qui enveloppait d'un voile funèbre le parc de Fontainebleau.

Les chasses qui s'étaient déroulées là ! Le triomphe des couleurs : or roux aux arbres, or et argent sur les costumes. Et la tente dressée dans la forêt pour le déjeuner... les aboiements des chiens se mêlant au son des trompes... le cri des rabatteurs.

Le soir, c'était sur ces pavés, à la lumière des flambeaux, qu'avait lieu la curée, admirée des balcons par toute la Cour. Deux cents chiens maintenus par le fouet des valets, attendant le signal du cor pour fondre sur leur proie.

Le cor avait sonné pour Napoléon. L'Empire n'était plus qu'une carcasse vide, le parc était désert et le ciel pleurait sur la France livrée aux armées ennemies.

« On te trahira, on t'abandonnera », avait crié Lannes.

Ses maréchaux et ses généraux, ceux-là mêmes qu'il avait tirés du néant, dont il avait fait la fortune, l'avaient traqué jusqu'ici pour le désarmer. Au nom de la patrie, prétendaient-ils, ils lui avaient volé l'épée avec laquelle il entendait défendre la couronne du petit Roi. Ils avaient détourné de leurs devoirs les soldats fidèles et, pour finir, lui avaient arraché son abdication.

Au nom de la patrie... N'était-ce pas plutôt pour profiter de leurs richesses et dormir dans leurs lits ?

Napoléon pouvait compter sur les doigts d'une seule main ceux qui lui étaient restés fidèles : Caulaincourt, Drouot, Bertrand...

Il revint à sa table, appuya ses poings serrés sur la lettre qu'il venait d'écrire à Marie-Louise. Allons, il fallait se décider...

– Constant !

La porte s'ouvrit aussitôt.

– Majesté ?

– Va me chercher Caulaincourt.

Il suivit son valet des yeux : « Tu avais dans ton camp les humbles, les asservis, tu étais bien " l'élu du peuple " », lui avait dit Duroc.

La plupart de ses domestiques avaient disparu.

Étaient-ils allés offrir leurs services aux Bourbons ? A Talleyrand chez qui logeait le tsar ? A Monsieur qui couchait dans son lit aux Tuileries ? A l'un de ceux qui mangeaient dans sa vaisselle, buvaient dans ses verres en criant « Vive le roi » ?

Il relut la lettre :

Adieu ma bonne Louise. Tu es ce que j'aime le plus au monde. Mes malheurs ne me touchent que par le mal qu'ils te font. Toute ta vie, tu aimeras le plus tendre des époux. Donne un baiser à ton fils. Adieu ma Louise.

Il signa de son nom tout entier : *Napoléon*, puis cacheta l'enveloppe.

– Majesté !

Le général Caulaincourt était déjà là, au garde-à-vous. Napoléon lui tendit le pli destiné à sa femme.

– Demain, sitôt qu'il fera jour, pars pour Rambouillet et remets ceci à l'Impératrice.

Le regard du général s'attarda avec inquiétude sur le visage de l'Empereur.

– Que devrai-je lui dire ?

– Que je vais bien ! Laisse-moi à présent. Je veux dormir.

D'un pas hésitant, le général se dirigea vers la porte.

– Attends !

Caulaincourt s'arrêta.

– Dis à Joséphine que j'ai bien pensé à elle...

Et maintenant il détache de son cou le petit sachet noir et en verse le contenu dans un verre : opium, belladone, ellébore... Trois jolis noms pour la camarde. Il ajoute de l'eau et remue le mélange, les mêmes gestes que l'on fait pour se soigner. Que disait Werther ? « *Il est plus facile de mourir que de supporter avec fermeté les tourments de la vie.* » Ah, que n'est-il mort à Wagram, Austerlitz ou Montmirail...

Il regarde la grande chambre vide. Pas un membre de sa famille n'a eu à cœur de le rejoindre ici, pas même sa mère ! Pourtant, c'est bien elle qui a toujours clamé : « L'enfant que j'aime le plus est celui qui souffre le plus. »

D'un trait, il vide son verre puis se dirige vers le lit aux tentures ornées d'abeilles, au ciel de lit surmonté d'un aigle doré serrant des lauriers dans son bec. Il lui semble que la pluie frappe avec plus d'insistance aux carreaux; est-ce pour lui rappeler qu'elle tombait aussi à verse le soir où, à Compiègne, il avait ramené sa petite épouse? Comme, sans rien savoir de l'amour, Marie-Louise frémissait déjà de plaisir dans ses bras...

La pluie a cessé, le parc crépite sous un soleil naissant, Napoléon grelotte.

Il est étendu près d'une fenêtre ouverte. Est-ce déjà le jour? Dans un brouillard, il distingue les visages d'Yvan, Caulaincourt, Constant, Roustam, Bertrand... On lui tend une cuvette, on bassine ses tempes. Il l'ont condamné à vivre.

Épuisé, il retombe. Jusqu'à midi.

Caulaincourt somnole dans un fauteuil à côté de son lit. C'est lui qui l'a sauvé, Napoléon le sait.

– Caulaincourt, mon ami, comment as-tu deviné?

Le général bondit sur ses pieds: «Lorsque vous avez parlé de l'Impératrice Joséphine, Majesté.»

Napoléon a un pâle sourire.

– Joséphine? Sais-tu qu'elle se prétendait mon bon ange? Peut-être avait-elle raison après tout: c'est quand je l'ai quittée que tout a commencé à aller de travers.

Il garde un moment le silence; chaque parole est un effort et son estomac le torture.

– Majesté, interroge Caulaincourt, dois-je partir pour Rambouillet ainsi que vous me l'avez ordonné hier?

– Pars! Mais brûle d'abord cette lettre que je t'avais confiée. Assure-toi que ma femme et mon petit diable vont bien. Dis-leur que j'aimerais les voir. Et surtout ne parle pas à Marie-Louise de ce qui est arrivé ici... les gens riraient, cela pourrait nuire à l'avenir de mon fils. Jure!

Caulaincourt jure et se porte garant de la discrétion de ceux qui étaient présents dans le château.

– Va vite !

La nuit est déjà revenue, une fatigue immense terrasse Napoléon. Il ne parvient plus à rassembler ses idées. Dormir...

Constant se glisse dans la chambre.

– Majesté, une personne est là qui insiste pour vous voir : une femme.

– Son nom ?

– La comtesse Marie Walewska.

En un sursaut Napoléon se redresse : « Quelqu'un aurait-il parlé ? »

– Elle ne sait rien, Majesté, répond vivement le valet. Elle dit qu'elle était inquiète pour vous, elle vous sentait bien seul, alors elle est venue !

– Je la verrai dans un instant, murmure Napoléon en retombant sur l'oreiller.

Lorsqu'il rouvre les yeux, le jour est à nouveau là.

– Constant ! Fais entrer la comtesse Walewska.

– Hélas, Majesté, elle est repartie il y a une heure. Elle a attendu jusqu'à l'aube. En restant davantage, elle craignait d'être vue et que sa visite ne soit rapportée à l'Impératrice. Majesté, de ne pas vous avoir parlé, lui mettait la mort au cœur : elle tremblait toute...

– La pauvre femme, je l'ai blessée, murmure Napoléon.

Mais un officier demande à être reçu ; il apporte une lettre de Marie-Louise, écrite juste avant le départ de celle-ci pour Rambouillet. Napoléon l'ouvre fébrilement.

Tout ce que je désire, c'est de pouvoir partager ta mauvaise fortune. Je ne fais que penser à toi ; tu es si bon et si malheureux et tu mérites si peu de l'être. Je te prie de ne jamais douter de tous les sentiments de ta fidèle amie. Louise.

Napoléon a posé la lettre sur sa poitrine. Il lui semble que son mal s'éloigne. Louise ne veut pas séparer son sort du sien : elle viendra donc à Elbe. Ah, il ne regrette plus de vivre ! On trouvera bien là-bas des fleurs à planter, de bons moments à passer ensemble. Il verra grandir son fils.

Il a fermé les yeux. En ce jour de tourmente, trois femmes se sont trouvées près de lui : Joséphine, son bon ange, dont le nom a alerté Caulaincourt ; Marie, venue le voir parce qu'elle le sentait seul ; Marie-Louise, sa femme, qui a eu à cœur de le rassurer.

Il ne sent plus la douleur. Il peut dormir tranquille.

Lorsque la petite archiduchesse était entrée pour la première fois en France, on l'avait mise nue. On l'avait dépouillée de tout ce qui représentait son pays pour l'offrir à l'Aigle.

Quatre années plus tard, l'Aigle abattu, alors qu'elle retournait vers son père, on la dépouillait à nouveau, cette fois de ce qui lui venait de France.

C'était d'abord les cosaques qui attaquaient son cortège et tentaient de s'emparer du Trésor. C'était ensuite un prétendu agent du gouvernement, sorti de prison par les soins de monsieur de Talleyrand, qui exigeait qu'elle lui remît tout ce qu'elle avait emporté des Tuileries.

L'or et l'argenterie, les diamants, les vêtements du sacre, les bijoux que lui avait offerts Napoléon, lui étaient arrachés pour être, soi-disant, rendus au pays.

Marie-Louise se retrouvait nue comme à l'arrivée.

Le château de Rambouillet était gardé par l'armée russe. L'empereur François n'y était attendu que le lendemain. Les lits n'étaient pas faits, il n'y avait ni flambées dans les cheminées, ni victuailles dans les cuisines. Marie-Louise et sa suite s'installaient tant bien que mal dans les pièces glacées où des feux de fortune étaient allumés.

Voulant aller se promener avec son fils pour échapper à la sinistre atmosphère et respirer un peu de l'air plus doux d'avril, Marie-Louise se voyait arrêtée à la grille par les cosaques. N'avait-elle fui un piège que pour retomber dans un autre ?

Cependant, elle oubliait ses craintes pour ne plus éprouver qu'un immense soulagement lorsque le général Caulaincourt se faisait annoncer.

Il venait de la part de l'Empereur.

Elle a fait un brin de toilette, passé une robe fraîche et poudré ses joues. Elle ne veut pas qu'il rapporte d'elle à Napoléon une trop sombre image. Malgré les protestations de son entourage, elle a décidé de recevoir seule le général. Lorsque celui-ci entre dans le salon dont elle a ouvert les fenêtres pour chasser l'humidité, elle ne peut s'empêcher de courir vers lui.

– Ah, monsieur, je suis si heureuse de vous voir... Comment est l'Empereur ?

– Il a signé sa reddition hier, madame. Il partira sous peu à Elbe.

Les larmes montent aux yeux de Marie-Louise.

– Tout ceci ne l'a-t-il point trop éprouvé ?

Caulaincourt met un moment à répondre. Il semble las et il se tient moins droit qu'en ce matin de janvier où elle lui avait confié son époux.

– Sa Majesté a traversé des moments difficiles... Mais cela va à présent.

– Oh, monsieur, je suis sûre que durant ces moments vous avez été à ses côtés ! s'exclame Marie-Louise. Mais pourquoi ne m'a-t-il pas fait appeler ? Je n'attendais qu'un ordre pour accourir. Oui, pourquoi ?

– L'Empereur ne se sentait pas en état de vous recevoir dignement, répond Caulaincourt. Sachez cependant qu'il ne vit plus que dans l'espoir de vous voir à Elbe.

– Assurez-le que je l'y rejoindrai sitôt que j'aurai parlé à mon père.

Ah oui, elle ira ! Non que le séjour dans cette île lui sourie, mais il ne sera pas dit que la femme de Napoléon l'aura abandonné. Et, en attendant, il trouvera en elle son plus ardent défenseur.

Dès demain, elle le promet à Caulaincourt, elle

interviendra pour lui auprès de François; celui-ci est bon, elle a la certitude qu'un jour il leur permettra de revenir en France.

Caulaincourt semble soulagé: « L'Empereur est très attaché à son fils, explique-t-il. Il redoutait que votre père... »

– ... ne le lui prenne? l'interrompt Marie-Louise avec indignation. Une telle chose serait infâme. Et n'oubliez pas que, s'il en manifestait l'intention, je serais là pour l'en empêcher.

Le général est parti se restaurer avant de reprendre la route. Ne fait-il pas meilleur dans ce salon? D'avoir parlé à un véritable ami, un proche, très proche de son mari, rend soudain Marie-Louise si légère! C'est bien une sorte d'estime qu'elle a lue dans son regard.

Elle va ouvrir le piano relégué dans un coin de la pièce et laisse courir ses doigts sur le clavier. Quand bien même cet instrument n'est qu'une vieille casserole, il est bon d'entendre un peu de musique. Depuis combien de temps n'avait-elle pas chanté? Sa voix est toute rouillée...

Ils sont entrés en silence, les uns derrière les autres, le visage gris, le regard fuyant: la duchesse de Montebello et madame de Brignole, le docteur Corvisart: des voleurs de bonheur. Découvrant avec eux Constant et Roustam, Marie-Louise a été saisie de stupéfaction: que faisaient-ils à Rambouillet? Même durant ses plus lointaines campagnes, Napoléon avait gardé ses domestiques près de lui: il assurait ne pouvoir s'en passer.

C'est madame Lannes qui, la première, a pris la parole: avant que Marie-Louise ne rencontrât l'empereur d'Autriche et prît des décisions importantes pour son avenir, ils avaient jugé nécessaire de lui ouvrir les yeux sur certaines vérités concernant son époux...

Si Napoléon ne l'avait pas fait venir à Fontainebleau, c'est qu'il était attaqué d'une maladie galante, contractée au mois de décembre à Paris avec une comédienne.

– La syphilis, a précisé Corvisart.

La syphilis... Cette horreur qui avait frappé presque tous les Bonaparte. Alors lui aussi ? Au cœur même de l'épreuve, il lui avait été infidèle ?

Marie-Louise se tenait toujours près du piano. Elle l'a refermé après avoir remis sur les touches la bande de tapisserie et, en évitant leur regard, elle est venue s'asseoir près du feu. Si le docteur Corvisart affirmait une si terrible chose, il fallait qu'elle fût vraie.

Elle espérait qu'à présent ils allaient la laisser; devant Caulaincourt, il lui avait été doux de pleurer, devant eux, elle s'y refusait. Mais ils n'en avaient pas fini avec leurs «vérités»...

A la demande de madame de Brignole, d'une voix chagrine, Constant a parlé des aventures de son maître, récité une longue liste de femmes qui avaient été ses maîtresses depuis son mariage avec Marie-Louise tandis qu'à ses côtés Roustam opinait du bonnet.

Il ne leur restait qu'à lui apprendre les noms des enfants de Napoléon: une petite Émilie avec la dénommée madame Pellapra, un Léon chez une ancienne lectrice de Joséphine, Alexandre...

– Mais je sais, je sais cela: Alexandre Walewski... Ah, taisez-vous, c'en est assez! a-t-elle crié.

Elle s'est levée et elle a marché vers Constant. Elle ne songeait plus à pleurer, le chagrin, l'humiliation, la rage faisaient barrage à sa souffrance.

– Que fais-tu là, toi ? Ton maître n'a donc plus besoin de bains chauds ? Il ne souffre plus de l'estomac et il s'habille seul à présent ?

Puis elle s'est tournée vers Roustam.

– Et toi, il t'a remercié, peut-être ?

– Nous avons de la famille, Majesté, a bredouillé Constant. Dans la situation où se trouve la France, il nous faut songer à la mettre à l'abri...

Marie-Louise l'a regardé avec mépris: «N'est-ce

pas plutôt toi que tu mets à l'abri ? Et ne sais-tu pas qu'on ne m'appelle plus «Majesté» mais madame ?

Ils se sont enfin retirés et, durant un long moment, Marie-Louise est restée sans bouger; autour d'elle, elle ne voyait que ruines. Elle a sonné et demandé à voir le général Caulaincourt mais celui-ci avait déjà repris la route de Fontainebleau. Alors, elle a couru vers celle qui, lorsqu'elle vous parlait, savait vous regarder dans les yeux, qui, lorsqu'elle priait, le faisait vraiment et non du bout des lèvres: maman Quiou.

Le petit Roi avait trouvé des poupées et jouait à les vêtir et les dévêtir. Marie-Louise s'est jetée dans les bras de la gouvernante et, la voix entrecoupée de sanglots, lui a tout raconté.

– Cela est-il possible ? Toutes ces infamies peuvent-elles être vraies ?

– Je le crains, madame.

– Et j'aurais été la seule à ne pas savoir ?

– Si l'on se taisait, c'était par égard pour l'Empereur et dans le souci de ne point vous blesser.

Le petit Napoléon-François riait dans la chambre voisine.

– Alors pourquoi m'avoir blessée aujourd'hui ? a demandé Marie-Louise à voix basse.

Madame de Montesquiou a hoché tristement la tête.

– Votre père sera là demain. Sans doute allez-vous être amenée à choisir: l'île d'Elbe ou Vienne. Pour ceux qui entendent rester à votre service, l'île d'Elbe n'offre guère d'attraits...

C'était donc cela ! Le bon Corvisart, madame de Montebello, ceux qui se prétendaient ses amis, lui avaient poignardé le cœur parce qu'ils n'avaient pas envie de suivre l'Empereur en exil.

Hortense s'est annoncée dans la soirée; ayant appris avec indignation les agissements de Joseph et Jérôme, elle venait consoler Marie-Louise et lui offrir ses services.

Celle-ci s'était alitée: la fièvre l'avait reprise, elle

ne parvenait à réchauffer ni son corps ni son cœur. Elle a regardé la fille de Joséphine, hésitant à lui répéter ce qui venait de lui être révélé. A quoi bon ? Comme tout le monde, Hortense devait être au courant ; comme tout le monde, elle l'avait laissée dans l'ignorance.

– Mon père arrive demain, lui a-t-elle annoncé. Je n'aspire plus qu'à me retrouver dans ses bras.

Elle avait parlé avec une sorte de défi et une ombre est passée sur le visage de son amie.

– Et après, vous rendrez-vous à Elbe ?

– Je ne sais, je verrai. Un jour, peut-être... a répondu Marie-Louise.

Et elle a reçu le regard d'Hortense comme un regard d'adieu.

Elle court ! Entre les gardes russes qui présentent les armes, de toutes ses forces, son désespoir, comme une enfant perdue, elle court vers son père dont la calèche vient de s'arrêter devant le château. Elle s'abat sur sa poitrine : « Papa, sauvez-moi... sauvez-nous. »

Un long moment, l'empereur d'Autriche serre sa fille contre lui. Puis, de force, il l'écarte pour la regarder. Où est la belle, la fraîche et épanouie jeune femme de Dresde ? Où est sa gaie Luisel ? « De quoi est faite la fille préférée de l'empereur ? » demandait-il. « De sucre, de miel et de chansons », répondait-elle.

Amaigrie, les joues marbrées de rouge, tremblante de fièvre et de peur, elle est aujourd'hui la victime de « l'ogre ».

Et la sienne aussi.

C'est au tour du père de ne plus pouvoir parler. Il fixe, silencieux, le petit garçon aux longues boucles blondes qui, d'un pied encore incertain, descend les marches du perron pour les rejoindre. En travers de sa poitrine, il porte un large ruban rouge dont les franges traînent jusqu'à terre. Arrivé à quelques pas de l'empereur d'Autriche, il s'arrête et le regarde de cet air qu'ont les enfants, à la fois de vous réclamer l'explication du monde et de connaître vos plus secrètes pensées.

Marie-Louise se baisse pour prendre Napoléon-François dans ses bras et le présenter à son père ; elle rit et pleure à la fois.

– Voyez, c'est votre petit-fils, dit-elle.

Par la lèvre un peu lourde et la couleur des yeux, il est bien Habsbourg ; mais de l'aigle, son père, il a le front haut et, dans le regard, une lueur impertinente. On dirait l'une de ces flammèches qui couvent dans le maquis corse, allumées par l'air du temps, le soleil et le vent et qui, si l'on n'y prend garde, peuvent embraser tout un pays.

L'empereur d'Autriche regarde cette lumière dans les yeux de son petit-fils et se mêlent en lui une étrange fierté et le sombre désir de l'éteindre.

– C'est papa François, dit Marie-Louise à son fils. Tu ne l'embrasses pas ?

Le petit garçon tend les lèvres vers le visage de son grand-père, puis il se tourne vers sa mère.

– Et mon papa à moi, quand viendra-t-il ?

Au matin, quelques flocons de neige sont tombés. Leur poudre légère teinte la broderie de buis, dans la cour du Cheval Blanc, à Fontainebleau, où sont rassemblés les soldats de la garde ; sa fraîche couleur s'ajoute aux uniformes bleus à parements rouges pour former le drapeau français.

Le fusilier grenadier Ladoucette, quatorze campagnes, décoré par les mains du « Petit Tondu » au lendemain d'Eylau, sent battre son cœur comme Napoléon apparaît au haut de l'escalier en fer à cheval.

L'Empereur est entouré des généraux Drouot et Marchand ; deux lanciers polonais le suivent, de ceux qui ont obtenu le rare privilège de l'accompagner à Elbe.

C'est l'heure des adieux !

Napoléon porte sa tenue de campagne: le pantalon blanc dans les bottes à l'écuyère, l'habit de chasseur barré d'un large ruban rouge, la redingote et le bicorne. Ne serait la buée qui s'échappe de sous les bonnets d'ourson, on pourrait croire, tandis qu'il descend lentement les marches de pierre, que les grognards ne respirent plus. Et l'on n'entend que le cri des corbeaux dans le ciel.

Arrivé dans la cour, Napoléon marche jusqu'à la première rangée de soldats et là s'arrête. Comme son regard passe sur ses hommes, leurs gorges se plombent: tant de fois il les a fixés ainsi avant de s'adresser à eux pour leur insuffler du courage ou les remercier de leur vaillance.

«Soldats, il vous suffira de dire: "J'étais à Austerlitz", pour qu'on vous réponde: "Voilà un homme!"

«Soldats, dénués de tout vous avez suppléé à tout. Vous avez gagné des batailles sans canons, passé des rivières sans souliers, bivouaqué sans eau-de-vie et souvent sans pain... Je veux vous conduire dans les plus fertiles plaines du monde... Camarades, mes amis, je suis content de vous.»

Oui, Ladoucette se souvient! Il était là l'Empereur, le Petit Caporal, à quelques mètres, dans sa redingote verte, si simple au milieu de ses maréchaux empanachés, si proche de ses soldats, l'un d'eux. Et lorsque Napoléon parle enfin, il lui semble voir les mots qu'il prononce se graver pour l'éternité dans les pierres du palais de Fontainebleau.

– Soldats de ma vieille garde, je vous fais mes adieux. Depuis vingt ans, je vous ai trouvés constamment sur le chemin de l'honneur et de la gloire: continuez à servir la France. Si j'ai consenti à me survivre, c'est pour servir encore à notre gloire. Je veux écrire les grandes choses que nous avons faites ensemble. Adieu mes enfants! Je voudrais vous presser tous sur mon cœur; que j'embrasse au moins votre drapeau!

Le fusilier grenadier Ladoucette regarde les lèvres de Napoléon se perdre dans les plis du drapeau que lui tend un officier. En lui, la colère a pris le pas sur la douleur: ne raconte-t-on pas que son Empereur – car pour lui, il l'est toujours – a mené la France à sa perte et n'a songé qu'à enrichir les siens? Ne le traite-t-on pas de tyran et de sanguinaire? Ceux qui parlent ainsi sans s'être jamais battus à ses côtés ne savent rien.

Il les a connus, lui, les pieds gelés, la faim au ventre et parfois l'épouvante. Et il est bien vrai que son escarcelle ne s'est pas remplie pour autant. Mais il a plus d'or en sa poitrine qu'en leur palais tous les grands de ce monde. Il a vécu ces instants magnifiques où, derrière l'Aigle, on avait l'impression de se lancer à l'assaut du ciel; ses poumons se sont emplis de l'air exaltant des cimes, ses reins ont débordé d'une sève brûlante, source de plus de plaisir qu'il n'en connaîtra jamais avec aucun jupon, fût-il de marquise... Il a connu, Ladoucette, ces moments où la peur se changeait en fierté, où pour un seul regard du petit homme en capote grise et chapeau noir, tous étaient prêts à donner leur vie.

Grâce à ce petit homme, la gloire, ce mot comme un soleil, l'a caressé lui aussi de ses feux!

Les lèvres de Napoléon se détachent du drapeau de la France et de lourds sanglots labourent la poitrine des soldats.

Tous les regards le suivent alors qu'escorté de ses généraux il se dirige vers sa voiture. Avant d'y monter, une dernière fois, il se tourne vers ses vieux compagnons et un même cri silencieux se dessine sur leurs lèvres: « Vive l'Empereur », tandis qu'ils lui présentent les armes.

Non, il ne regrette rien, le fusilier grenadier Ladoucette, six fois percé par balles ou baïonnettes. En sus de la ferraille dont est cousu son corps, il portera toujours l'Aigle en son cœur et à son oreille l'anneau d'or qui le dénoncera comme l'un des fidèles du grand général.

« Soldat, il suffira que tu te dises: j'ai combattu aux côtés de l'Empereur pour te sentir un homme. »

Et comme la voiture disparaît, si, dans la cour du Cheval Blanc, les larmes coulent sous les bonnets d'ourson, c'est que les grognards de Napoléon sont devenus orphelins.

Léopoldine, Ferdinand, Marie-Clémentine, les nombreux frères et sœurs de Marie-Louise... et aussi sa grand-mère Marie-Caroline, les bras larges ouverts; sans compter le personnel du château et la foule des Viennois massés derrière les grilles de Schönbrunn, tous étaient là pour accueillir la petite archiduchesse sauvée des griffes de «l'ogre».

Elle rentrait bien à la maison!

Comblée de baisers et de caresses, sitôt qu'elle le pouvait, elle s'échappait dans le parc, le seul royaume sur lequel elle avait eu plaisir à régner. Il lui fallait vérifier que tout était en place, intact: la Gloriette, le jardin zoologique, la «fin du monde»... Mais aussi, dans l'herbe tiède des pelouses, les mille soleils des boutons d'or, les nids des fauvettes dans les buissons d'ajoncs, près des bassins; les premiers bigarreaux aux arbres des vergers.

Tout était là, mais différent, vêtu de couleurs plus profondes, lui parlant d'une voix plus grave pour lui dire que c'était elle qui avait changé, qu'elle avait perdu son regard d'enfant. Et sur l'éclat des boutons d'or, passait l'ombre de celui qui l'attendait à Elbe.

Et ne cessait de l'appeler!

Viens, je t'attends. L'île est très jolie, ton appartement est prêt. Je cherche à présent pour nous une maison de campagne. Ton fidèle époux.

Son «*fidèle époux*»...

Ici même, la veille de son départ en France, entre les colonnes brisées de la «fin du monde», Marie-Louise pleurait dans les bras de son frère.

«Nous déclarerons la guerre à " l'ogre ", nous le battrons et vous ferons revenir», avait crié Ferdinand.

Elle n'avait pas oublié sa réponse: «Même vaincu

par vous, Napoléon resterait mon mari et mon devoir m'ordonnerait de demeurer auprès de lui. »

Napoléon restait son mari et elle irait à Elbe : lorsque seraient guéries sa maladie des poumons et les blessures infligées à son cœur.

Maman Quiou, la duchesse de Montebello, madame de Brignole, Corvisart et Ménéval l'avaient suivie en Autriche. Généreusement, l'empereur François attribuait à « la France » toute une aile du château. Sur la table de nuit de celle qu'on appelait désormais « Duchesse de Parme », il y avait un portrait de Napoléon et, plusieurs fois par jour, elle parlait de lui à son fils.

Une image la poursuivait : ce mannequin barbouillé de sang, suspendu à une potence, dans un hameau français traversé alors qu'elle regagnait l'Autriche. Les paysans dansaient autour du pendu, ils criaient « A bas le tyran, l'assassin ». Le mannequin portait l'uniforme de général et le bicorne noir.

Comme il était bon de n'avoir plus peur, de s'éveiller le matin sachant que le soir on dormirait dans le même lit, de retrouver un peu d'appétit, d'étudier à nouveau la musique et la peinture...

Viens... tu ne t'ennuieras pas; il y a ici de très beaux paysages à peindre. Et mon fils, comment se porte-t-il ? Donne-m'en vite des nouvelles.

Elle irait à Elbe, oui, elle irait ! Elle en avait plusieurs fois manifesté la volonté à son père ; il ne lui avait demandé que de patienter un peu et de n'y point se rendre sans qu'il l'y ait autorisée.

En France, le traité de Paris, auquel avait activement travaillé monsieur de Talleyrand, avait été signé : le pays retrouvait ses anciennes frontières, les armées ennemies se retiraient, Louis XVIII régnait.

A la fin de juillet, et à condition qu'elle laissât le petit prince de Parme à Schönbrunn, François permettait à Marie-Louise de partir en cure à Aix-en-Savoie. Pour chevalier d'honneur, il lui donnait un général de 39 ans : le comte de Neipperg.

Celui-ci était grand, blond et portait à l'oreille gauche un anneau comme le voulait la mode. Un coup de sabre lui ayant arraché l'œil droit, son visage était barré d'un bandeau noir qui lui donnait l'air martial et vous faisait frissonner. Gai, vif, empressé, c'était un agréable compagnon. Il partageait avec Marie-Louise l'amour de la table et l'accompagnait volontiers au piano lorsqu'elle chantait.

Elle avait tout à fait retrouvé sa voix.

Profitant de ce séjour en France, la jeune femme commandait à Paris: *quatre petits chapeaux d'automne, deux petits bonnets, un petit chapeau avec des fleurs et une toque blanche, ainsi que deux robes de soie faites pour le matin mais assez jolies pour pouvoir les mettre aussi le soir...*

Viens! Tu seras bien ici et lorsque le séjour dans mon île d'Elbe te fatiguera et que je te deviendrai ennuyeux ce qui doit être quand je serai plus vieux et toi encore jeune, tu auras pour te distraire ta maison à Parme et un beau pays...

En plus des lettres de Napoléon, qui arrivaient si nombreuses que Marie-Louise n'avait plus le temps de les ouvrir toutes, celui-ci lui avait envoyé un messager l'enjoignant, en des termes peu courtois, de le rejoindre au plus vite.

Comme si elle était libre de sa décision et que ses faits et gestes n'étaient pas étroitement surveillés! Le messager, le capitaine Hurault, avait été arrêté.

Elle irait, oui, elle irait à Elbe. Puisqu'elle l'avait promis et que le devoir d'une épouse était de vivre auprès de son mari. Mais il lui fallait auparavant obtenir l'accord de son père et avoir la certitude qu'il l'autoriserait à emmener son fils avec elle.

Afin de faire patienter l'exilé, elle lui envoyait, pour la Saint-Napoléon, un buste du petit prince et une lettre où elle l'assurait qu'elle le rejoindrait en septembre.

Son « devoir d'épouse » ?

Lorsqu'elle revenait de voyage, Marie-Louise trouvait Vienne en émoi. Un mémoire du nonce Sévéroli, ambassadeur du pape, y circulait, révélant à tous qu'aux yeux de Sa Sainteté elle n'avait jamais été réellement l'épouse de Napoléon ; en effet, Pie VII n'avait pas reconnu l'annulation du mariage de celui-ci avec Joséphine !

Quand les cardinaux avaient laissé vides leurs sièges lors de la cérémonie aux Tuileries ; lorsque le pape avait refusé de baptiser le petit Roi de Rome, puis de la sacrer, elle, Marie-Louise, au fond d'elle-même, s'était bien doutée de cela. Mais alors elle était une impératrice et une femme comblées, aussi avait-elle choisi de ne point y arrêter sa pensée. Aujourd'hui, face à l'Empereur déchu, à l'homme infidèle qui la harcelait d'appels, encouragée par son entourage, elle regardait en face l'offense qui lui avait été faite : elle n'était aux yeux de l'Église qu'une concubine et son fils un bâtard !

Viens... Je me sens pour mon fils un peu de la tendresse des mères et je n'en rougis pas...

Septembre est là. Rien ne fait plus de bien à Marie-Louise que de longues promenades en montagne. La calme puissance de ces paysages, la pureté de l'air, lui rendent la paix de l'âme, font envoler ses idées noires. Il lui semble qu'elle se retrouve : non, elle n'avait pas le cœur d'une souveraine !

Profitant des derniers beaux jours, elle est partie avec le chevalier Neipperg pour une grande expédition : les Alpes, le Saint-Gothard... Ils marchent inlassablement, se baignent dans l'eau glacée des lacs, s'émerveillent à l'unisson de tant de beauté. La courtoisie, la gaieté mêlée de tendresse de Neipperg ne se démentent jamais.

Le plus grand des plaisirs, c'est cette admiration du cœur qui emplit tous les moments, donne un but à toutes les actions... Et place auprès de soi l'approbation d'un ami qui vous honore en vous aimant... a noté Marie-Louise dans son carnet secret.

Un soir d'orage, dans une auberge où ils ont trouvé refuge, Marie-Louise et son chevalier deviennent amants. Dans les bras du général, habile à aimer les femmes, elle découvre un embrasement total, qui monte du plus profond d'elle-même et l'emporte toute.

Lors de sa première nuit avec Napoléon, tandis qu'il la caressait des doigts et des lèvres, elle avait ri de plaisir; elle pleure de volupté sous la vigoureuse étreinte de Neipperg.

L'auberge s'appelle *Le Soleil d'Or*... Tandis que la roulent les cercles enflammés de la jouissance, la petite archiduchesse de 22 ans, se souvient-elle des soleils resplendissant sur la poitrine des danseurs, lors d'une ultime fête aux Tuileries?

Elle n'ira pas à Elbe! La duchesse de Montebello lui a raconté comment, avant de porter son choix sur elle, Napoléon se plaisait à répéter: «Je cherche un ventre.» Voici comment il la considérait! L'a-t-il jamais vraiment aimée?

Et pourquoi irait-elle à Elbe puisqu'il n'y est plus seul? On vient de lui apprendre que la comtesse Marie Walewska avait débarqué dans l'île.

La veuve du maréchal Lannes parle de rentrer en France: Marie-Louise est bien entourée, à présent! Metternich a démis madame de Montesquiou de ses fonctions de gouvernante: il lui trouvait trop d'ascendant sur le petit Roi, elle lui parlait trop souvent de son père.

«Quand reverrai-je mon pauvre petit diable?»

Napoléon ne reverra plus son Aiglon. Pour l'empereur François, pour la cour d'Autriche, il s'appelle désormais Franz.

MARIE

Si j'étais allée à Elbe retrouver l'Empereur, c'est que je savais que Marie-Louise ne l'y rejoindrait pas.

Je débarquai dans le petit port de San Giovanni début septembre avec mon fils Alexandre. J'avais cousu dans l'ourlet de mon jupon mes bijoux les plus précieux. J'étais décidée, s'il en exprimait le désir, à ne plus quitter Napoléon.

Il me reçut en un ermitage situé dans la montagne. Depuis son mariage avec l'archiduchesse d'Autriche, je m'étais refusée à revenir dans ses bras. Sachant l'Impératrice occupée par un nouvel amour, je fus à nouveau sienne, émue que nos retrouvailles fussent fêtées par le chant des cigales, dans l'odeur des châtaigniers et de l'herbe sauvage qui avait imprégné les jeunes années de « Nabulio ». Notre étreinte fut douce et nostalgique.

De la terrasse de l'ermitage, on pouvait admirer la Méditerranée : « Regarde, là-bas, c'est la Corse où je suis né... » me répétait Napoléon. Nous passâmes à Elbe quelques calmes journées et de tendres nuits.

Tandis qu'il écrivait ou se reposait, j'aimais à venir m'isoler dans la petite église de la *Madonna del Monte*, contempler le visage de la Vierge, remettre entre ses mains l'avenir de ceux qui m'étaient chers.

Au cours d'une de nos promenades, Napoléon m'entretint longuement de la mort de Duroc; je lui contai la fin héroïque du prince Poniatowski, lequel, en dépit de trois blessures, avait voulu poursuivre le combat et était mort noyé dans l'Elster, lors de la bataille de Leipzig. Tous deux avaient été nos plus fidèles amis et cela nous fit du bien de les pleurer ensemble.

Un soir, alors que Napoléon jouait avec notre fils qui l'appelait : « papa Empereur », il fit tomber une tabatière que l'enfant ramassa. Elle était ornée d'un portrait de petit garçon blond.

– Qui est-ce ? interrogea Alexandre.

Le visage de Napoléon se crispa et la tristesse assourdissait sa voix lorsqu'il répondit :

– C'est mon pauvre petit diable...

Avant de remettre la tabatière dans sa poche, il porta brièvement le portrait à ses lèvres et mon cœur se serra.

Son « pauvre petit diable », il y pensait sans cesse ! L'idée que l'empereur François pût le garder à Vienne et l'élever comme un prince autrichien ne lui laissait pas de repos.

Si Napoléon ne me demanda pas de rester à Elbe, c'est qu'il continuait d'espérer que sa femme et son fils l'y rejoindraient. Marie-Louise le lui avait promis, assurait-il. Il la croyait prisonnière de Metternich.

Prisonnière, elle le serait bientôt, mais des bras de Neipperg et ces liens la combleraient. Je n'eus pas le cœur de l'en avertir ; Ménéval s'en chargea un peu plus tard.

Un soir de tempête, par une mer déchaînée, je remontai sur *L'Abeille* avec Alexandre. Mon regard chercha en vain, dans la montagne, le clocher de l'église de la *Madonna del Monte* : les nuages me privèrent de cette dernière note d'espoir.

On a assuré que monsieur de Talleyrand, avec la bénédiction de Metternich et la complicité de l'Angleterre, avait facilité l'évasion de Napoléon. Il est vrai que l'ombre de l'Aigle obscurcissait les pourparlers qui se déroulaient à Vienne. Il suffisait que l'un ou l'autre prononçât le nom de l'exilé pour qu'un frisson parcourût l'assistance. Et le tsar n'avait-il pas menacé – parce qu'on lui refusait un morceau de Pologne – de « lâcher le monstre » ?

Napoléon était trop près pour qu'on pût l'oublier; Il ne cachait à personne son intention de revenir en France et l'idée de le laisser s'échapper, pour mieux le reprendre ensuite et le déporter en un lieu d'où il ne pourrait revenir, germa dans l'esprit de ses ennemis. La marine anglaise détourna les yeux lorsqu'il reprit la mer.

On ne m'empêchera pas de penser que si Marie-Louise et son fils avaient rejoint Napoléon à Elbe, il y serait peut-être resté. J'ai vu la maison où il avait prévu de finir ses jours auprès d'eux, j'ai respiré les fleurs, partout plantées pour sa femme. Il était malade et j'ai senti l'immense lassitude de son âme.

Le désir de revoir Marie-Louise et la volonté désespérée d'arracher son fils à l'Autriche, contribuèrent puissamment à sa décision. Pour les regagner, il reprit l'habit de général.

Et ce fut Waterloo!

– Marie, mon amie, resterez-vous souper avec nous ?

Hortense m'a rejointe au fond du parc de Malmaison; je lis dans son sourire une pointe d'inquiétude. Combien de temps ai-je passé sur ce banc ? Le bleu du ciel s'est assombri, les abeilles ne dansent plus sur les fleurs d'où montent les parfums du soir.

– Je reste, Hortense. Accordez-moi quelques minutes encore...

– J'enverrai votre fils vous chercher lorsque tout sera prêt.

Discrète, légère, elle s'éloigne vers le château dont le soleil couchant enflamme les fenêtres. Je puis à présent répondre à la question qui, tout à l'heure, me hantait : « Mon amour, qui as-tu aimé ? »

Avec la passion d'un cœur neuf, d'un corps qui

découvrait la volupté et bien que ne l'estimant pas, tu as éperdument aimé Joséphine et il semble qu'à elle, si volage, éprise seulement de ta puissance, ton cœur soit demeuré fidèle.

Marie-Louise était le miroir royal dans lequel tu contemplais ta gloire. Séduite durant quelques mois par ta force et tes caresses, elle t'a offert un vrai prince, un « prince-né », comme tu le disais avec ce mélange d'envie et de mépris qui me faisait sourire car pour moi tu étais bien roi. En te privant de ton enfant, elle a arraché sans pitié une part vive de ton âme.

Tu as aimé en ta petite épouse polonaise, celle qui t'apportait le repos et un véritable amour. Je t'ai donné confiance en ta virilité et la certitude de pouvoir être père.

Si devant ce constat, je puis rester sereine, c'est que j'ai eu la meilleure part.

Dans une petite église à Elbe, la *Madonna del Monte* m'a appris que c'était davantage en aimant qu'en se laissant aimer que l'on atteignait aux sommets de l'âme.

Je t'attendais depuis toujours, Napoléon Bonaparte ! Ton portrait trônait sur la cheminée de ma chambre de petite fille bien avant que d'être dans le médaillon que tu m'offris. J'ai aimé d'un cœur d'enfant le « libérateur » de mon peuple, d'un cœur d'épouse le guerrier fatigué, l'homme déçu dans ses premières amours, et d'un cœur d'amante le poète : car tu étais poète, toi qui un jour crias à tes soldats : « Si le ciel venait à tomber nous le soutiendrons de nos lances. »

L'amour que je t'ai porté a grandi ma vie, il a élargi mon regard, il m'a fait femme et deux fois mère : du petit garçon tendre et grave qui te ressemble un peu ; du grand général que je serrais dans mes bras la nuit lorsqu'il rêvait qu'un ours lui dévorait le cœur.

– Maman, je suis venu vous chercher...

Alexandre me tend la main; je la prends et nous nous dirigeons vers le château. Tu n'es plus là, tu es partout! Et voici qu'un rire monte, jeune, puissant, venant de je ne sais où, on dirait le tien. Et voici qu'une sorte de brise, un vent très doux, se lève en moi. Ne dis rien, mon fils, respire, mon âme. Ce vent efface l'image d'un Empereur, fait glisser la couronne et le manteau d'hermine, disperse les diamants et les perles. Il me rend l'homme au visage ardent, la flamme vive qui éclairait mon enfance. Bonaparte marche à mes côtés.

Demain, je reprendrai le chemin de la Pologne que les Russes, au nom de la fraternité et, soi-disant dans son intérêt, ont à nouveau envahie. Un poète a dit de mon pays qu'il était « le Messie de l'Europe », destiné par sa foi, sa générosité, à racheter la barbarie et l'égoïsme de ceux qui l'entourent.

Je veux croire que la Vierge Noire, seule lumière qui demeure en nos âmes lorsque toutes les autres ont été étouffées, exaucera un jour les prières de mon peuple et que, soulagée du joug de ses voisins, la Pologne sera enfin libre de vivre et de respirer en toute souveraineté.

Il y a du monde sur la pelouse où l'on a dressé la table du souper. Six heures sonnent au clocher de Rueil. Demain, à l'aube, Napoléon devrait être à Rochefort. Le laissera-t-on embarquer pour l'Amérique? Mon amour, bon vent!

Hortense m'a raconté que le cœur de certains soldats, enfermé dans des urnes de plomb, était porté par d'autres braves qui, à l'appel du nom des disparus, répondaient pour eux : « Mort au champ d'honneur. »

Lorsque Dieu m'aura rappelée à lui, je voudrais que mon corps soit enterré à Kiernozia, près de la maison de mon enfance; mais je demande à ce que mon cœur reste en France.

A chaque fois que le nom de Napoléon sera prononcé, il répondra « présent ».

Pris par les Anglais à Rochefort, c'est pour Sainte-Hélène que Napoléon s'embarqua. Il y mourut le 5 mai 1821, d'une « maladie d'estomac », indiquent les procès-verbaux d'autopsie : maladie appelée aujourd'hui « cancer ». Il avait 52 ans.

Joséphine est morte de « coquetterie » le 29 mai 1814, à 51 ans. Au bras du tsar Alexandre, et bien que souffrante, elle s'était promenée, épaules nues, dans la fraîcheur du soir.

En 1816, Marie Walewska a épousé en secondes noces le général d'Ornano dont elle a eu un fils, Rodolphe. Elle s'est éteinte en France le 11 décembre 1817 et conformément à son vœu, son corps repose à Kiernozia et son cœur au cimetière du Père-Lachaise, à Paris. Alexandre Walewski, son fils, fut ministre de Napoléon III, lui-même fils d'Hortense et de Louis Bonaparte.

Marie-Louise, duchesse de Parme, a épousé Neipperg le 8 août 1821 et en a eu deux enfants. Après la mort du chevalier, elle a épousé en 1834 le comte de Bombelles.

La « dame blanche » est venue la chercher le 17 décembre 1847.

Napoléon-François, tout d'abord Roi de Rome, puis Franz, duc de Reichstadt, a été emporté par la tuberculose le 22 juillet 1832 à Schönbrunn. Il avait 21 ans.

On le connaît aussi sous le nom de « l'Aiglon ».

TABLE DES MATIÈRES

Cet ouvrage reproduit par procédé photomécanique
a été achevé d'imprimer sur les presses de

BUSSIÈRE

GROUPE CPI

à Saint-Amand-Montrond (Cher)
en avril 2005

POCKET - 12, avenue d'Italie - 75627 Paris Cedex 13
Tél. : 01-44-16-05-00

— N° d'imp. : 50876. —
Dépôt légal : mai 2005.

Imprimé en France